MANIERKA

fabryka słów
WYDAWNICTWO

A. PILIPIUK

CARSKA MANIERKA

Ilustracje

Piotr Dismas Zdanowicz

fabryka słów

Lublin 2013

Światy Pilipiuka

1. 2586 kroków
2. Czerwona gorączka
3. Rzeźnik drzew
4. Aparatus
5. Szewc z Lichtenrade
6. Carska manierka

Manierka

Pierwsza sprawa Roberta Storma

Prolog

Budzik służył moim rodzicom, odkąd sięgałem pamięcią, jednak pewnego ranka po prostu nie zadzwonił. Zaspaliśmy wszyscy, spóźniłem się do liceum, tracąc dwie pierwsze lekcje. W dodatku gdy ojciec poszedł do zegarmistrza, ten na widok antycznej konstrukcji wyraźnie się spłoszył i zasugerował zakup nowego zegara – na baterie.

Ojciec, obrażony podobną sugestią, wręczył mi chronometr i polecił udać się do „prawdziwego fachowca", pana Maćka, z którego usług korzystał kiedyś dziadek. Następnego dnia po lekcjach wsiadłem w autobus i pojechałem na Wolę.

Brukowana kocimi łbami uliczka, kawałek przedwojennych szyn tramwajowych, fragment jakiejś kompletnie zapomnianej linii. Sypiące się elewacje, tabliczki z numerami domów, emaliowane, ale pokryte purchlami rdzy, pamiętające zapewne czasy przedwojenne. Bywałem w tej okolicy kiedyś, jeszcze jako dzieciak. Potem, po śmierci dziadka, jakoś nie było okazji, by zapuszczać się w te zaułki.

Wreszcie dotarłem na miejsce. Wprawdzie nad witryną wisiał szyld, ale sprawdziłem odruchowo adres zapisany na kartce. To tutaj. Kamieniczka wyglądała fatalnie. Dach pozapadał się tu i ówdzie, elewacje, pierwotnie ozdobione płytkami ceramicznymi, straszyły ubytkami. Sztukaterie przy obramowaniach okien zachowały się tylko w kilku miejscach. Z balkonu nad bramą pozostały dwie zardzewiałe stalowe szyny, resztki przegniłych desek oraz kawałek skorodowanej balustrady. Wszystkie szyby były brudne, niektórych w ogóle brakowało. Tylko nad warsztatem dwa okna lśniły jak świeżo umyte. Widocznie tam mieszkał zegarmistrz. Brama, ozdobiona kamiennym portalem, prowadziła na podwórze. Przez prześwit widziałem na podwórzu jakieś rozłożyste drzewo i szopę. Dwa zardzewiałe żeliwne krasnale – odboje – chroniły narożniki. Przejście wybrukowane zostało granitową kostką.

Miałem dziwne wrażenie, jakbym świetnie znał to miejsce. Bezwiednie zrobiłem kilka kroków i stanąłem pod łukiem bramy. Byłem tu kiedyś z dziadkiem? Chyba nie. Zapamiętałbym na pewno. A przecież... Skądś znałem echo kroków rozbrzmiewające wokoło. Czułem, jakbym znalazł się w domu. Budynek, choć straszliwie okaleczony, wydał mi się dziwnie swojski.

Skonfundowany cofnąłem się na ulicę i wszedłem do warsztatu. Wnętrze od razu mi się spodobało. Pod szklanym blatem lady połyskiwały masywne srebrne cebule zegarków kieszonkowych. Na ścianie, pomiędzy kilkunastoma zegarami szafkowymi z różnych epok, w złoconej ramce wisiał dyplom cechowy. Powietrze wypełniało delikatne tykanie zegarów. Zegarmistrz był siwy, na nosie miał grube okulary, ale nie wyglądał szczególnie staro. Oceniłem jego wiek na mniej więcej sześćdziesiąt lat. Przywitałem się i wydobyłem budzik z teczki.

– Fiu, fiu – mruknął. – A to ci dopiero antyk. Stary junghans. Niech pomyślę... Sądząc z kształtu, lata dwudzieste. Czyli już po gorączce radowej.

– Gorączce radowej? – podchwyciłem.

– Wiesz, po odkryciu radu w tysiąc osiemset dziewięćdziesiątym ósmym zaczęto paskudzić nim wszystko, co się dało. Sądzono, że jego promieniowanie jest niezwykle zdrowe dla ludzkiego organizmu. W sprzedaży pojawiły się radowe tabletki, radowe prezerwatywy, radowe maści i krople... Wiele firm wykorzystało też fluorescencyjne właściwości tego pierwiastka. Radową farbą pokrywano na przykład cyferblaty czy wskazówki zegarków. Niektóre do dziś wychylą wskazówkę licznika Geigera... Ale ten budzik jest późniejszy. Jeśli coś tu do farby dodano, to najwyżej fosfor. Nieszkodliwy, póki się go nie zje – zażartował.

– Tata jest do niego bardzo przywiązany – wyjaśniłem. – Gdyby udało się go jeszcze choć na trochę ożywić, byłby bardzo zobowiązany.

Zegarmistrz po kolei poruszył pokrętłami z tyłu.

– Zobaczymy, co da się zrobić. Tylko obawiam się, że niestety, będzie to sporo kosztowało. Drożej niż nowy budzik.

– Ojciec tak przypuszczał. Ale powiedział, że cena nie gra roli.

– Jeśli zepsuło się to, co myślę, koszt naprawy wyniesie około stu złotych. A jeśli coś innego, to, niestety, drożej, ale wtedy zadzwonię i ojciec sam zadecyduje.

– Kiedy mam się zgłosić po odbiór?

Zegarmistrz przez chwilę się zastanawiał, a później machnął ręką.

– Właściwie nie mam nic pilnego do roboty, a zajrzeć do niego mogę choćby teraz. – Wyciągnął śrubokręt. – Jeśli masz czas, usiądź sobie na tym krzesełku. Może da się od ręki coś poradzić.

– Mój świętej pamięci dziadek naprawiał u pana zegarki – dodałem. – Nazywał się Zygmunt Storm. Pewnie pan nie pamięta. Taki przedwojenny oficer, wysoki, trzymał się prosto mimo wieku, baretki nosił...

– Stary pan Storm! Oczywiście, że go pamiętam. Miał swoje lata, ale widać po nim było, jaki to kiedyś musiał być kawał chłopa. Tu obok była cukiernia, zachodził po pączki, wpadał przy okazji z wizytą. Z dziesięć lat minęło.

– Dwanaście – poprawiłem odruchowo.

– Jak ten czas leci – westchnął. – Wszyscy się starzejemy. Ano zobaczmy, co tam się zadziało.

Odkręcił z wprawą tylną ściankę.

– Sprężyna poszła – mruknął. – No cóż, miała prawo, bo widzę, że chyba jeszcze oryginalna była. Budziki w ogóle krótko żyją. Taki zegarmistrzowski paradoks. Precyzyjne mechanizmy są delikatne. A tu codziennie wibracje, dzwonki, to nie służy urządzeniu. Tak stary model na chodzie to ewenement.

– Robili kiedyś solidne przedmioty – rzuciłem, by podtrzymać rozmowę.

– O tak. Zaraz zobaczę, czy mam coś odpowiedniego.

Przeglądał długą chwilę zawartość tekturowych pudełek z częściami. Wreszcie założył nową sprężynę. Nakręcił i budzik zaczął tykać. Zegarmistrz sprawdził, jak dzwoni.

– I gotowe. Osiemdziesiąt się należy. Normalnie moja rękojmia na naprawę to rok, ale tu mogę dać tylko trzy miesiące. To bardzo stare urządzenie, prędzej czy później coś po prostu musi się w nim zepsuć, coś, co unieruchomi mechanizm definitywnie. Niestety, nie polecam się na przyszłość, bo pewnie będę musiał niebawem zamknąć interes – westchnął.

– Co się stało? – zaniepokoiłem się.

– Moja kamieniczka wkrótce zawali mi się na głowę – wyjaśnił, zezując w stronę sufitu, jakby katastrofa budowlana mogła nadejść w każdej chwili. – Dach siada, stropy częściowo do wymiany. Mury pękły w paru miejscach, trzeba by ściągnąć, wbetonować szyny, wzmocnić – wyliczał.

– Może będzie remont? – próbowałem go pocieszyć.

– Widzisz, chłopcze, wyraziłem się może trochę nieprecyzyjnie. Jestem właścicielem budynku. Przed wojną należał do mojej rodziny. Odzyskałem go. Niestety, wyszło na jaw, że jest w okropnym stanie technicznym. Czterdzieści pięć lat totalnego zaniedbania zrobiło swoje. Za remont musiałbym zapłacić z własnej kieszeni. Tymczasem brak mi nawet zdolności kredytowej. Zegarmistrze nie zarabiają na tyle dobrze, żeby bank pożyczył mi jakiekolwiek pieniądze. Może to i słusznie, bo kredyt trzeba przecież spłacić, a moje dochody są dość nędzne. Z tego warsztaciku wyciągam tyle, że wystarcza z trudem na życie. Cukiernia się dawno wyniosła, po remoncie może ktoś by wynajął pomieszczenie... Na pierwszym piętrze są dwa mieszkania, na poddaszu trzecie, ale w takim stanie nikt ich nie weźmie. Myślałem, że sprzedam to trzypokojowe, a za zdobyte pieniądze wyremontuje się resztę, ale kupca nie udało się znaleźć, bo wygląd odstrasza wszystkich potencjalnych nabywców. I koło się zamyka – westchnął.

– To rzeczywiście trudna sprawa.

– Cała nadzieja w totolotku. – Uśmiechnął się i machnął ręką. – Mam takie dwa stare kupony jeszcze po ojcu. Czasem stawiam na te liczby, gdy jest duża kumulacja.

– Ja też czasem puszczę zakład – przyznałem. – Ale wpadłem właśnie na inny pomysł. Może lepszy. Jeśli chciałby pan usłyszeć...

Spojrzał na mnie zaciekawiony i skinął głową.

– Za dwa tygodnie mam wakacje. W lipcu pracuję w ekipie remontowej wujka, ale w sierpniu jadę na Śląsk. Badałem niedawno zapiski pewnego dziewiętnastowiecznego niemieckiego regionalisty, który znalazł w pobliżu swojej wsi złoto. Udało mi się zlokalizować to miejsce na mapach. Kompletne odludzie, więc jest szansa, że nikt tam jeszcze nie buszował.

– No cóż, kiedy byłem młody, też czytałem książki Jacka Londona. – Puścił oko. – Życzę powodzenia. A w razie znalezienia bogatej żyły, proszę o mnie pamiętać.

Wyciągnąłem z plecaka album na wizytówki i po chwili poszukiwań znalazłem odpowiednią.

– Gdyby coś się zmieniło i chciałby pan robić remont, to polecam ekipę mojego wujaszka. – Położyłem kartonik na blacie. – To naprawdę dobry fachowiec.

– Można? – Zegarmistrz wyciągnął rękę po album.

Podałem mu. Przekartkował pobieżnie. Wyraźnie zaskoczyło go powtarzające się gęsto nazwisko.

– Spora rodzina – stwierdził ze zdziwieniem. – Nie wiedziałem. Pański dziadek nie wspominał.

– Dziadek miał kilku braci, pradziadek też. Klan Stormów jest bardzo rozgałęziony i rozsiany po kraju. Różne zawody krewni powybierali. Mamy w razie potrzeby fachowców niemal od wszystkiego – wyjaśniłem.

– Tylko pogratulować. – Schował do kieszeni wizytówkę ekipy remontowej.

Pożegnałem się i wyszedłem. Stojąc po drugiej stronie ulicy, raz jeszcze przypatrzyłem się kamieniczce. Mimo że była naprawdę bardzo zniszczona, miała w sobie jakiś zniewalający urok.

Domy umierają jak ludzie, dumałem, idąc na przystanek. Gdyby wyremontować, odrestaurować elewację, to byłaby perełka architektoniczna! A tak pewnie pójdzie do wyburzenia, a za parę lat wstawią w to miejsce jakąś obrzydliwą betonową plombę wysoką na pięć albo sześć pięter.

Poczułem głęboki żal i wewnętrzny sprzeciw. A zarazem boleśnie uderzyła mnie kompletna bezsilność. Bo co mogłem poradzić? Tu trzeba bardzo poważnej sumy.

Wątpiłem nawet w powodzenie sierpniowej wyprawy. Żyła złota w naszym kraju? Dobrze będzie, jeśli znajdę tyle, by starczyło na pierścionek dla jakiejś dziewczyny.

Jak się okazało, znalazłem nieco więcej.

Część 1. Złoto rzeki Szarej

Delikatna mżawka bębniła po kapturze kurtki. Schyliłem się, wygarniając spod skarpy kolejną łopatę żwiru zmieszanego z szarą gliną. Wrzuciłem go, dopełniając drugie wiadro. Podniosłem stare drewniane koromysło znalezione w ruinach młyna. Zaczepiłem oba kubły starymi karabińczykami. Kręgosłup zaprotestował gniewnie, gdy dźwigałem ciężar. Stromą ścieżką przeszedłem trzydzieści kroków w dół, do strumienia. Przesypałem urobek przez sito, by oddzielić kamyki, następnie porozbijałem grudy, rozprowadziłem błoto po korycie płuczni i dłuższą chwilę kucałem obok, patrząc, jak woda wypłukuje glinę. Niebo było szare, błoto też, nawet rzeka nazywała się Szara. Muł spłynął, w rowkach na dnie urządzenia została warstewka ciemniejszych okruchów – tak zwany szlicht. Wybrałem palcami większe kamyki i poczłapałem po kolejną porcję żwiru.

Pogoda psuła się definitywnie. Po niebie sunęły ciemne chmury. Dziesiąte wiaderko... Odłożyłem koromysło. Przepłukałem wiadra, wylewając resztę błota na płucznię. Polałem jeszcze kilka grud wodą z blaszanego kubka.

Pora sprawdzić, co się złapało, pomyślałem.

Ustawiłem koryto nad wiaderkiem i ostrożnie lejąc wodę, spłukałem cały osad. Z dwudziestu kubłów ziemi uzyskałem niespełna pół kubełka koncentratu najcięższych frakcji. Przełożyłem trochę łopatką na miskę i stojąc po kolana w strumyku, zacząłem płukać. Co jakiś czas nabierałem wody. Muł odpływał, wreszcie na dnie została tylko cienka ciemna warstewka zawierająca teoretycznie najcięższe minerały. Wyrzuciłem ją na drugą miskę i rozgarnąłem palcem. Na czarnym plastiku zalśniły maleńkie żółte ziarenka. Było ich siedemnaście, największe wielkości prawie łebka zapałki.

Jedna dwudziesta grama, oceniłem na oko. Dobra nasza!

Przełożyłem je pęsetą na kawałek ligniny. Nałożyłem kolejne dwie łopatki. Wiaderko wreszcie pokazało dno. Nieludzko umęczony wypłukałem i poskładałem sprzęt. Po niebie sunęły bardzo ciemne chmury. Przeszedłem do namiotu.

Rozbiłem go w zagajniku pomiędzy dwoma potężnymi bukami. Narzucony siatką maskującą ładnie zlewał się z tłem. Na szczęście mżawka była przelotna i niebawem przestało padać. Postawiłem czajnik na kuchence turystycznej. Wsłuchując się w szum gotującej się wody, wyciągnąłem wagę jubilerską i wysypałem na nią złote drobiny.

– Siedem dziesiątych grama – mruknąłem. – Czyli wydajność złoża w tym miejscu to jakieś cztery gramy złota na tonę gleby. Oddalam się.

Przesypałem kruszec do próbówki i opisałem ją wodoodpornym flamastrem. Rozpiąłem na rysownicy sztabówkę i zakreskowałem kolejny kwadracik, notując wielkość urobku. Powoli zaczynało się to układać w sensowną całość. Naszkicowałem przypuszczalne linie przemieszczania się kruszcu. Wytypowałem miejsca kolejnych wkopów sondażowych. Potem pomaszerowałem na wyrobisko zatrzeć ślady swojej działalności.

Przystanąłem pod drzewami, rozejrzałem się po dolinie. Złoto było tu niemal wszędzie. Pagórki, wądoły i zagajniki kryły zapewne skarby wartości kilku milionów złotych. Ale jednocześnie nigdzie nie było go dużo. Mogłem w ciężkim, znojnym trudzie zebrać trochę okruchów. Wypłukać z metrów sześciennych gleby kilkanaście złotych drobin i schować je do szklanej fiolki. Znowu wpatrzyłem się w sztabówkę jak sroka w gnat. Nadchodziła pora zmienić miejsce poszukiwań, nie mogłem się jednak zdecydować, czy iść w górę, czy w dół rzeki. Tak czy siak, musiałem ominąć ruiny młyna. Monetą rzucić? Ale najpierw małe szpiegowanko, kolacja i spać.

„Sąsiadów" miałem dwóch. Facet około pięćdziesiątki i chłopak mniej więcej w moim wieku. Starszy wyglądał na niezłego sukinsyna. Miał nalaną gębę bazarowego kombinatora, a jego zwalista postura wskazywała, że raczej unika wysiłku fizycznego. Młodszy paradował w markowym dresiku i puszczał zajączki wygoloną glacą. Działali razem. Przyjeżdżali zazwyczaj koło dziesiątej lub jedenastej, a na noc wracali gdzieś na kwaterę. Poruszali się terenową toyotą. Na wszelki wypadek już dawno sfotografowałem ich i zapisałem numery samochodu.

Przyczaiłem się w krzakach, tam gdzie poprzedniego dnia, i wyciągnąłem małą lornetkę. Rzeczka w tym miejscu została niegdyś przegrodzona tamą. Rozlewisko trochę zarosło, ale woda nadal dziarsko płynęła przez murowane z kamienia koryto młynówki. Z samego młyna i towarzyszących mu zabudowań pozostały już tylko mury. Wszystkie urządzenia dawno wyparowały, nie było też śladów koła młyńskiego. Do młyna przez wzgórza i las prowadziła stara, poniemiecka brukowana droga.

Szczerze powiedziawszy, miejsce wydawało mi się bardzo ciekawe. Zarówno w kotle wodospadu pod młynówką, jak i po wewnętrznej stronie tamy mogło się zgromadzić sporo złotonośnych osadów. Musiałem jednak poczekać, aż niechciani towarzysze wyniosą się w diabły. Jak mogłem zaobserwować, w zasadzie robili to samo, co przez kilka poprzednich dni. Palili pety, śmiecili niedopałkami, co jakiś czas wlewali w gardziele kolejną puszkę taniego piwa. Sądząc po śladach, buszowali tu od tygodnia, obalając na głowę sześć do ośmiu browarów dziennie.

Łazili po ruinach z wykrywaczem metali i „obwąchiwali" nim glebę. Co jakiś czas urządzenie piszczało, wówczas ryli saperkami. Wyciągali głównie gwoździe, bryłki stopionego cynku i kawałki blachy. Byłem ciekaw, czego szukają, ale ważniejsze, aby nie przeszkadzali w moich badaniach. Irytowali mnie jak osa latająca po pokoju. Nawet jeśli nie zamierza użądlić, odruchowo szukamy jej wzrokiem, pilnujemy...

Dziś też mimo kiepskiej pogody obaj poszukiwacze skarbów przetrząsali ruiny. Działali dość metodycznie. Miny mieli ponure, widać było, że zajęcie ich nudzi i wkurza, ale ryli dziury z uporem.

Wiedzą, że coś tu zostało ukryte, myślałem. Ale nie wiedzą, gdzie dokładnie. Może ich pradziadek, niemiecki młynarz, ukrył tu garnek złotych dwudziestomarkówek? Albo dziadek esesman powiedział im na łożu śmierci, gdzie zakopał słoik złotych zębów?

Przy robocie gadali o czymś, ale echo niosło głównie przerywniki – jeden rzeczownik rodzaju żeńskiego, jeden rodzaju męskiego, a do tego jeden przymiotnik odczasownikowy. Nie było sensu podkradać się bliżej. Wyglądało na to, że reszta doliny kompletnie ich nie interesuje i nie zdają sobie sprawy z mojej obecności. Zakończyłem obserwację i poszedłem do siebie. Po drodze co jakiś czas dyskretnie sprawdzałem, czy nikt za mną nie idzie.

Poczekałem, aż się ściemni. „Sąsiedzi" nigdy nie zostawali na noc, jednak wolałem dmuchać na zimne. Nie chciałem, by spostrzegli dym. Rozpaliłem małe, dobrze osłonięte ognisko, by się rozgrzać, a przy okazji zagotować wody. Gaz do kuchenki już się kończył, wolałem go zaoszczędzić.

Wujek Rysiek nadszedł tak cicho, że spostrzegłem go, dopiero gdy był naprawdę blisko. Stał może dwa metry ode mnie. Zielonkawy mundur, sztucer przewieszony przez ramię. Zawinięte rękawy odsłaniały spalone słońcem muskularne przedramiona. Zauważyłem, że zapuścił dłuższą brodę. Brwi też miał jakby bardziej krzaczaste niż dawniej. Skronie przyprószyła mu już siwizna.

– Dzień dobry, szanowny panie gajowy – zażartowałem. – Kawy czy herbaty?

Woda w czajniku już zaczynała wrzeć. Wyciągnąłem z namiotu drugi, zapasowy kubek.

– Dziś już nie mówi się „gajowy", tylko „podleśniczy" – skorygował. – Cześć, Robert. Ileśmy się nie widzieli... Będzie ze trzy lata... – mruknął. – Kawy, jeśli mogę prosić. Zaszedłem zobaczyć, jak ci idzie.

– Bywało lepiej, bywało gorzej. To znaczy w zasadzie nie bywało ani lepiej, ani gorzej, bo robię to po raz pierwszy – zażartowałem.

– Ci, którzy szukają w Polsce złota, jadą nad Kaczawę, Bóbr, Złotuchę... Nie słyszałem, żeby ktokolwiek bawił się w poszukiwacza w tych stronach.

– Znalazłem wzmianki u niemieckich regionalistów z połowy dziewiętnastego wieku – wyjaśniłem. – Wilhelm Mauerbach, który był nauczycielem w dzisiejszych Piechowicach, wędrował po tutejszych górach i szukał ciekawych minerałów do szkolnej kolekcji. Napisał, że w ciągu dwóch tygodni, penetrując dolinę rzeki Szarej, wypłukał złoto wartości trzech marek.

– To niewiele. – Wujaszek uśmiechnął się mimowolnie.

– Dla dobrze zarabiającego pruskiego belfra niewiele. Ale on nie szukał systematycznie ani planowo, tylko chodził sobie, zbierał minerały, a przy okazji sprawdzał, czy jest tu złoto. I rzeczywiście jest, bo ja, podchodząc systematycznie i planowo, co nieco już znalazłem – pochwaliłem się. – Zresztą moneta dwudziestomarkowa ważyła około siedmiu gramów, czyli trzy ówczesne marki to około jednego grama. A złoto idzie w górę.

– Nic się nie zmieniłeś – powiedział. – Już w przedszkolu taki byłeś. Dokładny. Od linijki do linijki. Planowanie, realizacja... Dziwny dzieciak. I zawsze miewałeś szalone pomysły.

– Na to wygląda. – Wzruszyłem ramionami. – Może jak pójdę na studia, to mi przejdzie – zażartowałem, zalewając mu kawę rozpuszczalną. – Cukru?

– Nie, dziękuję, kawa to kawa, powinna być czarna i gorzka jak smar do czołgu. Tak sam w tym lesie siedzisz? – zdziwił się. – Gdy ja byłem młody i wypuszczałem się w Polskę pod namiot, zazwyczaj miałem ze sobą całą paczkę.

– Żadna koleżanka nie dała się namówić – mruknąłem.

– A koledzy? To chyba fajna męska przygoda szukać złota... – filozofował. – No i ta szansa, że wróci się bogatym. Że przed zdumioną rodziną wysypie się na stół szklanicę złotego piasku.

– E, szklanica to by było ze trzy kilogramy, albo i lepiej. Trzeba płukać przez wiele lat, żeby tyle zebrać.

– Ale przygoda...

– Poszukiwacze przygód już chyba definitywnie wymarli. Proponowałem kumplom wyprawę, ale żaden się jakoś nie zapalił. Nawet najlepsi przyjaciele uważają mnie za wariata.

– Bez obrazy, ale tak do końca normalny to ty nie jesteś. – Wuj usiadł na pniaku i grzał dłonie o kubek z kawą. – Skoro potrzebujesz kasy, to trzeba było poszukać jakiejś roboty.

– W ubiegłym miesiącu pracowałem u jednego z wujków. Bicepsy mam chyba o centymetr grubsze. Na sierpień kumpel z klasy miał mi załatwić pracę przy remoncie domu w Niemczech, ale wystawił mnie do wiatru – westchnąłem. – Z tej pracy w lipcu coś odłożyłem, a żeby odpocząć, wyruszyłem tutaj spełnić marzenia i poszukać złota.

– Machając łopatą, raczej nie odpoczniesz – zauważył.

– Za to jest w tym pewien rys pierwotnego romantyzmu – broniłem się. – Choć więcej w tym machania łopatą niż cieszenia oka widokiem samorodków.

– Romantyzm – powtórzył w zadumie.

Pochylił się i wyciągnął rękę. Podałem mu mapę. Badał ją długo. Ironiczny uśmiech powoli znikał mu z twarzy.

– Czyli grzebiesz tu już dziesięć dni? – powiedział, wskazując na daty i moje wyliczenia.

– Dziewięć, w niedzielę nie pracuję – wyjaśniłem. – Osiemnaście wkopów sondażowych w różnych miejscach doliny. Dwa dziennie. Niby niedużo, ale nakopać i przemyć po dwieście litrów błota to jednak jest trochę pracy.

– To może pokaż, co napłukałeś?

Wyjąłem z plecaka grubą próbówkę pełną pięknych, grubych, złocistych, lśniących ziaren.

– To złoto? – zdziwił się. – Zalewasz!

– Prawie złoto. – Roześmiałem się. – Też ładnie wygląda, prawda? Daruj, wuju, kawał. To akurat piryt – wyjaśniłem. – Znalazłem tego trochę na zboczu, pozbierałem. Będzie do szkolnej pracowni geograficznej.

– Czyli nie natrafiłeś na złoto?

– No jak to nie? Zaraz przyniosę...

Pudełko z fiolkami urobku, aparat fotograficzny i inne cenne drobiazgi miałem schowane w wykrocie niedaleko namiotu.

– To na wypadek gdyby ci z młyna albo inni niechciani wspólnicy złożyli mi wizytę – wyjaśniłem.

– A, tamci dwaj. – Skrzywił się. – Widziałem. Szukają czegoś. Poniemieckich skarbów zapewne. Auto mają na warszawskich numerach. Sprawdziłem ich jeszcze w zeszłym roku, buszowali wtedy na moim terenie, też przeszukiwali miejsce, gdzie był młyn.

– Młynarze byli bogaci – rozważałem. – Ale mam wrażenie, że te typki wkładają w poszukiwania za dużo zapału.

– Jakby mieli trop, ale trochę niekonkretne informacje? – domyślił się. – Wiedzą, że coś, czego szukają, zakopano koło młyna, ale nie ustalili, o który chodzi.

Wyjmował próbówki po kolei z dziurek, oglądał je w skupieniu. W jednych było tylko trochę złota na dnie, w innych ciut więcej. Najbardziej byłem dumny z ósmej, napełnionej prawie w jednej czwartej. A w jedenastej dla odmiany była najładniejsza grudka – samorodek wielkości niemal ziarenka grochu, co najmniej dwa gramy kruszcu.

– To ile jest tego łącznie? – zaciekawił się.

– Przekroczyłem pół uncji. Ponad siedemnaście gramów.

Spojrzał na mnie już zupełnie inaczej.

– W takim tempie w miesiąc zarobisz więcej, niż wynosi ta mityczna średnia krajowa – pochwalił. – To chyba faktycznie ma sens. – Oddał mi sztabówkę. – Szukasz żyły złota?

– Tu nie ma żył. To znaczy są, ale kruszec jest bardzo niewielką domieszką do skały macierzystej. Oczywiście można kuć kamienie, jednak to ciężkie i niewdzięczne zajęcie. Lepiej poszukać tego, co sama przyroda wyrwała z granitów i zniosła w dół. Złóż wtórnych. Osadów złotonośnych w miejscach, gdzie cyrkulowała woda.

– Zatem próbujesz namacać, gdzie jest koncentracja? – odgadł. – I tam wgryziesz się w glebę na poważnie...

– Czytałem opowiadania Jacka Londona – wyjaśniłem. – Sporo da się z nich wydedukować. Liczę, że znajdę prawdziwie bogate złoże, takie, gdzie będzie dwadzieścia, może dwadzieścia pięć gramów złota na tonę. A jak nie znajdę, to wrócę tam, gdzie było najwięcej. Wygląda mi na to, że złoto wypłukiwane z tamtych wzgórz woda niosła w dolinę i jak mi się wydaje, osadzała w kilku miejscach. To, co znajduję, to drobiny, które zebrały się w miejscach akumulacji. Ale liczę na znalezienie jakiejś złotej dziury.

– Złota dziura – powtórzył. – A jeśli ktoś ją znalazł pierwszy, dawno temu?

– To zadowolę się tym, co zebrałem. – Wzruszyłem ramionami. – Bo to mało? Dla ubogiego licealisty... Poza tym to fajne. Skały, różne rodzaje gleby. Ta dolina jest swego rodzaju wielkim geologicznym rebusem. Próbuję go rozwiązać.

Nie odpowiedział, powoli nabił fajkę.

– Uczę się tego miejsca – wyjaśniłem. – Poznaję. Łamię szyfr. Badam i wyciągam wnioski. Jeśli badania będą starannie przeprowadzone, a wnioski wyciągnę prawidłowe, pojawi się też w końcu nagroda.

– Dziwny z ciebie dzieciak – powtórzył. – Łączysz bujną fantazję, systematyczność działania, pewną dozę szaleństwa i paradoksalność myślenia. Jak wtedy, gdy zrobiłeś mi torbę. Mam ją jeszcze. Faktycznie nie do zdarcia.

– Zobaczyłem na wyprzedaży skórzane fartuchy spawalnicze. Pomyślałem, że to fajny surowiec i za psi pieniądz... – przypomniałem sobie biznes, który rozkręciłem, mając dwanaście lat.

– Szkoda, że moim synom brak takiego polotu, choć oczywiście nie mogę narzekać.

Dwaj moi kuzyni poszli zupełnie różnymi drogami. Jeden został zawodowym żołnierzem, saperem, jeździł na misje wojskowe w byłej Jugosławii. Drugi, inżynier, projektował elektroniczne systemy wspomagania czegoś tam dla przemysłu.

– Wpadnij do mnie, jak skończysz poszukiwania – zaprosił. – Trafisz?

– Mniej więcej w tamtą stronę jakieś dwanaście kilometrów. – Pokazałem kierunek.

Potwierdził skinieniem głowy.

– Jakbyś czegoś potrzebował, daj znać, zresztą pewnie jeszcze tu zajrzę.

Pożegnaliśmy się i znikł w chaszczach. Po chwili dobiegło mnie rżenie konia i stukot kopyt na kamienistej ścieżce.

*

W nocy nawiedził mnie dziwny sen. Stałem przed kamienicą pana Maćka. Padał deszcz. Budynek był zrujnowany jeszcze bardziej, niż zapamiętałem. Przekroczyłem bramę. Minąłem żeliwnego skrzata. Zniszczone drewniane schody prowadziły na piętro. Zatrzymałem się niezdecydowany. Nie wiedziałem, czy mam wejść na górę, czy przejść bramą na podwórze. I nagle poczułem czyjąś obecność.

W przejściu prowadzącym na podwórze stał młody, dwudziestokilkuletni carski oficer w długim szarym szynelu. Twarz miał ogorzałą od wiatrów i mrozów. Patrzył na mnie z zaskoczeniem, jakby nie spodziewał się nikogo tu spotkać. Zawinął połę płaszcza, sięgając do boku. Byłem pewien, że ma tam pistolet, przestraszyłem się, ale niepotrzebnie. Odpiął od pasa manierkę i wyciągnął w moją stronę, jakby chciał mi ją podać. Obudziłem się. Świtało.

Dziś znajdę złotą dziurę, pomyślałem. Nie, trzeba to ładniej nazwać... Sezam rzeki Szarej.

Zaraz po śniadaniu ruszyłem w górę rzeczki. W paru miejscach nagarniałem piach na miskę i przepłukiwałem. Oddzielałem drobinki złota. Czasem jedno ziarenko, czasem cztery. W pewnym momencie sytuacja uległa zmianie. Kruszcu było znacznie mniej. Przepłukiwałem tu i ówdzie nawet po kilka wiader mułu, by znaleźć jedną lub dwie grudki. Glina na zboczach wyglądała dokładnie tak samo jak w dole rzeki. Przeszedłem kolejne sto metrów i rozłożyłem sprzęt. I znowu z dwudziestu wiader przemytych na płuczni do fiolki trafiały pojedyncze drobiny.

Tu jest płasko, rozważałem. Złoto powinno się osadzać, ale się nie osadziło. Nie ma tu żadnych śladów robót górniczych. To oznacza, że gdzieś tam wyżej jest miejsce, które zatrzymało większość kruszcu. Kocioł wodospadu, staw... Ciepło, ciepło...

Poszedłem jeszcze kawałek w górę strumienia. W kilku miejscach nabierałem żwir na miskę i płukałem. Odbijałem w bok. Oglądałem terasy. Zapuszczałem się na stoki gór. Wreszcie znalazłem płaski fragment terenu, powyżej którego ziarna w strumyku występowały stosunkowo gęsto. Poniżej – nic. Stłumiłem szalone podniecenie. Czułem, że wreszcie trafiłem na naprawdę wyraźny trop.

Górskie jeziorko, rozważałem. Niecka w skale. Nieduży staw o skalistych brzegach. Głęboki... Strumyki tu wpadały, niosły kruszec, ale też muł. Zamuliło się z czasem, zarosło... A złoto? Złoto zostało tu, pod ziemią. Trzeba wykopać szyb. Może cztery metry, może sześć i dojdę do dna stawu. Tam będzie warstwa złotonośna. Moja Kalifornia, Alaska, Orania, Rodezja! Złoże. Klondike, Dawson, Denver, Sacramento. Złota dziura... nie, nie dziura. Sezam.

Wykopałem cztery niewielkie sondaże. Pod niezbyt grubą warstwą naniesionej ziemi znalazłem kamienie wyznaczające brzegi dawnej sadzawki. Skaliste podłoże umykało pochyło. Staw nie był duży, jakieś osiem do dziesięciu metrów średnicy. Zmierzchało się.

– Jutro o tej porze będę bogaty – mruknąłem. – Obrzydliwie bogaty.

Wróciłem do obozowiska. Planowałem zjeść kolację, poczytać książkę i położyć się spać. A jutro o piątej rano ruszyć do ataku. Odłożyłem miskę. Nałamałem chrustu, oparłem na kamieniach ruszt, ustawiłem czajnik, zapaliłem zapałkę.

Kopniak w plecy sprawił, że wywaliłem się jak długi. Zaraz też spadły na mnie dwa kolejne. Ten w przeponę odebrał mi dech na dłuższą chwilę. Poprzez latające przed oczami czarne kółka rozpoznałem napastników. „Sąsiedzi" ze starego młyna. Miałem rację, żeby na nich uważać, ale cholera... nie upilnowałem... Teraz kopnął mnie stary, trafił prosto w podbródek. Doszedłem do siebie, gdy wiązali mi ręce z tyłu, za pniem drzewa.

– No i co, frajerze? – zapytał łysy.

Zadumałem się głęboko nad jego pytaniem. W na wpół zamroczonym umyśle nie pojawiła się żadna sensowna odpowiedź. Zresztą czy to w ogóle było pytanie? Chyba tylko rytualna zaczepka.

– Czego tu szukasz? – warknął stary.

– Okazów geologicznych – wymamrotałem. – Do szkolnej kolekcji w pracowni geograficznej.

Młody kopnął mnie w brzuch. A potem zaczęli przerzucać moje rzeczy. Poruszyłem dłońmi, ale związane były cholernie solidnie. W dodatku dalej kręciło mi się w głowie. Krew z rozbitej wargi leniwie kapała na spodnie. Podciągnąłem nogi, by zasłonić się kolanami przed kolejnym ciosem.

– Ty, patrz – prychnął stary, kopiąc z rozmachem moją miskę do płukania. – Złota w rzece, urwał, szuka jak jakiś, urwał, kowboj z, urwał, westerna.

– Geolog, urwał, hłe, hłe – zarechotał młody, spojrzał na mnie i skrzywił się w uśmiechu.

Nazwa zawodu brzmiała w jego ustach jak wyrafinowana obelga.

Musiał walić sporo sterydów, bo żuchwa rozrosła mu się jak szuflada, a nawet między trzonowcami widać było szerokie szpary. Taki to nie musi nawet myć zębów, pomyślałem w przypływie wisielczego humoru. Próchnica stykowa mu nie grozi.

Zabiją mnie? E, raczej nie... Spuszczą łomot, obrabują, korzystając z okazji, i tyle. A nawet jeśli mnie tu wykończą, to wujek ich widział. Mamy w klanie fachowców niemal od wszystkiego. Jest policjant, który będzie wiedział, jak ich złapać, jest weterynarz, gdyby trzeba było kastrować, jest też rzeźnik, który będzie umiał przerobić ich żywcem na kiełbasy... – dumałem. Marna to pociecha, ale ważne, że się nie wywiną.

Strach zmienił się. Teraz bałem się tylko tego, że będzie bolało podczas bicia.

– Było włazić na cudzy teren? – dogadywał stary. – To nasza miejscówa. Czaisz?

Kiwnąłem głową i splunąłem ponuro krwią. Milczałem, nie bardzo wiedząc, co powiedzieć. Nie wchodziłem im w drogę, ale przecież nie przyznam się, że wyśledziłem, gdzie szukali. Stary podniósł moją mapę.

– Toż to, urwał, prawie co praca, urwał, naukowa. – Obejrzawszy, cisnął ją obojętnie na ziemię.

– Oż, urwał, patrz, ociec, ten frajer jednak napłukał tą michą kupę złota! – Łysy wylazł z namiotu i triumfalnie pokazał trzymaną w łapsku dużą próbówkę pełną złotego pyłu.

– A to jest konkret. – Ojciec dresika zważył fiolkę w dłoni. – Poszukaj, czy nie ma więcej.

Łysy ochoczo przetrząsał moje rzeczy. Znalazł tylko woreczek z odrobiną pieniędzy. Zadowolony przełożył je do swojej kieszeni. Milczałem, dusząc w sobie wściekłość. Teraz trzeba przeżyć. Na wyrównanie rachunków przyjdzie czas potem.

– No, geolog, pora na spowiedź – warknął ojciec. – Czego tu szukasz? Złota?

– Złota. – Kiwnąłem głową. – Bo uran to tam dalej, w górze Sobiesz koło Piechowic.

Zważył próbówkę z pirytem w dłoni. Była dość ciężka. A wyglądała jeszcze lepiej. No i dobra. Niech im się wydaje, że mnie oskubali z wielkich bogactw. Im mocniej w to uwierzą, tym mniejsze ryzyko, że będą przetrząsać krzaki.

– I jak długo tu siedzisz? Zresztą... – Podniósł sponiewieraną mapę.

Daty. Kurczę, trzeba było zaszyfrować informacje, pomyślałem poniewczasie.

– Dwa tygodnie... – mruknął. Obejrzał fiolkę z nieco bardziej kwaśną miną. – I to wszystko, co znalazłeś? – parsknął.

– Leniwy, urwał, geolog, hłe, hłe. – Dresik zarechotał.

Niech się śmieje. Skoro są w dobrych humorach, to może nie zabiją, pomyślałem.

– No? – warknął stary. – Odpowiadaj grzecznie, jak pytam.

– Tu jest bardzo mało złota – bąknąłem i znowu splunąłem krwią. – W kowboja się bawię, nie stać mnie na wakacje daleko od domu – zasugerowałem delikatnie, że jestem miejscowy. – A tak pobyt na łonie natury, wielka przygoda na złotym szlaku, jak w książkach – dodałem płaczliwym tonem. – A do kopania sił mi braknie.

– Koksem się powinieneś poszprycować i na siłkę pochodzić, tobyś miał krzepę do machania łopatą!

Nie wiedziałem, czy to kpiny, czy może życzliwa rada, kręciło mi się w głowie. Nie mogłem skupić myśli.

– A my, urwał, bawimy się w poszukiwaczy, urwał, skarbów – zarechotał młody. – Ale my chociaż coś, urwał, znaleźliśmy! Hitlerowskie, urwał, talary, cały słoik, a ło! – Wyjął z kieszeni garść srebrnych pięciomarkówek z Hindenburgiem.

A potem, rechocząc wesoło, jednym kopem wywalił mój namiot i podskoczył kilka razy na jego ruinach, gnąc i łamiąc słupki.

– Dobra, nic tu po nas – warknął stary raz jeszcze, patrząc na moją mapę. – Pierdolnij frajera kowboja na pożegnanie i zwijamy się.

Zacisnąłem zęby. Liczyłem na cios w nogi, ale młody kopnął mnie w twarz. Nie jakoś szczególnie mocno, jednak walnąłem potylicą w pień, a z nosa chlusnęła mi krew.

– Dobrze weszło – pochwalił stary.

– W samą dychę, ociec. Dać mu jeszcze jednego?

– ...ostaw.

I rozbawieni poszli w cholerę.

– U Londona było jakby inaczej – przypomniałem sobie, obmacując więzy. – Tam bohatera napadli, kiedy znalazł bogate złoże złota.

Wiedziałem, że muszę uwolnić się jak najszybciej. Po pierwsze dlatego, że gryzły mnie komary. Zapach krwi pewnie dodatkowo wabił owady. Po drugie te mendy mogły zmienić zdanie i wrócić mnie dobić. Po trzecie prawie straciłem czucie w palcach, nadgarstki ściśnięte sznurem bolały jak diabli. Solidnie związali, w dodatku czymś nylonowym, chyba sznurem do wieszania bielizny.

Scyzoryk miałem w tylnej kieszeni spodni. Idioci nawet mnie nie obszukali. Namordowałem się, zanim zdołałem się do niego dostać i otworzyć ostrze. Przepiłowanie sznurów, których nawet nie widziałem, też zajęło mi sporo czasu.

– Tak to bywa, jak się kupi tani majcher z bazaru i nie ostrzy regularnie – mamrotałem pod nosem.

Wreszcie z ulgą mogłem rozetrzeć ścierpnięte ręce. Powlokłem się do rzeki. Siadłem w ubraniu, pozwalając, by lodowata woda zrobiła swoje. Zamoczyłem twarz. Wypłukałem usta. Dwa zęby chwiały się obluzowane. Długo masowałem obolałe miejsca. Kurza dupa... Solidnie oberwałem. Z drugiej strony ci dwaj to kompletne bezmózgi. Spuścili mi łomot i nawet nie sprawdzili, co jestem za jeden.

Co dalej? Pojadą pewnie do Warszawy. Tu już skończyli robotę. A może skoczą z tym do Wrocławia? E, chyba nie. Pewniej czują się na swoim terenie. Tam pójdą do sklepiku numizmatycznego, gdzie uświadomią ich, że słoik niemieckich marek to żadna wielka fortuna, jak mają tego kilkadziesiąt, ciekawe roczniki i w dobrym stanie, to zgarnęli równowartość dwu tygodni roboty. Trochę się wkurzą i pobiegną do jubilera z moją fiolką. Ten na widok pirytu dostanie czkawki ze śmiechu. Wtedy wkurzą się jeszcze bardziej. Ale przecież nie na tyle, by wracać tu i mnie szukać... A jeśli Wrocław? Dziś już niczego nie załatwią. Mam czas jutro do południa. Potem trzeba będzie uważać. I to bardziej niż do tej pory!

Wygrzebałem się z nurtów rzeki. Ból wzmógł się, ale do wytrzymania. Na noc łyknę jakąś tabletkę. Pozbierałem to, co zostało z mojego obozowiska. Aluminiowe rurki namiotu były kompletnie pogięte, trzeba będzie wystrugać coś z gałęzi. Czajnik ocalał. Zebrałem ubrania. Stary musiał jednak zabrać mapę, nigdzie nie mogłem jej znaleźć. Szkoda, może w domu coś jeszcze bym wydedukował... A tak tylko wskazałem dresiarstwu, gdzie kopać. Z drugiej strony czy połaszczą się na tak mizerne ilości? Połaszczą, to bezmózgi, słowo „złoto" ma na nich ewidentnie zły wpływ... A może uwierzą, że się pomyliłem i cały czas znajdowałem piryt?

Na szczęście pudło z próbkami prawdziwego złota, dokumentami, pieniędzmi i aparatem fotograficznym ocalało ukryte w wykrocie.

Przeniosłem obozowisko. Tym razem wybrałem miejsce naprawdę dobrze zasłonięte. Wyciąłem dwie leszczynowe żerdki, żeby zastąpić zniszczone słupki, i rozstawiłem namiot. Potem obszedłem kryjówkę, sprawdzając maskowanie. Nastawiłem budzik na piątą rano. Na szczęście apteczka, choć rozdeptana, ocalała. Nafaszerowałem się lekami i zawinięty w śpiwór zasnąłem.

*

Wrócił sen. Znowu szedłem znajomą uliczką. Kamieniczka stała kompletnie zniszczona. Skute tynki, wyrwane okna. Sąsiedni dom wyglądał podobnie, i jeszcze jeden. Czułem, że jestem w przyszłości, w czasach, które dopiero nadejdą. Najwyraźniej cały rząd domów szykowano do wyburzenia. Wszedłem w bramę. Otoczenie zmieniło się. Pod stopami miałem drewnianą kostkę. Drzwi na schody połyskiwały barwą świeżej farby olejnej. Deski skrzypiały mi pod stopami.

Mieszkanie, to trzypokojowe. Wszedłem przez uchylone drzwi. Stały tu jakieś meble, ale jak to często we śnie się zdarza, nie byłem w stanie dokładniej się przypatrzeć. Rozlewały się, rozmywały, nie mogłem skupić na nich wzroku. Oficer też tu był. Stał koło okna. Na stole leżał plecak i zrolowany koc.

Mężczyzna wyglądał, jakby wybierał się na wojnę. Dociągnął pas o dwie dziurki. Złożył gazetę i wetknął w cholewkę buta. A potem podniósł głowę. Nasze spojrzenia się spotkały. Uśmiechnął się smutno i wyjął z plecaka manierkę. Spostrzegłem, że ma potwornie brudne, uwalane ziemią dłonie. Na moich oczach na białej kozackiej bluzie zaczęły wykwitać paskudne czerwone plamy. Skrzywił się i znowu stałem na ulicy.

Obudziłem się rozdygotany. Wypiłem pół termosu wody. Miałem gorączkę, trochę mną telepało. Normalne po solidnym pobiciu. Spojrzałem na zegarek i łyknąłem jeszcze jedną tabletkę przeciwbólową.

– Skąd ten sen? – zastanawiałem się. – I dlaczego, u diabła, przyśnił mi się tutaj!?

*

Świt był chłodny. Wygrzebałem się ze śpiwora. Bolało jakby mniej, choć wargę nadal miałem napuchniętą jak cholera, a w nosie pełno zaschniętej krwi. Nad doliną rzeki Szarej zalegała mgła gęsta jak mleko.

I dobrze, jeśli zechcą mnie odnaleźć, mogą się skichać, pomyślałem. Z drugiej strony we mgle łatwo podejść! Muszę być wyjątkowo ostrożny.

Wymierzyłem sobie otwór metr na metr i wgryzłem się w glebę. Warstwy ziemi układały się tu w „makowiec" – ciemniejsze i jaśniejsze prążki, typowe dla osadów rzecznych. Co jakiś czas przepłukiwałem próbkę gleby na misce. Zgodnie z przewidywaniami w urobku nie było ani śladu kruszcu. Przerwałem zabawę, gdy dziura miała już półtora metra głębokości.

Jeżeli jakoś tego nie wzmocnię, ściany zaczną się osuwać, pomyślałem. Przydałyby się jakieś deski do oszalowania i coś w rodzaju drabinki, żeby łatwiej było wchodzić i wychodzić.

Kawałek w dół strumienia był rozległy wiatrołom. Ręczną piłą do południa wycinałem gałęzie o odpowiedniej długości. Ponacinałem je przy końcach, by jakoś tam prowizorycznie oszalować mój biedaszyb. Uznałem jednak, że gałęzie to za mało; aby powstrzymać osuwanie się błotnistej ziemi, potrzebowałem desek.

Pomyślałem o ruinach młyna. Skrzywiłem się w duchu. Musiałbym nosić po kilka sztuk, a dystans wynosił ze dwa kilometry... Ale nie ma wyjścia. Nie po to się tu zjawiłem, by zginąć pod obwałem. Poszedłem. Mgła jak na złość zrzedła. Zatrzymałem się na swoim dawnym stanowisku obserwacyjnym. Na szczęście dwaj poszukiwacze skarbów nie wrócili.

W sumie to logiczne, pomyślałem. Wygrzebali skarb, którego szukali. Spuścili wpierdol przypadkowemu sąsiadowi i zrabowali mu fiolkę kruszcu. Czego tu jeszcze mają szukać? Zwłaszcza że nie wiedzą, co ja za jeden, jakbym był miejscowy, to mógłbym przecież kumpli ściągnąć... Wrócili do domu.

Zszedłem ostrożnie na dół. W głównym budynku nie było żadnych desek. Za to w ruinach pomieszczeń gospodarczych poniewierało się ich sporo. I nie tylko deski tu znalazłem. Przy sporej dziurze wykopanej w narożniku pomieszczenia leżał wykrywacz metali, obok pusty słoik i pożółkłe strzępy niemieckich gazet.

Czy to, że wykopali oszczędności młynarza, tak ich urajcowało, że zapomnieli o znacznie cenniejszym sprzęcie elektronicznym? – zdumiałem się. W takim razie są jeszcze głupsi, niż wyglądali. Ale z drugiej strony rośnie ryzyko, że wrócą.

Wykrywacz był produkcji amerykańskiej, niezłej klasy, z funkcją rozróżniania metali. Zawsze chciałem taki mieć, tylko pieniędzy jakoś ciągle brakowało.

A może jednak nie wrócą? – rozważałem. Mógłbym go sobie zabrać jako odszkodowanie za straty moralne i uszczerbek na zdrowiu. I za ukradzioną mapę!

Nikt nie oponował. Z wykrywaczem na jednym ramieniu i dechami na drugim pomaszerowałem w górę doliny. Niebo zaciągnęło się chmurami. Oszalowałem wykop i zacząłem go pogłębiać. Około czternastej zaczęło mżyć. Miałem szczerze dość tej pogody i cała ekspedycja zaczynała wychodzić mi bokiem. Stłuczone miejsca coraz mocniej bolały. Ale wiedziałem też, że nie mogę zrezygnować z poszukiwań w takim momencie. Jeszcze metr, może dwa i dotrę do dna dawnego zbiornika, a tam przy odrobinie szczęścia czeka na mnie całe złoto z tej części doliny... Zrobiłem sobie kwadrans przerwy i twardo wróciłem do pracy. Na dnie szybu stało trochę wody. Wyciągałem glebę po kubełku i wysypywałem na hałdę. Deszcz rozpłukiwał ją, ale nigdzie nie błysnął żółty kolor.

Wreszcie pod saperką zachrobotał kamień. Obok kolejny. Dno, skaliste dno dawnego jeziorka. Warstwa, którą odsłoniłem, była znacznie ciemniejsza, usiana niewielkimi czarnymi grudkami. Muł? Konerkcje torfu? Nie. Minerały ciężkie. Małą łopatką wybierałem czarny szlam spomiędzy głazów. Usuwałem kamienie i wgryzałem się pod nie. Jeszcze dwa wiadra. Z trudem wyciągnąłem je na górę i zaniosłem do strumyka.

– No to chwila prawdy – mruknąłem, rozkładając w wodzie płucznię.

Unieruchomiłem koryto i nałożyłem pierwszą warstwę urobku. Nigdy wcześniej nie widziałem, by w rowkach zostało tyle naraz. Znowu wiaderko, miska... Płukałem ostrożnie. Lżejsze minerały przeskakiwały przez krawędź. Na czarnym tle spodu miski coraz wyraźniej widziałem żółty kolor. Złoto. Okruchy drobne i większe. Rekordowy był prawie jak ziarenko soczewicy. Urobek z tej partii ledwo zmieścił się w fiolce.

O siedemnastej przerwałem robotę, nastawiłem wodę na herbatę i rozejrzałem się po okolicy. Z przyjemnością stwierdziłem, że moi prześladowcy nie wrócili. Albo przenocowali we Wrocławiu i jadą teraz do Warszawy, albo wyjechali jeszcze wczoraj. Mimo wszystko musiałem zachować czujność. Mogą w każdej chwili wrócić po zostawiony sprzęt. Wykrywacze nie rosną przecież na drzewach.

Kolejne dwie godziny poświęciłem na poszerzanie dna wykopu. Drążyłem chodniki na boki, nie pchając się przy tym pod nawisy, ale wybierałem szlam denny tak daleko, jak byłem w stanie sięgnąć łopatą. Ziemia mimo oszalowań zaczęła się obsuwać tu i ówdzie. Przed wieczorem seria małych obwałów uświadomiła mi, że pora kończyć. Praca stała się zbyt niebezpieczna.

Rzuciłem do koryta ostatnie dziesięć wiader urobku. Nie było w nich wiele złota, tak jakby samo wyrobisko pokazywało, że nie warto już dłużej ryzykować. Z żalem zasypałem szyb. Zamaskowałem, na ile się dało, ślady kopania. Raz jeszcze sprawdziłem, czy nikt mnie nie podchodzi. Wszędzie panował spokój.

– Pora podliczyć... – Wydobyłem kieszonkową wagę jubilerską.

Spodziewałem się ładnego wyniku, ale i tak byłem bardzo przyjemnie zaskoczony. Ogółem z mułu na dnie złotej dziury wypłukałem prawie siedemdziesiąt gramów złota. A przecież miałem jeszcze trochę kruszcu z wcześniejszych badań doliny.

Rok za to przeżyję i coś odłożę na przyszłe wakacje. Będzie też za co kupować książki. Cieszyłem się, zwijając namiot i pakując plecak. Można by nawet zaprosić Martę do kina, a potem na kawę... O ile się zgodzi. Nawet na narty zimą moglibyśmy się wyrwać. Ale na to na pewno się nie zgodzi.

Zagryzłem wargi. Popatrzyłem na zegarek. Pora w drogę. Czeka mnie ładne kilka kilometrów marszu, a wypadałoby pojawić się u wujka jeszcze przed nocą.

Część II. Sekret pobojowiska

Siedziałem w przytulnym saloniku leśniczówki. Na kominku buzował ogień. Wypchana głowa jelenia popatrywała na mnie szklanymi oczyma. Na nogi wzułem grube kapcie, od kamiennej podłogi nielicho ciągnęło. Wujaszek zapadł w sąsiedni fotel.

Do opuchlizny za radą krewniaka przyłożyłem surowy kotlet schabowy. Wprawdzie słyszałem, że przykładać je trzeba do świeżego siniaka, ale uznałem, że przecież nie zaszkodzi.

– Dorwiemy ich – zapewniał. – Ruski miesiąc popamiętają. Zrobimy im taką mordoplastykę...

– E, do takich pazernych drani lepiej dotrze uderzenie po kieszeni. A swoją drogą, coś wujkowi pokażę. – Wyjąłem z plecaka pudełko z próbówkami i otworzywszy, postawiłem na stole.

Wyjmował je po kolei. Wreszcie przyszła pora na ostatnie. Widziałem, że zaskoczył go ciężar. W oczach zabłysły ogniki. Mój sukces wyraźnie go ucieszył.

– A więc znalazłeś to miejsce? Złoże? Tę, jak to określiłeś, złotą dziurę?

– Znalazłem – potwierdziłem. – Było dokładnie tak, jak myślałem. Słabo okruszcowane żyły kwarcu na stokach, rozsiane po dolinie ubogie złoża wtórne, którymi nikt się dotąd poważnie nie interesował, i co najmniej jedno miejsce znacznej koncentracji złota, którego nikt wcześniej nie odnalazł. Poszedłem tropem tego pruskiego belfra regionalisty, ale zaszedłem dalej niż on. Taka zagadka historyczno-geologiczna.

– A niech mnie – powiedział wreszcie, odkładając ostatnią próbówkę. – Zrobiłeś kawał dobrej roboty. Szkoda, że mapa przepadła, ale i tak zarobek jest godny włożonego wysiłku. Przyjechałeś tu dla przygody, a wracasz bogaty.

– Potrzebuję pieniędzy – westchnąłem. – I to dużo więcej.

– Każdy potrzebuje. Ale czy aby nie przesadzasz? Na wakacje z dziewczyną już masz. Tylko tych wakacji niewiele zostało. Ale za rok, po maturze...

– W tym problem, wuju, że potrzebuję naprawdę znacznie więcej.

Popatrzył pytająco.

– Chciałbym uratować pewien stary dom. Piękną maleńką kamieniczkę... – zacząłem opowiadać.

Gdy skończyłem, milczał przez dłuższą chwilę.

– Tu faktycznie potrzeba wielkich sum – westchnął. – Ale tak pomyślałem... Mam pewien, nazwijmy to, ciekawy trop. Lubisz tajemnice, potrafisz sobie dany pomysł obracać miesiącami w głowie, nie boisz się ciężkiej pracy. Jeśli raz jeszcze uśmiechnie się do ciebie szczęście, może wystarczy na remont tego domu.

– Zamieniam się w słuch.

– Gdy osiadłem w tych stronach w latach siedemdziesiątych, poznałem bardzo starego Ślązaka, autochtona – powiedział. – Był bardzo sympatycznym człowiekiem, ale samotnym. Rodziny nie miał, dalsi krewni wyjechali do Niemiec, przyjaciele poumierali ze starości. Podrzuciłem mu parę razy trochę drewna, bo sam już ledwo chodził, a w dodatku stracił rękę jeszcze w czasie pierwszej wojny światowej. Do tego zżerał go jakiś nowotwór. Wreszcie trafił do szpitala i tam zmarł. Tuż przed śmiercią podał pielęgniarce mój numer telefonu i polecił mnie sprowadzić. Przekazał mi wtedy klucze od swojej chaty i poprosił, żebym wziął sobie zawartość szuflady biurka. Powiedział, że w jego zbiorach najważniejsza jest manierka, która skrywa sekret rosyjskiego skarbu. Opowiedział całą historię. Minęło ponad trzydzieści lat. Zagadki nie udało mi się rozwiązać, ale może ciebie zainteresuje?

– Co było w tej szufladzie? – zaciekawiłem się.

– Sam zobacz...

Podszedł do szafy i wyciągnął z niej tekturowe pudełko. Wewnątrz leżały dwa stare albumy, plik kartek, dwa pudełka z medalami, klamra wojskowego pasa i aluminiowa manierka. Drgnąłem. Manierka wydała mi się znajoma. Sen?...

Wziąłem do ręki pierwszy album, oprawny w poczerniałą ze starości skórę. Na jego okładce wytłoczono żelazny krzyż i liście dębu. Przekartkowałem album, przyglądając się fotografiom.

– To Zamość, a tu jest Górka w Chełmie. – Puknąłem palcem w zdjęcia przedstawiające znane mi miejsca. – Sądząc po datach i miejscach, to letnia ofensywa tysiąc dziewięćset piętnastego roku. Przełamanie strategiczne pod Krasnymstawem i Grabowcem, potem natarcie na północ w kierunku na Chełm, potem dalej, na twierdzę Brześć, i pomocnicze na wschód, ku Rawie Ruskiej.

– Fiuuuu... – gwizdnął wujaszek. – Widzę, że znasz się na tym?

– Przypadkiem czytałem przedwojenną monografię poświęconą tamtej operacji – wyjaśniłem. – Ojciec kumpla mi podarował.

– W każdym razie ten staruszek stracił rękę gdzieś pod Włodawą – uściślił. – I jako niezdatny dla pruskiego wysiłku militarnego mógł wracać do domu.

Z pudełka wydobyłem Żelazny Krzyż, pierwszowojenny, z pruską koroną i na czarno-białej wstążce. Hitlerowcy używali już trójkolorowej. Pokręciłem z podziwem głową. Nie było łatwo taki otrzymać.

Drugi album był z września trzydziestego dziewiątego. Polskie umocnienia, spalone wioski, trupy, kolumny jeńców... Na końcu wklejone trzy kartki ozdobione nazistowską gapą – zawiadomienia o śmierci kolejnych synów. Dwaj padli jeszcze w Polsce, trzeci – na froncie wschodnim.

Niejako na deser obejrzałem manierkę. Obok wylewu szyjki miała wybitego dwugłowego orła, zresztą kształt brzuśca był na tyle charakterystyczny, że rozpoznałem na pierwszy rzut oka. Na brzuścu wyryte zostały jakieś kreski i cyferki.

– Rosyjska manierka – mruknąłem. – Standardowy model. Ale, jak zgaduję, z przedmiotem tym związana jest jakaś opowieść?

– Owszem. Atakowali carskie polowe stanowiska artyleryjskie w okolicach wioski, która jest na jednym ze zdjęć. Gdy Prusacy zdobyli dwie linie okopów, okazało się, że w głębi lasu jest jeszcze małe refugium. Rosjanie, widząc, że linia umocnień zaraz padnie, okopali się na wysoczyźnie. Ich przeciwnicy szturmowali tę pozycję jeszcze przez dwa dni. Podejść było ciężko, bo carscy mieli działko i kilku strzelców wyborowych, czyli mówiąc po naszemu, snajperów. Wreszcie refugium zdobyto. Mój znajomy zajmował się pochówkiem ofiar. Zbierano ciała, pakowano na furę, żeby przewieźć je na urządzany opodal cmentarzyk. I jedno go zastanowiło. Rosyjski oficer, który poległ od kuli w czasie ostatniego szturmu, miał straszliwie brudne dłonie.

– Jakby coś pośpiesznie zakopał? – domyśliłem się.

– Właśnie. Ślązak zaczął się rozglądać wokoło i znalazł miejsce, gdzie gleba była świeżo zruszona. A w dołku leżała ta właśnie manierka. Pusta.

– To znaczy, że Rosjanin, widząc, że pozycja padnie, ukrył ją w ostatniej chwili – rozważałem. – Zatem była dla niego tak ważna, że wolał nie ryzykować nawet pójścia z nią do niewoli. Żeby nie zabrali i nie odczytali tego, co na niej wyrył.

Raz jeszcze przyjrzałem się kreskom i cyfrom. Czyżby to był szyfr?

– Nie mam żadnych więcej tropów – powiedział wujek. – Dumałem i dumałem, ale nie doszedłem do żadnych wniosków. Synowie uważają, że to jedna wielka bzdura. Jeśli chcesz, spróbuj swoich sił. Masz łeb na karku, interesujesz się historią. Może to ugryziesz.

– I podzielimy się pół na pół? – zaproponowałem.

– Zastanawiałem się, co ten żołnierz mógł ukryć. Wyobraź sobie tę sytuację. Rozbity oddział w okrążeniu... Może kasę pułkową? Wielką żelazną skrzynię, w której spoczywają skórzane mieszki wypełnione złotymi pięciorublówkami z portretem cara Mikołaja... – kusił.

– Albo grubachne pliki przegniłych carskich banknotów – sprowadziłem go na ziemię. – Bo kto by taskał na front skrzynie ciężkiego kruszcu?

Nabił fajkę.

– Nieważne, co znajdziesz. Wszystko niech będzie dla ciebie – powiedział wreszcie. – Na remont tej twojej kamieniczki. Ja... Przez te wszystkie lata nawet nie pojechałem zobaczyć, jak wygląda to miejsce. Potraktujmy to jak przygodę.

– Worek złotych pięciorublówek bardzo by mi się przydał.

Ująłem manierkę w dłonie. W grubej aluminiowej blasze głęboko wyryto kreski i cyfry. Na razie nic mi nie mówiły. Ale... Kto wie? Oficer użył szydła albo końcówki noża. Rył szybko, lecz dokładnie. Dziwna linia biegnąca po łuku, cyfry poniżej, krzyż z kropką nad lewym ramieniem.

– Łatwe to nie będzie – westchnąłem.

– Wiem. Ślązak też próbował rozwiązać tę zagadkę. Najpierw na gorąco, zaraz po bitwie, zanim ruszyli dalej. Potem na dziesiątą rocznicę wojny, gdy przyjechał do Polski szlakiem swojej wyprawy, żeby odwiedzić mogiły kolegów. Nie znalazł niczego. Może tobie się uda.

*

Miasteczko dawno już zostało w dolinie. Osada jakich wiele na ziemi chełmskiej. Ryneczek, pożydowskie domy i domki, przeważnie w stanie totalnego zapuszczenia, barokowy kościół i zamknięta na głucho cerkiew. Tu ze wzgórz widziałem jeszcze dachy i kopułę na cerkiewnej dzwonnicy. Godzinę wcześniej wysiadłem z PKS-u i ruszyłem w drogę.

Szedłem na azymut, ukosem przez pola. Na wielu z nich zostało ściernisko, inne świeżo przeorano. Tu i ówdzie leżały jeszcze bele słomy.

Westchnąłem, przypominając sobie stare rodzinne zdjęcia. Pradziadek z kosą na ramieniu. Równe snopy pszenicy powiązane powrósłami i zestawione „w dziesiątek". Pola aż po horyzont pokryte takimi kupkami.

Tak jest lepiej, przekonywałem sam siebie. Przejedzie kombajn, w godzinę wykona pracę, która dwudziestu żniwiarzom zajmowała cały dzień. Ale przecież coś zyskując, jednocześnie coś straciliśmy. Ja pamiętam z dzieciństwa snopki ze snopowiązałki. Dziś już nawet takich nie ma.

Patrzyłem pod nogi. Po orce i bronowaniu spadł deszcz, dzięki czemu wszystkie drobiazgi wyciągnięte na powierzchnię zostały ładnie opłukane z gleby. Za to less lepił mi się do butów jak guma do żucia. Idąc, widziałem tu i ówdzie niewielkie odłamki siwych skorup. Te pola uprawiano przez setki lat. Użyźniano obornikiem, wywożono na nie muł z koryta rzeczki i rowów melioracyjnych. Razem z mierzwą trafiały na pola stare garnki, ogryzione kości i wszelkiego rodzaju odpadki.

Bliżej stoku wzgórza nieoczekiwanie pojawiły się szare kulki – ołowiane „lotki" od szrapneli. Kawałek dalej orka wydobyła na powierzchnię zaśniedziałą łuskę karabinową i może dziesięciocentymetrowy kawałek drutu kolczastego. Ziemia nadal wypluwała ślady bitwy sprzed lat. Wyjąłem z kieszeni albumik z odbitkami. Pole trochę się zmieniło, ale rozpoznałem pobliski pagórek. Przed laty biegły tu rzędy zasieków, nieco dalej była pierwsza linia rosyjskich okopów.

Wieloletnia głęboka orka zatarła wszystko, tylko łuski leżały tu wymieszane, część pochodziła z carskich karabinów systemu Mosina, część z pruskich mauzerów. Najwyraźniej pozycja ta przechodziła z rąk do rąk w ogniu zażartej bitwy. Na zdjęciu wszędzie widać było leje po wybuchach pocisków, poszarpane zasieki, ciała poległych leżące tam, gdzie dosięgła ich śmierć.

Przekroczyłem polną drogę. Szedłem przez zapomniany odcinek zapomnianego frontu. Rosjanie, sądząc po zdjęciach, wykopali dwa rzędy głębokich transzei. Pierwszy przez pola na skraju lasu, drugi wśród buków i dębów. Drzewa nad głowami były niezwykle przydatne podczas ostrzału, lotki od szrapneli i odłamki grzęzły w gałęziach i listowiu. Próbowałem odwzorować sobie jakoś w głowie tę bitwę, ale wyobraźni mi nie starczało.

Tam, gdzie na zdjęciach królowała śmierć, teraz zbierano zboże na chleb. Tam, gdzie leżał skoszony salwą karabinową martwy kozacki koń, dziś rosła na miedzy grusza. Krew wsiąkła w ziemię. Przeszłość dawała jednak o sobie znać. W bruzdach pojawiały się to zaśniedziała łuska, to szara ołowiana kulka, to zardzewiała podkówka od buta. Podniosłem pozieleniały carski guzik i wytarłszy o spodnie, schowałem do kieszeni.

W głąb lasu odchodziła droga gruntowa. Wyciągnąłem sztabówkę. Sprawdziłem swoje położenie. Byłem prawie na miejscu. Cmentarz od strony drogi był zupełnie niewidoczny. Dopiero gdy wdarłem się między gęstwinę krzewów porastających obrzeża lasu, natrafiłem najpierw na podejrzanie regularne garby ziemne, a potem dwa samotne krzyże, kompletnie spróchniałe i oparte o drzewo.

Refugium, gdzie poległ człowiek od manierki? Rozejrzałem się wokoło. Zdobywców często grzebano w obrębie obwałowań zdobytej pozycji... Nie, to nie tutaj!

Ten teren nie stanowił pierwotnie reduty. Nie było widać żadnych śladów umocnień, nasypów, nic z tych rzeczy. Popatrzyłem na mogiły i porównałem ze zdjęciem. Wykonano je z pagórka. Na dole strzaskany ostrzałem artyleryjskim las, zmielone lejami okopy, zwłoki carskich żołnierzy w jasnych bluzach, walające się w błocie papachy. Upuszczony karabin. Wielka wyrwa i przewrócone na bok rosyjskie działo. Powyżej płytki wykop, trochę osłonięty karpą korzeni. Stanowisko snajpera... I też ciało, skulone, jakby strzelec otrzymał postrzał w brzuch i zwinął się w kłębek w agonii.

To nie to miejsce. Rozłożyłem sztabówkę, szukając wysoczyzny. Rysunek poziomic wskazywał, że kilometr stąd w kierunku zachodnim znajduje się jakieś wzniesienie.

Ten Rosjanin był strzelcem wyborowym i zapewne osłaniał artylerzystów, rozmyślałem, idąc gruntówką w tamtym kierunku. Prusacy trafili z ciężkiego działa precyzyjnie w ich stanowisko. Jakimś cudem przeżył, być może jako jedyny na tym odcinku. Mając świadomość, że to już koniec, zakopał manierkę. Podniósł z ziemi swój karabin, albo może broń któregoś z zabitych kolegów, a następnie okopał się albo wykorzystał przygotowane wcześniej zagłębienie. Gdy nadeszli Prusacy, by – jak to mieli w zwyczaju – dobić rannych, zaczął do nich strzelać. Zabił kilku, może kilkunastu. Ale w końcu go dopadli.

Snajperów praktycznie nikt nigdy nie brał do niewoli, więc zginął szybko, myśląc, że swoją tajemnicę zabierze do grobu. Nie mógł przewidzieć, że ktoś zauważy, iż jeden z trupów ma dłonie pobrudzone glebą.

*

Znalazłem to miejsce. Przyroda zabliźnia rany. Okopane stanowisko artyleryjskie było tylko wgłębieniem terenu, a zniszczone okopy niemal się zatarły. Dopiero po dłuższej chwili można było spostrzec pewną regularność dołków i wypuczeń. Ich układ pasował do zdjęcia. Ale podłużne zaklęśnięcie, w którym kiedyś znajdowało się stanowisko snajpera na pagórku, nie uległo szczególnym zmianom. Nie miałem wątpliwości. To tu wykonano fotografię.

Chciałem położyć się w nim na chwilę i spojrzeć na las z tej samej perspektywy co strzelec. Powstrzymałem się jednak, mając świadomość, że to miejsce było naznaczone śmiercią. W trawie spostrzegłem zardzewiałą łuskę. Podniosłem kępę darni i ujrzałem jeszcze kilka. Wystrzelał tu niejedną łódkę nabojową...

– A więc jestem tu, gdzie miałem dotrzeć – mruknąłem. – Tu ukryłeś manierkę i tu zginąłeś. I co dalej? Podpowiesz mi znowu? Czy może to był tylko sen?

Nic się nie działo, jedynie las szumiał cicho. Ćwierkały ptaszki, zabrzęczał trzmiel. Panował całkowity spokój. Wręcz niemożliwe wydawało się, żeby w tej scenerii mogła się wydarzyć jakakolwiek tragedia. Jakby nigdy w tym dołku nie leżał człowiek strzelający raz za razem do innych ludzi.

Raz jeszcze popatrzyłem na fotografię. Żołnierz, który coś ukrył. Na zdjęciu nie widziałem twarzy. Bez przekonania uruchomiłem wykrywacz metali i omiotłem cewką glebę. W słuchawkach zawyło. Metal był wszędzie. Niezdecydowany grzebałem saperką, znajdując łuski, dziesiątki łusek karabinowych, ołowiane lotki od szrapneli, odłamki pocisków i granatów, dziesięciocentymetrowy ułamek czworograniastego carskiego bagnetu.

– Przez śmiech żelaza... – mruknąłem. Widocznie długo nie mogli zdobyć tej górki. Garstka carskich żołnierzy broniła się tu z determinacją, do ostatniego naboju. A naboi mieli dużo... Dlatego Niemcy użyli artylerii.

Natrafiłem na kawałek orzełka i skorodowany kominek z pruskiej pikielhauby. Łuski były znowu dwu rodzajów, dwie armie używały karabinów różnych systemów. Tu też musiało dojść do walki wręcz. Strzelali zapewne niemal z przyłożenia, nie nadążając ładować karabinów.

I co dalej? Rozejrzałem się.

Wyciągnąłem manierkę. Wpatrzyłem się w wyryte znaki. Dziwna parabola nie pasowała ani do kształtu stoku wzgórza, ani nie była też chyba odwzorowaniem żadnej ze ścieżek. Raz jeszcze przyglądałem się zagadkowemu szyfrowi. Łuk. Nad nim rosyjskie W i piątka. Koło niej kropka. Obok krzyż i nad jego lewym górnym ramieniem znowu kropka. Poniżej garść cyfr, które nic mi nie mówiły.

Przeszedłem jeszcze parę kroków. Deszcz sprzed kilku dni rozpłukał igliwie, z gleby sterczał zielony rant czegoś okrągłego. Myślałem, że to carska miedziana kopiejka, ale podniosłem z ziemi okrągłą blaszkę pokrytą tłoczonymi cyframi. Medal? Nie. Ściągawka dla artylerzysty, wykaz kątów ostrzału pozwalający szybko obliczyć, jak ustawiać działo. Ciekawy drobiazg. Schowałem go do kieszeni.

Są dwa rodzaje planów. Pierwszy to plan ślepy. Służy właścicielowi i tylko jemu. Kilka kresek, które coś powiedzą temu, kto ukrywał, a dla obcego są czarną magią. Drugi rodzaj to plan mający doprowadzić do skarbu kogoś zaufanego. Musi więc zawierać komplet informacji pozwalających zlokalizować skrytkę. Te cyfry pod łukiem...

I naraz doznałem olśnienia. Krzywa balistyczna! Ten Rosjanin był strzelcem, ale przecież pułk miał też na wyposażeniu lekką artylerię. On... To musi być związane z armatami. Obliczył punkt, w który spadnie pocisk. Oczywiście przy odpowiednim ustawieniu lufy działa. To te cyfry! Nie strzelał, obliczył to teoretycznie. Poszedł i tam ukrył swój skarb. Inny artylerzysta odnalazłby go w ten sam sposób: policzył na kartce, poszedł i wykopał! A ja?...

Wydobyłem blaszkę. Porównałem cyfry. Zupełnie z niczym mi się nie kojarzyły. Nie obliczę tego, bo brak mi odpowiedniego wykształcenia. Z drugiej strony... Jaką nośność mogła mieć rosyjska armata w tej epoce? Kilometr? Dwa? Osiem? Chyba nie więcej. Jasne, że łatwiej byłoby wiedzieć mniej więcej, o jaki dystans chodzi. Ale to nie jest absolutnie konieczne! Wystarczy kierunek. Bo ten krzyż to musiało być coś sporego...

Po raz dziesiąty obejrzałem zagadkowe rysunki. Pięć stopni. Na pewno nie jest to kąt uniesienia lufy działa! Rosyjskie S. Czyżby odnosiło się to do kierunku? Na pewno nie południe, bo stamtąd nacierali Prusacy. Wschód albo zachód? Nie wiadomo. A może *siewier* – północ? To brzmi nawet logicznie. Wyciągnąłem z plecaka przybornik. Położyłem na sztabówce ekierkę i kątomierz.

Przyjmijmy, że punkt, dla którego liczył trajektorię pocisku, to teren refugium, analizowałem, kreśląc długą kreskę ołówkiem. Teraz pięć stopni w bok. Domierzyłem i wykreśliłem drugą prostą. Przecinała zwyczajny las... Ustawiłem azymut na kompasie i ruszyłem.

Za wysoczyzną ciągnął się pas krzaków, jeszcze jeden zerodowany okop. Tu nie było łusek, zapewne nie został wykorzystany. Szedłem wyznaczonym szlakiem, starając się utrzymać właściwy kierunek. Odchylenie o jeden stopień mogło bowiem dać u celu i kilkadziesiąt metrów pomyłki.

Przydałaby się poziomica laserowa, teodolit, niwelator, coś tego typu. Ustawić, puścić laser, iść, aż trafi w drzewo, ominąć, ustawić po raz kolejny...

Ta część terenu pokryta była lessowymi wąwozami. Potem znowu wyszedłem na wysoczyznę. Przez las biegł dziwny wał. Wdrapałem się na niego, popatrzyłem w lewo, potem w prawo.

Ciekawe, co to mogło być. Kolejka wąskotorowa? Do zwózki drewna czy co? Bo przecież nie nasyp drogi? Przecinał moją trasę pod kątem prostym. Linia azymutu, prostopadły nasyp. Może chodzi o krzyż, który tworzą? Ale gdzie, u licha, szukać skrytki? Wtedy wszystko wyglądało tu inaczej. Jeżeli rzeczywiście to była linia kolejowa, może znajdowały się tu też inne punkty orientacyjne, jakiś semafor czy coś podobnego? Potem ktoś zdemontował szyny, wykopał podkłady, zabrał szlabany i budki dróżników, o ile w ogóle było coś takiego. Może też rosły tu charakterystyczne drzewa?

Przeszedłem kilkadziesiąt metrów w prawo, potem zawróciłem. Nasyp przecinający obniżenie terenu zanikał w miejscu, w którym poziom gruntu się podnosił.

– Jednak kolej – mruknąłem, obkopując butem kawałek stalowej obejmy mocującej pierwotnie szynę do podkładu.

Przebieg dawnego szlaku drogi żelaznej był ledwo widoczny. Jeszcze kilkadziesiąt metrów i dotarłem do miejsca, w którym leśna droga gruntowa przecinała niegdyś domniemaną kolejową. Krzyż... W trawie poniewierały się kawałki cegły.

Krzyż mógł symbolizować skrzyżowanie, a tam, gdzie znajduje się kropka nad ramieniem, coś stało. Mały budynek, na przykład budka dróżnika? – rozważałem. Ciepło, ciepło...

Wyjąłem współczesną mapę i kserokopię przedwojennej. Na żadnej z nich nie zaznaczono przebiegu torów. Czyżby linię kolejową zbudowano tylko dla usprawnienia obrony? Mogła zostać zdemontowana jeszcze podczas wojny przez Prusaków, którzy potrzebowali tych szyn do własnych celów.

Kawałki gruzu walające się w trawie były wyraźnie widoczne. Wyjąłem z plecaka szpilę i przez chwilę nakłuwałem ziemię. Namacałem kwadratowy fundament. Obkopałem go saperką. Cegły położono bezpośrednio na glebie, ułożono je w dwu warstwach i spojono fatalną zaprawą, w której było więcej gliny niż wapna. Na nich zapewne opierała się drewniana konstrukcja małego budyneczku. Jeśli żołnierz ukrył coś na strychu budki, przepadło. Ale chyba nie był na tyle głupi.

Włączyłem wykrywacz. W jednym miejscu zasygnalizował obecność jakiegoś metalowego przedmiotu. Wyjąłem saperkę i podkopałem pseudofundament. Pod ostrzem łopatki błysnęła gruba, pokryta grynszpanem rura. Odskoczyłem i odruchowo padłem na ziemię.

To pocisk artyleryjski albo może tylko łuska, myślałem gorączkowo. Zapalnik pewnie był z dobrego brązu, minęło prawie siedemdziesiąt lat, ale nadal może być sprawny...

Leżałem plackiem. Nic się nie działo. Nie wybuchło. Nawet nie syknęło. Gdzieś daleko dzięcioł stukał w drzewo. Powoli dźwignąłem się ze ściółki i podszedłem do wykopu. Zajrzałem. Rura leżała spokojnie. Przemogłem się. Grube draństwo. Grubsze niż szrapnelowe. Zacząłem ostrożnie obkopywać znalezisko. Dotarłem do jednego z końców. Od tej strony przypominała termos.

– To nie łuska – mruknąłem. – Nie ma kryzy ani pierścienia. Zatem to nie spłonka. Zapalnik też nie.

Zatrzymałem się niepewny. Grzebać dalej czy nie? Pocisk to nie jest, ale pobojowiska kryć mogą wiele nieprzyjemnych niespodzianek. A jeśli to pierwszowojenna butla z chlorem? Pod Bolimowem chloru użyli Prusacy... Ale tutaj? Nie słyszałem. A co najważniejsze, chyba jestem w miejscu wskazanym przez szyfr. Postanowiłem zaryzykować. Kopałem ostrożnie. Natrafiłem na przynitowane uszko i resztki kompletnie sparciałego skórzanego paska. Całość wyglądała jak spory tubus na pasku do przekładania przez ramię.

Wybuchnie? Chyba nie. Czy jest groźne? Cholera wie... Co może być w środku? Dokumenty? Mapy?

Obkopałem przedmiot od drugiej strony. Tu też zakończony był obło. Całość miała ponad metr długości i kilkanaście centymetrów średnicy. Ostrożnie wydobyłem rurę z gleby, a następnie omiotłem wykrywaczem otoczenie. Pod cewką pisnęło tylko kilka zardzewiałych gwoździ. Ziemia nic więcej metalowego nie kryła. Schowałem znalezisko do plecaka, omotując wystający koniec koszulą. Zanim odszedłem, zamaskowałem jak mogłem ślady kopania.

*

Był sobotni poranek, gdy zszedłem do warsztatu ojca, urządzonego w piwnicy naszego bloku. Starannie przetarłem rurę. W niektórych miejscach powierzchnia była gładka, tylko poczerniała skutkiem powierzchniowej korozji, w innych pokrywała ją gruba zielona skorupa związków miedzi. Wypatrzyłem cieniutką kreseczkę – jeden z końców można było zdemontować. Nakapałem w szczelinę oliwy. Ostrożnie próbowałem rozruszać, ale bez skutku. Jeżeli był tu gwint, to zapiekł się na amen. Przyniosłem suszarkę do włosów i ostrożnie podgrzałem powierzchnię. Gorąca oliwa wniknie głębiej, a rozszerzający się metal końcówki odspoi się od głównego korpusu. Miałem tylko nadzieję, że ciepło nie spowoduje eksplozji.

Wreszcie końcówka drgnęła. Przekręcałem ją ostrożnie. Szpara poszerzała się, przeczucie mnie nie myliło –

widziałem już gwint. Siedem obrotów, osiem, szło gładko. Zaskakująco gładko. Ktoś, kto zakręcał tubus przed osiemdziesięciu laty, najwyraźniej nie pożałował towotu lub podobnego mazidła. Wreszcie z lekkim cmoknięciem odkręcany element oddzielił się.

Pochyliłem się nad czarnym otworem, wciągając powietrze. Nie co dzień oddycha się atmosferą pierwszej wojny światowej. Nie co dzień czuje zachowane cudem tchnienie carskiej Rosji. Powietrze uwięzione przez dekady w puszce mieszało się już ze współczesnym. Wysunąłem z rury długi, nieforemny pakunek zawinięty w mocno nawoskowane płótno. Rura musiała być idealnie szczelna – tkanina była w dotyku sucha, choć przesiąkła nieco zapachem stęchlizny. Co to może być?

Odwinąłem i moim oczom ukazał się sztandar. Zalśniły haftowane złotą nicią monogramy carów Aleksandra i Mikołaja. Zabłysła data 1886 i napisy. Szarfa, którą był obszyty, nieco spłowiała. Naszyto nań też szeroką taśmę w czarno-żółte paski. Na takiej wstążce zawieszano Krzyże Świętego Jerzego. Pośrodku na piersi dwugłowego orła święty dumnie przebijał włócznią smoka. Po drugiej stronie umieszczono inny herb.

„XIV Pułk Strzelców Syberyjskich" – odcyfrowałem wijące się litery ozdobnej cyrylicy. Wewnątrz tubusu spoczywało rozkręcone na trzy części czarne dębowe drzewce okute tak zwanymi gwoździami – ozdobnymi tabliczkami z nazwami jakichś mandżurskich miast i datami zwycięstw. Wewnątrz tubusu był też dwugłowy orzeł, zapewne wieńczący drzewce, także rozmontowany na kilka elementów. Metal poczerniał, miejscami pokrył się tęczową patyną. Wyglądało mi to na czyste srebro.

– A to ci psikus nie lada – mruknąłem. – Cenny artefakt historyczny. Pewnie ktoś by to nawet kupił. Jakiś obrzydliwie bogaty kolekcjoner.

Popatrzyłem na litery obcego alfabetu. Wyobraziłem sobie młodego oficera, który na polu przegranej bitwy ukrywa to, co mu powierzono. Sztandar swojego pułku. W imię honoru, w imię cara, którego zapewne nigdy nie widział nawet na oczy. Zakopał sztandar. Wyrył na manierce informację, jak go odnaleźć. Potem wziął karabin i poszedł spełnić swój obowiązek. Aż do samego końca. Wreszcie, widząc, że nie wyjdzie z tej przygody żywy, zakopał też manierkę.

Przypomniałem sobie noclegi nad rzeką. Przyśnił mi się... On? A cholera wie. Może i on. A teraz siedzę tu w piwnicy, a przede mną leży jego sztandar. Co mam robić? Dokończyć misję. Dlaczego ja? Bo na mnie padło. I co dalej? Zanieść to do rosyjskiej ambasady? Czy ten okruch carskiego imperium powinien trafić w brudne i zakrwawione po łokcie ręce współczesnych sołdatów byłej Armii Czerwonej? Nie... To rozwiązanie nie wchodzi w grę.

A zatem? Trzeba odszukać resztki carskiego imperium...

Przez następne tygodnie zasypiałem z nadzieją, że we śnie raz jeszcze zobaczę oficera. Że udzieli mi jakiejkolwiek wskazówki. Niestety, duchy najwyraźniej pojawiają się, gdy same zechcą.

*

Okazja trafiła się dopiero jesienią. Klubem Młodych Europejczyków w moim liceum zawiadywał stary profesor Pierzyński. Miał sporo doświadczenia w podobnej robocie, jeden ze starszych kuzynów, który niegdyś ukończył tę samą budę co ja, pamiętał, że dwie dekady wcześniej belfer od integracji europejskiej opiekował się szkolnym oddziałem Towarzystwa Przyjaźni Polsko-Radzieckiej. Wtedy udało mu się urządzić wycieczkę do Moskwy, a teraz zgodnie z nieubłaganą logiką dziejów grupie uczniów zaklepał wyjazd do Brukseli. W dodatku wycieczka była dofinansowana z eurofunduszy przewidzianych na szerzenie europropagandy wśród dzikusów z Europy Wschodniej, więc kosztowała nas grosze.

Był koniec września, gdy wreszcie dotarliśmy do miejsca, które stary nauczyciel eufemistycznie nazywał przyszłą stolicą kontynentu. Odwiedziliśmy Europarlament. Zobaczyliśmy, w jakich luksusach pławią się eurodeputowani, rzuciliśmy okiem, jak obsługa nakrywa do stołów w restauracji. Przewodnik zapewniał nas solennie, że i my tego dobrobytu kiedyś zakosztujemy poprzez gardła naszych przedstawicieli, a ich dostojne zady zasiądą wygodnie na podobnych fotelach wyściełanych aksamitem. Cyknęliśmy sobie pamiątkową fotkę na schodach. Obejrzeliśmy kawałek paskudnego miasta. Czas wolny na samodzielne zwiedzanie wyznaczono nam po południu. Urwałem się jak chart ze smyczy... Cerkiew pod wezwaniem Hioba Bolesciwego znajdowała się przy Avenue du Manoir, na południu aglomeracji. Dotarłem do niej po dwu godzinach walki z tutejszą komunikacją miejską. Budowla wyglądała jak żywcem przeniesiona ze średniowiecznego Nowogrodu – wysoki budynek na planie kwadratu, przypominający wyciągniętą kostkę do gry, zwieńczony niewielką kopułą. Otynkowanym na biało ścianom przydałaby się nowa warstwa farby. W kamienne portale wprawiono okute żelazem drzwi.

Wiedziałem, że wewnątrz cerkwi znajdowała się największa świętość białych emigrantów – pamiątki po wymordowanej carskiej rodzinie. Były wśród nich epolety Mikołaja II, Biblia należąca do następcy tronu, krzyżyk będący własnością carycy oraz kaseta zawierająca nieliczne fragmenty kości, znalezione, gdy wojska admirała Kołczaka na krótko odbiły Jekaterynburg.

Podszedłem do drzwi i nacisnąłem klamkę. Zamknięte. Te za rogiem – także. Nie znalazłem nigdzie wywieszki z godzinami mszy. Może gdzieś tu mieszka pop? Albo mieści się jakiś rodzaj probostwa? Rozejrzałem się w okolicy, ale na żadnym z budynków nie wypatrzyłem odpowiedniej tabliczki. Ulice były puste, nie miałem nawet kogo zapytać.

Ruszyłem przed siebie rozczarowany. Po dłuższej chwili zorientowałem się, że zabłądziłem. Sądziłem, że zaułek wyprowadzi mnie w kierunku przystanku kolejki aglomeracyjnej, tymczasem znalazłem się w dzielnicy willowej. Przeszedłem jeszcze kawałek, licząc na przecznicę, która zawiedzie mnie w jakieś znane mi miejsce, ale zaplątałem się jeszcze bardziej.

– W lesie nigdy się nie zgubiłem, a teraz w mieście pobłądzę? – zirytowałem się.

I nagle spostrzegłem szyld z dwugłowym orłem na bramie jednego z domów. *La Russie impériale...* Przyjrzałem się napisowi. „Klub weterana carskiej armii i instytut prawosławny" – odcyfrowałem. To może być odpowiednie miejsce...

Wcisnąłem guzik dzwonka. Głośnik zagadał coś po francusku. Tą mową akurat nie władałem, ale chyba weterani carskiej armii pamiętają jeszcze język ojczysty?

– *Zdrastwujtie, zdies' Robert Storm* – przedstawiłem się.

Drzwi szczęknęły. Wszedłem do środka. Korytarz jak korytarz. Chodnik na podłodze, kilka par ładnych rzeźbionych drewnianych drzwi. Sztukaterie na suficie. Żadnych tabliczek. Przystanąłem niezdecydowany, na szczęście z piętra po schodach zeszła dziewczyna. Na jej widok poczułem, że Marta wcale nie jest tak ładna, jak do tej pory uważałem.

Schodząca była ode mnie ciut młodsza, ubrana w spodnie oraz białą bluzkę. Miała grube ciemne brwi i piękny warkocz. Oczy o migdałowatym wykroju były jasnobrązowe. Przechyliła z wdziękiem główkę. Było w tym geście coś arystokratycznego.

O rany, księżniczka. Prawdziwa! – przeleciało mi przez głowę.

– W czym możemy pomóc, panie Storm? – zapytała.

Dopiero po ułamku sekundy dotarło do mnie, że pyta po angielsku.

– Szukam kogoś, kto służył w Czternastym Pułku Strzelców Syberyjskich – wyjaśniłem. – Albo potomka kogoś takiego. Może jakiegoś historyka wojskowości carskiej Rosji. Ewentualnie kogoś z waszych... eee... przywódców. Mężów zaufania? Przyjechałem z Polski.

– Jego Wysokość car Włodzimierz przebywa aktualnie w swojej rezydencji w Saint-Brieuc. To w Bretanii – dodała, widząc, że nie wiem, o czym mówi. – Ale mój pradziadek jest jego przedstawicielem na Belgię. Przyjmie pana, proszę za mną. – Uśmiechnęła się uprzejmie i ruszyła po schodach.

To i cara tu mają? Byłem nieco skołowany. To znaczy nie tu, we Francji mają... Tu mają tylko namiestnika.

Warkocz dziewczyny był gruby chyba jak mój nadgarstek. Chwościk spięty frotką podskakiwał na plecach. Złapałem nosem delikatną nutkę perfum. Indian Summer? Weszliśmy do biblioteki. Staruszek siedzący przy stole zawalonym woluminami wyglądał zupełnie zwyczajnie. Nie miał bokobrodów ani orderów na piersi. Był całkiem siwy, silne okulary zniekształcały obraz jego oczu. Jeśli walczył w wojnie domowej, to pewnie co najwyżej jako kadet lub elew którejś z uczelni wojskowych. Przywitałem się.

– Czym mogę służyć? – zapytał po rosyjsku.

– Głupio to zabrzmi, ale przychodzę, bo znalazłem to. – Wręczyłem mu kopertę z odbitkami.

Rosjanin długo w milczeniu patrzył na zdjęcia. Wreszcie uniósł głowę. W kącikach oczu miał łzy.

– Gdzie on jest? – zapytał wprost.

– Mam sztandar u siebie, w Polsce – wyjaśniłem. – Znalazłem w lasach na południe od Chełma.

– To by się zgadzało, pułk wpadł w okrążenie, gdy osłaniał odwrót naszych wojsk w czasie letniej ofensywy tysiąc dziewięćset piętnastego. Ile za to chcesz, młody człowieku?

Ile? Dobre pytanie... Nie miałem pojęcia, ile może być wart carski sztandar.

– Nie wiem. – Rozłożyłem bezradnie ręce. – Znalazłem go trochę przypadkiem.

Przechylił głowę jakby w niemym pytaniu.

– Dostałem od wujka carską manierkę z wyrytym szyfrem. Rozwikłałem zagadkę. Odnalazłem skrytkę. Myślałem, że będzie tam ukryta wasza kasa pułkowa, a zamiast tego trafiłem na sztandar.

– Kasa pułkowa? – Uśmiechnął się. – No to przeżyłeś swego rodzaju rozczarowanie.

– Nawet nie. Przyjemnie było odnaleźć coś tak niecodziennego. Oddałbym do Muzeum Wojska Polskiego, ale w zasadzie po co im to? Ta jednostka nie stacjonowała nawet na terenie dzisiejszej Polski – z trudem składałem rosyjskie zdania. – Wydawało mi się tak na logikę, że skoro to wasze, wypada oddać wam. Ukrył to wasz człowiek. Oficer, któremu zależało na uratowaniu sztandaru za wszelką cenę. Zginął tam, w lesie. Odwiedziłem was, bo akurat szczęśliwie zaniosło mnie do Brukseli. Weźcie i tyle... Nie chcę zarabiać. Tylko przez granicę sztandaru nie przewiozę. Musicie go jakoś odebrać w Warszawie.

Pokiwał głową.

– Wyślemy po to swojego zaufanego. Jeśli możemy coś dla ciebie zrobić...

Rozłożyłem bezradnie ręce. Nic nie przychodziło mi do głowy. Dopiero gdy szedłem ulicą w zapadającym zmierzchu, pomyślałem, że przecież mogłem poprosić chociaż o odwiezienie na kwaterę.

*

Za oknem budził się ciepły październikowy dzień. Zbierałem się właśnie do szkoły, gdy pakowanie teczki przerwał mi dzwonek do drzwi. Otworzyłem. W pierwszej chwili, widząc elegancko ubraną parę, sądziłem, że odwiedzili mnie świadkowie Jehowy, ale przecież oni nie chodzą „z dobrą nowiną" o siódmej rano. Facet wyglądał zupełnie przeciętnie. Twarz jak twarz, ciemnowłosy, z wąsikiem, dość wysoki. Miał na sobie szary garnitur, pod brodą zawiązał krawat. Dziewczynę poznałem dopiero po chwili, tym razem była w jeansach i grubym pseudonorweskim swetrze. Włosy upięła w kok.

– Pan Robert Storm? – zapytał mężczyzna.

Mówił niby po polsku, ale akcent go zdradził.

– To ja.

Zaprosiłem ich gestem do środka. Czułem się poniekąd idiotycznie. Nasze mieszkanie nie umywało się do tamtej willi. Zaprowadziłem ich do mojego pokoju. Na szczęście łóżko już pościeliłem...

– Proszę, oto moje znalezisko. – Ściągnąłem z pawlacza zaśniedziały tubus.

Odkręciłem koniec. Rosjanin wydobył zwój tkaniny, rozwinął. Dziewczyna odetchnęła głęboko. Wpatrywali się dłuższą chwilę jak urzeczeni, potem uklękli i pocałowali płótno.

To dla nich cholernie ważne, pomyślałem. Dużo ważniejsze, niż przypuszczałem. Pod tym sztandarem ich przodkowie odbierali nominacje oficerskie, paradowali podczas świąt pułkowych, z nim szli do boju, a gdyby wygrali, załopotałby na paradzie zwycięstwa na Unter den Linden czy gdzieś. I co istotne, nie był to pułk, który tłumiłby jakiekolwiek nasze powstania narodowe!

Mężczyzna z szacunkiem zwinął sztandar i umieścił w pojemniku. Następnie wsunął go do plecaka.

– Kawy albo herbaty? – zaproponowałem. – Mam też ciastka...

– Dziękujemy, daleka droga przed nami. – Domniemana księżniczka pokręciła głową. – Żal się rozstawać z takim znaleziskiem?

– Może trochę, ale z drugiej strony napatrzyłem się. – Wzruszyłem ramionami. – Na ścianie w moim pokoju wyglądałby co najmniej dziwnie. Łatwo przyszło, łatwo poszło, wam w każdym razie przyda się pewnie bardziej.

– Znajdzie godne miejsce w naszej cerkwi, wśród najszacowniejszych pamiątek po zgładzonym świecie naszych przodków – zapewnił jej towarzysz.

– Całkowicie mnie to satysfakcjonuje.

– Pradziadek prosił, żebym to panu przekazała. – Dziewczyna dygnęła i podała mi dużą kopertę.

– Nie chcę żadnych pieniędzy. – Schowałem ręce za plecami.

– To nie jest gotówka. – Pokręciła głową.

Wziąłem. Goście nie rozsiadali się. Podziękowali. Pożegnali mnie uprzejmie i znikli. W powietrzu pozostał cień zapachu perfum dziewczyny.

– Tak, zdecydowanie to Indian Summer – mruknąłem do siebie. – Ładne, można by kupić Marcie na imieniny. Ale ode mnie i tak nie weźmie...

Spojrzałem na zegarek. Spoko, jeszcze dziesięć minut do wyjścia. Nie spóźnię się. Otworzyłem list. Spodziewałem się kartki z podziękowaniem, a tymczasem wydobyłem drukowaną na sztywnym papierze ikonę oraz bladoseledynowy papierek. Czek.

– Faktycznie to nie gotówka. – Mimowolnie parsknąłem śmiechem. – Dobra, wasze na wierzchu. Ale naprawdę wystarczyłby jeden pocałunek tej księżniczki czy kim ona była – mruknąłem, patrząc w stronę drzwi. – No chyba że pocałunek księżniczki cenicie wyżej. – Postawiłem święty obrazek na regale i zamyśliłem się.

A jednak zapłacili... Trudno. Już ich nie dogonię. Gruby papier ze znakami wodnymi z tyłu zabezpieczony został paskiem magnetycznym. Patrzyłem na zdobiące go zera. Dwoiły mi się w oczach. Piętnaście... Nie! Sto pięćdziesiąt tysięcy franków. Belgijskich? A figę. Nie wiedzieć czemu, wypłacili mi nagrodę we frankach francuskich. Z osobistej rezerwy tego ich cara czy ki diabeł?

Odnalazłem w gazecie tabelę kursów walut.

– No ładnie, trzydzieści tysięcy dolarów – westchnąłem. – Toż kawalerkę za to można kupić! Tylko jak go zrealizować? W Narodowym Banku Polskim powinni wiedzieć. Podejdę po lekcjach i zapytam.

Przez chwilę czułem pokusę, by natychmiast zakończyć swoją edukację, ale szybko odepchnąłem od siebie niebezpieczne myśli. Może i jestem bogaty, ale ta głupia matura pewnie się jednak przyda. Nagle z głębin pamięci wypłynął obraz małego warsztatu zegarmistrzowskiego na parterze zrujnowanej kamieniczki. Kawalerka to konkret. Ale gdyby tak zagrać va banque?

*

Minęły dwa tygodnie, nim byłem gotów. Po lekcjach pojechałem na Wolę. Zakład zegarmistrzowski jeszcze działał. Wszedłem. Staroświecki dzwoneczek nad wejściem zabrzęczał. Pan Maciek oderwał spojrzenie od gazety.

– A... młody pan Storm – rozpoznał mnie od razu. – Czyżby budzik znowu odmówił posłuszeństwa? Miałem nadzieję, że wytrzyma trochę dłużej.

– Tym razem przyszedłem w innej sprawie – bąknąłem.

– Zamieniam się w słuch. – Rozsiadł się wygodniej, wskazując mi krzesło.

– Chcę kupić mieszkanie na piętrze, to, o którym pan wspominał. Będzie pan miał fundusze na renowację kamieniczki. A jeśli dobijemy targu, wujek obiecał zrobić remont praktycznie po kosztach. I mogę poczekać choćby kwartał z wprowadzeniem się.

Łypnął na mnie podejrzliwie, jakby chciał sprawdzić, czy nie żartuję. Położyłem przed nim na blacie wyciąg z konta.

– Taką kwotą dysponuję – bąknąłem. – To, niestety, wszystko, co mam, ale jestem w podobnej sytuacji jak pan. Żaden bank raczej nie da mi kredytu.

Wiedziałem, że to stanowczo za mało. Liczyłem jednak po cichu, że bardzo potrzebuje tych pieniędzy i zdołam utargować. Milczał dłuższą chwilę, zapewne rozważał propozycję.

– Obrobiłeś, chłopcze, bank czy wygrałeś w totolotka? – Uśmiechnął się lekko. – Bo nie powiesz mi, że ten ambitny plan płukania złota na Śląsku przyniósł ci taką fortunę?

– Znalazłem swego rodzaju pamiątkę i zwróciłem prawowitym właścicielom. Można powiedzieć, że spotkała mnie zaskakująco hojna nagroda za dobry uczynek.

Pokiwał głową, ale nie zapytał o szczegóły. Obaj czuliśmy, że gdy zostaniemy sąsiadami, będzie jeszcze niejedna okazja pogadać.

– Kwota, którą proponujesz, powinna wystarczyć na większą część niezbędnych prac. Chciałem wprawdzie wyciągnąć trochę więcej, ale skoro w ofercie jest też rabat na remont, myślę, że jakoś się dogadamy – powiedział.

Epilog

Jadąc na Wolę, musieliśmy zboczyć z trasy i nadłożyć kilka kilometrów.

Władza demoralizuje. Mówi się, że władza absolutna demoralizuje absolutnie. Moim zdaniem, to zależy od jednostki. Czasem władza niewielka jak odrobina brudu za paznokciem połączona z odrobiną gotówki i wewnętrznym poczuciem bezkarności wystarcza, żeby z byle obszczymurka wyrósł mały wioskowy hitlerek. Problem w tym, że na każdego kozaka znajdzie się większy kozak, a rozmaici lokalni watażkowie, mocni na swoim terenie, też czasem nie docenią przeciwnika.

Namierzenie bandziorków z młyna zajęło mojemu wujkowi gliniarzowi dwa kwadranse. Policja miała ich obu w kartotece. Ojciec, stary drechol, za komuny bazarowy kombinator i cinkciarz, dorobił się z czasem własnego sklepu spożywczo-monopolowego, w którym serwował też dania barowe na ciepło. Miał na sumieniu kilkadziesiąt mandatów za parkowanie w niedozwolonych miejscach, ale kartoteka nie odnotowała żadnych poważniejszych grzeszków. Syn, młody dresik, brał udział w kilku bójkach, ale też nie dał się jak dotąd złapać na niczym poważniejszym. Terenowa toyota stała na tyłach sklepu. Właśnie trwał rozładunek. Czekaliśmy cierpliwie, aż zaniosą ostatnią zgrzewkę piwa na zaplecze.

Szara furgonetka podjechała na parking. Nasi dotarli. Zatem pora działać. Wysiadłem i nonszalanckim krokiem wszedłem do lokalu. Stary kombinator spojrzał na mnie odruchowo i zmarszczył brwi. Rozpoznał, ale chyba nie był do końca pewien.

– Czego? – warknął gardłowo.

– Przynoszę wam pozdrowienia znad rzeki Szarej.

– Ty gówno! Jak nas znalazłeś!?

– Przydałyby się szczere przeprosiny i stosowne odszkodowanie za uszczerbek na zdrowiu oraz poniesione straty moralne – powiedziałem spokojnie.

– Jeszcze ci mało? Wypierdalaj, debilu, bo syna zawołam!

– No cóż, chciałem po dobroci, ale skoro tak... – Wzruszyłem ramionami.

Otworzyłem drzwi. Do środka wmaszerowała ekipa wujaszka. Siedmiu inspektorów w garniturach i z aktówkami. Jeden zaraz zaczął rozkładać na ladzie skoroszyty i grube woluminy norm ISO. Drugi pęsetą złapał biegnącego po ścianie karalucha i umieścił go w fiolce ze spirytusem, po czym zręcznie nakleił na niej kod kreskowy.

– Dzień dobry, Eustachy Storm, sanepid. – Idący na czele kierownik ekipy pokazał zbaraniałemu sprzedawcy legitymację. – Przeprowadzamy niezapowiedzianą kontrolę stanu sanitarnego obiektu, ze szczególnym uwzględnieniem dostosowania budynku i wyposażenia do normy ISO 22000:2005 i standardów HACCP. Proszę na początek naszykować dokumentację techniczną używanego sprzętu gastronomicznego oraz faktury na zakup stosowanych środków czystości. Pobierzemy też do badań wymazy z systemu wentylacji, klimatyzacji oraz kominów pieców. Przebieg kontroli jest filmowany.

– Proszę o okazanie aktualnych protokołów dezynsekcji i deratyzacji wraz z załącznikami dokumentującymi rodzaj i ilość zastosowanych środków toksycznych – odezwał się ten z karaluchem w fiolce. – Ma pan tu robale!

– Jaką farbą były malowane ściany? – zainteresował się kolejny, badając przez lupę brudną lamperię. – To mi wygląda na grzybnię.

– Przy umywalce brak instrukcji BHP mycia rąk – dobiegło z zaplecza. – W menu jest jajecznica, proszę wskazać, gdzie jest oddzielne pomieszczenie do wyparzania jaj.

– Data przydatności gaśnicy przekroczona o dwa tygodnie!

Pomachałem na pożegnanie do pobladłego nagle właściciela i jego zbaraniałego synalka i wyszedłem.

Przy odrobinie szczęścia dresik i jego tatuś będą kontrolowani tylko sześć lub siedem godzin. I nie ma najmniejszych szans, by protokół liczył mniej niż pięćdziesiąt poważnych zastrzeżeń. Wujek był dokładny. A jeśli zachodziła konieczność, kontrolował do skutku. Uśmiechnąłem się z przekąsem. I dobrze wam tak, bydlaki. Było nie zaczepiać. Nic wam przecież nie zrobiłem.

– Rachunki krzywd wyrównane – mruknął wujek Igor, gdy wsiadałem do szoferki. – Można powiedzieć, zła karma do nich wróciła.

– Dlaczego znowu zła? – obruszył się drugi z krewniaków. – Te normy wymyślili bardzo mądrzy ludzie z Brukseli dla naszego wspólnego dobra.

I wszyscy trzej ryknęliśmy śmiechem.

– Dziękuję za pomoc. – Uśmiechnąłem się.

– Nie ma za co! Nikt nie będzie bezkarnie fikał Stormom!

Dwadzieścia minut później byliśmy już przed kamieniczką. Pan Maciek dreptał po chodniku i zaaferowany gniótł w dłoniach czapkę. Energia go rozpierała, wyraźnie nie był w stanie usiedzieć na miejscu. Rozumiałem go, mnie też euforia dosłownie unosiła. Zasalutowałem żartobliwie. Okulary błysnęły przyjaźnie w odpowiedzi. Dotknąłem nagrzanego przez jesienne słońce kamiennego portalu bramy. Jeszcze tu nie mieszkałem, ale już miałem wrażenie, że wróciłem do domu.

Czułem, że sen, ten, w którym widziałem całą ulicę czekającą na wyburzenie, nie sprawdzi się. Odwróciłem to. Zmieniłem przeznaczenie tego domu. Byłem też pewien, że mogę tu mieszkać zupełnie bezpiecznie. Duch oficera nie będzie mnie więcej odwiedzał. Ciekawe, czy za życia faktycznie tu mieszkał, ale pewnie tak... Gdybym tylko wiedział, jak się nazywał, zapewne zdołałbym to ustalić. Stacjonował w Warszawie, potem dostał rozkaz do wymarszu w pole? A może był tu tylko przejazdem, zmobilizowany po wybuchu wojny? Przybył do miasta, koszary z pewnością były przepełnione, może pozwolono mu nocować na mieście u krewnych? Tak czy inaczej, czułem, że nitki naszych losów skrzyżowały się nie bez powodu.

Nowa więźba dachowa powoli znikała przykrywana arkuszami blachodachówki. Czekało nas jeszcze sporo roboty z elewacją, ale za dwa tygodnie budynek będzie wyglądał jak nowy. Postoi jeszcze sto lat. I to ja go uratowałem. Trzeba będzie włożyć jeszcze ogrom pracy, wymienić część instalacji, ułożyć na nowo bruk w bramie, zrobić odwodnienie podwórza, zaizolować fundamenty i dać nowe rynny – ale pierwsze efekty już widać.

Na balkonie iskrzyła spawarka. Odtworzona na podstawie starych zdjęć balustrada właśnie była osadzana. Z wnętrza dobiegało buczenie agregatu do kładzenia tynku. Dobrze mieć w rodzinie specjalistów z różnych branż...

Czarne parasole

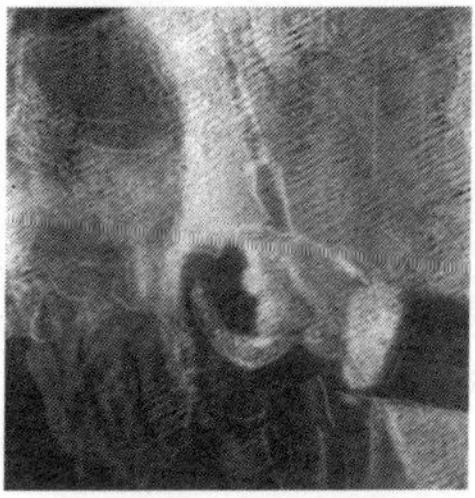

Słyszałem o tej wystawie. Natrafiłem na dwie recenzje w prasie. Omawiano ją na forach internetowych. Ktoś ze znajomych sugerował, że warto się wybrać. Zapamiętałem plakat, który ją reklamował, jedno zreprodukowane zdjęcie. Wiekowy Żyd, mędrzec z długą brodą. Może rabin, może cadyk, siedzący na kamiennych schodkach domu, studiujący księgę, i dwaj młodzi Żydzi, może jego uczniowie, usłużnie osłaniający go przed wiosenną mżawką za pomocą czarnych parasoli. Chciałem zobaczyć te zdjęcia. Niestety, zawalony robotą nie znalazłem czasu, żeby wybrać się do galerii.

*

Piotrek przyszedł na herbatę zaraz po służbie. Odwiesił na wieszak kaburę ze spluwą, policyjną czapkę powiesił na jelenim rogu. Trochę mnie to zaskoczyło – byłem pewien, że po służbie musi zdawać broń.

– Co to takiego? – mruknął zdziwiony, przyglądając się wieszakowi. – Małe toto, a rozkrzaczone. Z daniela?

– To rogi jelenia milu – wyjaśniłem. – Na całym świecie takich zwierzątek jest tylko około czterystu sztuk. Ale to z legalnego źródła, znajomek pracuje przy hodowli w parku leśnym w Kadzidłowie.

– Aha – przyjął do wiadomości.

– Herbata czarna czy zielona, w torebkach czy sypana? Mam też smakowe. A może wolisz kawę? – zapytałem.

– Daj kawy. Rozpuszczalnej, nie rób sobie kłopotu. Tylko zrób mi siekierę, żeby łyżeczka stawała.

– Żarówka stuwatowa ma prześwitywać przez roztwór czy nie? – wolałem skonkretyzować zamówienie.

– Zrób dwa razy mocniejszą, niż pijasz zazwyczaj. Twojej dziewczyny nie ma?

– To nie jest moja dziewczyna. Tylko się przyjaźnimy. Poza tym pokłóciliśmy się.

– Znowu? O co tym razem?

– Marudziła, że nie mówię jej komplementów. Powiedziałem, że ma oczy jak jałówka. Brązowe, wypukłe i pięknie błyszczące. A ona, zamiast się ucieszyć, zrobiła awanturę.

Podreptałem do kuchni, a on tymczasem rozsiadł się wygodnie. Torbę postawił obok fotela. Kiedy wróciłem z kawą, spojrzał na mnie, a potem powiódł wzrokiem wokoło. Jego spojrzenie na chwilę skupiło się na gablotce z przedwojennymi odznakami. Zagryzł wargi. Wyglądało, że zbiera się w sobie.

– Co cię gryzie? – zapytałem wprost. – Masz jakieś pytanie. Sądzisz, że mógłbym znowu pomóc naszym dzielnym stróżom prawa? – Zawsze lubiłem brać byka za rogi. – Potrzebujesz konsultacji historycznych?

– No, tak jakby – odpowiedział powściągliwie. – Ale nie do końca. Słyszałeś o wystawie fotografii „Poranek w galicyjskim miasteczku"?

– Tak. Ciekawa podobno. – Grzebałem w pamięci. – To były zdjęcia z końca lat międzywojennych, pokazujące Żydów krzątających się przy różnych zajęciach w dzień targowy. Interesujące, bo zazwyczaj takie fotografie trafiają się pojedynczo, a tu cały zestaw. Zachowała się chyba rolka negatywu, tylko nie wiadomo, gdzie je zrobiono. Ciekawe znalezisko. Dobrze, że pokazano to publicznie, zawsze to jakiś okruch poprzedniej epoki. Ale powiedz, co się stało?

– To poufne.

– Będę milczał jak grób. Nawet Marcie przecież nie powiem – westchnąłem.

– Wyobraź sobie, wczoraj do galerii przyszedł jakiś staruszek i zamalował autora wystawy młotkiem w głowę. Został zatrzymany przez ochronę. Zaraz też nas wezwano. Nie stawiał oporu, nawet nie dokonał tak zwanego czynnego znieważenia werbalnego funkcjonariuszy, co się zazwyczaj zdarza. Kulturalny starszy pan. Tylko hobby ma jakby trochę niezgodne z prawem.

– A ofiara?

– Nieprzytomna w szpitalu. Lekarze mają nadzieję, że wyjdzie z tego, ponoć czacha okazała się gruba jak u goryla. A i cios nie był zbyt mocny. Sprawca po prostu nie miał dość siły. W ogóle ten dziadyga to jedna wielka zagadka. Wygląda na jakieś dziewięćdziesiąt lat. Ale nie chce powiedzieć, jak się nazywa. Nie ma przy sobie żadnych dokumentów, odmówił zeznań, nie życzy sobie nawet adwokata. Na pytanie o motywy odpowiedział tylko: „Należało się łajdakowi". Elegancko ubrany, laska też ładna, ale widać, że przyjechał z prowincji.

– Ciekawe.

Policjant wyjął z torby folder i położył go na stole. Zajrzałem do środka. Zdjęcie chłopaka, który zorganizował wystawę. Twarz jak twarz, wyglądał na studenta. Jego znalezisko. Metalowa puszka po przedwojennych landrynkach, w niej rolka negatywu. Piękne reprodukcje zdjęć pokazujących poranek targowego dnia na rynku małego miasteczka. Na końcu jakieś kolorowe fotki kropli deszczu na owocach jarzębiny, ewidentnie niepasujące do reszty. Zdaje się, że znalazca też zajmował się trochę fotografią. Folderek pachniał jeszcze ostro farbą drukarską. Przekartkowałem go ponownie, natrafiając na znajome zdjęcie starca pod parasolami.

– Hmmm... – odezwałem się wreszcie. – To ciekawe. I ciebie wrobili w wyjaśnienie tej sprawy?

– Ano tak – westchnął. – Pomyślałem, że może mi pomożesz ugryźć tę zagadkę. W końcu grzebiesz w antykach i starociach.

– Pokaż zatem ten młotek – zaproponowałem.

Syknął cicho – widocznie trafiłem w dziesiątkę. Wyciągnął z torby laptop, odpalił, wprowadził hasło i wyświetlił zdjęcia dowodu rzeczowego. Przyjrzałem im się pobieżnie. I westchnąłem w duchu. Już wiedziałem, co go zafrapowało.

– To właśnie mnie zastanowiło. – Kumpel stuknął paznokciem w ekran. – Dlaczego, u diabła, na obuchu ktoś wybił napis „Kiełbasa"!? To z rzeźni czy masarni może? Bez sensu...

Uśmiechnąłem się lekko, widząc potwierdzenie swoich przypuszczeń. Podszedłem do półki i ściągnąłem monografię poświęconą ludowym kowalom z Podhala. Kartkowałem ją przez chwilę, a potem podałem otwartą na stronie ze zdjęciem topora ozdobionego identycznym napisem.

– O ty, w mordę! – sapnął Piotrek, czytając opis. – To ja sobie bezskutecznie osiem godzin głowę łamię, a to po prostu nazwisko rzemieślnika?

– Bieżmo Stare – odczytałem nazwę miejscowości. – Zaraz, zaraz...

Poszedłem do sąsiedniego pokoju, w którym miałem urządzony gabinet. Chwilę grzebałem po półkach. Wróciłem z monografią poświęconą bocznym odgałęzieniom Kolei Transwersalnej. Przekartkowałem indeks i otworzyłem na wskazanej stronie.

– To chyba to samo miasteczko – mruknąłem. – Przypatrzmy się...

Archiwalne zdjęcie w albumie wykonano trzydzieści lat wcześniej niż te w folderku. Synagoga nie miała jeszcze nowego ganku, jeden budynek był niższy o dwie kondygnacje. Zamiast eleganckiego chodnika z płytek piaskowca w błocie leżały pęki drewnianych dyli. Ale reszta się zgadzała.

– Robercie, jesteś zaiste geniuszem – mruknął mój przyjaciel.

– Przypadek – zbagatelizowałem. – Po nazwisku jak po sznurku do kłębka. Ale jedno mi się w tym wszystkim bardzo nie podoba. Ja zidentyfikowałem fotkę w ciągu paru minut, bo miałem punkt zaczepienia. Zakładam, że wystawiający zdjęcia miałby może z tym dużo więcej zachodu, ale to naprawdę banał. Kilkanaście godzin w bibliotece i po problemie.

Pogrzebałem kilka minut w necie.

– Czego szukasz? – Piotrek nie grzeszył cierpliwością.

– Zaciekawił mnie ten starzec pod parasolami. Popatrz, co o nim znalazłem. To słynna postać. Cadyk Abraham Elisze.

– Nigdy o nim nie słyszałem.

– Dużo tu tego. – Popatrzyłem na setki wyników wyszukiwania. – Potem przeczytam i jutro ci zreferuję.

– Hmmm... Nasz fotograf ukrył nazwę miejscowości i dostał w głowę przedwojennym młotkiem pochodzącym z tego właśnie miasteczka. Wątki zazębiają się jak u dentysty. Tylko czemu napastnik użył tak starego narzędzia? – dumał mój kumpel.

– Pewnie dlatego, że takie akurat miał w domu. Zastanawiałeś się kiedyś, jak stary jest twój młotek?

– Co?

– Młotek. Pewnie masz w domu jakiś młotek. Ile ma lat? – indagowałem.

– Eeee... Cholera wie, tak w sumie. Może i sporo, bo to po dziadku. – Popatrzył na mnie zdziwiony.

– A twój dziadek kupił go w sklepie żelaznym czy może dostał od swojego dziadka? Pomyśl sam. To lity kawałek metalu, można go ewentualnie zgubić, ale zepsuć trudno. Jak się trzonek złamie, bez problemu struga się nowy. Jak drzewce jest dobre, z dębiny albo buku, a pracujesz tym sporadycznie, to i trzonek może być od nowości jeden i ten sam.

– Zatem głupi młotek...

– Może mieć sto lat, może sto pięćdziesiąt. Siekiery żyją krócej, ale bywa i tak, że jak jest dobra, ale gdzieś pęknie przy obuchu, to wiejscy magicy próbują pospawać uszkodzenia.

– A gdybym chciał sprawdzić ten mój? Znaczy ile ma lat? Nie ma na nim chyba żadnych oznaczeń, a sklepany jest zdrowo.

– Zacznij od położenia go na wagę – doradziłem. – I zobacz, czy da się masę przeliczyć na rosyjskie funty i łuty.

– Zatem narzędzie przestępstwa ciekawe, ale nic w nim szczególnego – wydedukował.

– Trzeba przefaksować portret sprawcy policji z tamtych okolic. Na lokalnym posterunku ktoś powinien go kojarzyć z widzenia – zasugerowałem. – A nawet jeśli nie, będą wiedzieć, kto może wiedzieć.

– Tia, trzeba w takim przypadku wybrać się z fotografią do sklepu, do fryzjera, do biblioteki... Rutynowe działania. Teraz powinno już pójść jak po maśle. Dzięki. Spojrzałeś świeżym okiem i od razu popchnąłeś robotę.

– Co wiemy o zaatakowanym?

– Hmm... To, że się tak wyrażę, chronione dane osobowe i poufne dane śledztwa! – nastroszył się.

– Skoro tak... – Wzruszyłem ramionami.

Przepisałem nazwisko z okładki folderka i uruchomiłem wyszukiwarkę internetową.

– Student ASP, obecnie na czwartym roku, magisterkę pisze, robiąc dokumentację dublującą prace Wiktora Zina. To znaczy sprawdza, co zostało z obiektów, które pan profesor rysował i fotografował w latach sześćdziesiątych. Do tego ma własną firmę fotograficzną, robi zdjęcia dla dziewczyn ze wsi marzących o karierze modelek, zajmuje się ratowaniem szklanych negatywów i wykonuje fotografie nagrobkowe na porcelanie. Zakład przejął po dziadku, fotografie pewnie też przodek wykonał – zachichotałem.

– Zgiń, przepadnij, siło nieczysta. – Piotrek parsknął śmiechem. – Ale zdradzając prawdziwe już sekrety organów ścigania, mogę dodać, że nie figuruje w naszych kartotekach. Choć różnych „artystów" mamy na pęczki. Dzięki, bardzo mi pomogłeś. – Wyraźnie odprężony zabrał się do pałaszowania sernika. – Cienko dziadek zaśpiewa, jak mu powiemy, że już wiemy, kim jest i skąd przyjechał.

Ja tymczasem ponownie zagłębiłem się w folderze. Długo patrzyłem na reprodukcje. Potem sięgnąłem po lupę.

– Coś mi tu nie gra – westchnąłem wreszcie. – Coś... – Strzeliłem palcami.

– Umiesz to jakoś określić? – zaciekawił się.

– Coś mi w nich nie pasuje. Kompletnie nie pasuje. One... One są zbyt współczesne. Niepodobne do tych z epoki. To my tak fotografujemy. Akcenty, inne skupienie się na detalu. Inaczej ustawiamy się do światła. Trudno to wyjaśnić. Albo...

Podszedłem do regału i ściągnąłem dwa numery „National Geographic". Jeden z lat sześćdziesiątych, drugi prawie współczesny. Otworzyłem na zdjęciach, wybierając tak, by oba przedstawiały ulicę w mieście.

– Rozumiesz? Wystarczy porównać zdjęcie dzisiejsze i takie sprzed kilkudziesięciu lat, żeby załapać, które jest młodsze, a które starsze.

Kumpel popatrzył na fotki i poskrobał się z frasunkiem po głowie.

– Hmm... Skoro tak twierdzisz... W sumie racja. Moda się zmienia i samochody...

Tytanicznym wysiłkiem woli przegoniłem dowcipy o milicjantach, które już wypełzały z różnych zakamarków mojej pamięci.

– Nie to mam na myśli. Moda, fryzury, przyroda i architektura to treść zdjęcia. Jak weźmiesz starą książkę, znajdziesz słowa, których dziś nie używamy. A sposób fotografowania to jak krój czcionki, którą ją wydrukowano – tłumaczyłem łopatologicznie.

Pogrzebałem w sieci, znalazłem aktualne zdjęcia miejscowości. Niewiele zostało z dawnej zabudowy...

– Myślisz, że to lipa? Niby jak miałby to zrobić? Przebrać ludzi w stroje z epoki, rozłożyć rekwizyty i tak dalej? Przecież na tej scenie z targowiskiem jest ze czterysta osób. Stroje, kasa za pozowanie... W dodatku te budynki. Dziś stoi kilka pojedynczych starych domów. Fotograf musiałby odtwarzać tło... – zastanawiał się Piotrek, zaglądając mi przez ramię. – Bzdura jakaś. A może użył programów graficznych?

– To nie jest pozowane ani nie jest to fotomontaż. A jeśli jest, to mistrzowsko zrobiony. Jak by to powiedzieć... Po prostu mi coś nie gra! Mam przeczucie.

– Też miewam przeczucia – pochwalił się. – To, jak by to powiedzieć, podstawa mojej roboty. I tym razem przeczuwam, że ten młody zaiwanił w Bieżmie tę rolkę filmu, a dziadek, jak się dowiedział, że ktoś w stolicy spija śmietankę, pokazując jego zdjęcia wykonane w czasach młodości, złapał młotek, wsiadł w pociąg i pojechał wymierzyć sprawiedliwość po swojemu.

Spojrzałem zaskoczony.

– To chyba zbyt proste wyjaśnienie – zauważyłem.

– To masz trudniejsze. Dziadek chłopaka, też fotograf, cyknął miejscową dziewczynę, jak się na podwórzu myje w balii. Wtedy, przed wojną, zdołał uciec, oczywiście tego zdjęcia nie umieszczono na wystawie, ale staruszek i tak się domyślił, kto mu przed laty narzeczoną uwiecznił toples.

– Nie zgrywaj się.

– Zazwyczaj zaczynam od najprostszych teorii. – Spoważniał. – Większość motywów, jakimi kierują się ludzie, jest banalna i prymitywna. Naoglądałeś się filmów i od razu wyobrażasz sobie gang Olsena i genialne planowanie skoków po milionowe fortuny. Rzeczywistość jest szara, nudna i przewidywalna. Zdziwiłbyś się, jakimi prostakami są bandyci.

Niewiele opowiadał o swojej pracy, ale obiło mi się o uszy, że łapał głównie drobnych złodziejaszków.

– To nie mogła być jedna rolka negatywu – mruknąłem. – Nikt nie strzeli trzydziestu sześciu perfekcyjnych fotek pod rząd. Chętnie przyjrzałbym się ich skanom.

– Dlaczego? Co chcesz znaleźć?

– Nie wiem. Naprawdę nie wiem. Po prostu gdzieś w mózgu zapaliła mi się żaróweczka. Czuję, że jestem na tropie czegoś. Czasem tak mam.

Piotrek bezradnie rozłożył ręce.

– Fotograf w chwili, gdy został zaatakowany, miał ze sobą torbę z laptopem i drugą z aparatami. Komputer jest znakomicie zabezpieczony, a prawie każdy katalog chroniony hasłem.

– Policja nie ma swoich ściśle tajnych, niezawodnych metod używanych w takich przypadkach? – zdziwiłem się.

– Policja ma takie metody – mruknął niechętnie. – Ale z tą niezawodnością są czasem problemy. Poza tym, żeby pogrzebać na poważnie, potrzebne jest zezwolenie sądu, a tu na razie nie ma trupa, nie ma też powodu, żeby sprawdzać, co gość trzyma na dysku. Przecież w końcu mamy sprawcę aresztowanego „na gorącym uczynku, aż się prokurator sparzył" – zacytował Żukrowskiego.

– No tak... – westchnąłem. – A teraz powiedz mi to, czego nie powiedziałeś.

Spojrzał na mnie wilkiem.

– Nie miałbyś ochoty skończyć odpowiedniej szkoły i zatrudnić się w policji? – parsknął. – Przydałbyś się nam jak cholera. Owszem, jest coś, co nie pasuje. Dziadek, jak już walnął chłopaka w głowę, wsadził mu coś do ust.

– Zbrodnia typu mafijnego, jak na Sycylii? – zdumiałem się. – Tam też wkładali nieboszczykom kamień albo podrzucali zdechłą rybę... – przypominałem sobie filmidła oglądane w młodości.

– A na Ukrainie bolszewickim komisarzom sypali zboże w usta, aż się nim dławili – uzupełnił. – Tym razem... Wyobraź sobie, że sprawca wetknął ofierze w usta dekiel.

– Co proszę?

– Taki czarny krążek do obiektywu. Zaślepkę czy jak to zwać. Ktoś z naszych powiedział „dekiel".

– Ciekawe. Sprawdzaliście mieszkanie fotografa? Pracownię? Jego aparaty fotograficzne?

– W sensie czy pasuje do któregoś? Tak. Pracownię ma w galerii. Torbę ze sprzętem znaleźliśmy na zapleczu. Wszystkie aparaty są tej samej firmy. Poza tym wszystkie mają zabezpieczone obiektywy. Dba o sprzęt. Ale... Zgadłeś. Pasowałby. Znowu przeczucie?

– Ten staruszek ma do młodego jakiś żal. Chyba jest to, że się tak wyrażę, żal fotograficzny. Faktycznie ciekawa sprawa. Czyli masz coś nietuzinkowego. Przestępstwo niebanalne, popełnione przez sprawcę o skomplikowanej osobowości...

– Ciekawa sprawa?! Od czapy! – zdenerwował się. – Mam za swoje... Zresztą co będę ściemniał! Za karę mi to wlepili.

– Co przeskrobałeś? – zdziwiłem się.

– Tajemnica służbowa... Albo dobra, ale to między nami. Wprowadziłem swojego prowokatora do zorganizowanej grupy przestępczej. Zdjęliśmy ich na włamie do jubilera. Problem w tym, że nie tylko ja na to wpadłem. Jeden włamywacz pracował dla nas, drugi dla ABW, trzeci dla skarbówki, a czwarty dla celników. Piąty, szef i mózg skoku, był chyba prawdziwym złodziejem, ale on właśnie dał drapaka. A teraz wszystkie służby mają pretensje właśnie do policji, a mój szef do mnie.

*

Dochodziła północ. Piotrek dawno już poszedł, a ja nie umiałem znaleźć sobie miejsca. Próbowałem zadzwonić do Marty, ale nie odbierała. Raz jeszcze analizowałem, co zrobiłem nie tak. Zaprosiłem ją, pokazałem kolekcję banknotów emitowanych przez admirała Kołczaka. Chyba było miło, bo przecież obcowaliśmy z wielką historią. Ale wystarczył jeden najwyraźniej nietrafiony komplement i Marta nagle wstała, przewracając stolik, wylała kawę na dywan, coś krzyczała o mumiach czy że niby ja jestem zmumifikowany? Cholera. A może za cnotliwy jestem i trzeba było ją posmyrać po łydce, przytulić czy coś? Ale przecież uczciwie postąpiłem! Zaprosiłem ją nie na obłapianki, tylko na oglądanie kolekcji. A, nieważne. Jak kocha, to wróci. Zawsze wracała, więc pewnie kocha. Dziewczyny miewają humory.

Wczytałem się w dzieje cadyka Abrahama. W zasadzie był znany z powodu jednego dziwnego zdarzenia. Kilka lat przed wojną, podróżując przez Lubelszczyznę, dotarł do Bełżca. Tam doznał dziwnego szoku przypominającego atak padaczki. Gdy zdołano go docucić, wypowiedział niezrozumiałe proroctwo o otchłani piekła, która niebawem otworzy się w tym miejscu. Sens słów cudotwórcy stał się jasny oczywiście dopiero po wojnie... Pozamykałem otwarte dokumenty. Wyciągnąłem kolekcję zdjęć i przeglądałem je długie godziny.

– Coś mi tu nie gra – powtarzałem sobie po raz tysięczny, patrząc w folder.

Ściągnąłem mapkę miejscowości. Wyszukałem w necie jeszcze kilka starych fotografii Bieżma. Próbowałem rozwikłać jakoś gordyjski węzeł zaułków i uliczek. Porównywałem z folderem. Sklepik z artykułami żelaznymi. Przed nim staruszek w chałacie i jarmułce. Ten dom stał nadal, obecnie na parterze było mieszkanie. Po drugiej stronie ulicy znajdował się mur starego spichlerza.

– Osiem, może dziesięć metrów – mruknąłem, sprawdzając na planie.

Pogrzebałem w szufladach i pudełkach. Miałem kilka wiekowych aparatów. Stara leica z lat trzydziestych? Będzie w sam raz – uznałem.

Zszedłem na podwórze. Rozłożyłem wzdłuż muru taśmę mierniczą. Odliczyłem dziesięć kroków od ściany i spojrzałem przez wizjer aparatu. Wróciłem na piętro. Rozłożyłem na blacie kartkę. Narysowałem dwie linie mające obrazować szerokość zaułka. Potem zaznaczyłem punkt, w którym stał fotograf, i zakreskowałem strefę, która znajdowała się na fotce. Nie bardzo mogłem znaleźć dobry detal obrazujący skalę. Oceniłem wzrost handlarza na metr sześćdziesiąt. Drzwi za nim mogły mieć ciut ponad dwa metry. Kreśliłem linie, pisałem cyfry. Wartości minimalne, wartości maksymalne.

Potem wykonałem drugi rysunek, obrazujący moje doświadczenia. Wróciłem do zdjęcia starego mędrca. Cyknięto go z większej odległości. Ale i tu wyniki były podobne. Czułem zimny pot na karku. Wreszcie na sam koniec zmierzyłem zdjęcia. Po kolei wszystkie trzydzieści sześć. I mimo nieludzkiej pory zadzwoniłem do kumpla.

– Halo? – usłyszałem w słuchawce zaspany głos.

– Robert!

– Czyś ty zgłupiał? Jest wpół do drugiej... Zaraz, czekaj, dzwonisz, zatem odkryłeś coś? – ożywił się.

– Trzymaj się materaca. Zanalizowałem sobie te zdjątka z folderu. Przedwojenny fotograf, którego negatywy rzekomo odkrył studenciak, najwyraźniej używał obiektywu szerokokątnego i w dodatku najprawdopodobniej napstrykał tych fotek aparatem cyfrowym!

– Że niby co!?

– Tam jest bardzo szeroki kąt widzenia, a wszystkie proporcje ujęć pasują nie do szerokości i wysokości klatki filmu małoobrazkowego, tylko do matryc współczesnej cyfrowej lustrzanki.

– Jeśli robisz sobie jaja... Nie, cholera... Nie kontaktuję o tej porze. Spotkajmy się jutro!

Położyłem się, ale nie mogłem zasnąć. Światło ulicznej latarni przenikało przez zasłonkę, w półmroku przedświtu widziałem stare meble, obrazy, dubeltówkę wiszącą nad kominkiem. Wiedziałem, że za intarsjowanymi drzwiami szafy drzemią w pudłach liczne okruchy minionych epok. Ile razy brałem stare przedmioty do ręki, usiłując wyobrazić sobie ich właścicieli. Ile razy oglądałem stare zdjęcia, by spojrzeć w oczy ludziom, którzy odeszli...

*

Piotrek zadzwonił o ósmej. Tym razem to on mnie obudził.

– Mam nowinę – powiedział bez wstępów. – Wyobraź sobie, że naszego fotografa wypisali wczoraj wieczorem ze szpitala. Jadę do niego, jestem umówiony za godzinę. Mam oddać mu to, co było u nas w depozycie.

– A jakbym się zabrał z tobą? Mogę udawać tajniaka. Pokażesz swoją legitymację, a ja będę stał i się uśmiechał. A przy okazji wypytamy go o to i owo.

– Skąd wiedziałeś, że chcę cię zabrać ze sobą?

– Bo zadzwoniłeś i powiedziałeś, kiedy jedziesz.

– A niech cię... Dobra, jeśli chcesz, zahaczę po drodze o twoją ulicę. Będziesz gotów za dwadzieścia minut?

– Jasne!

Fotograf przyjął nas w pracowni. Wyglądał nieszczególnie, blady i jakby sponiewierany. Na głowie wciąż nosił bandaż.

– To są pańskie rzeczy zabezpieczone po ataku w galerii. – Piotrek postawił na stole plastikowy kontenerek. – Proszę zerwać plomby, sprawdzić, czy nic nie zginęło, i pokwitować. – Wydobył z torby blankiet.

Fotograf wyciągnął laptop i aparaty. Mój kumpel dobrze to zaplanował. Gdy student podniósł wzrok znad pudła, przed nim, na wysokości oczu, zakołysała się plastikowa torebka z dekielkiem.

– Czy to pańska własność?

Fotograf drgnął.

– Nie wydaje mi się. – Pokręcił głową. – Wszystkie obiektywy mają zaślepki.

– Człowiek, który pana napadł, został ujęty i znajduje się w areszcie. Zapraszamy do złożenia zeznań – Piotrek pozornie zmienił temat, ale zaślepki nie chował.

Ech, te policyjne sztuczki.

– Nie, nie. – Fotograf gwałtownie zamachał rękami. – To zupełnie zbyteczne. Proszę go wypuścić. Nie wnoszę żadnego oskarżenia. Pewnie staruszkowi coś się pomyliło, przywidziało. Nie będę dziadka z alzheimerem ciągał po sądach, tak po prostu nie wypada. W tym wieku...

– To bardzo szlachetnie z pana strony – wycedził Piotrek. – Pozostaje jednak kilka kwestii do wyjaśnienia. Możemy pogadać tutaj nieoficjalnie albo oficjalnie na komendzie.

Milczałem przezornie.

– To jak na filmie zły glina i dobry glina? – Chłopak popatrzył na nas i uśmiechnął się niepewnie.

– Nie, to ja jestem zły glina – powiedziałem spokojnie.

Zapadła paskudna, drażniąca cisza. Student pękł pierwszy.

– Eeee... Czy mam zadzwonić po adwokata? Nie znam żadnego.

– Do rozmowy nieoficjalnej nie będzie potrzebny. – Wzruszyłem ramionami. – Za to przy składaniu zeznań lepiej mieć. Krócej się siedzi, jakby co.

Chyba za bardzo go nastraszyłem.

– Ale to, co powiem... Weźmiecie za bzdury... – bąknął.

– W opisie wystawy znajduje się informacja, że miejsce wykonania fotek jest nieznane – odezwał się Piotrek. – Tymczasem pan doskonale wiedział, gdzie je zrobiono. Co więcej, mamy konkretne powody przypuszczać, że nie było to jedyne pańskie kłamstwo.

Fotograf nie odpowiedział, tylko jakby przestraszony łypnął na mnie.

– Pojechał pan do Bieżma Starego. I coś się stało – rozważałem. – Jakimś cudem przeniósł się pan w czasie. Tak jak pan stał z aparatem na ramieniu, znalazł się pan w roku, dajmy na to, tysiąc dziewięćset trzydziestym ósmym. Na godzinę, może krócej.

Chłopak spojrzał na mnie niby to hardo i spode łba, ale zauważyłem, że jeszcze bardziej pobladł.

– I co pan zrobił? Tak postąpiłby każdy fotograf na pana miejscu. Zaczął pan latać ze swoją cyfrówką i strzelać fotki. Dokumentować. Zgubił pan dekiel obiektywu, ale zyskał prawdziwy skarb: kilkaset rewelacyjnych fotografii przedwojennego galicyjskiego miasteczka – zaatakował mój towarzysz.

– A wy to niby jakieś Archiwum X? – zaskamlał chłopak.

– Materiał rewelacyjny, ale problem w tym, że nijak ich pokazać, bo fotki cyfrowe i do tego w kolorze – dobił go Piotrek.

– Dlatego wybrał pan trzydzieści sześć najlepszych. Wrzucił je na komputer, przerobił na czarno-białe, wydrukował, wymyślił legendę o znalezionym negatywie i urządził wielką wystawę – ciągnąłem bezlitośnie. – Sądził pan, że oni wszyscy zginęli. Ale, zdaje się, jakiś mały Żydek zapamiętał wariata latającego po osadzie z aparatem. Znalazł zgubiony dekiel. Przedmiot jakby z innego świata. Zachował go. Minęło wiele lat, ujrzał w sklepie aparaty tej samej firmy.

– Dodajmy, firmy, która istnieje od niedawna – uzupełnił Piotrek.

– Wtedy wiedział już, że osadę nawiedził podróżnik w czasie. Wreszcie nadszedł ten dzień. Zobaczył zdjęcia reprodukowane w gazetach. Skojarzył. Wkurzył się. Zabrał z szuflady młotek i wsiadł w pociąg do stolicy.

Fotograf skrzywił się i podniósł rękę na znak, że chce mówić.

– Nie wiem, dlaczego tak się stało – powiedział cicho. A potem słowa popłynęły jak rzeka: – Wychodziłem z sieni hostelu. Otworzyłem drzwi i zrobiłem krok. Poczułem chłód i mżawkę na twarzy. Rozejrzałem się i po prostu byłem tam. Ja nie wiem, jaki to był dokładnie dzień. Wiosna. Może trzydziesty szósty rok, może trzydziesty dziewiąty. Macie panowie rację. Biegałem i fotografowałem jak wariat... To był... To był cud. Wskrzeszona rzeczywistość. Niepojęta, fantastyczna. Aż trafiłem na tego starego pod parasolami.

– Cadyk Abraham Elisze – mruknąłem. – Bełszen-tow, cudotwórca... Może to jego sprawka?

– Nie wiedziałem, kto to – wyznał przesłuchiwany. – Robiłem zdjęcia, jak czyta. Robiłem z mocnym zoomem, powiększenie dwadzieścia razy. Z zaułka naprzeciw jego domu. On... Nie widział mnie, nie mógł, byłem za daleko, zasłaniał mnie trochę parkan, ale jakoś wyczuł. Zamknął księgę, wstał i przywołał mnie gestem. Było w nim coś takiego... Spojrzał na mnie i uśmiechnął się. A potem powiedział, żebym wracał, zanim drzwi się zatrzasną. Wróciłem do budynku, z którego wyszedłem. Tego, gdzie dziś jest hostel. Drzwi chwiały się na zawiasach. Wszedłem, zamknąłem i byłem w sieni. Włosy i polar miałem wilgotne. Zdjęcia zostały na karcie. Ale gdy wyjrzałem na ulicę, znowu była normalna. On chyba wyczuł, że jestem tam obcy.

– Cadyk bełszen-tow... Cudotwórca... Wiedzący... – rozważałem. – Motyw przejścia przez drzwi dla opuszczenia rzeczywistości jest powszechny w legendach alchemicznych. Powiedział coś jeszcze? – zagadnąłem.

– Coś po hebrajsku. Nie zrozumiałem. Dla mnie to jakby kaczka kwakała.

– A ten z młotkiem, który zaatakował pana w galerii? – zapytał Piotrek.

– Nie wiem, kim jest. Naprawdę. Pierwszy raz widziałem go na oczy. No chyba że faktycznie spotkałem go tam, młodszego o sześć dekad.

Kumpel przeniósł spojrzenie na mnie, jakby szukał potwierdzenia.

– Chyba to ktoś stamtąd. Może ocalał, gdy Niemcy wyrżnęli całą jego rodzinę? Może przez całe lata dusił w sobie gorycz? I nagle natrafił na informacje o wystawie – rzuciłem teorię.

– Może mnie zapamiętał. Może się domyślił. I uznał mnie w jakiś sposób za współwinnego swojej tragedii. Może sądził, że powinienem ich ostrzec? A powinienem? Oni mnie widzieli, słyszałem dźwięki. Ale nic nie mówiłem.

– Może powinien pan... – zadumałem się. – Tylko co by to zmieniło?

Cadyk przecież wiedział. Zobaczył to wiele lat wcześniej, odwiedzając Bełżec. Z jakiegoś powodu wygłosił tylko dziwną przepowiednię. Tak miało być? Musiało być?

– Nie myślałem wtedy o tym – wyznał jakby ze skruchą chłopak. – Po prostu nie myślałem... Jak najgorsza dziennikarska hiena, jak łajdak, który zamiast pomóc, fotografuje umierające dzieci w Afryce. Szedłem, śliczna brunetka pomachała do mnie, próbowała zachęcić, żebym zaszedł do szynku. A ja nawet jej nie ostrzegłem. Pewnie ją Niemcy zagazowali... Może ten z młotkiem miał rację. Może zasłużyłem, żeby rozwalił mi ten głupi łeb. Wypuśćcie go i niech dokończy, co zaczął. Jeśli ktoś tu zawinił, to ja... Kiedy mam składać te zeznania?

– Obejdzie się. Podróże w czasie zasadniczo zakazane nie są – Piotrek próbował dowcipkować, ale czułem, że i on mówi przez ściśnięte gardło.

Aby ukryć zmieszanie, ujął protokół zwrotu depozytu i długo jakoś bardzo chował go do torby. Ja też milczałem, wstrząśnięty i zadumany. Wreszcie się przemogłem.

– Czy mógłbym zobaczyć resztę zdjęć? – zapytałem.

– Niestety... – Student podszedł do laptopa i uruchomił go. – Proszę spojrzeć.

Przeskakiwał klatka po klatce. Widziałem tylko niewyraźne cienie. Tu i ówdzie majaczył jeszcze zarys budynku.

– Początkowo wszystkie były dobre – powiedział cicho. – Gdyby to była fotografia tradycyjna, powiedziałbym, że emulsja się utleniła. Ale jak niby może się utlenić zapis cyfrowy? Z dnia na dzień jest coraz gorzej. Zachowały się tylko te, z których zrobiłem czarno-białe odbitki. Tak jakby to wszystko ulegało swego rodzaju wymazaniu.

– Czyli nie będzie dowodu. Żadnego... – mruknął Piotrek. – Ale zgubiony podczas spaceru dekiel...

– Zaślepka – podpowiedział nasz gospodarz. – Pozostała tam, w tamtych czasach. Może gdyby te drzwi się zatrzasnęły, i ja bym tam został?

– Nic z tego nie kapuję. – Kumpel spojrzał na mnie z nadzieją.

– Ja też nie. – Rozłożyłem ręce. – Dotknęliśmy nieznanego. W takich chwilach nic nie jest oczywiste. Przeskok w czasie to anomalia. Widocznie rzeczywistość tego nie lubi. Zaciera ślady.

– Może to nauka dla mnie – bąknął student. – Żebym stał się lepszym człowiekiem czy coś...

Zagryzłem wargi. Stojący przed nami smarkacz przeżył to coś, o czym ja nie śmiałem nawet marzyć. Znalazł uchylone na chwilę przejście prowadzące w przeszłość. Spojrzał w oczy tamtym ludziom, nim wir śmierci, krwawe szaleństwo sprzed lat, roztrzaskał i pochłonął ich świat. Czułem, że nie mam po co tam jechać. Jemu się poszczęściło, ale mnie się nie uda. Jednak wbrew wszelkiej logice pojechałem.

*

Siedziałem w jednym przedziale z panem Emilem. Tak miał na imię staruszek z młotkiem. Wracał do domu, zwolniony z aresztu. Student nie wniósł oskarżenia. Uraz był powierzchowny, nie spowodował rozstroju zdrowia powyżej siedmiu dni, zatem nie podlegał ściganiu z urzędu. Staruszek nie miał pojęcia, jaką rolę odegrałem w całej tej sprawie. Próbowałem go zagadnąć, ale nie był rozmowny.

Zupełnie jakby rozważał, gdzie kupić kolejny młotek, pomyślałem z wisielczym humorem.

Bieżmo Stare... Zatrzymałem się w tym samym hostelu co chłopak. Budynek wzniesiono zaraz po wojnie, częściowo wykorzystując mury wypalonej remizy strażackiej. Obejrzałem drzwi, przez które student wszedł w inny czas. Wyglądały rozpaczliwie zwyczajnie. Przemysłowy wyrób. Współczesne zamki, byle jaka klamka. Nalepka agencji ochrony. Wedle mojej oceny pochodziły z lat sześćdziesiątych. Magia? Nie było w nich żadnej magii.

Spacerowałem po miejscowości. Większość starych budynków zburzono, kilka pomalowano, nieliczne przebudowano. Położono chodniki, wyasfaltowano uliczki.

Tu też nie został ślad jakiejkolwiek magii. Domu cadyka już nie było, rozebrano go bezmyślnie trzydzieści lat temu. Zostały tylko trzy schodki, na których siadywał. Sterczały idiotycznie z trawnika przy krawężniku. Przysiadłem na nich. Próbowałem się wczuć w echo dawno minionego czasu. Nic. Żadnego znaku, wizji, przebłysku... Trop wystygł.

*

Nad miasteczkiem zapadała noc. Stukałem w klawisze laptopa. Wszystkie pliki ze zdjęciami zrobionymi przez studenta były uszkodzone. Jeszcze wczoraj dawało się je otworzyć. Dziś nie mogłem zrobić nawet podglądu. Czy jutro nie zostanie po nich żaden ślad? Czas pozwolił wyrwać sobie jeden okruch tajemnicy. Pozostałe rozwiewały się jak dym. Byłem zmęczony. Zalogowałem się do Internetu, sprawdziłem pocztę. Przyszedł e-mail z załącznikiem. Moje zamówienie złożone przed wyjazdem najwyraźniej zostało zrealizowane.

„Księga pamięci Bieżma Starego" z zasobów Biblioteki Kongresu USA! Wyświetliłem plik pdf. Uch, osiemset stron. Przejrzałem spis treści. Trzy relacje były po angielsku, reszta w neohebrajskim i jidysz. Garść fotografii... Jeśli dobrze zna się niemiecki i opanuje alfabet, wówczas język europejskich Żydów od biedy da się zrozumieć. Oczywiście piąte przez dziesiąte. To jak czytać ukraiński tekst, znając tylko polski i cyrylicę. Szukałem rozdziałów o cadyku i znalazłem jeden. Przejrzałem go, podczytując tu i ówdzie. Znaki fikuśnego pisma skakały mi trochę przed oczyma, ale natrafiłem na cytat. Mieszkaniec Izraela dwadzieścia lat po wojnie zapisał naukę, którą jako dzieciak usłyszał od czcigodnego mędrca.

Nie skleisz stłuczonej szklanki. Nic już nie będzie takie, jak dawniej – czytałem, notując jednocześnie. *Zacznij żyć bardziej w teraźniejszości. Pył wieków niech zlega w spokoju. Co się stało, nie odstanie się. Dziewczyna jest piękna, ciepła i miękka. Kości i kamienie są zimne, twarde, martwe. Nie wskrzesisz zapomnianych miejsc, czasów ani opowieści.*

Podróż jednak się opłaciła, pomyślałem. Mam, czego chciałem. Liczyłem na jakieś przesłanie i dostałem je. Nie było przeznaczone dla mnie, ale czy to ma jakiekolwiek znaczenie?

Zamyśliłem się, wyłączyłem laptop. Zresztą bateria już siadała... Spojrzałem na zanotowane słowa mędrca. Nie mogłem odmówić im słuszności. A potem poczułem w głębi duszy bunt. Cadyk oczywiście miał rację. Nawet po stokroć miał rację. Nie wskrzesi się przeszłości. Nie sklei stłuczonej szklanki. Tylko co z tego, że się nie sklei? Ja nadal będę zbierał okruchy... A na razie zadzwonię do Marty. Może już się nie gniewa.

Na dnie mogiły

Toruń 1947

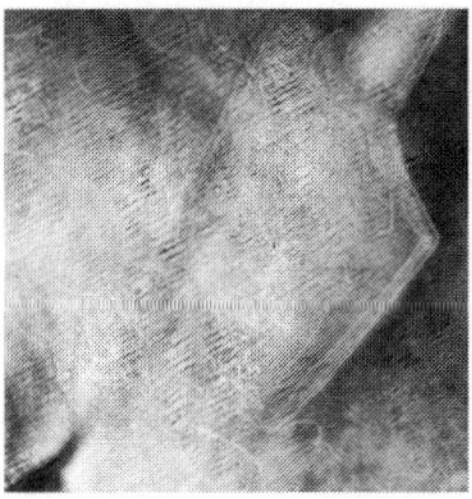

Ekipa ekshumacyjna uwijała się jak w ukropie. Zdjęto nakład ziemi. Na szarym piasku pojawiły się plamy. Jeszcze kilka skrobnięć gracą i spod gleby wyjrzały płaty zetlałej tkaniny. Mimo że od zakończenia wojny minęły już dwa lata, fetor był upiorny. Pomordowani leżeli płytko, niespełna metr pod powierzchnią więziennego dziedzińca. Pod przegniłymi pasiakami rysowały się częściowo strupieszałe, wychudzone ciała.

– Wypijcie. – Kierownik zespołu kopaczy, stary, doświadczony budowlaniec o dłoniach spracowanych od machania kielnią i łopatą, rozdawał członkom ekipy blaszane kubki pełne mętnego bimbru. – Ciebie to też się tyczy.

– Nie wypada jakoś. Pić przy takiej pracy? – wykrztusił młody.

– Pij, jak mówię. To nie z braku szacunku do nich, tylko żebyś wytrzymał. Ty do tej roboty nienawykły...

– Pierwszy raz...

– I nie ostatni, psiamać. Ale ze wsi jesteś, dasz radę.

Bimber cuchnął drożdżami i gnijącymi kartoflami, dla zabicia smaku hojnie dosypano doń pieprzu i zaprawiono melasą, ale za to był mocny jak diabli. Lekarz towarzyszący ekipie wyciągnął z kieszeni srebrną, przedwojenną jeszcze papierośnicę. Otworzył powgniatane pudełko i rozdał robotnikom dobre amerykańskie papierosy, zapewne zachomikowane z czasów dostaw UNRRA. Trzasnęły zapałki. Zaciągali się głęboko. Tytoniowy dym trochę zniwelował trupi odór. Samogon pomógł stłumić obrzydzenie, usypiał zmysły.

Przedstawiciel władz, drobny, niemłody już człowiek w zbyt obszernym garniturze, podszedł i ująwszy trzęsącymi się rękami aparat, wykonał kilka fotografii dokumentacyjnych. Był blady jak ściana, choć zapewne nie pierwszy raz widział coś takiego. Milczał, ale co chwila nerwowo przecierał okulary w drucianych oprawkach. Jego dwaj towarzysze też milczeli.

Wszyscy czterej kopacze założyli grube gumowe rękawice. Po kolei ostrożnie wydobywali z ziemi rozkładające się ciała i układali na noszach. Doktor rozcinał kieszenie nieboszczyków, szukając jakichkolwiek dokumentów, listów lub papierów mogących zdradzić ich tożsamość. Badał dłonie, jednak nie znalazł obrączek ani sygnetów. Oglądał ramiona i torsy, szukając znamion lub tatuaży. Bez skutku. Nawet na pasiakach nie naszyto żadnych numerów.

Poszukiwania przedmiotów osobistych niewiele dały. Członkowie komisji w skupieniu oglądali dwa ebonitowe grzebienie, szylkretową cygarniczkę, skorodowany klucz do mieszkania. Żadna z ofiar nie wydrapała na nich żadnej wiadomości, nazwiska, inicjałów czy daty. Wszystkich pogrzebano boso.

Zaszeleściły karty ewidencyjne. Zalśniły czernią i bielą odbitki przedwojennych zdjęć, przekazane przez krewnych zaginionych. Niestety, rozkład poszedł już za daleko. Rysy twarzy nieboszczyków zatarły się całkowicie. W dwu przypadkach zachowała się dokumentacja dentystyczna. W ustach ofiar tkwiły resztki strzaskanych w śledztwie zębów. Jednak i w tym przypadku nic nie udało się dopasować.

Wreszcie lekarz rozłożył bezradnie ręce. Wszystkie możliwości medycyny sądowej zostały wyczerpane. Zmarłych nikt nie rozpozna. Zapadli w otchłań, zostaną pogrzebani z honorami należnymi ofiarom hitlerowców, ale bezimienni. Protokolant wypełniał blankiety. Nieznany, nieznany, nieznany... Przyczyna śmierci zawsze ta sama – strzał w kark oddany z małokalibrowego karabinka. Zwłoki poddane już obdukcji przekładano ostrożnie do naszykowanych trumien. Świeże sosnowe dechy pachniały bejcą i żywicą, ale wszystko to głuszył ciężki trupi odór.

Najmłodszy członek ekipy był faktycznie twardy, zwymiotował dotychczas tylko dwa razy. Wreszcie po kilku godzinach roboty wydobyli wszystkie czternaście ciał i dotarli do dna grobu. Chłopak skrobnął szpadlem dziwną szarą masę pokrywającą tu i ówdzie piach. Jej plamy odwzorowywały jakby układ wydobytych ciał. Spojrzał na kierownika niepewny, co ma robić dalej.

– Wilgotno, a gleba zawiera dużo margla – zamiast niego odezwał się kierujący pracami lekarz. – Tłuszcz ścięło na mydło. Tak czasem bywa. Zostaw.

Wrócił do swojego stolika podpisywać protokoły. Ekipa wypaliła jeszcze po jednym papierosie. Ktoś polał jeszcze po pół kubka „mleka wściekłej krowy". Niespiesznie zabrano się do zasypywania opróżnionej mogiły. Nieoczekiwanie pod ostrzem jednej z łopat błysnęło coś czerwonego, jakby grudka żarzącego się węgla. Chłopak spojrzał zaskoczony. Dziwny przedmiot wyglądał jak kulka szkła.

– Rubin? – zdumiał się.

Kierownik szparko zeskoczył na dno i uderzył szpadlem na płask. Rozległ się dziwny odgłos, ni to jęk, ni to trzask. Z kuli pozostała tylko garść szybko ciemniejących okruchów. Członkowie komisji ani lekarz nic nie zauważyli. Jeden z kopaczy zmełł w ustach przekleństwo i czym prędzej cisnął w to miejsce kilka łopat ziemi.

– Co to było? – zdziwił się młody.

– Opowiem ci wieczorem – mruknął szef. – Zasyp wreszcie tę przeklętą dziurę.

Na ostrzu jego szpadla pozostała okrągła plama. Młody pomyślał w pierwszej chwili, że to krew, ale zaraz zorientował się, że to tylko rdza.

*

Warszawa 2011

Na targi książki historycznej wybrałem się razem z Arkiem. Chłopak na widok stoisk zawalonych nowościami wydawniczymi niemal oszalał. Skończyło się tak jak zwykle. Ja zadekowałem się w barku, a on co kilkanaście minut donosił kolejną porcję łupów. Układałem książki w kartonie i sącząc przez zęby kawę, machinalnie czytałem tytuły na grzbietach kolejnych tomów.

Bardziej wyczułem, niż zauważyłem, że ktoś usiadł po drugiej stronie stolika. Podniosłem głowę. Pan Wojciech, jeden z nestorów naszego małego światka, nieformalny przywódca nieistniejącego cechu. Nie zdziwiłem się na jego widok. Czułem, że impreza przyciągnie go niczym magnes.

– Witam szacowną konkurencję – ukłoniłem się. – Spodziewałem się, że pana tu spotkam.

– Czołem, szczurku strychowo-piwniczny. – Uśmiechnął się. W tych ustach pozornie obraźliwy epitet zabrzmiał przyjaźnie. – Zawsze chodzisz kupować książki z ręcznym wózkiem? – wyczułem w jego głosie coś jakby szacunek.

– To mojego kumpla i konsultanta zarazem – wyjaśniłem. – Pilnuję jego łupów i pomogę zanieść je do domu. Lekko nie będzie. Już ponad setkę tomów kupił. Ale czego się nie robi dla kumpli.

– Są jeszcze młodzi ludzie, którzy inwestują we własne biblioteki?

– No ba, upchnął w mieszkaniu ze dwadzieścia tysięcy woluminów.

– Obrobił bank?

– Ma bogatych rodziców. Inwestuje w wiedzę.

– Chwalebnie... Co ciekawego ostatnio wyszperałeś? – zmienił temat.

Oj, czekałem na to pytanie. Przyozdobiłem twarz szerokim uśmiechem. W źrenicach pana Wojciecha odbił się lekki niepokój.

– Z interesujących pana rzeczy trafiłem na przykład na klamrę do pasa carskiego korpusu kurierów – wypaliłem.

Łypnął podejrzliwie okiem.

– Żartujesz?

– Z pana? Nigdy w życiu!

Wyjąłem wspomnianą klamrę z aktówki i położyłem przed nim na stoliku. Wiele mnie kosztowało, by zachować kamienny wyraz twarzy. On też usilnie maskował podniecenie i tylko lekkie drżenie dłoni pozwalało odgadnąć targające nim uczucia. Oglądał metalowy przedmiot przez dłuższą chwilę.

– Czyli dobrze podejrzewałem, że bito je także w alpace. A niech mnie, szukam takiej dłużej, niż ty chodzisz po świecie! Ile, dlaczego tak drogo, ile można utargować? – zapytał wreszcie.

– To naprawdę dobre pytanie... – westchnąłem.

Na koncie miałem pustki. Czynsz w tym miesiącu nie był jeszcze problemem, ale jeśli nie pojawią się kolejne zlecenia, niebawem będę miał kłopot. Z drugiej strony kasa to tylko kasa. Nie wszystko da się kupić. Pan Wojciech miał w swoich zbiorach jeden ciekawy drobiazg, którego z pewnością nie sprzedałby za pieniądze, ale na sztych, towar za towar, kto wie.

– Zatem? – Czekał cierpliwie, ale widać za długo myślałem.

– Raczej wymieniłbym na coś ciekawego. Wie pan, mój zbiorek patriotycznych odznak i biżuterii z okresu żałoby narodowej wymaga uzupełnienia. A pan ma podobno taki fikuśny kałamarzyk zrobiony z kopyta konia, na którym jeździł generał Rozwadowski – zaryzykowałem.

Zgrzytnął zębami.

– Trochę za drogo się cenisz.

Złapał haczyk, uznałem. Trzeba teraz tylko lekko poderwać wędkę.

– To może jeszcze coś dołożę. – Wyjąłem pudełeczko.

Krzyż Świętego Jerzego. Z pozoru pospolite carskie odznaczenie. Ten jednak zawieszono nie na zwykłej szpandze, ale na kokardzie z czarno-żółtej wstęgi orderowej. Takimi dekorowali się Rosjanie, którzy przeszli na stronę Hitlera. I było to odznaczenie drugiej klasy, a nie częściej spotykanej czwartej.

– Gdzieś to dorwał? – zdumiał się. – Wieki całe takiego nie widziałem!

– U chłopa z Trawnik w Lubelskiem. Tam, gdzie był obóz szkoleniowy różnych takich gości z niezbyt aryjskich ludków, co to chcieli wstąpić do Waffen-ss. – Uśmiechnąłem się lekko. – Tak więc te dwa drobiazgi w zamian za kopytko.

– Dobrze się targujesz – mruknął z dość kwaśną miną, ale chyba zadowolony. – Zastanowię się i wyślę wiadomość mejlem dziś wieczorem.

– Chce pan zabrać i obejrzeć dokładniej w domu?

– Nie ma takiej potrzeby – uspokoił mnie.

Pożegnał się i poszedł pobuszować wśród książek. Sączyłem kawę. Nie miałem wątpliwości, że pan Wojciech zgodzi się na zamianę. To dobry interes. Dla niego i dla mnie. Za dwa fanty po zakichanych zaborcach dostanę cenną pamiątkę narodową. A on uzupełni kolekcję o klamrę najbardziej elitarnej carskiej formacji.

Arek przytargał kolejną porcję książek.

– Sporo już tego – zauważyłem pogodnie.

– No trochę... – Spojrzał zafrasowany. – Ale obszedłem dopiero połowę stoisk. A co? Resory auta siądą?

– Kupuj na zdrowie, damy radę – uspokoiłem go.

Znikł.

– Przepraszam, pan Robert Storm? – czyjś głos wyrwał mnie z zadumy.

Podniosłem głowę. Nie wiem dlaczego, ale sam widok tego typka mnie zaniepokoił. Twarz jak twarz. Nos, uszy, usta, brwi, oczy... Każdy element był zupełnie zwyczajny. Zbyt zwyczajny? Tej gęby nie sposób było zapamiętać – pozbawiona była jakichkolwiek cech charakterystycznych. Wystarczyło odwrócić wzrok, by natychmiast zapomnieć, jak człowiek wygląda. Miał jakiś tam konkretny wiek, kolor włosów, ubranie, zegarek. Nic nie zapisało się w mojej pamięci.

– Czym mogę służyć? – zapytałem, odruchowo wskazując mu wolne krzesło.

– Miałbym dla pana zlecenie... – zaczął.

Najchętniej posłałbym go do diabła, ale wyglądało to na jakąś pilną sprawę. A ja akurat od trzech miesięcy nie miałem żadnej roboty i zaczynałem odczuwać pewien niepokój związany z kwestiami takimi, jak debet na koncie i codzienne zakupy.

– Polecano mi pana jako wybitnego specjalistę od odkrywania zagadek przeszłości – ciągnął. – I podobno umie pan odnajdywać różne zaginione rzeczy.

Zauważyłem, że mówił po polsku z lekkim obcym akcentem.

– Co zaginęło?

– Pieczęć herbowa mojego rodu – wyjaśnił. – Mniej więcej wiem, gdzie się znajduje, ale...

– Jakimi informacjami pan dysponuje?

– Mój przodek miał ją przy sobie, gdy bronił szańców Woli w tysiąc osiemset trzydziestym pierwszym roku. Poległ tam i spoczął zapewne w jednej ze zbiorowych mogił. Jeśli carscy nie obrobili ciał poległych, to prawdopodobnie miał ją zaszytą w pasie.

– Grobów nie rozkopuję – zastrzegłem. – Rozumie pan, etyka zawodowa...

– Chciałem prosić tylko, żeby wskazał pan, gdzie mogiła się znajduje. Rozkopią ją specjaliści współpracujący z IPN. Finansuję prace wykopaliskowe i ponowny pogrzeb obrońców, z honorami wojskowymi. Mam podpisany list intencyjny w tej sprawie.

Z teczki wydobył dokument w sztywnej koszulce. Przejrzałem treść.

Niby wszystko było w porządku, ale coś mi w tym facecie po prostu nie pasowało. Intuicja podpowiadała, aby zachować daleko posuniętą ostrożność. Zanim zabiorę się do roboty, trzeba będzie sprawdzić w IPN, czy w ogóle go znają.

– Zatem muszę przejrzeć wszystkie dostępne informacje, zlokalizować przebieg rubieży obronnej i ustalić, gdzie pogrzebano obrońców – rozważałem. – Orientuje się pan zapewne, że centralne archiwum wojskowe przy ulicy Długiej zostało spalone przez Niemców na początku wojny. Tam mogły się znajdować potrzebne panu informacje. Trzeba będzie szukać danych rozproszonych w pamiętnikach, publikowanych listach z epoki, rękopisach. To może zająć całe miesiące, a efekty pracy trudno przewidzieć.

O Niemcach wspomniałem celowo. Nawet nie drgnął.

– Znam pańskie warunki. Tu jest zaliczka. – Wręczył mi wypchaną kopertę. – To zapłata za pierwszy miesiąc. W środku jest też wydruk zawierający wszystkie informacje, które udało mi się już zgromadzić.

– Oto moja wizytówka. – Podałem mu kartonik. – Proszę się dowiadywać.

– A oto moja.

Pożegnał się i poszedł. Przymknąłem oczy, próbując na bieżąco przypomnieć sobie jego twarz, ale bez skutku. W ogóle nie zapisała się w mojej pamięci. Spojrzałem na wizytówkę. Jeśli była prawdziwa, moim zleceniodawcą okazał się inżynier Otto Tennenbaum, generalny przedstawiciel dużego zachodniego koncernu, zajmującego się docieplaniem budynków i budową pieców przemysłowych.

Przeliczyłem banknoty i schowałem je w wewnętrznej kieszeni kurtki. Mniej więcej tyle dostałbym za klamrę, którą oddam panu Wojciechowi. Czyli los mi sprzyja. Mogłem mieć tylko pieniądze, a będę miał i pieniądze, i kopytko.

*

Przodek inżyniera bronił jednego z fortów, leżącego na północ od reduty wolskiej. Założyłem, że zwłoki obrońców pogrzebano gdzieś w pobliżu pozycji, na której padli. Pozostało ustalić, gdzie znajdowało się refugium, i opierając się na źródłach, potwierdzić hipotezę. Masakryczna robota. Przejrzałem gazety z epoki. Przepatrzyłem też kolejne kilka roczników, szukając informacji o pracach niwelacyjnych, ekshumacjach lub upamiętnieniu obrony. Wrzuciłem pytanie na kilka zaprzyjaźnionych forów internetowych.

Nie znalazłem prawie nic. O słynnej reducie Ordona informacji zamieszczono mnóstwo. Ba, była ostatnio nawet badana przez zespół złożony z archeologów i wolontariuszy – członków mazowieckiego stowarzyszenia historycznego „Exploratorzy". O szańcach przy kościele Świętego Wawrzyńca też napisano całe tomy. Małe forty prawie nikogo nie interesowały. Szukałem wspomnień uczestników bitwy, wzmianek, okruchów informacji. Sprawdzałem nazwiska. Powoli ze strzępków wspomnień zaczął wyłaniać się w miarę spójny obraz.

*

Z panem Wojciechem spotkałem się w niedzielę w Łazienkach. Usiedliśmy na ławeczce nad stawem. Listopad był nadspodziewanie ciepły. Tylko czasem chłodniejszy powiew marszczył taflę wody. Większość liści już opadła. Mój towarzysz długo oglądał oba przyniesione przeze mnie przedmioty, a ja podziwiałem kałamarz wprawiony w okute srebrem kopyto. Widziałem już kiedyś podobny, tamten zrobiono podobno z kopyta kasztanki Piłsudskiego.

– Towar jak zawsze w porządku – odezwał się wreszcie. – Wymieniamy?

Kiwnąłem głową. Z zadowoloną miną schował klamrę i krzyż do wewnętrznej kieszeni. Ja zawinąłem kopyto w bawełnianą chustkę i włożyłem do teczki.

– Mam jeszcze jedną sprawę – mruknął, patrząc na taflę stawu. – Musimy poważnie porozmawiać. – Przerwał na chwilę i potarł czoło. – Jako jeden z najstarszych kolekcjonerów i poniekąd starszy naszego nieformalnego cechu muszę ostrzec, że mam co do ciebie pewne zastrzeżenia.

– W czym uchybiłem? – zaniepokoiłem się.

– Na targach rozmawiałeś z pewnym człowiekiem. Zgaduję, że przyjąłeś jego zlecenie?

Skinąłem poważnie głową.

– A czy wiesz chociaż, dla kogo pracujesz? – zapytał.

– W dowód mu nie zaglądałem – odparłem. – Jeśli wierzyć wizytówce, jest inżynierem od dociepleń. Zlecenie dał może i nietypowe, ale nie ma w nim nic nielegalnego. Bogaty facet chce odzyskać rodzinną pamiątkę, a przy okazji zapewnić uczciwy pochówek poległym. Prosił o namierzenie grobu obrońców jednej z redut powstania listopadowego. Pokazał mi podpisany list intencyjny, z którego wynika, że ekshumację przeprowadzi ekipa stale współpracująca z IPN. Czysta sprawa.

Pan Wojciech popatrzył na mnie ciężkim wzrokiem.

– Człowiek, który cię wynajął, prawdopodobnie sam został wynajęty przez bractwo zwane Domem Czterech Liści. – Zaśmiał się gorzko.

Drgnąłem. Gdzie ja słyszałem tę nazwę...? Bo przecież kiedyś gdzieś słyszałem.

– Ech, wy młodzi – westchnął. – Niczego nie sugeruję. Sprawdź sam i daj mi znać, co postanowiłeś. Dodam tylko, że ich zainteresowanie zbiorowymi mogiłami bardzo ostatnio wzrosło. – Wstał i pożegnał się, uchylając kapelusza.

Patrzyłem, jak lekko przygarbiony odchodzi alejką. Muszę przyznać, że rozmowa zasiała w mojej duszy niepokój.

*

Szukałem w rozmaitych źródłach, ale bez skutku. Przejrzałem swoje notatki. Nazwa zagadkowej organizacji dokuczała mi jak zadra, ćmiła jak bolący ząb. Słyszałem kiedyś o Domu Czterech Liści, ale gdzie? Kiedy? Od kogo? W jakich okolicznościach?

– I na co te wszystkie publikacje, opracowania, Internet, skoro by zdobyć naprawdę ważne informacje, trzeba nadal chodzić po prośbie do ludzi, którzy pewne rzeczy po prostu wiedzą – mruczałem w zadumie, idąc przez miasto.

Wreszcie wszedłem do antykwariatu. Wciągnąłem głęboko powietrze przesycone cudownym zapachem starego papieru. Wnętrze było ciemne i z pozoru ciasne. Regały tworzyły istny labirynt. Prześlizgnąłem się wzrokiem po półkach zastawionych książkami. Pan Antoni, zasuszony staruszek o twarzy kolorem i fakturą przypominającej zleżały pergamin, jak zwykle czytał coś w swoim kącie za ladą.

– O, Robert Storm – mruknął. – Cóż cię sprowadza?

– Szukam odpowiedzi na jedno pytanie...

Westchnął ciężko.

– A może wolałbyś kupić sobie kilka książek i poszukać odpowiedzi samodzielnie? – zasugerował.

– Mówi pan tak, jakbym wcale nie kupował – obraziłem się. – I podesłałem panu Arka, a ten na pewno bez pełnego plecaka nie wychodzi.

– Oj, to prawda. – Uśmiechnął się już mniej krzywo. – Zatem w czym mogę pomóc wiernemu klientowi?

– Jest pan swego rodzaju żywą encyklopedią dawnej Warszawy – podlizałem się bezwstydnie. – Wie pan rzeczy, których próżno szukać nawet w opracowaniach zawodowych historyków varsavianistów.

– Do rzeczy – upomniał mnie. Chyba jednak trochę połechtałem jego próżność.

– Czy słyszał pan może o organizacji nazywanej Domem Czterech Liści?

Drgnął, a uśmiech znikł z jego twarzy. Spojrzał na mnie bardzo, ale to bardzo poważnie.

– Dom Czterech Liści? – powtórzył. – Gdzieżeś, człowieku, słyszał tę nazwę?

– Dostałem zlecenie odszukania starego miejsca pochówku. A pewien znajomy twierdzi, że to oni mnie wynajęli. Przez podstawionego człowieka.

– To niemożliwe. Przecież... – urwał.

Czekałem na jakieś wyjaśnienia, ale wyglądało na to, że się nie doczekam. Milczał.

– Czym jest Dom Czterech Liści? – dopytywałem uparcie.

– To tylko pogłoska. – Wzruszył ramionami. – Każdy zawód ma swoje legendy. Antykwariusze też.

– Opowie pan? – nacisnąłem.

– Ech, nie... – Pokręcił głową.

– Tajemnice cechu? – westchnąłem. – Trudno, zapytam kogoś innego. – Ruszyłem do wyjścia.

Doświadczenie nauczyło mnie, że wydobycie informacji chronionych przez tradycję zazwyczaj bywa niewykonalne.

– Robercie... Zaczekaj.

Odwróciłem się. Staruszek siedział z dziwnie skrzywioną miną.

– Dobra, przyznaję, łgałem. To nie jest pogłoska. Ale lepiej nikogo więcej o to nie pytaj. Jeśli rzeczywiście zleceniodawca jest stamtąd i przypadkiem dowiedzą się, że węszysz, może być z tego nieszczęście.

– Zatem?

– Siadaj. – Wskazał mi krzesło. – To, co teraz powiem, nie może wyjść poza to pomieszczenie. Nie powiesz o tym nikomu. Nigdy – zastrzegł twardo.

Skinąłem głową, pieczętując układ.

– Zaczekaj tu na mnie – polecił.

Wstał i zniknął na zapleczu. Usłyszałem ciężkie, metaliczne stuknięcie, jakby zatrzaskiwał drzwiczki sejfu. Wrócił z niewielkim inkunabułem, oprawionym w poczerniałą ze starości skórę. Położył go na blacie.

– Wyobraź sobie czarny czakram – odezwał się i urwał. – Coś... – znowu się zaciął. – Interesowałeś się kiedyś astrologią, chiromancją, jasnowidzeniem?

– Nie. Choć muszę przyznać, że dotknąłem nienazwanego. Widziałem w życiu rzeczy, których nie potrafię wyjaśnić – odparłem.

– Słyszałeś na pewno, że istnieją ludzie potrafiący przepowiedzieć przyszłość. Zasadniczo nasza religia patrzy krzywo na wszystkie próby przewidzenia tego, co się wydarzy. Ale świat nie jest czarno-biały. Są proroctwa i przepowiednie spisane przez księży, mnichów, zakonników... Niektórych uznano nawet za świętych. Czasem jest to dar. Ale niektórzy z patrzących w przyszłość, może nawet większość z nich, to po prostu opętani. Diabeł podpowiada im, co się wydarzy. Powiedzą, co cię spotka. Ale widzą tylko złe rzeczy. Przepowiedzą choroby i nieszczęścia i wszystko sprawdzi się co do joty.

Wzdrygnąłem się.

– W osiemnastym wieku tu, w Warszawie, zebrała się grupa magów, opętanych, heretyków, czarnych alchemików, wyznawców szatana, okultystów. Powołali coś w rodzaju akademii czarnej magii. Nazwali ją Domem Czterech Liści. Może byli wśród nich i tacy, którzy mieli czyste intencje, ale wszystko utonęło w mroku. Przypuszcza się, że wszelakie nieszczęścia dziejowe spadające na nasze miasto to pośrednio ich wina. Demony, którym służyli, wymagają ofiar. Krwi... – Spojrzał na mnie badawczo.

– Rozumiem – odparłem, choć niewiele jeszcze z tego pojmowałem.

– Wyobraź sobie bagno. Ludzi, z którymi nie da się współpracować. Każda decyzja podjęta w ich sprawach będzie zła. Każdy interes z nimi prowadzi do nieszczęścia. Czasem wyciągną rękę, ale każda ich pomoc, choć z pozoru cenna, w ostatecznym rozrachunku przyniesie tylko śmierć i zniszczenie. Jeśli kupisz ich pomoc, pomogą. Z pozoru osiągniesz to, co zechcesz, ale efekt końcowy też będzie mniej lub bardziej tragiczny. Czarna dziura.

– Akademia czarnej magii w Warszawie? W dodatku istniejąca nadal? W osiemnastym wieku lóż masońskich i temu podobnych stowarzyszeń było całe mrowie. Ale dziś? Nie bardzo chce mi się w to wierzyć.

Antykwariusz otworzył leżący przed nim foliał. Na pierwszej stronie pysznił się dziwaczny ekslibris z czymś w rodzaju ośmiornicy. Obok ktoś nabazgrał datę. 12 V 1967.

– Mają bibliotekę. To trzecia książka, która z niej pochodzi. To znaczy trzecia, jaką widziałem w życiu – powiedział.

– Można?

Podał mi lateksowe rękawiczki. Przekładałem pergaminowe karty. Tomik wypełniały dziesiątki rysunków jakichś roślin. Zielnik? Raczej receptariusz... Czułem, jak czasoprzestrzeń wokoło ugina się. Nie co dzień trzyma się w ręku przedmiot wart więcej niż cała kamienica wzniesiona nad tym antykwariatem.

– Wszystkie zapiski wykonane są głagolicą okrągłą, używaną w Bułgarii do około dwunastego wieku – powiedziałem. – Tak stara księga, i to jeszcze ilustrowana?! To absolutny unikat! Bezcenne dzieło! – szepnąłem. – Można prosić o lupę?

Podał bez słowa. Badałem karty długo.

– Ten pergamin... Sądząc po rozmieszczeniu dziurek po włosach, ta skóra wygląda na ludzką – szepnąłem.

Poczułem nieprzyjemne mrowienie palców.

– Też mi się tak wydaje – przyznał. – Miałem kiedyś w rękach angielską księgę sądową, ale ona była tylko oprawiona w coś takiego, tu mamy pergamin ludzki użyty jako karty. Co więcej... Przypatrz się jeszcze raz obrazkom. Czy znasz te rośliny? Chociaż niektóre?

– Botanikiem to ja nie jestem... Jaskółcze ziele, bieluń, pokrzyk, tojad, konwalia, cis, jaskier, jemioła, mak lekarski. Psiamać! Same trujące!? – domyśliłem się, do czego zmierza.

– To poradnik, receptariusz raczej, służący do przygotowywania wyjątkowo parszywych trucizn i narkotyków – wyjaśnił. – Pozostałe dwie książki z Domu Czterech Liści, które widziałem, były podobne, może nawet jeszcze gorsze. Niezłą biblioteczkę sobie zebrali. Czy teraz rozumiesz, jacy to ludzie?

– Chcą odnaleźć zbiorową mogiłę z czasów powstania listopadowego – mruknąłem. – Po co?

– A skąd mogę wiedzieć? – Wzruszył ramionami. – Ale jestem niemal pewien, że nic dobrego z tego nie wyniknie. Każda decyzja... Zgodzisz się dla nich pracować, skalasz się. Nie zgodzisz się, też się skalasz. Każdy, kto choćby otrze się o ich sprawy, pobrudzi się jak smołą.

– Co pan radzi?

– Odpuść sobie. Nawet jeśli gra wydaje ci się warta świeczki, w rzeczywistości lepiej nie wchodzić z nimi w układy. Konsekwencje mogą się okazać naprawdę poważne.

Byłem głupi i nie posłuchałem.

*

Pan Wojciech stał na szańcu dawnej reduty wolskiej, patrząc na rozpościerający się u jego stóp cmentarz prawosławny. Jesienny wiatr szarpał poły jego eleganckiego prochowca. Podszedłem.

– Wiem już, czym jest Dom Czterech Liści – powiedziałem.

Skrzywił wargi, ale nic nie odpowiedział.

– Moje poszukiwania są dość zaawansowane. W połowie tygodnia mam zdać raport zleceniodawcy. Jak dodatkowo ustaliłem, w ciągu ostatnich pięciu lat dokonano około dziesięciu ekshumacji mogił z okresu powstania listopadowego. Wszystkie prace sfinansowali prywatni darczyńcy. Pozornie nic ich nie łączy. Tak się składa, że wszyscy pracują dla firm, agencji lub fundacji, które z kolei są podwykonawcami dla trzech dużych zagranicznych koncernów. Dom Czterech Liści czegoś szuka. Czegoś, co można znaleźć w mogiłach z tego okresu.

– Jesteś cholernie bystry – pochwalił.

– Opowie mi pan o tym?

– Może nie powinienem... ale znalazłeś się w takiej sytuacji, że nie mam wyjścia. To, czego się dowiesz, musisz zachować dla siebie. – Westchnął i zamilkł na chwilę. Nie odezwałem się. – Starzy grabarze mają swoje sekrety – podjął. – Legendy cechu przekazywane z ojca na syna. Informacje, których nie zapisuje się na papierze.

– Rozumiem. Podobnie jest przecież w innych cechach – odparłem. – Szewcy mają inne tajemnice, garncarze inne...

Spojrzał na mnie i zawahał się. Pokręcił głową.

– Dotknąłem w życiu wielu tajemnic. Umiem zachować dyskrecję – zapewniłem go.

– Ta legenda przypomina fabułę kiepskiego horroru – westchnął. – Wyobraź sobie... Poproszono cię, żebyś odszukał miejsce pochówku, więc powinieneś wiedzieć, co można tam znaleźć. Na dnie zbiorowych mogił, zwłaszcza gdy ludzie zginęli złą i nagłą śmiercią, pojawia się czasem kulka jakby z czerwonego szkła albo kryształu. Narasta powoli, przez lata, czasem dziesięciolecia... Początkowo jest maleńka, jak ziarenko, później pęcznieje i nabiera blasku. Jedni nazywają to jajem demona. Inni mówią o tym: łza umarłych.

Wiatr jakby ostrzegawczo zaszumiał w koronach drzew.

– Nazywają...

– Nie wiem, co to jest naprawdę ani co może się stać, jeśli wpadnie w niepowołane ręce. Wiem tylko, że w razie znalezienia należy to natychmiast bezwzględnie zniszczyć.

– Dlaczego wynajęto właśnie mnie? Skoro to okultyści, jasnowidze i magowie, powinni wejść w trans i bez problemu...

– Naoglądałeś się kiepskich filmów – prychnął z irytacją. – Magia tak nie działa. Jej wpływ na rzeczywistość jest, że się tak wyrażę, bardziej subtelny. Wybacz osobiste pytanie. Jak ci ostatnio szły interesy?

– Nijak – westchnąłem. – Nie było takiej posuchy od czasów prezydentury Olka Opoja. Czyli od dawna.

– To może, choć nie musi, być ich wpływ. Urok. Kumulujący się niefart. Mówiąc kolokwialnie, przegłodzili cię, a potem podsunęli pod nos dobrze płatną pracę.

Spojrzałem na niego zaskoczony.

– Po prostu miałem sporego pecha.

– Tak właśnie to działa. Jak pajęczyna. Nic uchwytnego, ale z każdym tygodniem wszystko idzie coraz gorzej. Poczucie osaczenia. Miotasz się, nigdzie nie napotykając oporu. Nie widzisz przeciwnika. Uderzasz, ale zawsze trafiasz w próżnię.

– Hmm...

– Wiem też, że po ekshumacjach, o których wspominasz, doszło do pięciu włamań. Ich ofiarą padły magazyny muzealne. Trzech dokonałem ja. Dwu pozostałych zapewne oni. Nie udało się wykraść kryształów podczas prac, więc musieli inaczej.

Powiedział to kompletnie obojętnie. Po prostu mnie informował.

– Czyli archeolodzy znaleźli już coś... takiego?

– Co najmniej raz. Zapewne nie w każdym z grobów to jest. Nie wiem...

– Czego pan zatem ode mnie oczekuje?

– Możliwości są dwie. Robercie, po pierwsze możesz poświęcić reputację i po prostu zrezygnować ze zlecenia. Wynajmą kogoś innego, ale to już nie będzie twój problem.

– Reputację zbudowały mi inne rozwikłane zagadki. – Wzruszyłem ramionami. – Powiem, że się nie udało, i dziury w niebie nie będzie. Ucierpi co najwyżej moja etyka zawodowa. Chyba że zechcą się mścić.

– Wykluczyć tego nie można.

– A druga możliwość?

– Stanąć po mojej stronie i zagrać z nimi. Celowo, świadomie wystawić do wiatru.

Popatrzyłem na rzędy nagrobków. Antykwariusz miał rację. To brudziło jak smoła. Każda decyzja będzie zła.

– Wyrolować kolesi babrających się na co dzień w czarnej magii? I nawet jeśli się uda, przez całe lata bać się własnego cienia – rozważałem. – Człowiek, który mi o nich opowiedział, twierdził, że to czyste zło i że z nimi nie da się wygrać.

– Wygrać się da. Czasami. Ja gram z nimi od dawna i wygrywam, bo chyba nie wiedzą o moim istnieniu. Ale jest ryzyko. Każda podjęta decyzja będzie zła albo jeszcze gorsza – powtórzył w zadumie. – Twój wybór.

Wiatr zachichotał. Poczułem dreszcze. Może mnie przewiało, a może uświadomiłem sobie w całej pełni, w co się wplątałem.

– Jeśli to magowie, to kto wie czy nie telepaci... Czy wyczują, jeśli będę kłamał?

– Niekoniecznie. Inżynierek, którego wysłali, zapewne jest tylko wynajęty. Ma zlecenie, sam nie wie, dla kogo pracuje. Oni bardzo dbają o dyskrecję. Jeśli zdołasz oszukać jego, nie powinni się zorientować, że łgałeś. Tak mi się wydaje.

– Gdybym na przykład przekazał im dowody na to, że mogiła, której szukają, została ekshumowana wiele dziesięcioleci temu? To znaczy – poprawiłem się – gdybym znalazł ekshumowaną i wmówił, że to właśnie ta? Albo odszukał inną mogiłę nieekshumowaną, ale z innych czasów?

– Czemu nie. Bardzo dobry pomysł. Tylko musiałyby to być dokumenty w miarę wiarygodne. Żeby coś takiego spreparować, nie wystarczy znajomość dziewiętnastowiecznej kaligrafii i namoczenie papieru w mocnej herbacie. Mogą zechcieć to sprawdzić. I jeszcze jedno. – Popatrzył mi w oczy. – Przydałoby się także odszukać mogiłę właściwą. Tak na wszelki wypadek, gdyby się okazało, że nie dali się oszukać i wynajmą kogoś następnego.

– Cholernie trudna sprawa – westchnąłem. – Wzmianki są enigmatyczne i rozproszone.

W oddali zazgrzytał tramwaj. Z nieba spadło kilka kropel deszczu.

– Da się?

– Mogę spróbować za pomocą radaru geologicznego. Pożyczę od znajomego. Ale nie wiem nawet, czy ta mogiła jeszcze istnieje. To jednak miasto. Poniekąd żywy organizm.

– Jeśli grobu już nie ma, to dobrze... Ale sprawdzić trzeba.

*

Inżynier spotkał się ze mną na rogu ulicy Wolskiej i alei Prymasa Tysiąclecia. Po estakadzie nad naszymi głowami mknęły samochody.

– Nie mam dla pana dobrych wiadomości – powiedziałem. – Ta mogiła była prawdopodobnie tam. – Wskazałem nasyp. – Natrafiono na nią przed kilkunastu laty podczas budowy. O, proszę, skopiowałem panu wszystkie wzmianki prasowe.

Wręczyłem mu plastikową koszulkę, w której tkwiło kilkanaście odbitek ksero.

– Jest pan pewien, że to właśnie ta? – Zmarszczył brwi. – Nie mógł to być na przykład grób z czasów powstania warszawskiego?

– Groby uczestników powstania były przy samej ulicy Wolskiej. Ekshumowano je jeszcze w latach czterdziestych. Tu natrafiono na kilka fragmentarycznie zachowanych szkieletów. Piasek, niestety, nie sprzyja dobremu zachowaniu kości.

Przeglądał artykuły.

– Ktoś tu domniemywał, że to mogła być obsada stanowiska obrony przeciwlotniczej z września trzydziestego dziewiątego roku – mruknął.

– Nieuctwo dziennikarzy tej akurat gazety jest wręcz przysłowiowe. Mimo wszystko postanowiłem się upewnić i pociągnąłem za język miejscowych. – Gestem powiodłem po blokach. – Skierowano mnie do mężczyzny, który trochę zbiera starocie, a jako dzieciak buszował po placu budowy. Widział, jak odkopano tę mogiłę, i nawet zaiwanił sobie coś, co archeolodzy przegapili.

Podałem mu skorodowany guzik, ozdobiony tarczami wyobrażającymi Orła i Pogoń.

– To ewidentnie guzik Armii Królestwa Polskiego. Nie sądzę, żeby znalazł się w pobliżu szkieletów przypadkiem – nadałem swojemu głosowi brzmienie znamionujące niezachwianą pewność.

– No tak... – Zleceniodawca nie krył rozczarowania. – Czyli pudło, spóźniłem się. Ile się należy?

– Zaliczka pokrywa w zupełności moje wysiłki.

Pożegnaliśmy się i odszedł. Z daleka widziałem, że zanim wsiadł do auta, cisnął guzik ze złością na ziemię. Poczekałem, aż facet odjedzie, i poszedłem odszukać porzucony zabytkowy drobiazg.

*

Wiatr wył, szarpał gałęzie drzew. Gdzieś od północy nasuwał się ciemny wał burzowych chmur. Za płotem kąpieliska huczał jakiś agregat. Czyścili basen po sezonie czy co? Dawny fort był prawie niewidoczny. Zniszczył go czas, zatarły prace niwelacyjne podczas zakładania parku. Na części obwałowań posadzono drzewa, reszta stała się trawnikiem. Dopiero radar geologiczny pozwolił precyzyjnie namierzyć obrys dawnych szańców i niewielki dół w ziemi kryjący ciała obrońców.

Nielegalne wykopaliska w środku miasta? Nic trudnego... Potrzeba kilku przęseł drewnianego płotu. Żółtą tabliczkę z numerem pozwolenia, służącą do uspokajania urzędasów, można znaleźć w śmieciach na terenie porzuconej budowy. Następnie należy zdjąć okulary, założyć pomarańczową kamizelkę i gotowe. Można kopać do woli. Na wszelki wypadek obficie pochlapałem drelich najtańszym piwem. Pijanego robotnika nikt rozsądny nie zaczepi. Mój towarzysz w garniturze z elegancką teczką i teodolitem miał udawać nadzorcę prac.

– Pogoda jak z kiepskiego horroru – spróbowałem zażartować, ale mój głos był zduszony i piskliwy.

– Coś w tym jest. – Pan Wojciech mimo osiemdziesiątki na karku machał saperką jak młodzieniaszek.

Podmuchy wiatru prószyły nam piaskiem w oczy. Odsłanialiśmy ludzkie kości, szkielety leżały chaotycznie, ciśnięte byle jak do dołu. Studiując archeologię, parokrotnie rozkopywałem mogiły. Zawsze jednak były to groby pojedyncze. Tu trafiliśmy na niemal jednolity pokład kości. Pomiędzy żebrami zieleniły się guziki, z butów pozostały tylko przerdzewiałe podkówki. Jeden nieboszczyk miał jeszcze przy pasie ładownicę ze srebrzonej blachy ozdobioną orłem.

Mój towarzysz wyjął z kieszeni wahadełko i zaczął nim sprawdzać ziemię.

– Radiestezja? – zdziwiłem się.

– Kościół ma do niej stosunek raczej ostrożny. – Uśmiechnął się krzywo. – Ale, jak już mówiłem, pobrudzimy się przy tej robocie.

W jednym miejscu wahadełko delikatnie wirujące na sznurku znieruchomiało.

– Może tutaj?

Zacząłem wygarniać glebę spomiędzy żeber.

Jestem wariatem, myślałem ponuro, odkładając kruche ludzkie kości na bok. Kompletnym świrem... Ołgałem zleceniodawcę, bo jakiś historyk za dychę z trzepniętym na umyśle antykwariuszem nawciskali mi kitów o czarnej magii. Teraz naruszam spokój zmarłych, za co grozi mi, oprócz środowiskowej anatemy, ze dwadzieścia różnych paragrafów.

Z drugiej strony... Jeśli mieli rację, to i tak się skalałem. Oszukałem klienta i wziąłem za to pieniądze. A teraz jeszcze łamię prawo. Pan Antoni miał rację. W kontakcie z Domem Czterech Liści każde podjęte działanie owocuje mniejszym lub większym złem.

Mój towarzysz szukał obok mnie. I nagle coś zabłysło pod ostrzem jego łopatki. Na dnie mogiły, wśród piachu i wymieszanych ludzkich szczątków, spoczywała kula wielkości kurzego jajka. Jarzyła się nierzeczywistym czerwonawym blaskiem. Zdawała się pulsować, pełgać, jakby wewnątrz płonął ogień. Odruchowo wyciągnąłem dłoń.

– Nie rękami! – syknął.

Obkopał znalezisko kilkoma ruchami i podniósł na łopatce. Poczułem nieprzyjemne mrowienie na karku. Wyleźliśmy z dziury. Wiatr złamał gdzieś gałąź.

– Odsuń się – mruknął pan Wojciech. – Zazwyczaj nic się nie dzieje, ale nie wiem, jakie tym razem będą skutki. Jeszcze nigdy nie widziałem tak dużego...

Położył dziwną kulę na płycie chodnikowej i uniósł szpadel. Zamierzył się. Odruchowo zacisnąłem dłoń na

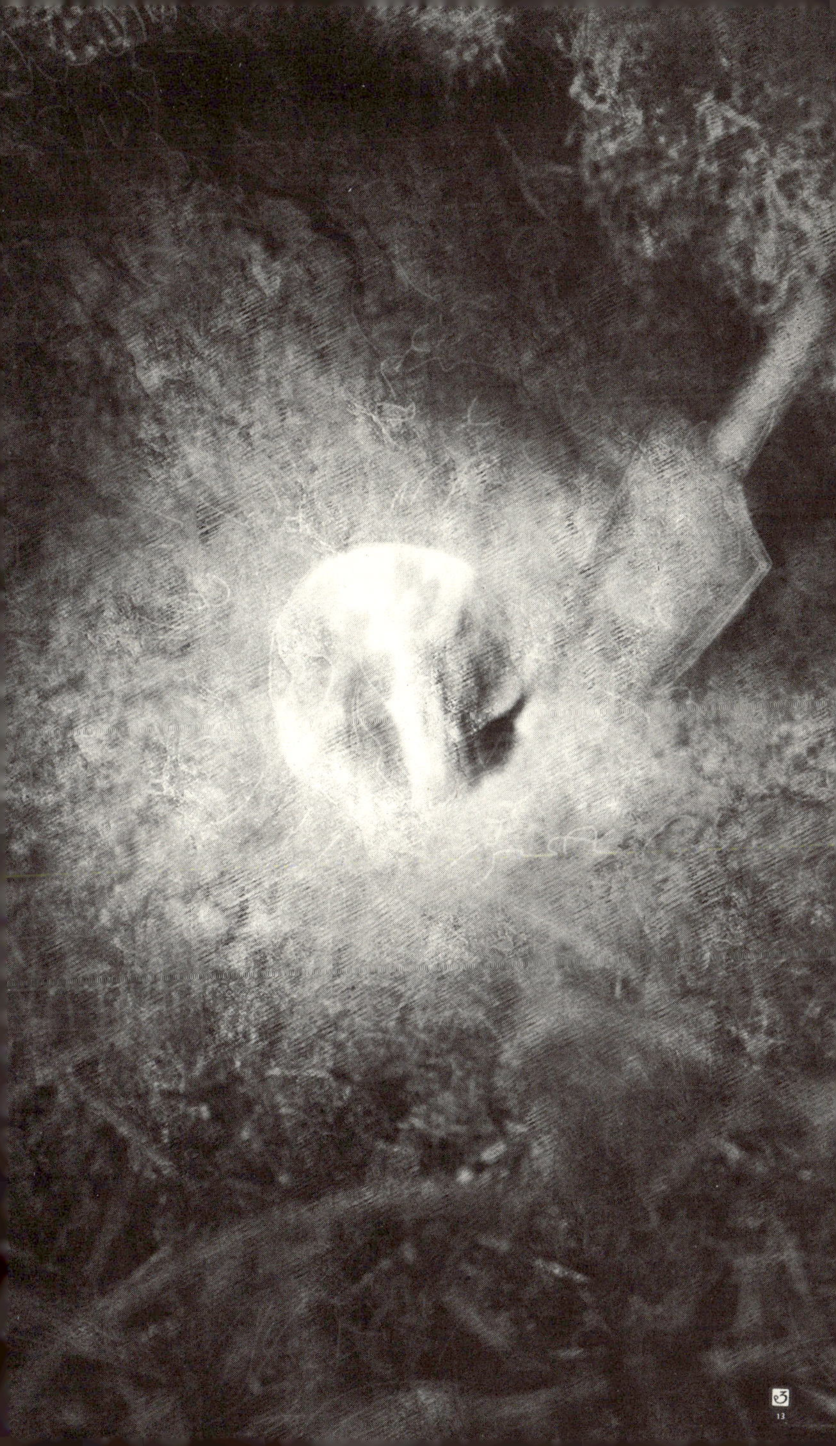

tkwiącym w kieszeni różańcu. Uderzył na płask, raz a dobrze. Powietrze przeszył głośny, wibrujący jęk. Spojrzałem zaniepokojony, ale starzec milczał. To kamień musiał wydać ten odgłos. Na spękanym betonie leżała garść czerwonawych okruchów. Na naszych oczach zaczęły gasnąć jak dopalający się żar ogniska. Zostały z nich czarne grudki tonące w siwym popiele, niczym niedopalone kawałki węgla.

– Możemy zasypywać – usłyszałem głos starego. – Skończone.

Powkładałem z szacunkiem kości do mogiły. Machałem szpadlem, przysypując je glebą. Wiatr ucichł, a wał burzowych chmur powoli się rozpraszał. Mój towarzysz położył w dole krzyż, który też przysypaliśmy ziemią. Na koniec zagrabiliśmy cały trawnik i przysypaliśmy liśćmi miejsce po wykopie. Jeśli w nocy spadnie deszcz, ślady zostaną zatarte.

– Jajo demona... – mruknąłem.

– Tak to nazywał pewien stary człowiek. – Wzruszył ramionami.

– Pokrzyżowaliśmy plany złym ludziom...

– Nie wiemy, jakie plany, ale z pewnością nic dobrego by z tego nie wynikło – westchnął.

– Tajemnica...

– Jak już mówiłem, wiem tyle, ile mi powiedzieli starsi ode mnie, doświadczeni grabarze. Nie mam pojęcia, co to jest. Wiem tylko, co należy z tym zrobić. Ale sam widziałeś, jak gasło. Nie znam żadnych procesów fizycznych ani chemicznych, które mogłyby dać taki efekt.

– Istnieją tak zwane krople księcia Ruperta. Jeśli odrobinę ciekłego szkła wrzucimy do lodowato zimnej wody, zastygnie, ale we wnętrzu panuje tak potworne ciśnienie, że najmniejsze uszkodzenie powłoki powoduje efektowny wybuch – rozważałem. – Jeśli do szkła dodano czerwonego barwnika, który w zetknięciu z powietrzem gwałtownie się utleni...

Uśmiechnął się tylko pobłażliwie, ale nic nie powiedział. Zabrałem się do demontażu parkanu. Potem podjadę autem i zabiorę dechy. Jeszcze nie czas, by oznaczyć mogiłę. Niech sprawa przyschnie. Za kilka lat bohaterowie doczekają się godnego pochówku. Pojaśniało. Oderwałem wzrok od desek. Wiatr ucichł, a groźne chmury rzedły. Park, trawnik i mogiłę w jednej chwili oblał ciepły blask jesiennego słońca.

Album

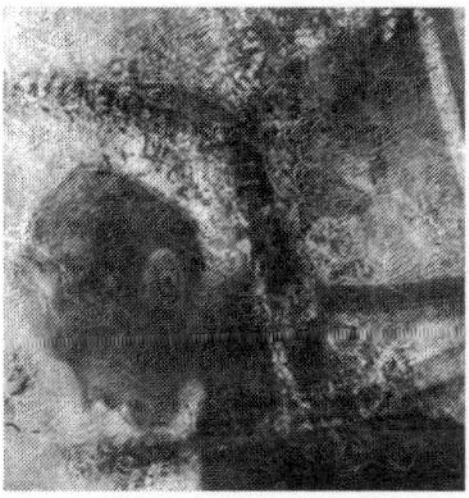

Stara willa na Ochocie zasypiała, pogrążona w coraz gęstszym mroku. Zmierzch litościwie ukrywał pęknięcia murów i ubytki sztukaterii. Jesienny wiatr zrywał ostatnie liście z kilku starych kasztanowców. Woda z małego stawiku była już spuszczona na zimę. Siedziałem w saloniku pana Wojciecha, ciesząc oczy wystrojem wnętrza. Stary kolekcjoner zebrał imponujący zbiór wszelakich różności. Nad kominkiem połyskiwało wspaniałe panoplium złożone chyba z trzydziestu szabel oraz podobnej liczby strzelb i karabinów. Po drugiej stronie pokoju na czterech obrazach Kossaka szarżowała kawaleria. Poniżej w gablotach połyskiwała srebrem i emalią fantastyczna kolekcja żołnierskich odznak, medali oraz orzełków.

Zapadłem w fotel pamiętający rauty w ogrodach Kazimierza Poniatowskiego i popijając herbatę, napawałem się atmosferą domu.

– Ujmę to tak – słowa padały z ust pana Wojciecha powoli, jakby długo zastanawiał się przed wypowiedzeniem każdego z nich. – Czasem w ogromnych zwałach wszelakiej starzyzny błyśnie coś niezwykłego.

Uznałem, że trochę zbyt błaha to myśl, jak na tak długie zastanowienie. Postanowiłem go trochę podpuścić, żeby – jak to się mówi – rozwiązać supły zawiązane na języku.

– Rzecz cenna, ale niepozorna, która zachwyci tylko fachowca zdolnego ją rozpoznać? – podpowiedziałem.

– Rzecz o ogromnym znaczeniu historycznym, ale tylko fachowiec zdoła ją zidentyfikować... Czy wiesz, kim była Emma Lowenstramm?

– Przykro mi... – bąknąłem.

– Nie ma się czego wstydzić, to nazwisko niewiele powie nawet historykom sztuki. Była to żydowska artystka i nauczycielka rysunku, działająca w Wiedniu na przełomie dziewiętnastego i dwudziestego wieku. Prowadziła dom otwarty, spotykali się u niej zarówno artyści, jak i komuniści, wszelka malownicza zbieranina wagabundów, anarchistów i temu podobnych niebieskich ptaszków. A po latach okazało się, że z niejednego świra goszczonego niegdyś pod jej dachem wyrósł całkiem poważny zbrodniarz, służący bolszewikom albo hitlerowcom. Kilka lat temu na aukcji wypłynęła akwaforta jej autorstwa. Obrazek, mimo wątpliwości co do jego autentyczności, i towarzyszące mu pudełko szachów poszły za ponad czterdzieści tysięcy funtów.

Pogrzebał chwilę w szufladzie biurka i pokazał mi odbitkę. Dwaj kolesie siedzieli nad szachownicą. Twarz tego po lewej wydała mi się znajoma. Ten po prawej też nie był mi obcy.

– Wykonała ją na podstawie własnego szkicu – wyjaśnił stary kolekcjoner.

– Chwila moment, przecież ten pod oknem to chyba Adolf Hitler, tyle że młody i z ładniejszą grzywką! A ten drugi...

– Wyobraź go sobie bez włosów.

– Lenin?! Jak to?! To oni się znali?!

– Wedle potomka właściciela domu spotkali się u niej w tysiąc dziewięćset dziewiątym. Rewolucjonista i początkujący malarz, wtedy jeszcze praktycznie bez ambicji politycznych. Zagrali w szachy.

– W szachy... – Zadumałem się. – Nigdy nie słyszałem, żeby któryś z nich zajmował się grą królewską.

– W tamtych czasach praktycznie każdy znał zasady gier towarzyskich, takich jak szachy czy brydż. Mogli grywać z kumplami, choć masz rację, biografowie nie wspominają, żeby któryś z nich miał takie zainteresowania. W każdym razie, jak głosi legenda, Emma podczas gry wykonała szkic, z którego później powstała akwaforta. Hitler miał wtedy dwadzieścia lat, Lenin miałby coś ponad czterdzieści. Taka ciekawostka. Tylko że to żaden dowód, bo...

– ...to tylko rysunek – dokończyłem. – Gdyby to była fotografia... – Chyba już wiedziałem, do czego zmierza.

– Właśnie. Fotografia...

Wstał i podszedł do stojącego w kącie patefonu. Zakręcił korbą. Ze starej płyty popłynął głos Ordonki. Przeszedł w drugi kąt i uruchomił stare radio. Głośnik zachrypiał jak konający traktor. Kakofonia dźwięków była upiorna. Na zakończenie uruchomił jeszcze magnetofon.

– To na wypadek podsłuchu – mruknął, nachylając się do mnie.

– Znalazł pan coś równie ciekawego? A może nawet i ciekawszego? – domyśliłem się. – I to na fotografii?

– Można tak powiedzieć – znowu mówił powoli, w dodatku prawie szeptem. – Miałbym prośbę. Raczej dość głupią...

– Jeśli tylko mogę w czymś pomóc...

– Mam już ponad osiemdziesiąt lat. W takim wieku człowiek zaczyna sobie uświadamiać, że nie zabierze ze sobą zbiorów na tamtą stronę. Dom zapisałem dalekim krewnym. Kolekcja pójdzie do muzeów. Ale jest coś... – zawahał się. – Pewien znajomy oddał mi kiedyś na przechowanie coś ciekawego, ale i niebezpiecznego. Można powiedzieć, bardzo gorący kartofel. Bał się, że go zabiją... I rzeczywiście go zabili. Ostrzegał mnie, że ludzie, którzy tego szukają, są na tyle zdesperowani, że nie baczą, ile trupów po sobie zostawią. Co więcej, podejrzewam, że poprzedni właściciel również został zamordowany. Ja... – Zadumał się na chwilę. – Nie pokazałem tego prawie nikomu. Tylko naprawdę zaufanym ludziom z Grona Jarzębiny. Pewnie dzięki temu żyję. Ale ostatnio czuję, że tamci są już na moim tropie.

– Jacy tamci? – zapytałem.

– Tamci. Po prostu oni – uchylił się od odpowiedzi.

– Jak mogę panu pomóc? – postanowiłem brać byka za rogi. – Mam broń, jakby co. Strzelać też umiem. Jeśli chce się pan gdzieś przyczaić, mam klucze do pewnego domu...

Pokręcił głową.

– Jeżeli rzeczywiście mnie podejrzewają, to nie zdołasz mnie obronić ani zapewne ja nie dam rady, choć mam w domu sprzęt nieco lepszy niż twój pistolecik. To zresztą bez znaczenia. Przeczucie niekoniecznie musi być prawdziwe. Jeżeli naprawdę chcesz mi pomóc, nikt postronny nie może się nawet domyślić, że działamy w jednej sprawie.

– Jakie będzie moje zadanie? – zapytałem konkretnie.

– Gdybym zginął albo umarł, zabierzesz do siebie pewien przedmiot. I dobrze go schowasz. Nikomu nie będziesz pokazywał. Nie dasz go sobie wydrzeć. Za żadną cenę. I nie dasz się zabić. Tu są trzy klucze. – Podał mi breloczek. – Wszystko w tym domu jest zabezpieczone alarmami. Musimy się liczyć z tym, że w razie czego nie będziesz miał możliwości wejść do środka przez drzwi. Pierwszy klucz otwiera starą skrzynkę transformatorową w ogrodzie. Drugi klapę. W kuchni pod szafką trzeba obluzować deskę. Trzeci klucz jest do kasety, którą tam ukryłem. Zawartość należy wyciągnąć i zabrać. Jest zapakowana.

– To album z fotografiami? – indagowałem.

– Zgadłeś. Dość niezwykły zbiór. Nie musisz odpakowywać, jeśli nie chcesz. Możesz przekazać to dalej, nie zajrzawszy do środka. Czasem lepiej nie wiedzieć.

– Rozumiem. I co mam z tym czymś zrobić?

– Przechowasz. Nie będziesz nikomu pokazywał. Chyba że uznasz, że można albo trzeba. Ale wtedy musisz się liczyć z tym, że się odsłonisz. Wystawisz na odstrzał. A kiedyś znajdziesz kogoś zaufanego i przekażesz jak pałeczkę w sztafecie. Dla przyszłych pokoleń.

– Jeśli to takie cenne i ważne, to może dla bezpieczeństwa...

– Zaufani ludzie otrzymali kopie. Nie powiem ci, ani kto, ani ile ich istnieje. Ale kopia, nawet jeśli to profesjonalny skan, nie jest do końca wiarygodna. Tobie powierzam oryginał. Poradzisz sobie?

– Oczywiście – zapewniłem.

Ale oczywiście gdy przyszło co do czego, to sobie nie poradziłem...

*

Zazwyczaj unikałem jak ognia wszelkich podejrzanych interesów, dlatego zaniepokoiło mnie wezwanie na policję. Odebrałem list polecony od listonosza, pokwitowałem, a potem z rosnącym niepokojem rozprułem kopertę. Urzędowy blankiet, w wykropkowanym miejscu wpisane jak byk: Robert Storm, dalej informacja, gdzie mam się stawić i o której. Na szczęście w kolejnym wykropkowanym miejscu nabazgrolono, że mam przybyć w charakterze świadka. Wprawdzie odetchnąłem z ulgą, ale niepokój pozostał. Cały wieczór gryzłem się, analizując w pamięci ostatnie miesiące. Nic mi jednak nie zaświtało.

Posterunek przy ulicy Żytniej nie wyglądał jakoś groźnie. Pokazałem dyżurnemu wezwanie i zaraz odprowadzili mnie do biura komisarza. Zapukałem i słysząc pomruk pełen zachęty, wszedłem. Ulżyło mi, kiedy zobaczyłem zwalistą sylwetkę przyjaciela wypełniającą szczelnie zbyt ciasne miejsce za służbowym biurkiem.

– No, aleś mnie nastraszył – mruknąłem. – Nie mogłeś po prostu zadzwonić, żebym wpadł, albo sam zajść do mnie? To przecież trzy kroki.

– Witaj – mruknął Piotrek. – Wybacz, ale musiałem drogą służbową. Siadaj, proszę. Jest taka sprawa. Przykra dosyć... Czy znałeś Wojciecha Waserwagera? – zapytał konkretnie.

– Znam... Znałem?! Chcesz powiedzieć, że nie żyje?

– Niestety.

Zagryzłem wargi. No cóż, mój znajomy miał swoje lata, widać było, że już długo nie pociągnie, i przyzwyczaiłem się do myśli, że może za parę miesięcy odejdzie. Ale mimo wszystko poczułem cholerny żal.

– A co ma do tego policja? – zdziwiłem się.

– Ano, niestety, podejrzewamy, że nie umarł tak sobie, ze starości.

Przypomniałem sobie naszą niedawną rozmowę.

– Ty co, awansowałeś? – bąknąłem zszokowany.

– Awansowałem. – Uśmiechnął się krzywo.

– I pracujesz teraz w wydziale zabójstw? – znowu odezwałem się głupio, ale informacja kompletnie wytrąciła mnie z równowagi.

– Trochę inaczej się to nazywa, ale zasadniczo taki mam zakres obowiązków.

Milczałem długą chwilę.

– Ktoś go zamordował, a ja jestem podejrzany?

– Powiedzmy tak: sprawa jest na tyle śmierdząca, że sprawdzamy kontakty zmarłego. Jedne dokładniej, inne mniej dokładnie. Jakbyś był tak na poważnie podejrzany, tobyśmy teraz robili u ciebie rewizję, a na krześle obok miałbyś adwokata.

– I kajdanki na rękach?

– A po co? – Chyba naprawdę się zdziwił.

No fakt, chłop jak dąb, przeszkolony do walki wręcz, na pewno nie dałbym mu rady.

– Licealistka, która robiła mu zakupy, znalazła go rankiem martwego. Siedział po prostu w fotelu przy kominku. Na stoliku stała szklaneczka po alkoholu. Pusta. I prawie opróżniona flaszeczka.

– Pijał śliwowicę – podpowiedziałem. – Taką prawdziwą, góralską, siedemdziesiąt obrotów. I nie rozcieńczał, tylko zapijał herbatą. Przy mnie wypijał zazwyczaj setkę albo więcej. To jak ćwiartka zwykłej wódy. Mówił, że mu to krążenie poprawia.

– Był alkoholikiem?

– Nie wydaje mi się.

– W takim wieku to może być niebezpieczne. Nie mamy jeszcze wyników sekcji. Daliśmy też resztki trunku do laboratorium, żeby sprawdzić, czy nikt niczego nie dosypał.

– A sprawa śmierdzi, bo się do niego niedawno próbowano włamać – uzupełniłem. – I to parę razy.

– Mówił ci?

– Wspominał półgębkiem.

– A mówił, że miesiąc temu podziurawił w swoim domu dwóch lub trzech włamywaczy, i to używając przedwojennego visa?

– Ee...? – zdziwiłem się.

Kurczę, to musiało być wtedy, gdy mnie zaprosił i dał klucze, uświadomiłem sobie. Albo tuż przed, albo tuż po.

– Włamywano się do niego kilka razy. Wiesz, jaką miał kolekcję. To kusiło rozmaitych leszczy. Przeważnie kompletni amatorzy, specjaliści od włamań do sklepów monopolowych, a tutaj porządny alarm... Za wysoka poprzeczka dla byle złodziejaszków. Zresztą i tak nie wiedzieliby, jak sprzedać fanty. Ze dwa razy to była robota fachowców. Ale i oni zęby sobie połamali. A raz doszło do strzelaniny. Włamywacze uciekli. Wtedy do nas zadzwonił. Zabezpieczyliśmy w domu i ogrodzie krew należącą do co najmniej trzech osobników. Jak się jednak okazało, nie wszystkie włamania zgłosił. Wczoraj wyizolowaliśmy z popieliska w kotłowni szczątki dwóch kolejnych kolesi. A podłoga po polaniu luminolem wręcz zaśpiewała.

– O cholera...

– Twój kumpel zastrzelił ich, poćwiartował i spalił ciała. Z paszportu dyplomatycznego jednego z nich pozostała platynowa nitka zabezpieczająca. Dzięki czemu możemy się domyślać, kto ich przysłał.

– Nie chwalił się – bąknąłem.

– A ty byś się pochwalił? Zresztą kto by pomyślał, dziadek jedną nogą w trumnie, a tu taki numer... Czy twój znajomy wspominał coś o obcych wywiadach?

Przymknąłem oczy, przypominając sobie rozmowę sprzed kilku tygodni.

– Nie mówił nic konkretnego.

– Jeśli poskłada się do kupy wszystkie informacje, można odnieść wrażenie, że ostatnio ktoś zagiął na niego parol. Ale stary, jak przychodziło co do czego, umiał się odgryźć.

– Nie znałem go od tej strony. OK. Co chcecie wiedzieć?

– Sprawdzamy jego kontakty – powtórzył. – Wąską elitę kolekcjonerów staroci. Konfraternię. Tak zwane Grono Jarzębiny. Tych, którzy spotykali się u niego na swego rodzaju obiadach czwartkowych. Znasz to środowisko.

– Nie bardzo – przyznałem. – Byłem kilka razy zaproszony, ale to jak loża masońska. Różne stopnie wtajemniczenia. Aby wejść w to grono, trzeba pozyskać zaufanie. Przy okazji takich spotkań ogląda się rzeczy niezwykłe, które na co dzień spoczywają dobrze ukryte w sejfach. Na przykład osobistą pieczęć króla Jana Kazimierza, nieznane obrazy Matejki, znaczki z nadrukami nieznanymi fachowcom...

– Rozumiem... Czy wiesz, kim jest Agent Łubna?

– Ma na imię Janusz. Nie znam nazwiska. To facet, który zorganizował skup antyków wśród dziadów śmietnikowych penetrujących wysypisko pod Warszawą. Wiesz, starzy ludzie umierają, młodzi wywalają rzeczy po nich, czasem trafiają się cenne pamiątki. A bywa, że penetrujący wysypisko znajdą to stare żelazko, to starą książkę, czasem pudełko z odznakami. A czasem na przykład niepozorny obrazek, który po oczyszczeniu okazuje się dziełem Kossaka lub Czachórskiego.

– Zdumiewające.

– Nie sądzę, żeby to on był zamieszany – zadumałem się. – I raczej nie należał do Grona. To starszy gość, tak po pięćdziesiątce. Żyje spokojnie, trzepie kasę, a sam chyba nie jest kolekcjonerem. Trzeba o niego popytać na giełdzie na Kole. Jakby co, rozpoznam go na zdjęciu.

– Dobra. – Piotrek zanotował.

– Były dwie dziewczyny – powiedziałem. – Licealistki. Ta, która mu robiła zakupy, i jej koleżanka, blondyneczka z zadartym noskiem. Tylko one spoza grona dobrych znajomych miały wstęp do jego domu. Na spotkaniach podawały do stołu, parzyły kawę, otwierały wino... Pan Wojciech kiedyś wspomniał, że jest synem małorolnego chłopa, ale maniery miał arystokratyczne.

– I nazwisko sobie zmienił na ładniejsze, bo w młodości zwał się Zenon Ciapa – uzupełnił Piotrek. – Z tak dostojną twarzą mógł spokojnie grać podupadłego ziemianina albo starego żydowskiego antykwariusza czy marszanda. Rozumiem go. Więc powiadasz, obiady czwartkowe i dwie niepełnoletnie służące.

– Żadnego bunga-bunga, jeśli ci coś takiego chodzi po głowie. – Roześmiałem się. – W Gronie Jarzębiny średnia wieku oscyluje blisko siedemdziesiątki. Ja też palcem ich nie tknąłem.

– Wiem. Już je przesłuchaliśmy. Są bardzo lojalne, odmówiły rozpoznawania kogokolwiek na zdjęciach. Cóż. Nawet pochwalam. Dyskrecja to piękna i zanikająca cecha, choć policji utrudnia pracę. W sumie rzecz bez znaczenia. I tak już prawie wszystkich zidentyfikowaliśmy.

– Żaden nie wygląda na mordercę?

– Żaden. Ale twój mentor też nie wyglądał, a w kotłowni taka niespodzianka... A teraz powiesz mi to, czego do tej pory nie powiedziałeś.

Zgrzytnąłem zębami. Wiedziałem, że nie mogę wspomnieć o kluczach. Wolałem też nie wspominać, że mój mentor starł się parokrotnie z Domem Czterech Liści.

– A jeżeli nie powiem? – zagadnąłem ostrożnie.

– A dlaczego nie? – zdziwił się.

– Bo wstępując do tej naszej konfraterni, ślubowałem daleko posuniętą dyskrecję. Kamień w wodę, niestety. Ale nie wydaje mi się, żebym posiadał jakiekolwiek informacje pomocne w twoim śledztwie.

– Jeśli sądzicie, że sami znajdziecie tych, którzy go załatwili, to możecie się bardzo boleśnie sparzyć – nawet nie zauważył, że się wygadał. – A zwłaszcza możecie się sparzyć, jeśli jakimś cudem ich namierzycie.

– Czyli jednak jesteście pewni, że to było morderstwo? – Poczułem chłód w żołądku.

Zgrzytnął zębami. Długą chwilę bębnił palcami po blacie. Milczałem spokojnie, czekałem. Wreszcie się odezwał.

– Wiązka lasera mikrofalowego w kark. To znaczy prawdopodobnie mikrofalowego. Nasi eksperci nigdy wcześniej nie widzieli takich obrażeń. To zrobili fachowcy. Nie jakaś polska gangsterka w dresikach, ale spece, którzy normalnie likwidują polityków, dyktatorów, szefów korporacji. Tacy, którzy zdmuchną cię jak świeczkę.

– Zabili kolekcjonera i splądrowali dom?

– Nie weszli do środka. Nie przewidzieli jednego. Miał w zegarku wbudowany pulsometr. Serce przestało bić, zablokowało wszystkie drzwi i okna oraz włączył się alarm.

Milczałem. Pierwszy szok minął, teraz musiałem poukładać sobie to wszystko w głowie. Ludzi z Domu Czterech Liści mogłem raczej skreślić. Oni załatwiliby go metodami wyglądającymi na naturalne.

– Dobra. – Wzruszył ramionami. – Jak pękniesz, to masz mój numer telefonu. A na razie jesteś wolny. I uważaj na siebie.

*

Dochodziła pierwsza w nocy. Z nieba delikatnie prószył śnieżek. Pachniało mrozem, zimą, zaśnieżonym lasem. Dom był martwy. Z komina nie unosił się dym. Żaluzje były spuszczone. Nawet tynki jakby pociemniały. Długo i uważnie lustrowałem otoczenie, używając dobrego noktowizora. Wyglądało na to, że willi nikt nie pilnuje. Tylko przed wejściem do budynku w zaparkowanym radiowozie znudzony gliniarczyk czytał książkę. Zważywszy na skarby, które kryło to domostwo, ochrona okazała się czysto symboliczna. Same obrazy warte były pewnie ze trzy miliony... Z pewnością policja rozgryzła i uruchomiła system alarmowy zainstalowany przez zmarłego. Zatem nie mogę dotykać okien ani drzwi. Przeskoczyłem płot i kryjąc się w cieniu, podkradłem się do wpuszczonej w mur skrzynki transformatorowej.

Była kompletnie zardzewiała, resztki farby odpadały płatami. Wsunąłem klucz w dziurkę i przekręciłem. Wewnątrz zobaczyłem płytę ozdobioną porcelanowymi bezpiecznikami. I co dalej? Klapa? Drugi klucz, kodowy, pasował do niepozornego otworu po lewej stronie. Płyta z cichym szmerem odjechała w bok. Otwór nie był duży. Wcisnąłem się nogami do przodu i zamknąłem za sobą drzwiczki skrzynki.

Zapaliłem latarkę. Wąski szyb, wyposażony w stalowe klamry, prowadził w górę. Wejście do domu ukryte było za panelem boazerii na półpiętrze. W środku panował półmrok. Trochę światła latarni sączyło się przez zasłony. Zeskoczyłem cicho na dywan i rozejrzałem się.

Inwentaryzacja? – zadumałem się. A raczej pakowanie...

W korytarzach na piętrze i na parterze stały plastikowe kontenerki transportowe z oznaczeniami Muzeum Wojska Polskiego. Stanąłem w progu salonu. Obrazy już zdjęto, zostały owinięte w folię bąbelkową. Patrzyłem na wygasły kominek i dwa fotele. Poczułem głęboki żal. Miło było siedzieć i rozmawiać ze starym kolekcjonerem. Cholernie dużo się od niego nauczyłem. To już nie wróci.

Minąłem kilka stalowych skrzynek oplombowanych przez Muzeum Narodowe. Wszedłem do kuchni. Okno zabezpieczała żaluzja, ale nie zdecydowałem się zapalać światła. Ostrożnie obluzowałem deskę pod szafką. Odsłoniłem bok pancernej kasety. Trzeci z kluczy pasował. Przekręciłem go o ćwierć obrotu. Zamek szczęknął cicho i melodyjnie. I w tym momencie rozbłysła lampa pod sufitem. Zatrzasnąłem odruchowo klapkę i wyrwałem klucz z zamka.

– Masz prawo do adwokata, masz prawo nie odpowiadać na pytania i tak dalej – burknął Piotrek. – A lista złamanych paragrafów jak stąd do Irkucka. I aż mi się marzy, drogi kumplu, żebyś spróbował stawiać opór. Bo tym razem naprawdę mam ochotę ci przywalić.

– Chyba muszę stawiać ten opór – westchnąłem zrezygnowany. – Pan Wojciech kazał mi tego bronić za wszelką cenę.

– To szkoda, że nie dał ci tego czegoś wcześniej. Teraz zawartość kasety, do której się dobierałeś, stanowi masę spadkową do podziału między dwa muzea, a tak się składa, że ja mam tego pilnować. Nie masz od niego upoważnienia na piśmie? Zresztą nawet gdybyś miał, niewiele to zmienia. Prawo to prawo. Odpuść.

Pokręciłem przecząco głową.

– No cóż... Podejdź do ściany... Eeee... To znaczy do lodówki. I ręce na kark. Muszę cię skuć.

Zaatakowałem go krzesłem. Nie spodziewał się tego. Pierwsze uderzenie kompletnie go zaskoczyło. Uderzyłem raz jeszcze, krzesło się rozleciało. Gapił się na mnie z niedowierzaniem. Doskoczyłem i walnąłem prawym prostym. Tylko mu głowa odskoczyła. Potrząsnął nią i już zbierał siły. Poprawiłem lewym sierpowym. Piotrek padł ciężko w tył, na kafelki. Wiedziałem, że jest ode mnie dużo silniejszy i sprawniejszy. Że jeśli dam mu choćby sekundę, będzie po mnie. Przetoczył się i chciał poderwać z ziemi, ale skoczyłem mu na kark. Wykręciłem rękę. Przy pasku miał futerał na paralizator elektryczny i kajdanki. Zdołałem wyrwać porażacz i władowałem mu trzysta tysięcy wolt w lewy półdupek. Zatrzasnąłem bransoletę na przegubie, a drugą zaczepiłem o jego szeroki skórzany pas. Unieruchomiłem mu drugą rękę. Teraz dopiero odetchnąłem.

– Ocipiałeś!? – wysapał.

– Sorry, musiałem.

– Przecież...

– Wiem, dorwiecie mnie i wsadzicie. Włamanie, napaść na funkcjonariusza, ze trzy lata dostanę. Krecha w życiorysie, wakacje za kratkami. Ale najpierw zdążę schować to, po co przyszedłem. Kalkuluje się.

– To aż takie cenne?

– To bez wartości materialnej. Obiecałem przechować.

– On nie żyje.

– To bez znaczenia. Obiecałem. Jeśli trzeba będzie zapłacić za lojalność, poniosę konsekwencje. A może w zawieszeniu wyrok będzie, w końcu mam spluwę, ale jej nie użyłem, nie jestem notowany, to chyba okoliczności łagodzące.

Wstałem. Może powinienem go jeszcze zakneblować, ale nie miałem czym. Ścierki do naczyń poszukać?

– Nie licz na to. Włamanie to poważna sprawa. A do tego w świetle prawa to, co robiłeś, jest usiłowaniem kradzieży przedmiotów o znacznej wartości. A właśnie, byłbym zapomniał. Po co przyszedłeś?

– Nie wiem. Po zawartość skrytki.

– Znaczy włamujesz się, ale nie wiesz po co? Pomijam, że wlazłeś do domu pełnego obrazów Kossaka, zabytkowych zegarów i siedemnastowiecznych szabelek wartych tyle, co moja półroczna pensja.

– Do cholery, nie jestem złodziejem! – obraziłem się.

– Za to jesteś kompletnie porąbany! – parsknął. – Ostatnia szansa, rozkuj mnie i oddaj klucz, a może faktycznie będziesz miał okoliczność łagodzącą. Bo niestety, zielonego pojęcia nie masz, jak jest w pierdlu.

– Wybacz, ale na tę szlachetną propozycję muszę odpowiedzieć krótko: przykro mi, ale nie!

Pochyliłem się nad kasetą. W tym momencie drzwi kuchni otwarły się kopnięte. Gliniarzy było dwóch. Wycelowali we mnie armaty, ten mniejszy, nadal trzymając mnie na muszce, ukląkł koło Piotrka i zabrał się do jego uwalniania. No i po ptokach.

– Wstań powoli, łapki do góry – zakomenderował roślejszy.

Unosiłem powoli ręce, a potem nieoczekiwanie wepchnąłem klucze w usta i połknąłem. Khm... A raczej powinien powiedzieć: próbowałem połknąć. Pęczek był

za duży. Utkwiły mi w gardle. Krztusiłem się, dusiłem, usiłowałem odkaszlnąć, zatoczyłem się, kuchnia pociemniała. Zobaczyłem, jak uwolniony przyjaciel doskakuje do mnie, i poczułem straszliwe uderzenie w kark, po chwili drugie. I nagle znowu mogłem oddychać. Obślinione klucze wypadły na podłogę. Rzuciłem się, by połknąć je raz jeszcze, ale któryś z funkcjonariuszy odkopnął je w porę i tylko ucapiłem zębami cholewkę buta. Coś błysnęło i zatrzeszczało. Paralizator elektryczny? Znaczy teraz moja kolej.

*

Doszedłem do siebie, siedząc pod ścianą. Kark potraktowany wyładowaniem bolał jak po użądleniu osy. Ręce miałem skute za plecami.

– I co mi teraz powiesz? – warknął Piotrek.

– Dziękuję.

– Że co?! – zdumiał się, a jego podwładni wytrzeszczyli oczy.

– Dziękuję. Uratowałeś mi życie. Zadławiłbym się tymi kluczami. I przepraszam, że walnąłem cię krzesłem, ale naprawdę musiałem.

– Zgrywa się, panie komisarzu? – zapytał niepewnie najmłodszy policjant, zapewne praktykant.

– Nie, on naprawdę ma kompletnie nierówno pod sufitem – westchnął ciężko Piotrek. – Dobra, tak na początek zobaczmy sobie, po co przyszedł. Zygmunt, sprawdź nam tę kasetę.

Roślejszy funkcjonariusz wyciągnął z walizki kilka czujników i zaczął odprawiać jakieś czary.

– Chyba czysta – zameldował. – Żadnej aktywności elektrycznej, detektory materiałów wybuchowych nic nie pokazują.

– Jak mówisz, że chyba, to sam otwierasz. – Mój kumpel wyszczerzył zęby w krzywym uśmiechu.

– Mam skoczyć po kombinezon?

– A może nasz drogi aresztant opowie nam o zwyczajach zmarłego? – zagadnął praktykant. – Mógł tam wsadzić coś wybuchowego?

– Nie ostrzegał mnie przed niczym takim – za późno ugryzłem się w język. – Z drugiej strony... Był zbrojmistrzem w oddziale AK i saperem w akcjach dywersyjnych. Mógł podłożyć i kilogram trotylu...

– Robercie, naucz się kiedyś przekonująco kłamać, to się w naszych paskudnych czasach przydaje. – Piotrek westchnął i sięgnął po klucz. – Jaki, u diabła, oddział AK? On miał piętnaście lat, jak się wojna skończyła.

Przekręcił klucz w zamku i uchylił drzwiczki. Nic się nie stało. Wewnątrz była girlanda misternie wykonanych papierowych kwiatów i pakunek formatu A4, zawinięty w szare płótno. Położył go na blacie.

– Opowiesz nam, co jest w środku? – Spojrzał na mnie badawczo.

– Nie wiem. – Wzruszyłem ramionami. – Naprawdę nie wiem.

– Znaczy, że włamałeś się, przywaliłeś mi krzesłem, poraziłeś prądem i nawet nie wiesz, po co to wszystko? Z drugiej strony kuku na muniu to też okoliczność łagodząca.

– Zanim dostałem klucz, pan Wojciech pokazał mi kopię akwaforty dokumentującej wydarzenie historyczne i rozwodził się nad różnicami w ciężarze dowodowym pomiędzy rysunkiem a fotografią. Dedukuję zatem, że są to zdjęcia. Będę strzelał. Nie jest znane żadne zdjęcie wykonane podczas funkcjonowania największych obozów natychmiastowej zagłady. Zatem to mogą być fotografie z Treblinki, Bełżca, Sobiboru albo Birkenau. Może na przykład z wizyty Himmlera w Treblince, bo wiemy, że najprawdopodobniej do takiej doszło.

– Zygmunt?

Technik zaczął swoje czary-mary nad paczką. Skrzywił się.

– Czysta – zameldował.

– Czysta czy chyba czysta? – Teraz skrzywił się mój kumpel.

A potem odpakował. Wewnątrz był album ze zdjęciami. Skórzana okładka ozdobiona nakładaną aplikacją z nazistowską „gapą", złocone liście dębu. Piotrek przekartkował go pobieżnie. Poczułem szybsze bicie serca. Trafiłem?

– Twoje przypuszczenia się nie sprawdziły. To raczej fotki oficjalne. Nie widzę w tym nic niezwykłego, nic choćby dziwnego – powiedział rozczarowany.

Przyjrzał się girlandzie papierowych kwiatów, ale i ona nie wyglądała groźnie.

– Pokaże pan, szefie. – Zygmunt wyciągnął dłoń.

Przekartkował strona po stronie, obejrzał grzbiet.

– Nic ciekawego – mruknął. – Naziolscy i sowieccy dygnitarze wódeczkę piją. Tyle. No proszę, wódz Adolfek nad talerzem kiełbasek i też z kielonkiem w łapie, a gadali, że on był abstynent i wegetarianin. A tu proszę...

Jak przyszło co do czego, zdrówko wujcia Stalina jednak wypił i zakąsił mięchem.

– Może to ta sensacja? – podsunął praktykant. – A może pod okładką jest zaszyta na przykład lista najważniejszych konfidentów gestapo albo plany skrytki z hitlerowskim złotem? – zasugerował.

– Szwy wyglądają na oryginalne, chyba od wojny nikt ich nie ruszał.

Piotrek przeniósł ciężkie spojrzenie na mnie.

– A ty co powiesz?

– Z tego, co wiem, przez ten album kilku ludzi poszło do piachu – powiedziałem. – To jest ważne. Teoria z listą lub planem zaszytym pod okładką ma sens... A może mógłbym obejrzeć? Znam się trochę na tym.

– Rozkujcie go – polecił mój kumpel.

– Czy to, khm... aby na pewno dobry pomysł? – zapytał Zygmunt. – Skoro załatwił pana...

– Bił niehonorowo i zaskoczył mnie. Poza tym zrzućmy to na karb przyjacielskich nieporozumień. Ale uważajcie na niego. I zabierzcie mu pukawkę.

Młodszy gliniarz obszukał mnie i wyłuskał rewolwer z kabury.

– Co to za złom? – zdumiał się.

– Żaden złom – obraziłem się. – Cenny antyk i pamiątka narodowa! Piękny lefoszak w gabinetowym stanie. Belgijski rewolwer trzpieniowy systemu Lefaucheux – dodałem, widząc po ich twarzach, że kompletnie się nie orientują w temacie. – W powstaniu styczniowym się z takich zabijali. To znaczy nie siebie, tylko ruskich. I wykonany przed rokiem tysiąc osiemset sześćdziesiątym piątym, więc nie trzeba zezwolenia. Ten akurat egzemplarz należał prawdopodobnie do Kajetana Ćwiek-Cieszkowskiego, wsławionego w bitwie pod Depułtyczami, twórcy oddziałów partyzanckich na Lubelszczyźnie i w Radomskiem.

– Rozładuj. – Policjant podał spluwę praktykantowi.

– Dlaczego ja?! Jak się z tego dziwadła naboje wyjmuje?

Po chwili byłem wolny. Roztarłem odruchowo nadgarstki i podszedłem do stołu. Otworzyłem album. Przypomniały mi się dowcipy o gliniarzach. Bo ja w przeciwieństwie do nich z miejsca zrozumiałem, co trzymam w ręce.

– O cholera... – szepnąłem. – O jasna cholera... I wy mówicie, że nic ciekawego?! Gęsi wam macać...

– Ty uważaj, bo jeszcze do listy zarzutów zarobisz słowne znieważenie funkcjonariuszy – burknął mój kumpel, ale jakby życzliwiej.

– Dobra, pozwiemy naszych belfrów od historii o odszkodowania. – Praktykant uśmiechnął się krzywo. – Ale co w tym niezwykłego? Tu jest Hitler, tu jest Stalin, ten kurdupel w głupich okularkach to pewnie Goebbels.

– Nie, to Ławrientij Beria, szef NKWD – mruknąłem. – Goebbels to ten wypłoszowaty grubasek z teczką.

Spojrzałem dyskretnie na drzwi. Nie, tak im nie ucieknę. Okno? Stary wstawił antywłamaniowe. I rolety opuszczone. Cholera... Jak mysz w klatce i jeszcze trzy zwinne kocury pilnują. Może jakbym ich zaatakował, jest szansa się przedrzeć, ale z albumem w ręce...

– Nawet nie próbuj. – Praktykant chyba strasznie chciał wyglądać na poważnego, twardego glinę.

Ale zauważył, co kombinuję, znaczy nawet jego nie mogę zlekceważyć. Wyciągnąć nóż kuchenny z szuflady i wziąć któregoś jako zakładnika? Nie, to kompletnie niewykonalne. Przegrałem. Definitywnie przegrałem.

– Dobra, streszczaj się, co w tym ciekawego? – Piotrek widowiskowo poklepał tonfą wnętrze dłoni.

– Hitler i Stalin tylko raz spotkali się osobiście – wyjaśniłem. – Całkowicie nieoficjalnie, w wagonie na bocznicy kolejowej dworca we Lwowie. Prawdopodobnie było to dziewiętnastego października tysiąc dziewięćset trzydziestego dziewiątego. Większość historyków nie wierzy, że do takiego spotkania w ogóle doszło. Tu zaś mamy zdjęcia z ich rozmowy. I nawet datę wpisano.

– I to taka sensacja? – zdziwił się Zygmunt.

– Te fotografie to absolutny i jednoznaczny dowód – wyjaśniałem gorączkowo. – Historycy nas ozłocą.

– I za to się do piachu idzie? To jakaś bzdura – zirytował się Piotrek.

– Rosja na ogromną skalę odcinała się od wszelkich faktów szerokiej współpracy z nazistami zarówno przed wojną, jak i w jej trakcie. Obecnie propaganda robi, co może, żeby wybielić Stalina. Nie negują wprost jego zbrodni, ale podkreślają, że był wodzem, że pokonał Niemców. Te fotki zamieszają, zepsują im robotę.

Doszedłem do końca albumu. Między ostatnią stronę a okładkę wetknięte były jeszcze dwie odbitki. Znowu Mołotow i Ribbentrop, tym razem w jakimś pomieszczeniu. Obok nich Beria i jakiś niski, szczupły człowieczek o twarzy szczura. Inny format, inne oświetlenie, inny papier.

Przypatrywałem im się długo i uważnie. Pałacyk, za oknem jakiś monumentalny sobór z częściowo zerwanym dachem. Potem odwróciłem je na drugą stronę. Żadnej daty, nic.

– Wydaje mi się... Ale to musiałby sprawdzić ktoś bardziej kompetentny – bąknąłem. – Ale zobaczcie, ta cerkiew w tle została zbombardowana. Tu wstawiono nowe okna, szybko i na chybcika, ale przy nich tapety są osmalone. Nawet nie naklejono nowych. Przygotowano pokój na przyjęcie delegacji. To teren, który był bombardowany. Zatem wykonano to zdjęcie chyba podczas rozmów prowadzonych już po inwazji na ZSRR. Może w pobliżu frontu, może na terenie, który świeżo odbili? To chyba znaczy, że Stalin i Hitler próbowali się jakoś dogadać, na przykład w czterdziestym drugim albo później. To też sensacja. To też dowód ogromnej wagi historycznej!

– A może jeszcze gdzieś tam w tle stoi ojciec Putina, ten, co to podobno był ruskim szpiegiem w oddziałach ROA? – Praktykant najwyraźniej bardziej interesował się historią niż jego starsi koledzy.

– Nie da się tego wykluczyć, ale ludzi, którzy weszli w posiadanie tego albumu, mordowano już dawno temu, całe lata przed tym, zanim Putin doszedł do władzy. Choć rzeczywiście na zdjęciach może być ktoś, kogo absolutnie nie powinno tam być. Skądś kojarzę tego szczurogębego. Nie pamiętam, kto to, ale już go gdzieś widziałem. Tu trzeba fachowca. Mam nawet jednego znajomego...

– No dobra. Załapaliśmy – powiedział Piotrek. – Teraz słuchaj – warknął, dźgając mnie końcem tonfy w żołądek. – Powinienem ci solidnie skuć ryj w obronie własnej, a potem wsadzić na parę miesięcy do paki. Do jednej celi z recydywą, żeby ci głupie pomysły wywietrzały. Jednak z drugiej strony zamykać kumpla z klasy głupio jakoś, poza tym pomogłeś mi parę razy. Dlatego cię puszczę. Ale wytnij jeszcze kiedyś podobny numer, to ruski miesiąc popamiętasz i mówię to przy świadkach. Kapewu?

– *Sure*... A album? Obiecałem...

– Nie przeginaj! Album z resztą militarnego szmelcu idzie do Muzeum Wojska Polskiego. Tam będą wiedzieli, jak o niego zadbać.

– Moim zdaniem, zanim oddacie to do muzeum, trzeba zeskanować, powielić pliki i starannie ukryć – zasugerowałem. – I odczepić ze dwa, trzy oryginalne zdjęcia, i schować oddzielnie. To nie może przepaść.

– W muzeum nie przepadnie – uciął Piotrek. – Wiemy, co mamy robić. Twoja rola skończona. Wynoś się. – Wręczył mi moją spluwę i władczym gestem wskazał drzwi.

– Dziękuję. – Ukłoniłem się. – Czy mógłbym odzyskać też amunicję? To naboje bocznozapłonowe. Obecnie bardzo trudno zdobyć odpowiednie spłonki.

– Zabierzcie go, bo nie wytrzymam! – zawył.

Chyba faktycznie przegiąłem.

Zygmunt z praktykantem złapali mnie fachowo pod ręce i po chwili stałem na ganku. Drzwi zatrzasnęły się za mną. Odetchnąłem głęboko chłodnym nocnym powietrzem. Gliniarz w aucie już nie czytał. Gapił się na mnie. Wzruszyłem ramionami i poczłapałem do domu. Bo co mogłem innego zrobić? Zawiodłem na całej linii.

*

Wyszedłem z gmachu Biblioteki Narodowej. Zapadał wieczór. Było jakieś minus trzy stopnie. Postawiłem kołnierz. Rozejrzałem się wokoło. Park był pusty. Nagie gałęzie szarpane wiatrem klekotały ponuro. Zakutałem się szczelniej w kurtkę, sprawdziłem, czy łatwo mi będzie w razie czego sięgnąć po rewolwer. Cały czas czułem lęk. Dotknąłem tajemnicy, którą co najmniej kilku ludzi przypłaciło życiem. Byłem już przy pubach, gdy usłyszałem za sobą warkot silnika motocyklowego.

Oj, niedobrze, pomyślałem, ściągając rękawiczkę zębami. Chwyciłem kolbę spluwy. Policyjna honda zatrzymała się tuż obok mnie. Odetchnąłem z ulgą. Piotrek podniósł zasłonę kasku.

– Muszę cię przeprosić – bąknął. – Miałeś cholerną rację. Trzeba było zrobić po twojemu, poskanować, schować kilka zdjęć, dobrze schować...

– Co się stało? – zapytałem.

– Twój album – mruknął. – Odstawiliśmy go do muzeum wczoraj o ósmej rano. O jedenastej zauważyli, że zniknął.

– Jak to?! – zaniepokoiłem się.

– Sam nie wyparował. Ktoś wlazł do części przeznaczonej dla pracowników, nie pomyśleli o tym, żeby schować go do sejfu albo dać paru ludzi do pilnowania. Leżał w pracowni reprograficznej i zniknął razem z dopiero co wykonanymi skanami. Tyle dobrze, że technik przeżyje, choć solidnie dostał w głowę. Napastnik albo napastnicy zdołali też skasować nagrania monitoringu.

– Jestem podejrzany?

– Szczerze powiedziawszy, to była moja pierwsza myśl – przyznał. – Ale sprawdziłem. Siedziałeś wczoraj rano w bibliotece. Są twoje wpisy w książce pracowni mikrofilmów, jesteś też na nagraniach kamer ochrony. Poza tym, nie obraź się, to zrobili fachowcy. Jesteś wariatem, jesteś wyrywny, jesteś kutym na cztery nogi, cwanym sukinsynem, ale to za mało, żeby wywinąć taki numer. A nie kontaktowałeś się z nikim. To też sprawdziłem.

– Skąd wiedzieli!?

– Też nas to zastanawia. Musieli nas śledzić od willi.

– Ale skąd wiedzieli, że to macie i dokąd zawozicie?

– Dziś rano w willi pana Wojciecha znaleźliśmy naprawdę niezłe podsłuchy. Prawie nie do wykrycia. Musieli je zostawić jeszcze podczas poprzedniego włamania. Może zrobili to ci postrzeleni w ogrodzie, a może ci zastrzeleni i spaleni w kotłowni.

– To było kilka miesięcy temu. Jakim cudem działały tyle czasu?

– Słyszałeś o wiecznej baterii? Chiński wynalazek. Do produkcji oficjalnie jeszcze nie weszła, ale zapewne bazuje na technologiach od dawna wykorzystywanych przez wojsko i szpionów. Odrobina izotopu w ołowianej osłonie. Rozpad atomowy generuje wystarczającą ilość energii, żeby zasilać układ całe lata... Teraz muszę zapytać ciebie. Jak sądzisz? Czy ten album stanowi tak ważną tajemnicę, że i nas zabiją? Spróbują?

– Chyba nie. Skoro pracownika muzeum tylko ogłuszyli, chyba minimalizują liczbę trupów. Nie mamy żadnego dowodu. Widzieliśmy te zdjęcia przez moment. Zapewne nie rozpoznaliśmy tych, o które naprawdę chodziło.

Wolałem nie wspominać o kopiach, które pan Wojciech przekazał zaufanym. Te zdjęcia kiedyś się pojawią.

Zaistnieją. Zdradzą swoje sekrety. Narobią zamieszania. Ale jeszcze nie teraz. Może nawet nie za naszego życia.

– Nikt nam nie uwierzy. Pracownikom muzeum już prędzej, ale skoro nie ma żadnej kopii... – rozważał. – I widziało to może ze dwóch z nich.

– Zabójcy chyba nas oleją. Miejmy przynajmniej taką nadzieję. Przejęli fant. Po co im trupy, dochodzenia, nie mamy nawet dowodu, że to widzieliśmy. Ale musimy się liczyć z ewentualnością, że ich mocodawcy ustalą nasze nazwiska, zanotują. Jeśli kiedyś wkroczy tu rosyjska armia, to mamy zagwarantowane miejsca w pierwszym wagonie za Ural.

– Za Ural – powtórzył w zadumie. – Powiedz, zobaczyłeś coś na jednym z tych zdjęć, tych luzem.

– Tak. Nie jestem całkowicie pewien, ale ten zniszczony sobór za oknem... To chyba była świątynia Chrystusa Zbawiciela w Moskwie.

– Nie rozumiem.

– Niemcy nie mogli jej zbombardować, bo została rozebrana w latach trzydziestych. W dodatku przypomniałem sobie, skąd znam tego kurdupla, który stał obok Berii.

– Tego z gębą szczura? – przypomniał sobie. – I kto to był?

– Poprzedni szef NKWD, Jeżow. Problem w tym, że został rozstrzelany przed wojną, a Beria zajął jego miejsce. To zdjęcie... Jeśli to nie był fotomontaż... Myślę, że... nie pochodziło z naszej rzeczywistości.

Wiatr znad Pola Mokotowskiego dmuchnął nam w twarze śniegiem, jakby Syberia składała na czołach swój pierwszy pocałunek.

Miód umarłych

Siedziałem sobie przed szopą na podwórzu naszej kamienicy. Lato kończyło się definitywnie. Z drzewa spadały pierwsze liście. Nadchodząca jesień nastrajała mnie jakoś depresyjnie. Miałem ochotę napić się wina i pooglądać zakupioną niedawno kolekcję telegramów patriotycznych, ale Marta jakoś od paru miesięcy ignorowała moje e-maile i SMS-y, a samemu mi się nie chciało. Popatrywałem w zamyśleniu na stare drewniane drzwi. Sądząc po okuciach i kształcie płycin, z pewnością pamiętały okres międzywojenny. Od góry deski wypróchniały, od strony ziemi zgniły i rozsypały się. Rozeschnięte i spękane drewno miało swój zniewalający urok, ale trzymałem w środku rower, a w tym stanie, by dobrać się do niego, wystarczyło mocniej kopnąć. Zastanawiałem się, jak by tu wzmocnić konstrukcję, zachowując możliwie dużo oryginalnej „substancji zabytkowej".

Nagle usłyszałem, jak ktoś wchodzi przez bramę prowadzącą z ulicy. Charakterystyczny stukot podkutych oficerek na kocich łbach mówił, kim może być gość. Tylko jeden z moich znajomych nosił takie obuwie.

– Co tak siedzisz i gapisz się w szopę? Nudzi ci się? – zagadnął Piotrek.

– Mnie się nigdy nie nudzi – odpowiedziałem zgodnie z prawdą. – Zawsze mam coś do roboty, a jak nie do roboty, to do przeczytania, a jak nie do przeczytania, to do przemyślenia. A resztę doby przesypiam.

– Hmmm... no tak – mruknął. – Źle zacząłem.

– Potrzebujesz pomocy fachowca? – ożywiłem się. – Czyżby nasza dzielna policja po raz kolejny zderzyła się z problemem, którego nie jest w stanie rozwikłać własnymi siłami, i szuka kogoś, kto nie dość, że pomoże, to jeszcze umie trzymać język za zębami?

– Brawo. – Skrzywił się. – Faktycznie, jest pewna dziwna sprawa. Trochę zahaczająca o historię. Mój kuzyn jest policjantem w Chełmie.

– To u was cała rodzina mundurowa? – zdziwiłem się. – Bo coś mi kołacze, że i twój dziadek przed wojną, czy jakoś tak...

– Pradziadek – sprostował. – Nie, to przypadek raczej. W każdym razie kuzyn niedługo jest w służbie i jak ma problem, pyta mnie.

– A czemu nie swoich przełożonych?

– Ich też, ale lubi konfrontować różne źródła informacji.

– Tak wolno?

– Wiesz, jak to bywa w życiu. Gdyby chcieć zastosować wszystkie przepisy, to byłby z tego jeden wielki bajzel i niewyobrażalne stosy papierów. W dodatku policja przykłada ostatnio wiele wagi do problemu doskonalenia kadr i wymiany doświadczeń. Dlatego jadę jutro do Chełma pomóc im na miejscu jako doświadczony gliniarz z Warszawy.

– I boisz się, że dużo im nie pomożesz, więc pomyślałeś o mnie? – palnąłem.

Spojrzał na mnie jakoś dziwnie ciężko.

– No dobra, skoro zwracacie się nieoficjalnie, powiedz, o co chodzi – wolałem dyplomatycznie zmienić temat.

– Byłeś kiedyś w Chełmie? Tym mieście na wschód od Lublina?

– Parę razy, mam tam niedaleko krewnego pszczelarza.

– No to znasz miejsce. – Zatarł ręce.

– Wiem, jak wygląda miasto, i umiem trafić w kilka miejsc, ale raczej nie kojarzę nazw większości ulic – zastrzegłem. – No ale przyjmijmy... Gdzie popełniono zbrodnię?

– Sprawa jest nieprzyjemna, ale nazywanie jej zbrodnią to jednak pewna przesada. Wiosną jakieś hieny cmentarne dobrały się do mogiły powstańców styczniowych na cmentarzu przy ulicy Lwowskiej.

Zakląłem pod nosem.

– W trakcie zabezpieczania miejsca przestępstwa ustalono, że z grobu skradziono pięć czaszek. Zabezpieczono saperkę. Wyodrębniono z niej odciski palców, niestety, nie figurowały w kartotece. I wyobraź sobie, sprawa była już praktycznie odłożona ad acta, a tu nagle ożyła. W zeszłym tygodniu w szpitalu miejskim zmarł na skutek zatrucia mężczyzna.

– Czym się zatruł?

– Dokładnie nie wiadomo. Próbki wysłano do laboratorium, ale nie ma jeszcze wyników. Ponieważ nie miał przy sobie dokumentów, pobrano mu rutynowo odciski palców. Wrzucono w komputer. Wprawdzie nie figurowały w kartotece skazanych, za to – wyobraź sobie – pasowały do tych z saperki.

– Czy udało się ustalić, kto to?

– Tak, zidentyfikowano go w końcu. Niegroźny pijaczek, który jeśli pominiemy spożywanie alkoholu w miejscach do tego nieprzeznaczonych, nie miał wcześniej żadnych zatargów z prawem. Przetrząśnięto jego mieszkanie, nie znaleziono jednak ani skradzionych czaszek, ani żadnych innych śladów wskazujących na to, żeby zajmował się rabowaniem grobów.

– Czy to był jedyny przypadek zatrucia?

Spojrzał na mnie zaskoczony. Widocznie trafiłem w sedno.

– Nie, był jeszcze jeden. Podobny. Kilka dni temu. Też drobny pijaczek. I też załatwił się na amen. Sprawa jest o tyle nietypowa, że to nie alkohol ani podobne wynalazki ich zabiły. Zanim stracił przytomność, lekarze robili wywiad, żeby ustalić, co go tak załatwiło, i w miarę możliwości poszukać antidotum. Zdołał wybełkotać tylko dwa słowa: „miód trzmieli".

– Rozumiem. To znaczy nie rozumiem. Trzmiele nie robią chyba miodu.

– Wyobraź sobie, w jego domu znaleziono książkę.

– Aż jedną? – Uśmiechnąłem się krzywo.

– Taaa... Wiesz, może wyda ci się to dziwne, ale są tacy ludzie, którzy nie czytają. Powiem nawet, że w mojej robocie często bywam w podobnych mieszkaniach. Trudno ci to zrozumieć, bo żyjesz jak w magazynie bibliotecznym. Kupa ludzi obywa się bez książek.

– Dlatego właśnie nie chciałbym być gliniarzem. Człowiek codziennie musi użerać się z najmniej kulturalną częścią społeczeństwa – zauważyłem filozoficznie. – Zresztą księża też mają przechlapane. Sam pomyśl, tak siedzieć w konfesjonale i godzinami wysłuchiwać, co kto narozrabiał... A co to za książka? – wróciłem do tematu.

– Naukowa monografia poświęcona... Nie zgadniesz.

– Mogiłom powstania styczniowego na terenie tego województwa albo i powiatu?

– No to jednak zgadłeś. Obecnie w szpitalu mają trzeciego pacjenta z podobnym zatruciem, stan jest bardzo ciężki, ale może wyżyje.

– Czy ten trzeci może ma zaginione czaszki w domu?

– Nie wiadomo. Brak podstaw, żeby przeprowadzić rewizję.

Zadumałem się.

– Ciekawe – powiedziałem. – Masz jakiś pomysł?

– W zasadzie jeden, ale głupi. Pomyślałem, że może znaleźli w grobie flaszkę jakiegoś bardzo starego alkoholu i rozpili na trzech, ale...

– Nie zgadza się czas, w jakim trafili do szpitala?

– No właśnie. Nie mogli się otruć jednocześnie.

– No cóż, picie na cmentarzu przy rozpamiętywaniu dziejów zmarłego to jeszcze rozumiem, ale nie wkłada się raczej butelek do trumien. Nie mamy takiej tradycji – rozważałem. – Poza tym od nielegalnych wykopalisk minęło sporo czasu. Jakby robili skok razem, to i wypiliby razem. I zapewne od razu. To musi być coś innego. Faktycznie ciekawa sprawa, choć rozwiązanie będzie pewnie banalne.

– Zazwyczaj wszystkie sprawy, które wyglądają ciekawie, kończą się banalnie – westchnął. – Jedziesz ze mną? – zapytał konkretnie. – Kuzyn ma spore mieszkanie. Kawałek podłogi i materac się znajdą.

Dawno nie byłem w Chełmie. Pewnie dlatego się zgodziłem.

*

Byliśmy już niedaleko celu wyprawy. Auto pruło równo po szosie. Napisałem SMS do Marty i wysłałem. Piotrek popatrzył na mnie zza kierownicy i westchnął.

– Nie rozumiem cię – powiedział. – Idź się może przebadać?

– Że niby alergia? – Wytarłem nos. – To od tego odświeżacza powietrza.

– Ech ty – westchnął ciężko. – Masz łeb jak szafa. Wiedza aż ci uszami paruje. Mając osiemnaście lat, zarobiłeś na własne mieszkanie. Umiesz gadać z ludźmi. Rozgryzasz każdego z marszu, jak rasowy psychopata. Umiesz każdemu powiedzieć to, co chciałby usłyszeć. A jednocześnie w zwykłych codziennych sprawach jesteś skończony fajtłapa.

– Nie rozumiem?

– Ta twoja Marta. Nie umiesz z nią normalnie pogadać. Nie pytam nawet, czy kiedyś z nią spałeś, ale ciekawi mnie, czy dała ci się choć raz pocałować?

– Jest zbyt skomplikowana – mruknąłem. – I chyba zbyt nerwowa. Co jej komplement powiem, obraża się na tydzień albo i dłużej.

– Mówisz nie te komplementy, co trzeba. Człowieku, gdy dziewczyna usłyszy, że ma oczy jak jałówka albo pęciny jak rasowa kobyła, to nie dziw się, że strzela focha.

– Hmmm...

– Na początek wbij sobie do głowy, że dziewczyny nie mają pęcin, tylko zgrabne nóżki!

– Uda jak łania? – spróbowałem jeszcze raz.

– Robisz to źle! – prychnął. – Kobiety nie znoszą określeń zoologicznych. Nawet „łabędzia szyja” to dziś błąd! Archaizm. Niemodna odzywka. Nie umiesz sam wymyślić, to w książkach sobie doczytaj. Weź mój plecak, w kieszeni na klapie jest coś odpowiedniego.

Bez przekonania wygrzebałem z jego bagażu jakieś romansidło. Chyba romansidło, na okładce były serduszka. Ciekawe, po co to czytał? Może do roboty potrzebował poznać lepiej psychikę kobiet?

– I tu znajdę odpowiedni komplement? – Bez przekonania przekartkowałem książkę.

– Tak. Niejeden. Przepisz sobie na kartce dwadzieścia najładniejszych i wykuj na pamięć. To ci bardzo pomoże w życiu.

Otworzyłem na chybił trafił.

– „Wyglądasz jak tania dziwka z portowego burdelu” – odczytałem na głos wypowiedź bohatera. – Chyba się nie przyda – mruknąłem złośliwie. – Dziwki zazwyczaj chyba mają dosyć bujne kształty. Żeby łatwiej skusić klienta. Marta jest raczej filigranowa.

– Szukaj dalej – polecił dziwnie zmęczonym głosem i wbił wzrok w szosę.

Coś tam nawet zdążyłem znaleźć, nim dojechaliśmy.

– „Jej drobne piersi podskakiwały pod cienką materią bluzki jak dwa niesforne koźlątka..." – czytałem, notując na kartce. – „Pomiędzy jej udami znalazłem coś w rodzaju świeżo wyklutego pisklęcia"...

Bez słowa wyjął mi książkę z ręki i wyrzucił przez okno. Dobrze, że zapamiętałem tytuł.

Chełm zawsze mi się podobał. Jesienią miasto wyglądało szczególnie uroczo. Drzewa otaczające zespół katedralny na Górce gubiły właśnie kolorowe liście. Trawy już trochę pożółkły. W powietrzu czuć było jesień.

Kuzyn Piotrka miał dużą kawalerkę w przedwojennym drewnianym domu na Dyrekcji. Był młodszy ode mnie, ale wyższy o głowę. Przedstawił się jako Oleg. Widać było rodzinne podobieństwo, też był ciemnym blondynem z odstającymi uszami.

Widać do policji biorą tylko takich rosłych mięśniaków, pomyślałem.

Rzuciłem plecak w kąt. Podpisałem jakieś cyrografy o zachowaniu tajemnicy śledztwa i zapoznałem się z instrukcją, co mi wolno jako konsultantowi naukowemu. Potem zasiedliśmy do podwieczorku. Gospodarz zreferował mi pokrótce szczegóły śledztwa. W zasadzie nie dowiedziałem się niczego nowego. Wszystkie trzy ofiary znały się, ale policja nie wiedziała, jak zażyłe więzi je łączyły. Wyników badań toksykologicznych jeszcze nie było. W zasadzie jedynym tropem były słowa wypowiedziane przez ofiarę numer dwa.

– Trzmieli miód jako potencjalny czynnik trujący? – zadumałem się.

– Czy trzmiele w ogóle robią miód? – powątpiewał gospodarz.

– Trzeba by to sprawdzić. Najlepiej u źródła – stwierdziłem. – Niedaleko stąd mieszka mój wujaszek, który jest pszczelarzem. Mogę uzyskać od niego wszelkie potrzebne informacje na temat miodu. Spróbujemy?

*

Wujaszek mieszkał tuż za miastem, we wsi Stołpie. Jego gospodarstwo znajdowało się opodal kamiennej wieży, pozostałości zespołu sakralno-obronnego z czasów króla Daniela Halickiego. Pamiętałem, że pasieka w czasach mojego dzieciństwa liczyła chyba ze trzydzieści uli. Teraz, gdy stanąłem koło płotu, spostrzegłem, że zostało tylko dziesięć.

– Robert? – dobiegło spod szopy. – Co się czaisz, właź na podwórze.

Wujek Maciek przypominał starego kota dachowca. Choć dobiegał dziewięćdziesiątki, nadal farbował włosy na rudo, nieczęsto je skracał, a brodę przycinał chyba dopiero, kiedy zaczynała pchać się do talerza. Twarz dosłownie ginęła mu w rudych kłakach. Tylko okulary nosił z roku na rok coraz mocniejsze. Odkąd sięgałem pamięcią, uwielbiał się wylegiwać. Teraz też leżał na ławce i przeglądał gazetę. Pod ławką stał gąsiorek z intensywnie czerwonym płynem, słoik z miodem i okopcony imbryk.

– Witaj, wujaszku. – Otworzyłem rozsypującą się drewnianą furtkę.

– A gdzie posiałeś swoją dziewczynę? – zaciekawił się.

– A jakoś ostatnio się nie widujemy – wyjaśniłem. – Pewnie czasu nie ma.

– Może cię rzuciła? – zaniepokoił się. – Taka ładna parka z was była...

– E, no bez przesady. Że nie odpowiada od wiosny na SMS-y, to jeszcze nie powód do tak pesymistycznych wizji – zbagatelizowałem, ale muszę przyznać, że jego słowa zasiały w mojej duszy pewien niepokój.

Czy Marta mogła mnie rzucić? Nie, skoro nie chodziliśmy ze sobą, to nie mogła, uspokoiłem sam siebie.

– Zajdź do domu, z kuchni weź sobie kubek. Wieczór zapowiadali chłodny, a mam tu coś dla takich jak my zmarzlaków.

W kuchni panował podejrzany porządek. Talerze stały umyte w ociekaczu. Szafki wyszorowano. Nawet na stole nic się nie poniewierało. Pociągnąłem nosem. Nie poczułem woni niczego gotowanego. Zdaje się, że gospodarz nieczęsto tu zaglądał. Odszukałem emaliowany kubek. Wujaszek zrobił mi miejsce na ławie. Napełnił naczynie do połowy herbatą z imbryka, a potem dolał czerwonego płynu z baniaczka i kapnął trochę miodu. Zapachniało młodym winem i drożdżami.

– Uwierz mojemu doświadczeniu, to lepsze niż grzaniec! – Wręczył mi kubas. – Grzaniec zamula, a tu masz alkohol wsparty naturalną mocą orzeźwiającą herbaty. No i miód, który leczy wszystkie choroby.

Pociągnąłem ostrożnie łyk. Miałem już kiedyś okazję próbować tego wujaszkowego wynalazku. Fakt, rozgrzewał jak złoto, ale wiedziałem, że muszę też pamiętać o skutkach ubocznych wywoływanych przez eliksir.

– Cóż cię sprowadza? Od wiosny mnie nie odwiedzałeś...

– Potrzebuję konsultacji z dziedziny pszczelarstwa. No, w zasadzie niezupełnie pszczelarstwa, raczej entomologii.

Pszczoły chyba usłyszały, o czym mowa, bo jedna usiadła wujaszkowi na dłoni. Nie przejął się tym zupełnie, pozwolił, żeby sobie łaziła.

– To nie mogłeś jakiegoś profesora od robali zapytać? – zdziwił się. – Ja wiem tyle, co mi przekazał mój pradziadek, a twój... – nie dokończył myśli, pociągnął łyk.

Czułem przyjemne ciepło promieniujące z żołądka. Odgoniłem kolejną pszczołę pchającą mi się do kubka.

– Mam takie pytanie... – Obróciłem naczynie w dłoniach. – Czy jest coś takiego jak miód trzmieli?

– Hmmm... A co wiesz o trzmielach? – zapytał konkretnie.

– Nic – odpowiedziałem zgodnie z prawdą.

– Jak to nic? – zirytował się.

– O, w mordę... – westchnąłem. – Tyle co nic. Pękate, pasiaste, lata, brzęczy, raczej nie żądli. I tyle. Nie wiem, ile ma nóg, ile par skrzydeł... W szkole mnie o tym nie uczyli. Zakładam, że pewnie ma sześć nóg. Pewnie jest spokrewniony z pszczołami i osami, bo trochę podobny. Kilka odmian mamy, no nie? Chyba niektóre są nawet w paski. Bo są i takie mniejsze, ciemne, i duże, z białym tyłkiem.

– Ech, Robercie... – westchnął. – Przyznaj się, nieczęsto bywałeś na wsi?

– Się czasem bywało u ciebie i jeszcze u dwóch innych wujaszków – obraziłem się. – Wiem, jak się doi krowę, powoziłem konnym wozem, koza mnie ubodła. Świniobicie widziałem. I siano grabiłem, i kosą robiłem, i sierpem rżnąłem. – Potarłem odruchowo bliznę na dłoni. – Ba, nawet podglądałem, jak wiejskie dziewczęta kąpią się nago, i w pokrzywach mnie wytarzały. I konno jeździłem, i do gnojówki mnie kobyłka pradziadka wrzuciła! Znam wieś od podszewki!

– A czy wiesz, jak gniazdują trzmiele?

– Nie mam pojęcia. Hmmm... Są spokrewnione z innymi takimi pasiastymi owadami, to pewnie budują plastry? No bo przecież nie w ulach.

– Coś tam zgadłeś – mruknął. – No cóż... Trzmiele, te najpowszechniejsze w naszych stronach, białodupiaste, budują gniazda w ziemi. Wykorzystują czasem mysie nory, tam lepią komory z wosku, z których powstają niewielkie gniazda.

– Rozumiem. Ciekawe. Czy robią miód? – wróciłem do tematu. – Widywałem je na kwiatach – przypomniałem sobie. – Ale w sklepie nigdy nie spotkałem trzmielego miodu.

– Z tym miodem trzmieli to niezupełnie tak. One, owszem, zbierają nektar i pyłek, ale nie robią z tego miodu, tylko tak zwany nakrop.

– Czym to się różni?

– Konsystencją. Poza tym może być toksyczne, bo owady te zbierają nektar ze wszystkiego jak leci, z różnego psiego zielska też. Trzmiele są dość odporne i im to nie szkodzi, podczas gdy pszczoły zabija to samo co ludzi, więc omijają większość roślin trujących.

– Czy ten nakrop jest bardzo toksyczny? – Z trudem stłumiłem podniecenie.

Informacja zaczynała jakoś tam pasować do elementów dochodzenia.

– E, nie. Co najwyżej przeczyści górą i dołem jednocześnie. Nie pamiętam, żeby ktoś z mojej wsi zatruł się na śmierć. Choć może gdyby w pobliżu rosło duże skupisko czegoś trującego... Na przykład ciemiężycy. – Machnął dłonią w stronę jakichś badyli sterczących zza płotu. – No nie wiem, ale nie wydaje mi się. Najwięcej nektaru zbierają oczywiście pszczoły i w zasadzie tylko ich miodu używa się do celów spożywczych. Osy lubią cukry, ale gromadzą bardzo niewiele zapasów, poza tym to owady drapieżne. Szerszenie wolą atakować ule i zjadać pszczoły.

– Co proszę? – zdziwiłem się.

– Podlatują do ula, zaczajają się przy wejściu, zabijają jedną pszczołę, zabierają i dają larwie do pożarcia, potem po następną przylatują. Dorosłe odżywiają się sokiem z owoców i drzew.

– Brrrr... – wzdrygnąłem się. – Ohyda.

– Wracając do twojego pytania... Gdy byłem młody, zaraz po wojnie panowała potworna nędza. Ty nawet nie umiesz sobie wyobrazić, jak wygląda teren po przejściu frontu. Niemcy, uciekając, kradli wszystko. Wiedzieli, że już tu nie wrócą, że wojna się kończy, że ich rodzinne tereny obrócili w perzynę alianci. Zazwyczaj nie mieli już żadnych zapasów. Byli głodni, więc żarli wszystko, co znaleźli. Wkraczający sowieci również byli głodni, bo ich dowództwo liczyło na to, że zdobędą jedzenie w walce, a jak im się żołądki dobrze ścisną, to obudzi się w nich większa agresja. A jeśli już mieli zapasy, to pożal się Boże. Suchary pół na pół z mąki i otrąb, a i trociny się w tym trafiały. Do tego coś, co nazywali koncentratem kaszy jaglanej, i jakieś świństwo z melasy i wyciągu z kosodrzewiny, jakby witaminowe cukierki. A jak któryś miał konserwę tuszonki, znaczy się zjełczałą słoninę ze śladami koniny, był bogaczem.

Przerwał przemowę, by polać nam jeszcze.

– Jeśli front przeszedł szybko, to pół biedy – podjął przemowę. – Jedni uciekli, drudzy szybko przelecieli, postrzelali się nawzajem, nazabijali cywilów, ale na szybko dużo się nie zniszczy. No i nie mieli czasu szukać, gdzie zostały pozakopywane weki, beczki ze zbożem i wędzonką. Natomiast jak gdzieś front stanął na tydzień, to nie daj Boże. Jedni i drudzy walczyli ze sobą, a w wolnych chwilach kradli, rabowali, mordowali, niszczyli, podpalali zasiewy, lasy, chaty. Wybijali w lasach dziką zwierzynę. Bomby spadały...

– Rozumiem.

– Gdzie tam rozumiesz. – Uśmiechnął się pobłażliwie. – W każdym razie wyobraź sobie teren kompletnie spustoszony. Jeść się chce, coś tam się zbierze, zerwie szczawiu na miedzy, nagotuje zupy z lebiody. Jak się ktoś nie brzydzi, łapie żaby. Można zrobić zupę, zawiesisty rosół albo krupnik z tłuściutkich młodych wron. A coś słodkiego... Są trzmiele. No i wiosną ludzie robili tak, że pozakopywali na skarpie nad rzeczką stare kanki i czajniki. Tak żeby dzióbki wystawały. Trzmiele porobiły gniazda. Wystarczyło odczekać, wyciągnąć czajnik, podgrzać trochę, żeby owady uciekły, i wylać dzióbkiem ten słodki sos przez szmatkę. Śmieci, resztki plastrów i owadów zostawały na filtrze, a resztę się zlewało do szklanki. Dużo tego nie było, ale zawsze... Nie rób takiej zgorszonej miny.

– Błe... – wzdrygnąłem się.

– Mówiłem, szczęśliwy smarkacz z ciebie, nie wiesz, co znaczy wojna, głód, nędza... Widzisz te chaty? – Wskazał domostwa sąsiadów. – Tu do fundamentu wszystko spalone było! Nasza też. Inne zabudowania... Dobrze, że dało się poznać, gdzie róg obory, tam w ziemi trochę carskich świnek było zakopane. Dwa lata w ziemiance żyliśmy, zanim się powoli odbudowało. W każdym razie mieliśmy ten trzmieli miód. Nie był tak do końca podobny do pszczelego, raczej coś jak słodki syrop. Ale w każdym razie lepsze to niż odgotowany sok z brzozy. Herbatę można było posłodzić. Jak kto miał herbatę, oczywiście. Słodziło się tę kawę, którą robiliśmy z upalonych żołędzi. Dodawało się do ciasta na placki. Bywało, że kogoś przewiozło, ale porzygał sobie, potem spodnie uprał i tyle.

*

Szedłem poboczem szosy. Wujaszkowa „herbata" powoli ze mnie parowała. Układałem sobie w myślach to, co usłyszałem. Miód trzmieli może być trujący. Trochę. Może ci dwaj mieli jakiegoś wspólnika? Włamali się we trzech do mogiły powstańców, a potem domniemany mózg skoku postanowił się ich pozbyć, więc poczęstował trzmielim miodem, który uprzednio doprawił jakimś świństwem. Na przykład opium albo sokiem z trującej rośliny. Zbrodnia doskonała: skoro trzmiele mogą robić miód trochę trujący, to nikogo nie zdziwi, że raz zrobiły bardziej toksyczny. Problem w tym, że po kiego grzyba ktoś by jadł tak dziwną substancję? Przecież w marketach jest do wypęku słoików z napisami „mieszanka miodów z krajów Unii Europejskiej i spoza Unii Europejskiej", i to naprawdę za psie pieniądze.

Rozkopano grób powstańców. Po co? Tak na logikę, pieprzone hieny szukają biżuterii, odznaczeń albo militariów. Co mogli mieć nasi, których grzebano w czasie powstania? Klamry do pasów mogłyby zainteresować kolekcjonera. Sygnety herbowe? Złote koronki na zębach? Nie byłem pewien, czy w tej epoce już takie stosowano. Coś tam kombinowano w połowie XIX wieku z protezami zębów, ale nie pamiętałem, czy w kruszcach też je robiono. A może chodziło o czaszki? Wyciągnęli, wypreparowali i sprzedali studentom medycyny albo satanistom czy innym świrom... Nie, cholera. Przecież czaszkę mogli zaiwanić z dowolnego innego grobowca. Ba, po lasach jest tu masa cmentarzy wojennych. Skok na mogiłę bohaterów narodowych to coś, co zwraca uwagę. A złodzieje chyba wolą działać po cichu. Chyba że włam zlecił jakiś pieprznięty kolekcjoner.

Doczłapałem do miasta trochę przed północą. Piotrek z kuzynem już się kładli, w kuchni czekała na mnie kolacja. Zreferowałem im, czego się dowiedziałem. Zjadłem kanapki. Odpaliłem na kuchennym stole laptop i zacząłem przeglądać skany starych chełmskich gazet. W zasadzie sam nie wiedziałem, dlaczego to robię. Przeczucie? Instynkt, który kazał mi w przeszłości szukać rozwiązania bieżących problemów? W jednym z archiwalnych numerów międzywojennego „Zwierciadła" trafiłem wreszcie na trop.

Profanacja mogiły bohatera

Z Sielca korespondenci nasi donoszą o kolejnym akcie zwyrodnienia obyczajów. Na cmentarzu miejscowym znajdują się groby bohaterów Powstania 1863 roku, którzy ranieni podczas bitwy pod Depułtyczami zgaśli śmiercią z ran w tajnym szpitalu urządzonym w jednym z okolicznych majątków. Od lat kilku jakaś zbrodnicza dłoń przerywa im sen wieczny, rozkopując nocami ich mogiły. Trzy padły ofiarą hieny przed dekadą, a dni temu kilka sprofanowano grób kryjący szczątki Antoniego Szpaka, wsławionego brawurowym atakiem na sztab wroga. Z trumny bohatera porwano czaszkę. Redakcja nasza, chcąc wspomóc dochodzenie policji państwowej, wyznacza nagrodę w wysokości dwustu złotych, która wypłacona będzie za dostarczenie informacji pomocnych w ujęciu zwyrodnialca.

Kartkowałem kolejne numery tygodnika, usiłując odnaleźć dalsze informacje. Dopiero wiosną następnego roku znalazłem notatkę.

Zagadka profanacji rozwiązana?

W poniedziałek do szpitala garnizonowego przy ulicy Hrubieszowskiej przewieziono Stanisława Plutę, mieszkańca ulicy Lwowskiej, z zawodu ślusarza, obecnie od lat bez stałego źródła dochodów. Mężczyzna znajdował się w stanie ciężkiego zatrucia i niedługo po przewiezieniu do lecznicy skonał. Jako że nie posiadał żadnych krewnych, na wniosek Aarona Zyngelbloma, lichwiarza, u którego zmarły miał liczne długi na łączną kwotę złotych osiemdziesięciu, komornik dokonał oględzin mieszkania nieboszczyka. W szafie ku swemu zdumieniu odnalazł czaszkę ludzką, a z pewnych śladów Policji naszej udało się wydedukować, iż jest to zaginiona głowa wyrwana jesienią z mogiły bohaterskiego Antoniego Szpaka. Domniemywać zatem należy, iż zwyrodniały rabuś grobów padł ofiarą własnego zabobonu, skosztowawszy tak zwanego miodu umarłych.

– Że co? – zdziwiłem się. – Co to jest, u diabła, miód umarłych!?

Przejrzałem kolejne numery, ale nie znalazłem już żadnego interesującego mnie artykułu.

*

Obudziłem się z upiornym bólem głowy. Czy zajzajer wujka mnie tak zmaltretował, czy to tylko efekt położenia się przed trzecią? Piotrek i Oleg właśnie zbierali się do roboty. Już byli ubrani.

– Siedziałeś do późna przy kompie, znalazłeś coś? – zaciekawił się gospodarz.

– Identyczna sprawa była w latach dwudziestych – wymamrotałem. – I dziesięć lat wcześniej też. Także rozkopano groby, i to weteranów tej samej bitwy. I też sprawca się przekręcił od jakiejś trucizny. Słyszeliście kiedyś określenie „miód umarłych"?

Pokręcili głowami.

– Za pół godziny wstanę, ogarnę się i dołączę do was. – Powoli wypełzałem ze śpiwora.

– Ty lepiej odeśpij, a potem goń sobie do biblioteki czy do muzeum – mruknął Piotrek. – Dziś mamy inne zadania. I niestety, nie możemy powiedzieć, o co chodzi. Takie tam policyjne sprawy.

– *Sure* – mruknąłem, zapadając z powrotem w poduszkę. – Jak macie akta z wiosny tysiąc dziewięćset dwudziestego ósmego, to poszukajcie, rzuciłbym okiem...

Może będą jakieś szczegóły odnośnie tych rozkopanych grobów albo coś więcej o sprawcach.

– Poszukam – obiecał Oleg.

Ledwie wyszli, znów zapadłem w sen. Obudziłem się grubo po dziesiątej, czując się trochę rozbity. Byłem zły na siebie, że tak długo spałem. Aby poprawić sobie humor, wysłałem SMS do Marty. Niestety, nie odpowiedziała.

A może zmieniła numer telefonu i po prostu zapomniała mi o tym powiedzieć? – zastanawiałem się. Z drugiej strony, hmm... Może rzeczywiście nie chce się już ze mną przyjaźnić? Trochę czasu minęło od naszego ostatniego spotkania.

Poszedłem do biblioteki. Mieściła się w ładnym, nowym budynku. Czytelnię też mieli sympatyczną. Wyrobiłem sobie kartę czytelnika i szybko zbadałem, co ciekawego mają w katalogu. Przyjmijmy, że ten miód umarłych to coś, co ludzie osiemdziesiąt lat temu znali, o czym słyszeli. Dlatego właśnie dziennikarz nie musiał nic wyjaśniać, rozważałem, wertując słowniki. Może to jakiś lokalny zabobon, dajmy na to, specyfik pozyskiwany z nieboszczyków? Wzdrygnąłem się. Przecież dawniej uważano, że dotknięcie ręką zmarłego leczy wole, a woda z obmycia zwłok pomaga na kurzajki.

Zagłębiłem się w książki. Na pierwszy ogień wziąłem publikacje regionalistyczne. Zbiory legend z dawnego województwa chełmskiego, legendy lubelskie, zbiorek opowieści chełmskich Żydów. Później materiały etnograficzne, poczynając od prac Oskara Kolberga, opracowania historyczne dokumentujące przebieg powstania styczniowego na tych ziemiach... Mijały godziny. Wreszcie zniechęcony zamknąłem ostatnią księgę.

Miliony stron w Internecie nie wystarczają. Dziesiątki tysięcy książek naukowych, setki tysięcy artykułów prasowych. Nadal istnieją dziedziny wiedzy, które wymykają się badaczom. Tajemnice, których nie powierza się obcym, nie zapisuje na papierze. Rzeczy, o które trzeba pytać, jeśli jest jeszcze kogo zapytać.

Oddałem książki i wyszedłem z biblioteki. Przeszedłem przez dziedziniec Szkoły Technicznej, wspiąłem się na Górkę i po chwili byłem na placu Łuczkowskiego. Sporo się tu zmieniło przez ostatnie dwadzieścia lat. Placyk wypiękniał. Odnowiono elewacje kamieniczek. Po badaniach wykopaliskowych pozostał odsłonięty świadek, nakryty szybą. Pogoda była cudowna. Od północy dmuchał wiatr, słońce przyjemnie grzało. Łażąc po placu, prawie wpadłem na Piotrka i Olega. Siedzieli na ławce, jedząc zapiekanki. Byli w mundurach, zatem chyba nikogo nie śledzili. Może mieli przerwę obiadową? Pomachali do mnie.

– O! – ucieszyłem się. – Właśnie o was myślałem.

– Wywęszyłeś coś? – zaciekawił się mój kumpel.

– Nie. Ale potrzebuję waszej pomocy.

– Byłem w archiwum, ale niestety, nie mamy tak starych akt – powiedział Oleg. – Pewnie poszły na przemiał, ale niewykluczone, że coś ocalało w archiwum w Lublinie. Mówiłeś, że była już kiedyś podobna sprawa?

– Powiedziałbym nawet, że identyczna. W dwudziestym ósmym rozkopano już mogiłę uczestnika tej samej bitwy.

– Bitwa pod Depułtyczami. – Oleg kiwnął głową. – Oj, to było starcie...

– Nie słyszałem. – Piotrek bezradnie rozłożył ręce.

– W czasie powstania styczniowego połączone oddziały czterech partii, Cieszkowskiego, Ruckiego, Eminowicza i Święcickiego, zajęły przejściowo Chełm – zaczął opowiadać Oleg. – Długo się zwycięstwem nie nacieszyli, bo Rosjanie oczywiście ruszyli odbić miasto. I to znacznymi siłami. Zwiadowcy donieśli, że od Krasnegostawu ciągnie cała armia, kilka tysięcy piechoty, do tego kozacy. Miasto nie bardzo nadawało się do obrony, więc nasi wyszli im na spotkanie i przyjęli bitwę obok jednej z wiosek. Osada parę razy przechodziła z rąk do rąk, nasi nasiekli ruskich jak kapusty, ale w końcu musieli odpuścić. Tylko po cholerę ktoś profanuje mogiły?

– Jakiś pieprznięty miłośnik carskiej Rosji? – zadumał się Piotrek. – Symboliczny odwet na ludziach, którzy mieli takie jaja, że przeciwstawili się zbrojnie carowi?

– Mam swoją teorię – powiedziałem. – Ale na razie trochę za wcześnie o tym mówić... W każdym razie wtedy było podobnie. Hiena wykończyła się miodem – zreferowałem, czego się dowiedziałem.

– Mówiłem, łeb jak szafa – Piotrek zachwalał mnie przed kuzynem.

– Faktycznie. Jest to już jakiś punkt zaczepienia. Jak jeszcze moglibyśmy pomóc? – zapytał tamten konkretnie.

– Głupio to zabrzmi, ale czy macie na tym terenie jakiegoś lokalnego znachora? – zapytałem.

Popatrzył na mnie badawczo.

– Masz na myśli takiego zielarza, co to podbiera pacjentów oficjalnej medycynie, leczy ziołami i co jakiś czas kogoś wykończy, to znaczy – skrzywił się – zaleczy na śmierć?

– Tak. Im starszy, im bardziej zdziczały, im bardziej pogrążony w mrokach zabobonu, tym lepiej.

– Mamy paru takich ptaszków w kartotece. Chyba najlepszy dla ciebie byłby ten, który mieszka w Siennicy Różanej. Ma dziewięć krzyżyków na karku, a odsiedział aż osiem wyroków, zafajdany wiejski truciciel. Na razie jakby się uspokoił, ale mamy go na oku.

– Potrzebuję jego adresu.

– Jesteś pewien, że to nadal element naszego dochodzenia? – Piotrek zrobił podejrzliwą minę.

– Jestem pewien. Zobaczycie.

*

Chałupa nie wyglądała szczególnie podejrzanie. Dom jak dom. Otynkowany, kryty eternitem. Szyby umiarkowanie brudne, płot równie krzywy jak sąsiednie. Na błotnistym podwórzu stała pusta psia buda, a w powietrzu unosił się zapach palonych łętów kartoflanych. Koło furtki wypatrzyłem dzwonek. Wyglądał na zepsuty, ale gdy go nacisnąłem, w oknie mignęła twarz, a po chwili zza węgła wytoczył się starszy, niechlujnie odziany facet. Rzeczywiście wyglądał tak, jak wyobrażałem sobie znachora. Popatrzył na mnie spod grzywy skołtunionych włosów. Miał brązowe, prawie czarne oczy, zrośnięte brwi i intensywnie fioletowy nos. To ostatnie bardzo mnie ucieszyło.

– Kogo niesie? – zapytał nieżyczliwie.

– Nazywam się Robert Storm – przedstawiłem się. – Sprawę mam.

– Z leczeniem ludzi skończyłem dawno temu, za dużo z tym problemów i za drogo mnie kosztowało – odburknął. – Znikaj pan. Są inni fachowcy! Albo idź pan na ten przykład do lekarza. Oni też czasem potrafią pomóc – z tonu, jakim to wypowiedział, wynikało, że nie bardzo wierzy w tę pomoc oficjalnej medycyny.

– A porady by mi pan udzielił? Za to nic nie grozi. A pańska ogromna wiedza, szkoda przecież, żeby się zmarnowała.

– Porady? – nastroszył się. – Nie! Gliniarze za bardzo wkoło węszą.

Cholera, źle zacząłem. Trzeba złapać inaczej.

– No może porada to za poważne słowo. Szukam odpowiedzi na pewne pytanie. A kto ma mi odpowiedzieć, jak nie najwybitniejszy w okolicy mistrz zielarski.

– Zjeżdżaj pan – warknął znowu, ale tym razem jakby bez przekonania.

Chyba komplementy połechtały jego próżność. Uznałem, że pora przejść do kolejnego etapu. Wysunąłem z torby szyjkę butelki Johnnie Walkera.

– Nie zajmę dużo czasu, a nikt inny nie potrafi mi pomóc – podlizywałem się. – Wie pan, jak to jest. Starzy ludzie umierają, ich bezcenne umiejętności i doświadczenie odchodzą w niebyt. Pan jako...

– No to właź pan – przyzwolił, zezując na butelkę.

Zaprowadził mnie do ogrodu. Zasiedliśmy pod gruszą przy starym, przykrytym brudną kraciastą ceratą stole. Gospodarz przyniósł dwie szklanki musztardówki, pamiętające głęboki PRL, a jako zagrychę postawił michę pokrojonych ogórków oprószonych solą i pokropionych odrobiną octu. Rozlałem whisky. Pociągnął niewielki, jakby badawczy łyk, chwilę smakował, a następnie wlał resztę szklanki do gardła jednym haustem.

– Niezła ta wóda, ale słaba i zajeżdża jakby starą beczką – ocenił. – No to o czym chciał pan pogadać?

– Tak sobie grzebię w lokalnych legendach... i trafiłem na coś dziwnego. Nie znalazłem nigdzie, ale może pan by wiedział, co to takiego miód umarłych?

– A idź pan w cholerę! – Trzasnął pięścią w stół, aż ogórki podskoczyły w misce. – Ja się w takich świństwach nie babram!

Stłumiłem szalone podniecenie. Trafiłem. On wie! Teraz trzeba tylko umiejętnie drążyć.

– No przecież nie zamierzam tego jeść – zaznaczyłem. – Próbuję tylko rozwikłać zagadkę historyczną. Nie pomoże pan? – zagadywałem, a jednocześnie napełniłem mu szklanicę.

– A pan co? Etnograf może?

– Archeolog – bąknąłem.

– Panie, daj pan spokój zmarłym, historię to trzeba z książek poznawać albo z ziemi wygrzebywać, a nie za pomocą tego świństwa! Zresztą to zabija. Jak ostrożnie dawkujesz, kilka seansów przeżyjesz, ale nawet jak ci się zdaje, że już po wszystkim, to może latami całymi człowieka toczyć, a potem i tak zabije. Ale najczęściej wykańcza od razu. Może jest jakaś bezpieczna dawka, ale ci, co mnie fachu zielarza uczyli, nie znali jej. Za mało dasz, to nie ma efektu. Za dużo, to trup jesteś sam i na cmentarz jedziesz. Zanim się czego użytecznego dowiesz, do piachu pójdziesz!

– Ale przecież już mówiłem, że nie chcę tego jeść, chcę tylko wiedzieć... – nacisnąłem łagodnie.

Łyknąłem whisky i zagryzłem ogórkiem. Znachor łypnął na mnie.

– Wiedza jest jak narkotyk. Poznasz sposób, żeby coś osiągnąć, i będziesz się szarpał. To kusi. Jakiego jesteś wyznania?

– Katolik.

– Praktykujący?

– Tak.

– Na krzyż przysięgniesz?

– Mam przysiąc, że nie wykorzystam tej informacji? Że nie skosztuję miodu? – upewniłem się. – Jeśli trzeba, to przysięgnę.

Kiwnął poważnie głową. Wyciągnął zza pazuchy masywny metalowy krzyżyk na rzemyku. Ściągnął go przez głowę i położył na stole. Polałem mu jeszcze i sobie zresztą też. Czułem, że odpowiedź, gdy już ją wyduszę, będzie trudna do strawienia na trzeźwo. I nie pomyliłem się.

*

Szedłem szosą w nadziei, że doprowadzi mnie do miasta. Las po obu stronach drogi był ciemny i milczący. Słońce jeszcze nie zaszło, a ja już czułem wewnątrz straszliwy dygot. Było mi zimno. Bałem się. Bałem się zapadającego mroku. Alkohol nie dodał mi animuszu, a nawet wręcz przeciwnie... Kiedy w kieszeni zadzwonił telefon, niemal krzyknąłem ze strachu. Opanowałem się szybko i odebrałem.

– Halo?

– Tu Oleg – usłyszałem głos policjanta. – Jesteśmy już po służbie. Gdzieś może po ciebie podjechać?

– Tak. – Odetchnąłem z ulgą. – Jestem przy szosie na Siennicę.

Kwadrans później dostrzegłem w dali żółte reflektory samochodu.

– Coś ty taki zmarnowany? – zdziwił się Piotrek. – Wystraszył cię ten znachor? Czy może otruł?

– Nie, sklepową wódę piliśmy – uspokoiłem go. – Rozumiem już, co tu się dzieje – powiedziałem.

– No to mów – uśmiechnął się Oleg.

– W bitwie pod Depułtyczami nasz oddział w pierwszej fazie zadał Rosjanom niespodziewanie duże straty. Dlaczego z taką furią atakowali, żeby odbić tych kilkanaście chałup? Bo tam, na terenie opanowanym przez Polaków, została kasa pułkowa. Zapewne była to ciężka okuta skrzynia, może w ogóle stalowa kasa pancerna? Skarbnik wiedział, że nie zdoła jej ewakuować, więc ją ukrył. Carscy atakowali, żeby odbić pozycję. Ale gdy wreszcie ją zdobyli, nie odzyskali kasy. Przepadła. Nasi ją znaleźli i zabrali, uciekając, a potem gdzieś ukryli. Albo schowali we wsi i wrócili po nią później. Tak czy inaczej, pieniądze te chyba nigdy nie wypłynęły. Oczywiście weterani, jeśli to po latach wykopali, też się pewnie nie chwalili.

– Znam tę historię. – Oleg wzruszył ramionami. – Każdy ją tu zna. A ilu świrów z wykrywaczami metali chodzi po lasach w nadziei, że znajdą te carskie skarby. Jak byłem dzieciakiem, też szukałem. Ileż jest teorii. Że tu zakopana, że gdzie indziej. Jest nawet wersja, że schowano ją w podziemiach kredowych pod Górką.

– Hmmm... – zadumał się Piotrek. – I co dalej?

– Oddział został wybity w ciągu kolejnych kilku miesięcy niemal do nogi. Prawdopodobnie polegli wszyscy znający miejsce ukrycia depozytu.

– Ale co to ma wspólnego z tą cholerną epidemią zatruć? I po co, u diabła, rozkopywano groby? – zdziwił się mój kumpel. – Czekaj, skoro rozkopywano groby powstańców z tego oddziału, to hieny sądziły, że złoto jest w trumnach, czy jak? Czy może szukali wskazówki ukrytej w grobie?

– Trzmiele... Obaj zmarli i ten trzeci próbowali odnaleźć skarb, używając sposobu... magicznego. Wykopywali z grobów czaszki powstańców. Tych, którzy mogli coś wiedzieć. I osiedlali w nich trzmiele ziemne. Owady budowały tam gniazda, a złoczyńcy odzyskiwali z nich tak zwany trupi miód. Wedle legendy miód trzmieli, dojrzewając w pustych czerepach, w jakiś sposób przejmuje echo myśli umarłych. Jeśli taki wypijesz, możesz zapaść w trans i ujrzeć w wizjach epizody z życia zmarłego.

– Że co?! – Piotrek wytrzeszczył oczy.

– Ohyda... – wzdrygnął się jego kuzyn.

– Nie sądziłem, że trupi jad może przetrwać tak długo – mruknąłem. – Ale najwidoczniej jest to możliwe. Albo ja wiem, może inne substancje wchodzą w grę. Rozkładające się ciało to cała fabryka chemiczna. Alkohole endogenne, estry, aldehydy, produkty gnicia i fermentacji. Aminy, ptomainy, czyli tak zwane alkaloidy trupie...

– Alkaloidy... – powtórzył Oleg. – Jak niektóre narkotyki?

– Nie wiem – przyznałem. – Cholera wie, nikt tego przecież nie próbował. Ale kto wie... Może to one rozpuszczone w trzmielim miodzie zsyłają te wizje. Tylko jakie może być ich stężenie we wnętrzu stupięćdziesięcioletniej czaszki?

– Czyli co? – zirytował się Oleg. – Magia? Wiesz, jak to będzie wyglądało w raporcie? Czy my jesteśmy Archiwum X?

– Ty nie bądź taki panikarz – ostudził go kuzyn. – Jasne, że możesz to wpisać. Nie jest ważne, czy ta magia działa, i policja zasadniczo nie jest od tego, żeby to sprawdzać. Dla nas istotne są motywy działań przestępców. A one nie zawsze są racjonalne. A tu mamy motyw jak na dłoni. Te szczurki wierzyły, że to zadziała, i zrobiły to. Zaiwaniły czaszki, pozyskały czarodziejską miksturę, struły się nią na śmierć. Teraz trzeba zrewidować ich chałupy, odnaleźć szczątki bohaterów i z szacunkiem odłożyć na miejsce.

*

Siedzieliśmy przy kolacji, gdy zadzwonił telefon. Gospodarz odebrał i wyszedł do przedpokoju. Chwilę potem usłyszeliśmy zduszone przekleństwo.

– Tylko go nie zgubcie!

Wpadł do pokoju wyraźnie wkurzony.

– Cholerne konowały, zapomniały nas uprzedzić – rzucił.

– Co się stało? – zaniepokoił się Piotrek.

– Wyobraźcie sobie, trzecia hiena, ten struty Malinowski, zdołał wydobrzeć na tyle, że wyszedł ze szpitala, a lekarze zapomnieli do nas zadzwonić! Na szczęście dzielnicowy wie o sprawie, a mieszka tuż obok, i przed kwadransem zobaczył, że nasz ptaszek wziął worek, łopatę i dosiadł swojego motorowerka.

– A gdzie on się wybiera o tej porze z łopatą? – zdumiał się Piotrek. – Wykopać carskie skarby?

– Niewykluczone! Dzielnicowy wskoczył w auto i ruszył za nim. Na razie kierują się na południe. Jedziemy!

Chwilę potem siedzieliśmy już w aucie. Pomknęliśmy przez miasto, potem szosą na Wojsławice. Mignęła mi tabliczka z nazwą miejscowości. Sielec. Nieoczekiwanie na poboczu kilkakrotnie mrugnęła latarka. Oleg wygasił światła i zjechał w coś, co wyglądało jak droga dojazdowa.

Wysiedliśmy. W krzakach stał jakiś cywil w czapce policyjnej, zapewne ten dzielnicowy. Opodal majaczył jeszcze jeden. W półmroku w jego dłoni bielał notes.

– Jest tutaj – szepnął ten pierwszy. – Koło drogi do pałacu stoi kolumna. Obok niej zaparkował. Kto jest z wami? – Zmierzył mnie spojrzeniem.

– Nasz konsultant historyczny – wyjaśnił Oleg.

Dzielnicowy skrzywił się, dając do zrozumienia, że nie powinienem brać udziału w akcji ujęcia przestępcy, ale jakoś ścierpiał moją obecność. Poprowadził nas wzdłuż szosy. Trafiliśmy na coś, co wyglądało jak basteja niedużej twierdzy. Dalej ciągnął się zniszczony mur z białego kamienia.

– Fortalicja z szesnastego wieku, a raczej jej pozostałości. – Oleg zauważył moje zainteresowanie.

– Ćśś! – syknął Piotrek. – Potem zabytki pozwiedzacie!

Przed sobą spostrzegliśmy jaśniejszą plamę. Po drugiej stronie szosy widać było jasno oświetlone budynki magazynu zbożowego. Ich latarnie rzucały sporo światła. Zatrzymaliśmy się w głębokim cieniu. Mieliśmy naszego ptaszka jak na dłoni, podczas gdy sami pozostawaliśmy prawie niewidoczni. Zresztą zaaferowany poszukiwaniami nie rozglądał się na boki.

Malinowski zapalił latarkę. Oświetlił kolumnę ozdobioną na szczycie posągiem jakiegoś świętego. Potem wyciągnął coś z kieszeni. Za daleko było, aby dostrzec, co trzyma w dłoni, ale z ruchów, jakie wykonywał, domyśliłem się, że to kompas. Odmierzył siedem kroków, przeżegnał się i zaczął kopać.

– No i czemu go nie zgarniacie? – niecierpliwiłem się.

– Spokojnie, niech wykopie – ostudził moje zapały Piotrek. – Z łapaniem na gorącym uczynku największy problem polega na tym, żeby przestępca zdążył ten uczynek popełnić.

– Gęste te krzaki – zauważyłem.

– Inna ekipa zabezpiecza teren z drugiej strony. Gość nam nie ucieknie – uspokoił mnie dzielnicowy.

Obok dołu powstał już niezły stosik ziemi. Pijaczek wygramolił się z dziury i poskrobał po głowie. Obejrzał raz jeszcze kolumnę, podeliberował nad kompasem i odmierzywszy siedem kroków w innym kierunku, podjął wykopaliska od początku.

– Poruszanie się pojazdem mechanicznym mimo sądowego zakazu prowadzenia pojazdów, niszczenie ściółki leśnej, nielegalne prace wykopaliskowe, prace ziemne w pasie drogi wojewódzkiej – mamrotał niższy gliniarz.

– To droga powiatowa, a nie wojewódzka – sprostował dzielnicowy. – A ściółka tutaj to raczej nie jest obszar leśny.

– Oho, chyba coś ma – Piotrek przerwał im rozważania nad paragrafami.

Miał rację, nawet w miejscu, gdzie kuliliśmy się w chaszczach, słychać było zgrzyt metalu o metal. Poszukiwacz wydobył z dołu drewnianą skrzynkę.

– No nie wierzę – mruknąłem. – Naprawdę to znalazł?

Mężczyzna wyjął z teczki młotek i przecinak. Uderzył w skobel.

– A do tego niszczenie mienia zabytkowego, stanowiącego pamiątkę powstań narodowych, o potencjalnie znacznej wartości historycznej – podsumował miłośnik przepisów.

– I zapewne jeszcze otwiera skrzynkę w sposób łamiący normy ISO i przepisy BHP – dodałem złośliwie.

Nie zdążył się odgryźć, gdy w ciemności zapłonęły reflektory drugiego radiowozu oraz kilka latarek.

– Wkraczamy!

Funkcjonariusze otoczyli pijaczka.

– Dzień dobry, panie Malinowski – powiedział dowódca naszej grupy.

– Szacuneczek, szanowny panie dzielnicowy – poszukiwacz grał twardziela. – Cieszę się, że panów widzę, bo tak się składa, że właśnie znalazłem carski skarb! To wielka skrzynia złota i potrzebuję ochrony w drodze do banku.

– Przykro mi, ale konfiskujemy tę skrzyneczkę. Ewentualnie może pan próbować wystąpić o nagrodę za jej odnalezienie. Choć zważywszy na nielegalne okoliczności poszukiwań, specjalnie bym na to nie liczył.

Malinowski, zamiast odpowiedzieć, uderzył raz jeszcze młotem. Skobel puścił. Chłopina chciwie podniósł wieko... A potem zaklął siarczyście, gdy światła policyjnych latarek rozświetliły wnętrze.

– No cóż, panie sąsiedzie, trzeba będzie pojechać na komendę i odbyć spowiedź – westchnął dzielnicowy.

Podszedłem i zajrzałem do wnętrza skrzynki. Zawartość dawno przegniła, ale wśród resztek zbrązowiałych papierów rozpoznałem zapleśniałe pliki banknotów, strzępy carskich aktów własności i listów zastawnych. Skarb... Tak. W chwili ukrywania to był skarb. Dziś? Przeżarte grzybem szczątki. Nie do uratowania, oceniłem.

– Panie władzo – skamlał Malinowski – po co ja mam jechać na posterunek, puśćcie mnie, ja wszystko tutaj powiem przecież.

Podszedłem bliżej.

– Rozkopywałeś z kumplami groby na cmentarzu – wsiadł na niego Oleg.

– Groby?! – Na twarzy pijaczka odmalowało się szczere zdumienie. – Może i byłem kiedyś złodziejem, ale coś takiego? Nigdy w życiu!

Wymieniliśmy spojrzenia.

– A jak to było z tym zatruciem? – zapytał Piotrek.

– Gienek Cwajnos zaproponował mi interes – wymamrotał. – Legalny! Miałem się najeść miodu, który zsyła wizje. I w nich miałem zobaczyć, gdzie jest ukryty skarb. No i nawet zobaczyłem, tylko że to żaden skarb! – Ze złością kopnął w bok wydobytej skrzyni.

– Proszę kontynuować – warknął dzielnicowy.

– To nie był miód, tylko coś jakby syrop. Ja od dziecka nie lubię słodkiego. Dali mi tego spory kieliszek. Wypiłem i poszedłem do domu, ale po drodze strasznie mnie zemdliło i wszystko poszło do rowu.

– I twoje szczęście, człowieku, żeś się porzygał, bo to cholerna trucizna! – powiedział dzielnicowy z naganą. – Dwóch twoich kumpli do piachu poszło.

– To oni przez to?! – Pijaczek wyglądał na wstrząśniętego. – Myślałem, politura może albo metanol ich załatwił...

– Gienek Cwajnos, ten, co mieszka na końcu Modrzejewskiej? – upewnił się Oleg.

– Przecież mówię! Co za gad! Kumpli wykończyć...

– No to mamy podstawę do rewizji i tymczasowego aresztowania pod zarzutem otrucia wspólnika. – Policjant zatarł ręce.

– Jak go oskarżę przed sądem, to dostanę odszkodowanie? – zaciekawił się pijaczek.

– Niewykluczone – dzielnicowy powiedział to jakoś ciężko.

– Te wizje – podchwyciłem. – Co pan w nich zobaczył?

– Bitwę jak w kinie, nasi tłukli się z ruskimi, a potem zobaczyłem, jak tu, pod kolumną, nocą zakopują skrzynię... A to nie skarb, tylko papierzyska jakieś – dodał płaczliwym tonem.

Od strony dworku szedł ktoś z latarką. Widocznie nasza obława nie uszła uwagi właściciela. Popatrzyłem na bielejące w mroku mury szesnastowiecznej fortalicji. Ciekawe, jak wyglądała sto pięćdziesiąt lat temu. Chciałem zapytać o to Malinowskiego, ale już go pakowano do radiowozu.

*

Piotrek i Oleg nie chcieli mnie zabrać na akcję. Marudzili, protestowali, ale wreszcie ulegli. Dzielnicowy na mój widok znowu strasznie się skrzywił. Wreszcie zgodził się przymknąć oczy na moją obecność pod warunkiem, że będę siedział na tyłku w radiowozie, dopóki nie pozwolą mi wyjść.

Domostwo Gienka Cwajnosa sprawiało raczej odpychające wrażenie. W okolicy stało sporo domów kostek, pamiętających boom budowlany epoki Edwarda Szczodrego. Wszystkie były zadbane, większość otynkowano, ozdobiono elewacje. Niektóre obrosły dobudówkami, a i ganki kolumnowe się trafiały. W ogródkach rosły kwiaty. Widać było, że domki są jakoś zadbane. Lecz ten straszył brudnymi szybami i zaciekami ciągnącymi się z dachu.

W ogródku stał wrak syrenki i wrastający w glebę polonez bez klapy silnika. Gospodarz, szeroki w barach troglodyta w dresiku, rąbał drwa na pniaku obok szopy. Na nasz widok trochę się chyba zdziwił. W jego świńskich oczkach coś zabłysło. Może strach, może wściekłość... Ale nim zdążył choćby pomyśleć o oporze, dwaj mundurowi przeskoczyli przez płot za jego plecami. Przez chwilę mierzył ich wzrokiem, ale chyba trzeźwo ocenił swoje szanse, bo wbił ze złością topór w pieniek i podniósł ręce do góry na znak, że się poddaje. Teraz dopiero mogłem dołączyć do ekipy.

Bydlę przypięte na łańcuchu było chyba psem, ale przypominało jako żywo krokodyla. Niskie, żeby nie powiedzieć: płaskie, opierało się na krótkich, grubych, krzywych łapach. Pysk miało wydatny, szczurzy, trójkątnego kształtu. Oczka, małe i wyłupiaste, patrzyły z nienawiścią. Ale pokryte toto było sierścią, a nie łuskami.

– Co to jest?! – wykrztusiłem.

– Bulterier skrzyżowany z jamnikiem. – Jeden z policjantów machnął lekceważąco ręką. – Pewien miejscowy idiota coś takiego wyhodował. Większość już uśpiona.

Pies nieoczekiwanie zadrobił łapami i wystartował w naszą stronę jak rakieta. Nie szczekał, tylko pędził, tocząc pianę z pyska jak wściekły. Rozwinął naprawdę dużą szybkość, gdy nieoczekiwanie zatrzymał go łańcuch. Teraz dopiero zwierzę szczeknęło kilka razy głucho, jakby dusząc się z wściekłości.

– Nie ma gorszej bestii niż rozpuszczony i niewychowany jamnik – zauważył filozoficznie Piotrek. – A temu dodatkowo krzyżówka dodała masy, agresji i zajadłości.

– Będzie trzeba uśpić – westchnął dzielnicowy. – To, niestety, konieczność.

– Z drugiej strony niegłupio byłoby potem wypchanego wysłać do muzeum policji... – Piotrek nagle urwał i zrobił przestraszoną minę.

– Ha, czyli jednak macie swoje tajne centralne muzeum kryminalistyczne! – Spojrzałem badawczo.

– Nie mamy. To tylko kolekcja dydaktyczna – odwarknął. – A poza tym tajemnica służbowa. Pamiętasz papier, który podpisałeś?

– No dobra, nic nie słyszałem. A pokażecie mi to kiedyś? – poprosiłem, czując, że stąpam po bardzo kruchym lodzie.

– Nie przeginaj!

Wolałem już nic nie mówić. Zresztą wściekłe ujadanie „krokodyla" zagłuszało wszystko. Gienek milczał ponuro, gdy wyjaśniano mu jego prawa i przedstawiano nakaz rewizji. Rozejrzeliśmy się wokoło. W ogródku latało kilka trzmieli. Do tej pory patrzyłem na te owady z sympatią. Teraz budziły we mnie dziwną odrazę.

– Gdzie ma pan szpadle? – zapytał Oleg.

– Ależ, panowie – zaprotestował gospodarz – nie trzeba grządek rujnować. Bimbrownię mam w piwnicy, a lewe ruskie fajki w wersalce. Pięćset paczek – przyznawał się ochoczo do kontrabandy, byle tylko odciągnąć uwagę mundurowych od grządek i szopy. – I jeszcze podrobione banderole akcyzy, kapslownicę i kanister ukraińskiego gorzelnianego.

Zignorowaliśmy go. Wypatrzyłem plastikową rurkę sterczącą z zaniedbanej rabatki. Piotrek ujął w dłoń podany przez kogoś szpadel.

– Ależ, panowie, konopie indyjskie trzymałem w szklarni, tam są jeszcze po nich doniczki – kwilił Gienek. – I zapraszam do domu. Tu nic nielegalnego... – urwał.

Czaszka zakopana była płytko, wystarczyło odgarnąć piętnaście centymetrów ziemi, by błysnęła bielą kość. Gdy mój kumpel ją trącił, z otworu w potylicy wyleciał dorodny trzmiel i brzęcząc wściekle, zaczął krążyć wokół nas. Po chwili wygramolił się drugi i trzeci. Latały jak małe wściekłe pluszowe misie. Na ten widok kombinator umilkł i dziwnie spokorniał.

– Dom też sprawdzimy – zapewnił go dzielnicowy.

Ominąłem ich i zajrzałem do budyneczku wzniesionego z pustaków w kącie podwórza. W szopie na blacie roboczym leżały jeszcze cztery pożółkłe, powalane ziemią czaszki. Zęby mimo upływu lat lśniły bielą. Ci ludzie zmarli młodo. Przedwcześnie. Czerepy były okopcone, najwyraźniej, cholera wie dlaczego, podgrzewano

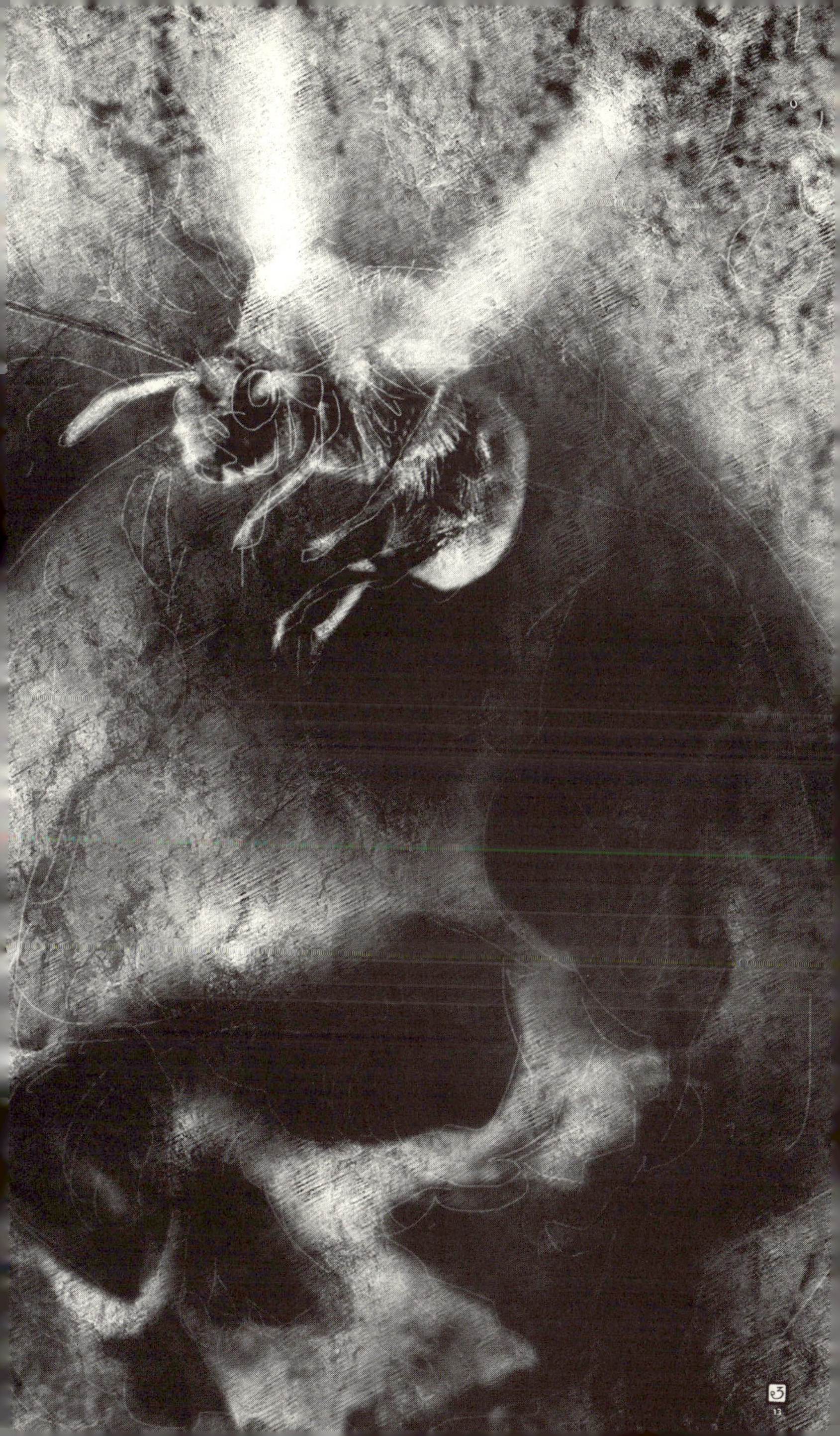

je zwykłym zniczem. Poczułem w duszy głęboki żal. Żyli sobie ludzie, polegli za ojczyznę. Walczyli o niepodległość. I teraz, gdy mamy wolność, o którą walczyli, przyłazi takie bydlę i wykopuje z grobów ich szczątki.

Rozejrzałem się. W ściany wbito masę gwoździ, a na nich wisiały wszelakie różności. Stara drwalska piłka ramkowa, potrzaski na szczury, elementy uprzęży, międlenica do lnu, dziurawy przetak... A figę. Siebie chciałem oszukać?

Wzrok uparcie wracał w jedno miejsce. Na końcu blatu stała menzurka z wetkniętym jeszcze lejkiem. Zawierała może siedemdziesiąt mililitrów płynu o delikatnie słomkowej barwie. Przełknąłem ślinę. Co ujrzał Malinowski, gdy zatruty miodem umarłych leżał w szpitalu? Bitwę, ukrywanie skrzyni, pewnie jeszcze wiele innych rzeczy. Chełm sprzed stu pięćdziesięciu lat, okoliczne wioski... To wszystko, czego nigdy nie sfotografowano, czego nigdy nawet nie narysowano. W każdym razie udało mu się na chwilę zerwać zasłonę czasu. Spojrzał w przeszłość. A ja... Teraz znam tę metodę. Stoję tu, a w zasięgu ręki mam nakrop wytoczony z czwartej czaszki. Mógłbym zrobić krok do przodu i wypić niewielki łyk, zanim ktokolwiek by zauważył. Albo znaleźć koreczek i ukryć fiolkę w kieszeni. Na później. Naszprycować się magicznym eliksirem. Przeżyć trans. Spojrzeć w przeszłość oczyma naocznego świadka walk. Zaryzykować życie w zamian za spełnienie marzeń... Stary znachor miał rację. Pokusa była silna. Zaskakująco silna. Ale jakoś zdołałem ją przezwyciężyć.

Śmierć pełna tajemnic

Sankt Petersburg, styczeń 1917

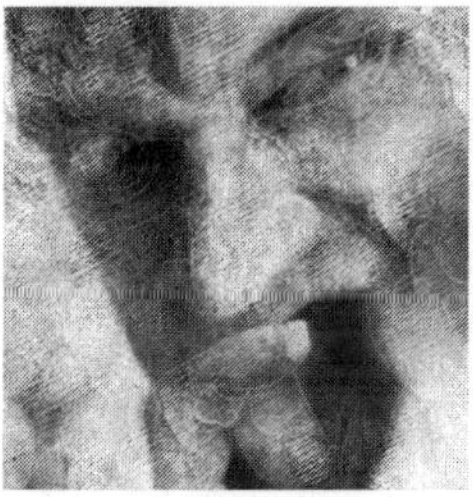

Dwa tygodnie urlopu mijały jak z bicza strzelił. Doktor Paweł Skórzewski dreptał ulicami stolicy, z dnia na dzień coraz bardziej poirytowany. Na jego piersi połyskiwał żołnierski Krzyż Świętego Jerzego, i to pierwszego stopnia... Odwykł od miasta, odwykł od czystego ubrania i suchych butów. Odwykł od wykwintnych dań serwowanych w restauracjach. Odwykł też od muzyki patefonów. Pierwszej nocy nie był w stanie zasnąć na zwykłym łóżku; dopiero gdy umościł sobie barłóg, zrzucając kołdrę i koce na podłogę, zdołał się zdrzemnąć. Przywykł do twardego podłoża.

– Zdziczałem w okopach – stwierdził samokrytycznie już trzeciego dnia pobytu w mieście.

Spotykał się oczywiście z dawno niewidzianymi przyjaciółmi. Przeczytał plik zaległych listów, które przysłano pod jego nieobecność. Przyjmował zaproszenia. Dowiadywał się, kto ma córkę na wydaniu, a nawet poflirtował z ładną wdówką, której chyba wpadł w oko. Jednak rozmowy się nie kleiły. Tak długo na co dzień obcował ze śmiercią, że wszystkie problemy nurtujące znajomych wydawały mu się najzupełniej błahe i nieistotne. Także ciekawe przypadki, o których opowiadali mu koledzy po fachu, wywoływały jedynie sarkastyczny uśmiech.

Czuł do innych lekarzy nieomal pogardę, to specyficzne poczucie wyższości, jakie frontowy żołnierz żywi wobec cywili dekowników. Czy skuteczne wyleczenie przewlekłego liszaju, opierającego się przez dwadzieścia lat różnym terapiom, mogło się równać z udaną ewakuacją szpitala polowego odciętego na terytorium wroga? A przecież dokonał tego podczas letniej ofensywy tysiąc dziewięćset piętnastego, tracąc tylko jednego pielęgniarza i czterech rannych! Czy pionierska operacja resekcji nerki zaatakowanej przez nowotwór mogła się równać usunięciu odłamka pruskiego granatu z mózgu kozackiego zwiadowcy? A i to się udało, ranny wprawdzie stracił władzę w prawej ręce, ale przeżył!

Dziś też czekała go godzina nudy, jako że otrzymał zaproszenie na zamknięty wykład wybitnego specjalisty od medycyny sądowej, profesora Saganowa. Co gorsza, nie wypadało odmówić. Ba, nie wypadało też się spóźnić! Przyspieszył kroku. Gmach Akademii Medycznej mimo późnej pory pełen był młodych ludzi w mundurach. Przyspieszone kursy pielęgniarskie i felczerskie trwały niemal non stop. Front żądał fachowców wszelkich specjalności. Przyspieszone kursy medyczne, przyspieszone kursy oficerskie, przyspieszone kursy inżynierskie... Można zdobyć dyplom w dwa lata, a nie w pięć. Potem wystarczy dożyć do końca wojny. I będzie się KIMŚ.

Skórzewski wprawdzie pokazał zaproszenie, ale cieć pilnujący drzwi nawet nie spojrzał na papier. Lekarz wszedł do niewielkiego audytorium, w którym odbywały się czasem pokazowe sekcje zwłok. Woń odczynników wgryzła się w ściany na amen. Wykład już trwał. Starając się nie zwracać na siebie uwagi, szukał wolnego miejsca. Ktoś pomachał do niego dyskretnie. Ku swojemu zaskoczeniu Polak rozpoznał przyjaciela ze studiów, prowizora Stawicza. Przycupnął na wolnym krześle obok. Wymienili uścisk dłoni.

– Wedle tego, co ustalono podczas śledztwa, ofierze podano tort czekoladowy oraz wino zatrute niemal uncją cyjanku – referował profesor Saganow. – Trucizna była na pewno pierwszorzędnej jakości, na wszelki wypadek wcześniej spiskowcy wypróbowali jej działanie na jednym z pałacowych psów. Aby go błyskawicznie uśmiercić, wystarczyła kropla roztworu nasyconego... Rasputin, spożywszy ciasto przesypane trucizną i wypiwszy butelkę zaprawionego jadem wina, nie zdradzał objawów zatrucia. Wówczas książę Jusupow w przypływie desperacji zastrzelił go z rewolweru. Wypalił dwukrotnie, mierząc w głowę i w serce. Dodać muszę, że to wytrawny myśliwy, cieszący się opinią doskonałego strzelca. Gdy podszedł do leżącego, spostrzegł, że drga mu jedna powieka. Chwilę potem *stariec* poderwał się z ziemi i złapał go za gardło. W czasie szamotaniny padł kolejny strzał, który przeszył wątrobę chłopa. Kula grzybkowała, odbijając się od kości miednicy, i solidnie poszarpała jelita. Przypomnę, że zaledwie dwa lata wcześniej ojciec Grigorij przeszedł poważną operację, po tym jak został ugodzony w brzuch nożem. Od tej pory cierpiał na problemy z układem trawiennym. Trzecia kula księcia, przebijając się przez tak nadwyrężone sfery ciała, poczyniła naprawdę straszliwe spustoszenia.

Paweł skrzywił się mimowolnie. O morderstwie Rasputina, choć wydarzyło się dwa tygodnie wcześniej, nadal pisały wszystkie stołeczne gazety. Tyle że zazwyczaj dziennikarze, nie znając szczegółów, wypełniali szpalty najdzikszymi teoriami i konfabulacjami. Tu miał okazję poznać relację niemal z pierwszej ręki. Tyle że nie miał na to szczególnej ochoty. Mierziła go ta ohydna sprawa, od kiedy tylko o niej usłyszał.

– W chwili gdy spiskowcy naradzali się nad pozbyciem się ciała, ranny doszedł do siebie na tyle, że po cichu wstał, wspiął się po schodach z piwnicy na parter i wybiegł na dziedziniec pałacu. Spostrzeżono jego ucieczkę. Przed pałacem dosięgły go jeszcze trzy kule. Zabitego wciągnięto do sieni. Wówczas ponownie spostrzeżono, że otwiera oczy. Książę przyniósł z pokoju gimnastycznego gryf sztangi i zatłukł nim ofiarę na śmierć. Następnie, po upewnieniu się, że nastąpił zgon, ciało skrępowano, zawinięto w dywan i wrzucono do jednego z kanałów, spychając pod lód. Gdy po kilku dniach poszukiwań zwłoki wydobyto, okazało się, że zgon stwierdzono przedwcześnie. Tonąc, ojciec Grigorij wyrwał z pęt jedną rękę, a w płucach sekcja wykazała wodę, co jednoznacznie wskazuje, że do ostatnich chwil walczył o życie, a ostateczną przyczyną śmierci było utonięcie.

Profesor rozdał kilka kompletów zdjęć dokumentacyjnych.

– Przypadek Grigorija Jefimowicza Rasputina rozpatrywać można na dwa sposoby – podjął wykład. – Po pierwsze wyjaśnienie najprostsze, racjonalne. Ofiara to syberyjski chłop, twardy jak sękata dębowa decha. Cyjanek zabiłby go w końcu z całą pewnością, ale wrodzona odporność sprawiła, że trucizna działała powoli. Spiskowcy, strzelając w zdenerwowaniu, przerażeni jego żywotnością, parokrotnie chybili, stąd mylne przekonanie o zgonie przed utopieniem w rzece. Wyjaśnienie drugie jest trudniejsze do zaakceptowania, choć moim zdaniem bardziej prawdopodobne. Rasputina przy życiu mogła trzymać iście stalowa siła woli, której źródłem była wiara we własną niezwykłość i posłannictwo.

– A trzecia możliwość? – zapytał ktoś z sali.

– Co macie na myśli? – Profesor Saganow z miejsca się nastroszył i przybrał zirytowany wyraz twarzy, jakby doskonale wiedział, do czego zmierza pytający.

– Domniemuje się, że Rasputin był członkiem sekty chłystów. Zatem mógł przechodzić tak zwaną śmierć pełną tajemnic. Umierał, ale po chwili ożywał. Wedle ich wiary to możliwe. Urazy w czasie surowej pokuty, transy modlitewne i ekstazy powodują u nich ponoć często zatrzymanie akcji serca i ustanie czynności organizmu. Mimo to człowiek taki powraca do życia. Wedle ich wiary wraca między żywych oczyszczony ze wszelkich nałogów i złych skłonności, do tego obdarzony mocą czynienia cudów. Zwłaszcza uzdrawiania chorych.

– Panie kolego, mówimy o faktach, o biologii i fizjologii oraz ciekawym jednostkowym przypadku niezwykłej witalności i odporności na trucizny, a nie o wierzeniach garstki wariatów! Wiara może przedłużyć o kilka godzin lub dni życie konającego fanatyka, ale nie zatrzyma wystrzelonej kuli ani nie cofnie skutków postrzału! A może pan coś mądrego powie. – Uczony łypnął na Skórzewskiego, jakby wywołując spóźnionego do tablicy. – Miewał pan przed wojną tyle kuriozalnych teorii...

Polak rozłożył ręce.

– Nie znałem zamordowanego, spotkałem go zaledwie kilka razy, nie brałem też udziału w sekcji jego ciała – powiedział. – Z pewnością był to chłop z Syberii, wytrawny piechur, który nie raz na własnych nogach przemierzył Ruś, pielgrzymując po rozmaitych sanktuariach. Był też w Ziemi Świętej i na świętej górze Athos. Praca fizyczna od małego, sypianie pod gołym niebem, to wszystko zahartowało go. Faktycznie, jak pan zauważył, uczyniło z człowieka niemal dębową deskę. Był też szczupły, bardzo niewiele tłuszczu, głównie mięso, ścięgna i żyły jak postronki. Być może kule wystrzelone w pośpiechu ominęły lub tylko nieznacznie uszkodziły narządy wewnętrzne. Mocna kompleksja mięśniowo-szkieletowa ojca Grzegorza pozwoliła mu zachować sprawność ciała i umysłu znacznie dłużej, niż gdyby ofiarą padł któryś z nas.

– No a cyjanek? – zauważył ktoś.

– Cyjanek mógł ulec hydrolizie – odezwał się prowizor Stawicz. – Zważcie, że wypróbowano go na psie i zwierzę padło natychmiast. Jeśli potem przechowywano go w otwartym naczyniu w wilgotnej piwnicy, mógł wchłonąć z powietrza wodę, co znacznie osłabiło jego zjadliwość. Aczkolwiek wątku nadprzyrodzonego też bym tak do końca nie lekceważył.

– A to z jakiej przyczyny, panie kolego?

– Bo nie tak dawno mieliśmy okazję przekonać się, że nawet paralitycy mogą wrócić do zdrowia. Ot tak, w jednej chwili. – Strzelił palcami.

– Macie na myśli ten incydent z policjantem? – nastroszył się wykładowca.

– Trudno to nazwać incydentem, dokumentacja jest jednoznaczna, a chorego badali najwybitniejsi specjaliści. – Aptekarz z udawaną bezradnością rozłożył ręce, a następnie zwrócił się do publiczności. – Z tego, co do mnie dotarło, młody oficer policji, wywiadowca, którego zadaniem było śledzenie Rasputina, wskutek upadku ze schodów doznał złamania kręgosłupa w odcinku szyjnym. Do szpitala trafił całkowicie sparaliżowany, ale po kilku dniach nieoczekiwanie odzyskał władzę w nogach. Fakt całkowitego powrotu do zdrowia potwierdziły dwa niezależne konsylia. Nie znaleziono też żadnych śladów przebytego urazu.

– A pacjent uparcie twierdzi, że uzdrowił go podczas nocnej wizyty Rasputin, martwy wówczas od kilku dni. – Jeden z lekarzy parsknął śmiechem.

– Od trzech dni – uściślił aptekarz. – Problem w tym, że ciało ojca Grigorija było wówczas nadal w kostnicy, zatem nie zmartwychwstał.

– Panowie, trochę powagi – zirytował się profesor Saganow.

– Nie powinniśmy jednak lekceważyć całkowicie tej historii – zauważył Skórzewski. – Są rzeczy na ziemi i niebie, o których nie śniło się filozofom. Każdy, kto dłuższy czas wykonuje nasz zawód, zetknął się z przypadkami, których nie jest w stanie wyjaśnić, posługując się wyłącznie wiedzą i rozumem. Gdy będzie pan, panie kolego, w moim wieku, bagaż doświadczeń sprawi, że na wiele rzeczy spojrzy pan inaczej.

Kilku siwowłosych profesorów przybrało zafrasowany wyraz twarzy, jakby słowa młodszego kolegi poruszyły jakieś wrażliwe struny w ich pamięci. Skórzewski usiadł i przymknął oczy, zmęczony jałową dyskusją. Oby jak najszybciej przyszedł rozkaz. Na front! Pod pruskie kule. Tam, gdzie wszelkie zawiłości filozoficzne redukują się do prostego podziału: my i oni. Z dala od tego miasta. Z dala od brudów i zgnilizny moralnej ludzi takich jak rodzina Jusupowów. Na pola Galicji. Tam, gdzie arystokraci pokazują szlachetną krew swoich przodków, wiodąc mużyków w bój. Osobiście, na pierwszej linii, z pogardą śmierci... Przełom Brusiłowa udowodnił latem ubiegłego roku, że carska armia osiągnęła najwyższy stopień sprawności bojowej. Fabryki zbrojeniowe pracują pełną parą. To nie jest tragiczne lato czternastego roku. Wojsko ma wszystko, czego mu potrzeba. Nie brakuje butów, karabinów, amunicji, pasów, plecaków. Gdy stopnieją śniegi, zacznie się wielka ofensywa na południe. Uderzenie, które ostatecznie złamie kręgosłup państwom centralnym. Może latem zdobyty zostanie Wiedeń. Austro-Węgry są już prawie pokonane. Prusy gonią resztkami sił. Bez sojusznika i oskrzydlone od południa muszą skapitulować. Wojna została wygrana, trzeba jeszcze wylać morze krwi, ale totalny pogrom państw centralnych powoli staje się faktem. Może już jesienią carskie pułki przedefilują dumnie ulicą Unter den Linden.

– Do czego to doszło, żeby książę i krewny rodziny carskiej skrytobójczo mordował prostego chłopa w piwnicy pałacu – mruknął zniesmaczony prowizor Stawicz, kiedy wykład dobiegł końca. – Masz trochę czasu? Zapraszam do siebie na kwaterę. Wypijemy kieliszek dobrego gruzińskiego wina.

Doktor nie odmówił.

*

Warszawa, październik 1923

Jesień w Warszawie była ciepła. W takie dni doktor Skórzewski lubił wstać o świcie i przed pracą pójść do Łazienek. Tego dnia nie musiał się spieszyć. Przespacerował się po parku. Nacieszył widokiem drzew tonących w powodzi kolorowych liści. Potem ukrył się w pawilonach. Godzinami mógł spacerować przez szklarnie nowej oranżerii. Lubił ciepły zaduch cieplarni. Tylko część z suchoroślami i kaktusami omijał łukiem. Na widok krzewów cierni odzywała się rana odniesiona w Syrii. Jezydzka ołowiana kula nadal tkwiła wbita gdzieś pod obojczykiem, zbyt blisko aorty, by ryzykować jej wydobycie... Wreszcie zajął ulubioną ławeczkę. Wypił kubek kawy z termosu i patrząc na zielone jeszcze mandarynki, przejrzał kupioną od ulicznego sprzedawcy gazetę.

Treść była przygnębiająca. W Krakowie po starciach robotników z wojskiem i policją odbywały się pogrzeby. Doliczono się przeszło trzydziestu ofiar, zginęło osiemnastu cywilów i czternastu żołnierzy. W Monachium po nieudanym lewicowym puczu aresztowano dwóch warchołów o nazwiskach Ludendorff i Hitler. Ten drugi był ponoć malarzem akwarelistą. Tam też byli zabici i ranni. Z Rosji donoszono o licznych aresztowaniach duchowieństwa i hierarchów cerkiewnych.

– Infekcja, kolejne źródła zakażenia, przerzuty... – mruknął. – A jednak epidemia słabnie. Z roku na rok słabnie. Zaraza traci na zjadliwości. U chorych przechodzi w stan chroniczny. Wirus lub bakteria. Czynnik, który miesza ludziom w głowach, którego nie da się wyizolować, zidentyfikować, zbadać. W który prawie nikt nie wierzy. Mówili, że nie ma takich schorzeń. A przecież niejedna choroba wpływa na mózg, świadomość, psychikę...

Wzmianka o sytuacji w Rosji wprawiła doktora w zły nastrój. Jak zdołał ustalić, Aleksander poległ na froncie wojny domowej. Młody był, wyrywny, ale w porządku. Lekarz przywykł traktować go trochę jak syna. A tu trach... Na tle tego nieszczęścia bladły pomniejsze klęski. Stracone mieszkanko, księgozbiór, notatki wielu lat doświadczeń nad pleśniami.

Przyjaciele... Nieliczni, którzy wyrwali się z rosyjskiego bagna, praktykowali teraz w Niemczech, Francji, Serbii, Turcji, rozproszeni wszędzie tam, gdzie dotarli rozbitkowie z tonącego imperium. Większość jednak przepadła bez wieści. Być może niektórzy żyją gdzieś w Sowdepii, ale nie sposób tego sprawdzić.

Westchnął ciężko. Rosja... Przywykł traktować ten kraj jak swoją drugą ojczyznę. „Obruszczył się", spędziwszy tam zdecydowaną większość swego życia. Zrobił karierę. Zjeździł imperium od Tallina po Władywostok. Widział łajdactwa czynowników. Widział pogromy Żydów. Widział, jak na Syberii po reformach premiera Stołypina niczym grzyby po deszczu wyrastają huty i kopalnie. Widział dobro i zło. Nikczemności i niezłomny hart ducha. Na własne oczy widział ojca Konona wynoszącego rannych spod kul japońskich karabinów maszynowych. Widział też desperacką obronę chutoru Jawyne, gdzie kilkunastu kozaków przez całą noc odpierało atak ponad dwu setek japońskich ninja.

– Wszystko widziałem – szepnął do siebie.

Kozacy, wojna... I znowu przyszedł mu na myśl Aleksander. Został tam na zawsze, w bezimiennej mogile przy szlaku, którym biali parli na Moskwę, by przeciąć i wypalić czerwony wrzód.

Wrócił do lektury. W dziale z ciekawostkami znalazł notatkę potwierdzającą wcześniejsze doniesienia o tym, że bolszewicy jeszcze w 1918 spalili zabalsamowane ciało Grigorija Rasputina. Autor notatki wspomniał też o plotkach, jakoby przyrodzenie nieszczęsnego chłopa trafiło w słoju ze spirytusem do Paryża.

Lekarz złożył gazetę. Rasputin... Z głębi pamięci wypłynęła scena, gdy jeszcze przed wojną spotkał go w tramwaju. Świątobliwy *stariec* w czerwonej koszuli przepasanej sznurem i z długą, skołtunioną brodą wyglądał na znacznie starszego, niż był w rzeczywistości. Nie zamienili wtedy ani słowa. Rasputin tylko stał i spoglądał na lekarza, a w jego oczach malowało się zdumienie. Wreszcie wykonał dłonią gest błogosławieństwa i wyskoczył z wagonu.

– Niewytłumaczalna żywotność – powiedział zamyślony Skórzewski. – Dwa słowa, które znaczyć mogą tak wiele albo nic. A ja...

Przypomniał sobie trakt wiodący przez syryjski step. Noc, dzień, kolejna noc w pyle drogi... Jezydzi strzelili mu w plecy. Nie trudzili się nawet, by sprawdzić, czy żyje, nie podjechali dobić czy choćby obrabować trupa. Krew zastygła w piachu. Czuł się wtedy jak owad przebity żywcem szpilą entomologa. Koń uciekł z sakwami przy siodle, z pieniędzmi, zapasami... A potem zjawił się francuski oddział, przynosząc lekarzowi nieoczekiwany ratunek i długie, nieprzyjemne dochodzenie. Od tego, że przeżył, ważniejsze dla nich było to, iż oddalił się od obozowiska. Wiedział, że nazwali to dezercją. Nie był żołnierzem, a i tak zdezerterował. Żeby zachować czyste sumienie, przed odejściem ostrzegł legionistów, ale żołnierze to zbagatelizowali. Wiedział, że posterunek był nie do utrzymania, że wszyscy powinni uciekać. W końcu uciekł tylko on i jezydzi dopadli go na szlaku.

Odłożył gazetę i zagłębił się w swoje notatki. Gdzieś w dali, przy szklanych drzwiach prowadzących do kolejnego pawilonu, mignęła pokurczowata sylwetka. Skórzewski uprzejmie uchylił maciejówki. Profesor Apfelbaum, botanik, odpowiedział z daleka na pozdrowienie lekarza, a następnie podszedł się przywitać.

– Jak tam pańskie badania? – zagadnął, spoglądając na plik notatek, które Skórzewski trzymał w ręce.

– Och, nie nazwałbym moich nieudolnych eksperymentów badaniami. – Lekarz machnął ręką. – Taka tam dłubanina...

– Proszę nie lekceważyć swojej pracy. Czasem z drobnych okruchów składa się coś wielkiego – stwierdził profesor, drapiąc się po skroni.

Apfelbaum nie grzeszył urodą. Nagromadzenie cech recesywnych w połączeniu z odstającymi uszami upodobniało go do małpy. Mikry wzrost, długie, owłosione ręce i zwyczaj drapania się po głowie potęgowały to podobieństwo. Do tego jakby ostentacyjnie ozdabiał swój garnitur wstążką od Krzyża Żelaznego, zdobytego grubo przed wojną podczas jakichś misji w Tanganice.

– Tutaj nie da się niczego złożyć z okruchów, potrzeba raczej szerokich, kompleksowych, wieloaspektowych badań – wyjaśnił Skórzewski. – Znalazłem znaczną liczbę wzmianek o zjawiskach antagonizmu pleśni oraz bakterii. Tylko w dziewiętnastym wieku zaobserwowało i opisało go co najmniej siedmiu wybitnych uczonych.

– Ernest Duchesne? Czytałem jego pracę. – Botanik grzebał po kieszeniach.

– Duchesne był najbliżej, ale jednak gdzieś się pomylił – rozważał Skórzewski. – *Penicillium glaucum* zawiera niewątpliwie poszukiwany przeze mnie czynnik antyseptyczny, a jego plecha zazwyczaj zabija bakterie hodowane na pożywkach, jednak choć antagonizm między grzybami a pleśniami nie ulega wątpliwości, oddziaływanie to wydaje mi się zbyt słabe. Wprawdzie Ernest, używając preparatów pozyskanych z pleśni, uratował szczura celowo zarażonego tyfusem, ale sobie nie pomógł. Wykończył się na gruźlicę.

– A może trzeba spróbować z innymi grzybami? Na przykład *Penicillium notatum*? – podsunął botanik.

– Z tym eksperymentowałem przed rewolucją w Petersburgu. Wyniki faktycznie były zachęcające – zgodził się doktor. – Tylko że na kolejne eksperymenty potrzeba ogromnych sum. Przydałby mi się także odpowiednio przeszkolony personel. Do prób na zwierzętach potrzebowałbym wsparcia ministerstwa zdrowia. Ciężka sprawa. Koszta ogromne, dokumentacji wcześniejszych badań brak. Urzędnicy nie wierzą w moją intuicję.

– Ech, tak jak u mnie, bez przerwy kłody pod nogi. Żeby pan wiedział, jakie ja miałem plany, jakie nasiona zdobyłem... Ci ludzie mają klapki na oczach. Czarny lotos niebezpieczny, mięsożerne liany niebezpieczne, drzewo Judasza niebezpieczne. I jak tu badać endemiczne gatunki, skoro nie mogę ich uprawiać i obserwować choćby w warunkach cieplarni?

Botanik wsunął w usta grube cygaro, zręcznie zapalił sztormówkę i otoczył się kłębem dziwacznie pachnącego dymu.

– Cóż to za zielsko? – zdumiał się Skórzewski.

– Wodorosty z dna Atlantyku. Ich też nie pozwalają mi uprawiać. Na szczęście dostałem zapasik od znajomych z Nowej Anglii. Bardzo dobre. Zawierają kilkakrotnie więcej nikotyny niż zwykły tytoń. Wystarczy jedno zaciągnięcie i od razu rozjaśnia się w głowie. Chce się pan poczęstować?

– Nie palę.

Kurant w zegarku doktora wydzwonił kwadrans na ósmą. Usłyszawszy ten dźwięk, doktor Paweł złożył gazetę, pożegnał się pospiesznie i poderwał z ławki. Pora iść... Niechętnie opuszczał ciepły zaduch szklarni. Ruszył szybko przez Łazienki. Na szczęście poradnia chorób płuc znajdowała się niedaleko parku, przy ulicy Górnośląskiej.

Budujemy nową Polskę, myślał doktor, wspinając się po schodach. Tylko jak ją budować, gdy mamy epidemię gruźlicy i co gorsza, nie umiemy jej skutecznie powstrzymać? Leki nie działają. Tuberkulina, loretyna, iniekcje karbolu, to wszystko na nic. Leczenie klimatyczne i dieta pomagają tylko w pierwszych stadiach, i to wyłącznie u bardzo silnych pacjentów. Im silniejszy organizm, im większa wola życia, tym rokowania lepsze. Taki, dajmy na to, Rasputin z pewnością by wyzdrowiał. Ale co z tymi, u których choroba jest zaawansowana? Torakoplastyka, przycinanie żeber dla zmniejszenia objętości płuc, to droga donikąd! Odma... to ma sens, ale ona przedłuża życie, a nie leczy. Potrzebne są nowe medykamenty. Mocniejsze. Coś, co w jednej chwili skosi bakcyle jak zboże.

Przypomniał sobie doktora Hansena z dalekiego Bergen. Poszukiwania lekarstwa na trąd i kuracja chininowo-arszenikowa. Preparat pozwalał porazić bakcyle. Podany miejscowo niszczył narośle, powodując martwicę tkanki. Jednak okazał się zbyt toksyczny, by dało się go zastosować do oczyszczenia całego organizmu.

Skórzewski czuł, że złoty wiek medycyny dopiero się zaczyna, ale też miał świadomość, iż prawdziwych triumfów już nie dożyje.

Przyjdą czasy, gdy będziemy umieli niszczyć bakterie na ogromną skalę, myślał. W ślad za tym pójdzie ogromny rozwój technik chirurgicznych, bo znikną na przykład powikłania pooperacyjne. A potem? Przeszczepianie całych narządów wewnętrznych? Kto wie...

Prawie spóźniony wszedł do pokoju lekarskiego. Młodziutka pielęgniarka Sara z uśmiechem podała mu czysty fartuch i błyszczący niklowany stetoskop. Źrenice lśniły jej jak gwiazdy, na policzkach miała rumieńce, jakby sama cierpiała na zaawansowaną gruźlicę.

Znowu się zakochała, bezbłędnie zidentyfikował objawy. Znowu nieszczęśliwie. Za dwa tygodnie będzie wypłakiwać oczy. Ale na miłość i głupotę nie ma lekarstwa... A może jest? Może miłość to też wirus? Przecież atakuje nagle, oszałamia na parę tygodni, a potem mija albo przechodzi w łagodniejsze stadium chroniczne.

Zachichotał w duchu. Lekarstwo na miłość, to by było wyzwanie. Może nawet szczepionkę dałoby się opracować? Rodzice gimnazjalistów by mnie chyba ozłocili.

*

Pacjent miał około czterdziestki. Tak wynikało z karty, bo wyglądał raczej na starca. Był siwy, dłonie mu się trzęsły. Cera szara, ziemista... W umęczonej twarzy lśniły oczy jakby zupełnie innego człowieka. Odważne, świetliste, żywe.

– Dzień dobry, panie doktorze – ukłonił się.

– Igor Wasiencow – odczytał Skórzewski z karty. – Urodzony w Permie, zatrudniony obecnie w odlewni u Lilpopa. Co też panu dolega, że zakładowy lekarz sobie nie poradził?

– Skierował mnie do pana jako do lepszego specjalisty – bąknął gość.

Mówił po polsku, ale z wyraźnym akcentem.

– Jeśli wygodniej, proszę mówić po rosyjsku. – Lekarz przetarł okulary.

– *Spasiba*. – Chory uśmiechnął się z wdzięcznością.

Niepodległa Polska przytuliła do łona ze sto pięćdziesiąt tysięcy białych Rosjan... – pomyślał Skórzewski.

– Cóż panu dolega? – zapytał po rosyjsku.

– Od miesiąca nie mogę pozbyć się kaszlu.

– Proszę się rozebrać, osłucham pana.

Chory zdjął koszulę.

Skórzewski widział w życiu niejedno, ale i tak syknął zaskoczony. Pacjent trzymał się prosto, był dobrze zbudowany, a muskulatura wskazywała, że sporo czasu poświęcał na pracę fizyczną i inne czynności wymagające znacznego wysiłku. Wyglądał na byłego wojskowego, może kozaka. Jednak jego ciało przeorały głębokie blizny. Część zadanych kiedyś ran lekarz zaklasyfikował jako cięte, część jako szarpane, mosty tkankowe przerosły ślady oparzeń. Strzaskane żebra zrosły się miejscami krzywo. Kilka gwiazdkowatych blizn pozostawił ewidentnie czworograniasty bagnet od mosina.

– Kto pana tak urządził? – zapytał, ujmując stetoskop.

– Bolszewicy, taka ich mać – westchnął mężczyzna. – Część śladów jest po chłoście stalowymi linkami, z osiemnastego roku, część po lampie lutowniczej, z dwudziestego pierwszego, a żebra połamali w zeszłym roku.

– Śledztwo?

– Byłem kozakiem. Walczyłem w czasie wojny domowej w oddziale generała Konstantego Mamontowa. Słyszał pan o nim?

– Piąte przez dziesiąte. Przecieraliście szlak Denikinowi na Moskwę.

– Generał, rozgromiwszy bolszewików, wziął bogaty łup, półtorej tony złota! Za dużo zdobyliśmy. To złoto stało się przekleństwem. Prości kozacy uznali, że są bogaczami i nie ma sensu więcej narażać życia, a sztabowcy umyślili sobie, że za takie pieniądze można spokojnie stworzyć własne kozackie państwo na południu, bo kruszcu wystarczy na zbudowanie w gołym stepie miast, dróg, kolei i przemysłu. Zamiast zdobywać stolicę, wycofano nas nad Don... Jedni i drudzy się przeliczyli. Wszystkich ludzi Mamontowa czerwoni torturują po kolei, licząc, że ktoś sypnie, co się z tym kruszcem stało. Nic na mnie nie mieli, ale katowali w nadziei, że coś wiem i w końcu się przyznam. – Wzruszył ramionami. – Takie śledztwo pro forma właściwie. Jakby podejrzewali, że naprawdę mogę wiedzieć, to zabraliby się na poważnie. Ale wolałem nie czekać na kolejne aresztowanie. Uciekłem przez rumuńską granicę.

– Proszę oddychać. – Doktor przyłożył słuchawkę do zapadniętej piersi. – Nie oddychać. Oddychać...

Odłożył stetoskop.

– Trzaski i furkoty... Coś tam się rozwija niedobrego – powiedział.

– Gruźlica?

– Niech pan nawet nie mówi! Pielęgniarka zaraz zrobi próbę tuberkulinową, ale to raczej coś w oskrzelach. Zaraz panu coś zapiszę. I jeśli to możliwe, proszę zostać w domu i wygrzewać się przez co najmniej tydzień. Proszę, tu jest zwolnienie.

– Chciałbym pana doktora jeszcze o coś zapytać.

– Słucham.

– Czy Aleksander Skórzewski to jakiś krewny doktora? Twarz wydaje się podobna.

Lekarz drgnął i podniósł zaskoczone spojrzenie.

– Aleksander...

– Aleksander Dymitriewicz – podpowiedział chory.

Paweł milczał przez chwilę. Pytanie obudziło niedobre wspomnienia.

– Owszem, to mój daleki krewny – powiedział ostrożnie. – Pan go znał?

– Widziałem się z nim niecały rok temu.

– Rok temu? To on żyje? – Doktor z największym trudem zachował obojętny wyraz twarzy.

– Kiedy się z nim widziałem, miał się dobrze. Tylko wie pan, doktorze, takie czasy teraz w Sowdepii, nic nie jest pewne. Pracuje w Orle jako listonosz. Mieszkaliśmy po sąsiedzku. On też był u białych, siedzi jak na zesłaniu, bo dostał nakaz osiedlenia i zakaz opuszczania miejsca pobytu.

– Orzeł to miasto na południowy zachód od Tuły? – wolał się upewnić Skórzewski.

– W Rosji nie ma innego.

– Ciekawe – stwierdził możliwie obojętnym tonem i zaraz zmienił temat. – Zapiszę panu syrop, tabletki na kaszel i zwiększoną dawkę aspiryny. Musi się pan dobrze wypocić. – Wypisał receptę. – Za tydzień zapraszam do kontroli.

– Dziękuję serdecznie!

– Saro! Trzeba temu panu zrobić test Mantoux – zawołał w głąb korytarza.

– Dobrze, panie doktorze.

Pacjent wyszedł. Skórzewski podszedł do okna. Otarł czoło, które nagle pokryło się zimnym potem. W czasie wizyty zachował kamienną twarz, teraz nagle napięcie opadło.

Czy to była prowokacja? Czy pacjent jest szpiegiem? Blizny w żaden sposób nie dowodzą niewinności. Mogli zostawić mu je zarówno czerwoni, jak i biali, wojna domowa odkryła u obu stron niewyobrażalne pokłady bestialstwa. Czy chcą Skórzewskiego ściągnąć do Rosji, a potem rozstrzelać? Tylko po co mieliby to robić?

Mieszkanie przepadło, a wraz z nim akcje towarzystw kolejowych, które leżały w szafie. Pieniądze na kontach bankowych diabli wzięli, zresztą była później inflacja i wymiana pieniędzy. Klejnotów nigdy nie miał. Dla czerwonych nie był nikim ważnym, zwykłym lekarzem internistą, który niczego wielkiego nie osiągnął i już pewnie nie osiągnie. Zresztą gdyby chcieli mu dać w łeb, mogli to zrobić tu, w Warszawie.

Aleksander... Zagryzł wargi. Według jego dotychczasowych informacji chłopak służył w armii Kołczaka. Śmiechu warte – młody marynarz w armii lądowej dowodzonej przez admirała. Z tego, co udało się ustalić, prawdopodobnie poległ właśnie w Orle, gdy białych wypierano z miasta. A jeśli przeżył? Ranny, w niewoli... Albo nie zdążył uciec?

Nie, to niemożliwe. Przecież jeśli żyje, odezwałby się. Napisałby choćby list.

Doktor przeszedł się po gabinecie.

Chociaż... czy naprawdę miał możliwość napisać? – zadumał się. Przecież ten huncwot nie znał żadnego naszego adresu w Polsce. Zresztą... z całej rodziny zna tylko mnie. Miałem go zapoznać z innymi Skórzewskimi, ale pech chciał, że wybuchła wojna. Ode mnie nie miał żadnej wiadomości od sześciu lat. Czy powinienem teraz się z nim skontaktować? Nie. Lepiej nie. Zresztą i tak nie znam adresu.

Przed rewolucją miał w Orle przyjaciela. Studiowali razem, tylko że Igor Stawicz wybrał karierę farmaceuty. Przed laty otworzył w rodzinnym mieście aptekę. Pisywali do siebie czasami, ale w czasie rewolucji i ten kontakt się urwał. Można napisać do prowizora, ale to również niebezpieczne, bo przecież w Sowdepii listy są cenzurowane. Zatem? Trzeba jechać – zrozumiał nagle. Aleksander to dobry chłopak i nie powinien się tam marnować. Polska potrzebuje takich jak on.

Czy krewniak jednak zechce opuścić swój poniekąd kraj i ruszać do niewidzianej nigdy ojczyzny przodków? Czemu sam się nie wyrwał? Ze strachu? A może trzyma go tam nadzieja na lepsze? Lecz jakie lepsze może być u tych przeklętych bolszewików, parsknął w duchu. A może tylko potrzebuje impulsu? Świadomości, że jest potrzebny gdzie indziej? Może pieniędzy na podróż? Ale najważniejsza jest świadomość... Zatem trzeba działać!

Zanucił zapamiętaną z młodości katorżniczą piosenkę:

Kajdan i głodu poznałem ja dość
Lata katorgi ciążyły milczeniem
Wierny przyjaciel odmienił mój los
Dopomógł w ucieczce z więzienia...

I nagle poczuł, jak budzą się w nim uczucia, o których sądził, że dawno uleciały. Przekora, żądza przygód, ochota, żeby raz jeszcze wsadzić palce między drzwi, zaryzykować przytrzaśnięcie. Wygarnąć gołą ręką kartofle z ogniska.

– Za stary? Wcale nie jestem za stary – prychnął. – Trzeba się tylko za to odpowiednio zabrać!

W kartotece pacjentów miał kilku wojskowych chodzących na co dzień w mundurach oraz jednego wojskowego, który usilnie starał się udawać cywila. Od niego postanowił zacząć.

*

Spotkali się w niewielkim pokoju, którego okno wychodziło na zewnętrzny mur cytadeli. Na całe umeblowanie składało się biurko i dwa krzesła. Ktoś zadbał o herbatę, cukier i twarde jak kamień pierniczki.

– Więc chce pan jechać do sowietów? – Oficer „dwójki" obrzucił lekarza nieco zaskoczonym spojrzeniem.

– Tak.

– Jeśli liczy pan na odszukanie i wywiezienie klejnotów zamurowanych przed rewolucją w jakiejś skrytce, to muszę pana ostrzec, że wyprawa taka jest śmiertelnie ryzykowna i mało kto zdołał dopiąć swego.

– Chcę odnaleźć krewniaka.

– Rozumiem pańskie szlachetne intencje, ale to także śmiertelnie niebezpieczne. Tak dla pana, jak i dla innych. Bolszewicy odbudowali tam imperium w kształcie z czasów Iwana Groźnego. Poruszanie się po terenie kraju wymaga posiadania zezwoleń i przepustek. Niektóre regiony to strefy dla cudzoziemców zakazane. W dodatku na znacznym obszarze niezbędne są kartki na żywność. Wyprawa tam to samobójstwo.

– Zdaję sobie z tego sprawę.

– A czy nie próbował pan do niego napisać?

– Obawiałem się dekonspiracji.

– Chwała Bogu. – Oficer popatrzył na lekarza jakby przychylniej. – Bo napytałby pan biedy i sobie, i jemu. Cała korespondencja wewnątrzkrajowa jest u nich kontrolowana. O zagranicznej nawet nie wspominając! W dodatku posiadanie krewnych za granicą jest bardzo źle widziane. Jeśli ktoś, podejmując pracę, zataił fakt posiadania rodziny poza terytorium Sowdepii, to najłagodniejszą karą jest natychmiastowa utrata posady. Przeważnie jest znacznie gorzej.

– Normalnego listu nie ma sensu pisać. Wywiad zapewne nie udostępni mi swoich kanałów dla przekazania wiadomości. Nie znalazłem innego sposobu niż podróż. W jaki sposób mógłbym tego dokonać?

Oficer milczał dłuższą chwilę.

– Jest możliwość, żeby tam w miarę legalnie przeniknąć – powiedział wreszcie. – Ale dopiero w połowie stycznia. I tylko do Moskwy. Gdzie mieszka ten pana krewny?

– W Orle.

– To jeszcze z osiemnaście, może dwadzieścia godzin drogi pociągiem. Przy czym najpierw trzeba kupić bilet. Mało realne.

– Moskwa mi odpowiada. Znam Rosję jak własną kieszeń, poradzę sobie.

– Znał pan Rosję. Przez ostatnie kilka lat zmieniło się tam wszystko i nadal się zmienia, bo ten kraj jest jak wielki wir. Co rusz są inne przepisy prawne. Raz za handel plackami rozstrzeliwują, miesiąc później zachęcają ludzi, żeby podejmowali taką działalność.

– Poradzę sobie – powtórzył Skórzewski. – Proszę tylko powiedzieć, jak się tam dostać.

– W Moskwie odbywać się będzie międzynarodowy kongres lekarzy chorób płucnych. Nasze ministerstwo zdrowia wysyła oficjalną delegację, składającą się z kilkunastu osób. Dopiszemy pana do listy.

– W ministerstwie nie bardzo mnie kochają...

– No to pokochają – głos oficera stwardniał. – Problem w tym, że to może być bilet w jedną stronę. I, co najważniejsze, musi pan urwać się natychmiast, jeszcze w Moskwie.

– Czyli chcemy, żeby myśleli, iż miałem być na kongresie, ale na niego nie dotarłem? Na przykład z powodu choroby?

– Owszem. Gdyby się pan zameldował w hotelu, pojawił wśród delegatów i tak dalej, mogliby pana szukać. A tak jest szansa, że przegapią. Zanim sprawdzą, że jednak przekroczył pan granicę, minie kilka dni. Przy odrobinie szczęścia będzie pan już wtedy siedział w pociągu powrotnym.

– Znakomicie! Czyli do kraju mogę jechać natychmiast po wykonaniu misji?

– Niezupełnie. Kongres potrwa siedem dni. Najlepiej by było, gdyby załatwił pan swoje sprawy i przyłączył się do delegacji, gdy ta będzie wracać. Boję się jednak, że to nie będzie możliwe. Mogę panu podać dwa kontakty do przemytników, którzy przeprowadzają czasem ludzi z sowieckiej Białorusi na naszą stronę. Ale samo dotarcie do strefy nadgranicznej może być bardzo trudne.

– Kto by pomyślał, że będziemy wspominali czasy carskie jako wiek wolności i swobody podróżowania – westchnął Skórzewski.

– Kto by pomyślał, że i oni będą wzdychać do carskiego zamordyzmu.

– Jak mam się przygotować do tej wyprawy? Bo nie powiem, zależy mi, żeby dotrzeć do krewnego i w miarę możliwości wrócić w jednym kawałku do Polski.

– A zatem po kolei. Po pierwsze musi pan...

*

Sowdepia, luty 1924

Doktor ochlapał twarz zimną wodą i przetarł grubym, kosmatym ręcznikiem. Tkaninę czuć było trochę ługiem, trochę stęchlizną.

Czternasta. Za godzinę będę w Moskwie, pomyślał, patrząc na zegarek. Co mnie tam czeka? W co ja się pakuję? A przecież Moskwa to dopiero pierwszy etap podróży. Jak nomen omen postawienie stopy na schodku pociągu, który właśnie rusza. Pierwszy krok na trzęsawisku, gleba faluje pod nogą, ale jeszcze można się łudzić, że nic nam nie grozi. A już kolejny krok może być ostatnim...

Nagle poczuł lęk. Przecież nie musi nic robić. Może iść na kongres. Posłuchać referatów, podyskutować z kolegami, dowiedzieć się, jakimi metodami leczy się gruźlicę w ZSRR. Pośmiać się z lipnych statystyk. A potem wsiąść w pociąg i wrócić bezpiecznie do domu. Zaraz jednak odrzucił ten pomysł.

Dotarłem do Moskwy, więc dotrę i do Orła! – postanowił twardo. A przynajmniej spróbuję. Raz już stchórzyłem, poddałem się, uciekłem...

Zabrał się do pakowania walizki. Wnętrze przedziału sypialnego nie różniło się szczególnie od tego, co zapamiętał sprzed rewolucji. Na wyposażeniu, jak dawniej, były poduszka, koc, prześcieradło i mały grzejnik. Tylko że pościel była mocno już sprana, grzejnik, źle oczyszczony, pokryty grynszpanem, dyszał może połową mocy, a w powietrzu unosił się lekki, ale wyraźny zapach proszku na wszy. Pluszowe obicia siedzeń były wytarte, a lustro powyżej nadpęknięte. Ogrzewanie nie wyrabiało, szybę pokrywały kwiaty mrozu. W dodatku konduktor siedzący w służbowej kanciapie na końcu wagonu miał mordę zupełnie nie do przyjęcia.

W przedziale Skórzewskiemu towarzyszył młody francuski dziennikarz, dwudziestoparoletni szczawik, świeżo po debiucie w lewicujących periodykach, zachłyśnięty rzekomą intelektualną głębią marksizmu, pełen entuzjazmu, jaki zrodzić może tylko młody wiek i głupota. Lekarz na początku podróży zamienił z nim zaledwie kilka zdań i stracił ochotę na dalsze pogawędki. Dzieciak nigdy wcześniej nie odwiedzał Sowdepii i nie rozmawiał z białymi emigrantami. Mimo to już piał z zachwytu nad krajem, w którym wciela się w życie myśli klasyków komunizmu. Od kiedy opuścili Warszawę, z zapałem zaczerniał atramentem kolejne strony opasłego kajetu. Na pytanie doktora wyjaśnił uprzejmie, że aby nie tracić czasu, pisze na zapas reportaże z kraju, którego jeszcze nie zobaczył na oczy. Niewyrobionym, na poły dziecinnym jeszcze pismem wypełniał co drugą linijkę brulionu, zostawiając miejsce na dopisanie szczegółów. Czasem półgłosem odczytywał całe ustępy swoich pseudoreportaży i w takich chwilach doktor nie wiedział, czy śmiać się, czy płakać.

Ciekawe, czy zderzenie z rzeczywistością go obudzi, czy też cały pobyt minie mu jak w rozkosznej malignie sennej? – zastanawiał się lekarz.

Za oknami pojawiły się przedmieścia stolicy. Skórzewski wychuchał sobie dziurkę w szronie pokrywającym szybę i wyjrzał. Pociąg mijał szare, pochylone domki i jakieś szopy. Z krzywych blaszanych kominów unosił się dym, więc były zamieszkane. Śnieg przykrywał wszystko grubą pierzyną, ale mimo to krajobraz sprawiał smutne wrażenie. Przez ostatnie osiem lat wiele się zmieniło.

Zgrzytnęły hamulce. Byli u kresu podróży. Lekarz zdawkowo pożegnał współtowarzysza i wyskoczył z pociągu na peron moskiewskiego dworca. Dębową kostkę zastąpił nierówno wylany beton, teraz pokryty warstwą lodu, ale wiata wyglądała niemal identycznie.

Nie sądziłem, że dane mi będzie raz jeszcze postawić stopę na rosyjskiej ziemi, pomyślał doktor. A jednak jestem tutaj.

Dworzec Brzeski teraz nazywał się Białoruski. Na peronie stało kilku dobrze zbudowanych i odżywionych strażników. Obserwowali, kto wysiada, być może ich zadaniem było wyłapanie z tłumu konkretnych osób. Potok podróżnych zaniósł przybysza do hali dworca. Doktor rozglądał się zdumiony. Nie poznał wnętrza. Ściany pokrywał szary brud. Marmurowa posadzka nie widziała szmaty od lat. Cuchnęło stęchlizną i znoszonymi onucami. Z kilkunastu kas czynna była jedna. Wszędzie koczowały dziesiątki ludzi. Czym prędzej przedarł się przez tłum i wydostał na plac.

Był tu nie raz... Kiedyś. Dawno temu. Nie, wcale nie tak dawno! Ostatnio w tysiąc dziewięćset siedemnastym. Przed dworcem zawsze stały dorożki, a ostatniego roku przed wojną pojawiły się nawet dwa pierwsze samochody, kiedy z Ameryki przyszła moda na tak zwane taksówki.

Doktor liczył, że złapie dryndę i przemknie przez miasto do Kremla, a tam przesiądzie się do innej. W ten sposób mógłby zmylić trop, na wypadek gdyby ktoś za kilka dni usiłował prześledzić, dokąd się udał. Dorożek jednak nie było. Nie zwalniając nawet kroku, przeszedł na drugą stronę ulicy i ruszył na piechotę.

Znam przecież miasto, poradzę sobie, uspokajał się. Do Dworca Kurskiego wprawdzie kawał drogi, ale trasa w miarę prosta. Najpierw Twerską, potem... Czasu mam pod dostatkiem, nie spóźnię się.

Szedł początkowo dziarsko, ale szybko zwolnił kroku. Moskwa zawsze jawiła się Skórzewskiemu jako dostojna, poważna matrona, w niczym nieprzypominająca znacznie weselszego, rozbrykanego Sankt Petersburga. Teraz szedł ulicami i nie poznawał miasta. Zupełnie jakby matrona zamieniła się w umęczoną, steraną życiem starowinkę. Przedsmak tych przemian poczuł kilka lat temu w czerwonym Piotrogrodzie. Teraz widział, że to, co wydawało mu się dnem piekła, stanowiło jedynie pierwszy krąg.

W Moskwie zawsze byli żebracy, proszalne dziady. Brodaci starcy, odziani w malownicze łachmany, siadywali przy wejściach do cerkwi i soborów, eksponowali kalekie kończyny, oferując za jakiś grosz modlitwy w intencji ofiarodawców. Wszyscy zaopatrzeni byli w blaszki towarzystw przeciwżebraczych, a ci starsi w laski z krzyżami. Teraz ich miejsce zajęły całe tabuny wynędzniałych istot w rozmaitym wieku. Doktor widział w życiu niejedno, ale z obrazem takiej biedy nie zetknął się jeszcze nigdy. Znaczny odsetek przedrewolucyjnych żebraków stanowili po prostu oszuści unikający pracy. Teraz wokół widział ludzi naprawdę sponiewieranych, ciężko doświadczonych przez los. Ciała biedoty pokrywały wrzody, odmrożenia, wysypki od syfilisu, nawet kilka razy mignęły mu twarze napiętnowane trądem. Najgorsze były oczy. Jedne patrzące na świat ze skrajną rozpaczą, inne już obojętne, jakby ludzkie uczucia umierały w nich zduszone wszechogarniającą apatią. W ciemnej bramie nieopodal dworca spostrzegł nawet zwłoki zamarzniętej dziewczyny. Ktoś litościwie nakrył twarz trupa gazetą.

Nazwy ulic były nowe, ale mimo to się nie zgubił. Parł niestrudzenie naprzód. Planował posilić się po drodze, minął nawet dwie jadłodajnie, ale buchająca z wnętrza woń skutecznie odbierała apetyt. Kartoflanych placków, o których wspomniał oficer „dwójki", nie wypatrzył. Może znowu zaczęli za nie rozstrzeliwać? Zauważył, że ludzie dziwnie patrzą na jego nogi. Porządne, wysokie buty na grubej podeszwie, podbite wewnątrz futrem, najwyraźniej przykuwały zbyt liczne spojrzenia. Widząc sklepik szewca, wstąpił do środka i za część pieniędzy kupił nędzne filcowe walonki. Naciągnął je na swoje obuwie i tak zamaskowany ruszył dalej.

Dzień nieubłaganie miał się ku końcowi. Zbliżał się wieczór, a Skórzewski ku swemu zaskoczeniu spostrzegł, że może być jeszcze gorzej. Na jego oczach zaczęła budzić się ta druga, nocna Moskwa. Wszyscy, którzy za dnia woleli kryć się przed światem, opuszczali swoje meliny. Liczba żebraków i łachmaniarzy wzrosła. Z bram wyzierały gęby coraz straszniejsze. Normalni mieszkańcy znikli jakby w jednej chwili. Na szczęście w dalekiej perspektywie ulicy doktor zobaczył bielejący portyk kolumnowy dworca.

Przyspieszył kroku. Nagle ktoś zastąpił mu drogę. Nieznajomy był o dobre dwie głowy wyższy od lekarza, nosił złachany kaftan, a przemarznięte dłonie i policzki pokrywały mu błękitne kreski więziennych tatuaży. W owłosionej łapie trzymał ciężki myśliwski kordelas.

– Dawaj pieniądze – zażądał bandzior, zionąc smrodem przetrawionego bimbru.

Szczęknął mechanizm sprężynowy. Czterdziestocentymetrowe ostrze weszło w ciało jak w masło. Doktor wyszarpnął klingę. Laska zatańczyła mu w palcach. Wiedziony instynktem, nie celując, pchnął pod ramieniem w tył. Trafił drugiego z bandytów w brzuch. Wyrwał ostrze, przekręcając je odruchowo w ranie, i dobił zaskoczonego rabusia kolejnym sztychem, tym razem w serce. Obejrzał się. Pierwszy z napastników jeszcze kilka razy uderzył stopami o trotuar i znieruchomiał. Lekarz przestąpił rosnącą kałużę krwi i przyspieszył kroku. Ten wysiłek sprawił, że zasapał się, zakłuło go serce, ale poza tym nie czuł nic. Zgasił dwa ludzkie życia bez litości i bez wątpliwości, jakby tłukł szczury.

Przynajmniej nikogo więcej nie zamordują ani nie obrabują. Ma się jeszcze ten refleks, myślał, chowając ostrze w lasce. Nie tak może jak na wojnie mandżurskiej, ale wciąż jeszcze potrafię się obronić...

Wróciło wspomnienie sprzed niemal dwudziestu lat. Chutor Jawyne. Niebo różowieje. Nadchodzi świt, którego mieli nie doczekać. Piętnasta godzina bitwy. Odparli właśnie kolejny atak, lecz Japończycy nie rezygnują. Wiedzą, że kozaków jest kilkunastu, a ich blisko dwie setki. Dziki wrzask tuż za strzaskaną kulami palisadą i nad jej krawędzią pojawia się nadlatujący kształt. Wyskok, uderzenie dłońmi, jak w tej amerykańskiej grze, gdzie piłką rzuca się do kosza. Odbity japoński granat spada po drugiej stronie, detonuje w najgęstszej ciżbie wroga... Skórzewski dostrzegł nadlatującą śmierć, wymyślił rozwiązanie ratujące im życie, wcielił je w czyn od razu.

– Byłem trochę młodszy – westchnął. – Ale to też jest wojna – szepnął sam do siebie.

Minął grupę zakapiorów o wyglądzie byłych katorżników. Kucali wokoło małego ogniska rozpalonego z dębowej kostki brukowej, powyrywanej prosto z nawierzchni ulicy. Refleksy ognia kładły się czerwienią na ich twarzach, nadając im wygląd dzikich ludożerców. Jeden spojrzał na doktora jakby zdziwiony, a potem powiódł wzrokiem po chodniku. Trupy były stąd doskonale widoczne. Katorżnik szepnął coś kumplom. Ryknęli śmiechem i wszyscy jak na komendę zasalutowali Skórzewskiemu, przykładając brudne łapska do daszków zdefasonowanych oprychówek. Odsalutował laską. Nie zaczepiali, pozwolili przejść. Może nie lubili tamtych dwóch, a może na swój knajacki sposób docenili jego kunszt w zadawaniu śmierci?

Doktor wszedł do hali dworca. Pośrodku, wśród pak i waliz, koczowali ludzie. Nie był pewien, czy to podróżni, czy może bezdomni szukający schronienia choć na jedną noc. Smród ludzkiego chlewu aż go na chwilę zatchnął. Sprawdził rozkład jazdy wypisany na tablicy. Pokrywał się z tym, który dostał od oficera „dwójki". Wybrał kasę dobrze ukrytą za filarem. Na szczęście nie było przy niej nikogo. Sprzedawca biletów miał może osiemnaście lat.

– Chcę kupić bilet do miasta Orzeł – powiedział lekarz.

– Potrzebuję waszej podróżnej...

– To jest moja przepustka. – Skórzewski położył na blacie złotą carską pięciorublówkę.

Moneta cicho brzęknęła. Kasjer przełknął nerwowo ślinę, strzelił przestraszonym spojrzeniem na boki, a potem wgapił się w krążek jak sroka w gnat. Skórzewski wiedział, że przy obecnych czarnorynkowych cenach złota za jeden taki pieniążek można przeżyć spokojnie półtora do dwu miesięcy.

– Ja... nie mogę... – wykrztusił wreszcie kasjer.

– Towarzyszu, wiecie, jak to w życiu bywa. Czasem człowiek ma papier, a czasem urząd nie chce mu go wydać. Czasem trzeba na to i owo przymknąć jedno oko. Ale człowiek ma wszak dwoje oczu. – Lekarz niby to obojętnie położył jeszcze jedną „świnkę".

Młodzieniec zbladł. Odruchowo wyciągnął rękę, ale zaraz ją cofnął. Widać było, że walczy ze sobą. Dziesięć rubli dawało możliwość zrobienia dużych zakupów w sklepach komercyjnych oferujących towary za złoto i obce waluty.

– Nie mogę! – kłócił się szeptem. – Jakby się wydało, to tiurma. Albo jeszcze gorzej. Ja muszę wpisać numer każdej przepustki do księgi wydanych biletów. Kierownik lubi co jakiś czas sprawdzać, czy się wszystko zgadza. I wtedy...

– Przepiszesz numer cudzej *podorożnej* sprzed tygodnia albo dwóch. Nikt się nie połapie. A jeśli nawet, powiesz, że pomyliłeś się, notując. To w carskim banku kasjer nie mylił się nigdy. A przecież czasy dawnego reżimu już się skończyły – perswadował doktor.

Czuł, że musi się pospieszyć. Monety leżały doskonale widoczne na marmurowym blacie. Same w sobie stanowiłyby dowód dla oskarżenia. W każdej chwili ktoś mógł nadejść. Chłopak już pękał. Trzeba było tylko umiejętnie docisnąć.

– Jestem lekarzem. Możesz mi zaufać, jak się kierownik przyczepi, to ta tabletka wywoła u niego mocne i długotrwałe zaćmienie umysłu. – Skórzewski dorzucił trzecią monetę. – Oczywiście lepiej, żeby się nie przyczepił, wtedy wszystkie trzy dla ciebie.

– *Spasiba, wasze błagarodie!* – Kasjer ukłonił się zgoła przedrewolucyjnie. – Już wypisuję bilet!

– W sumie cały ten system wydaje się dość łatwy do oszukania – mruknął do siebie doktor, stojąc już na peronie. – Problem w tym, że to może być tylko pozór. Będę wiedział, jak mnie złapią. – Przypomniał sobie twarz kasjera. – Może nie sypnie... Kolejny krok za mną. Żeby tylko nie popełnić żadnego błędu. Rano będę na miejscu.

*

Koła pociągu ciężko łomotały na zbitych, zniszczonych szynach. Harmonijka kaloryfera pod oknem dyszała ledwo wyczuwalnym ciepłem.

Skórzewski patrzył w ciemność przez niewielki otwór w szronie.

Znowu tu jestem, myślał. Nie sądziłem, że kiedykolwiek wrócę, ale przy pierwszej okazji, pod byle jakim pretekstem, poleciałem jak ćma w ogień, tak jak przywykłem przez całe życie pchać się gdzie nie trzeba. A przecież dobrze mi radzono, trzeba było zacząć od napisania kartki, od próby sprawdzenia informacji. Zachciało mi się na stare lata bawić w szpiega... Oddalam się od Moskwy, od kongresu, od ambasady, od wszystkich ludzi, którzy mogliby mi pomóc. Podążam w głąb kraju toczącego permanentną wojnę ze swoimi mieszkańcami. Do miejsc, gdzie nie wolno mi być. Gdzie w razie najdrobniejszego błędu przepadnę jak kamień w wodę.

Samotna żarówka pięciowatowa migotała anemicznie. Wewnątrz przedziału było ciemno, wilgotno i zimno. Nieliczne wszy otępiały od chłodu, nie miały nawet ochoty żreć... Przed rewolucją musiał to być wagon drugiej klasy. Obecnie zielony niegdyś aksamit siedzeń był jednolicie bury. Drewniane framugi okien zabito gwoździami na amen. Zardzewiałe łebki sterczały pod różnymi kątami. Współtowarzysze podróży drzemali zakutani w jesionki oraz sfilcowane koce. Woń pluskiew, brudu, przepoconych onuc, dziegciu, najtańszego tytoniu i stęchlizny kręciła w nosie. Półka uginała się pod ciężarem worków, zniszczonych tekturowych walizek, tobołków, nieforemnych paczek zawiniętych w rogożę i oplątanych konopnym sznurkiem.

Ci ludzie wiedzą, że tam, dokąd jadą, nie będzie możliwości zakupu podstawowych towarów, domyślał się. Zabierają ubrania na zmianę, koce, żywność na cały pobyt... Co się z tym krajem porobiło!? Tak źle nie było nawet w czasie wojny. A przecież minęło tylko kilka lat.

Doktor Skórzewski skropił wąsy nową porcją olejku goździkowego, by choć trochę zagłuszyć woń kładącą się ciężkim woalem na wnętrzu przedziału. Po raz setny przeklął swoją głupotę, która kilkanaście godzin wcześniej kazała mu zająć miejsce przy oknie.

Przetoczył wzrokiem po drzemiących współpasażerach. Kiedyś lubił odgadywać zawody towarzyszy podróży. To było niezłe ćwiczenie umysłu, przydające się również w pracy. Swoich pacjentów miał zwyczaj taksować wzrokiem, jeszcze zanim zajrzał do kart, a później sprawdzać, czy prawidłowo odgadł wiek i profesję. Teraz nie był w stanie wyczytać nic. Kobieta w cerowanej wełnianej chuście i jesionce uszytej całkiem elegancko, ale ze starego wełnianego koca, mogła liczyć równie dobrze dwadzieścia lat, jak i sześćdziesiąt. Towarzyszący jej zarośnięty mężczyzna mógł być chłopem, cieślą, byłym katorżnikiem lub robotnikiem. Straszliwie zniszczone dłonie, pokryte gruzłami opuchniętych stawów, wskazywały, że część życia spędził na wyniszczającej pracy ponad siły. Staruszek ściskający w objęciach tekturową walizeczkę mógł być kiedyś nauczycielem lub drobnym urzędnikiem, teraz napuchłe rysy twarzy, plamy wątrobowe na dłoniach i siateczka naczynek na policzkach wskazywały, że od dawna pije o wiele za dużo. Pozostali dwaj, zarośnięci, o twarzach spierzchniętych od mrozu, zakutani w brudne kożuchy, przypominali bardziej niedźwiedzie niż ludzi. Skórzewski pociągnął z piersiówki maleńki łyczek dobrej krakowskiej palonki. Przyjemne ciepło rozeszło się z żołądka, docierając powoli do czubków palców.

Jadę. Cienka szyba oddziela mnie od piekła czterdziestostopniowego mrozu. Technika umożliwia ludziom przetrwanie. Tak jak wtedy, przed laty, gdy płynąłem „Andromedą" na Ziemię Franciszka Józefa. Wtedy cienka, przerdzewiała blacha dna chroniła nas przed upadkiem w otchłanie oceanu. Przeżyłem. Tyle razy wywinąłem się śmierci. Może to oznacza, że mam tu, na ziemi, jeszcze jakieś zadanie do wykonania? A może swoje już zrobiłem i to będzie zadanie ostatnie, któremu nie podołam?

Pociąg przemknął koło zrujnowanego chutoru. W świetle księżyca zalśniły czarne belki spalonej kozackiej stanicy i białe mury zniszczonej cerkwi.

Stokroć wolę zmagać się z dziką przyrodą, żywiołem, zarazą, nawet z nienazwanym, z tym, co kryje się w cieniu. Ale ludzie... Jestem lekarzem, uczyłem się pomagać ludziom, a nie walczyć z nimi. Pomagać... *Penicillium notatum* czy *Penicillium glaucum*? – zadumał się Skórzewski. Joseph Lister zaobserwował niszczenie bakterii przez pleśnie już w tysiąc osiemset siedemdziesiątym pierwszym. William Roberts w siedemdziesiątym czwartym. John Tyndall rok później. Louis Pasteur i Jules François Joubert w siedemdziesiątym siódmym. Ernest Duchesne, niech mu ziemia lekką będzie, ratował celowo zarażone zwierzęta i opisał swoje obserwacje w dziewięćdziesiątym siódmym. On zaszedł najdalej. I wreszcie ta sympatyczna parka, smarkacze z Belgii, Andre Gratia i Sara Dath, niecałe cztery lata temu. Od pół wieku drepczemy w kółko, ale po całkiem wyraźnym, gorącym tropie. W tych cholernych grzybach coś siedzi. Jakiś czynnik niszczący, a może tylko poważnie osłabiający bakcyle. Trzeba go wyizolować. Oddzielić od toksyn zawartych w metabolitach pleśni. Zbadać, czy nie jest toksyczny także dla ludzi. A jeśli jest toksyczny, to czy da się wyliczyć dawki dające szansę na przeżycie. Ktoś to kiedyś ugryzie, stanie się sławny, zostanie okrzyknięty dobroczyńcą ludzkości. Ale pora pogodzić się z myślą, że to nie będę ja. Nikt z mojej rodziny nie poszedł na medycynę. Nie będę miał następców. Może zatem pora odpuścić?

Zmęczenie wzięło górę. Powoli opadły mu powieki. Chwilę potem spał ukołysany jazdą, alkoholem, ponurymi myślami i nieludzkim zmęczeniem.

*

Zapiszczały hamulce. Pociąg zatrzymał się. Z dala dobiegł huk zderzających się wagonów. Znienacka nastąpiło jeszcze jedno ostre szarpnięcie, a potem skład znieruchomiał. Za oknem widać było jedynie ciemność. Żadnych świateł stacji, nawet symbolicznej lampy przy budce dróżnika. Nic. Gdzieś daleko rozszczekał się pies. Skórzewski poczuł krople zimnego potu na karku. Instynkt podpowiadał mu, że ten nieoczekiwany postój nie wróży nic dobrego. Towarzysze podróży najwyraźniej myśleli podobnie, bo w mdłym blasku żarówki widział w ich oczach lęk. Szczęknęły drzwi wagonu. Zatupotały na korytarzu podkute buciory. Lekarz poczuł, jak narasta w nim niepohamowany dygot.

Ktoś szarpnięciem otworzył drzwi przedziału. Kilka zaciętych, nalanych pysków. W dwu łapach mocne karbidowe lampy, w trzech rewolwery. Gepeiści przyprószeni byli jeszcze świeżym, wolno tającym śniegiem. W wymiętych drelichowych mundurach i znoszonych kierzowych butach sprawiali wrażenie zarazem niechlujne i groźne. Powiedli wzrokiem po podróżnych.

– Wy dwaj – warknął najbardziej barczysty, zapewne dowódca, wskazując na mężczyzn siedzących przy drzwiach.

– O co chodzi, panie naczelniku? – bąknął jeden z nich.

– Paszporty!

– Ale my pogubiliśmy – powiedział drugi uniżonym, przepraszającym tonem.

– Raczej spaliliście. Idziemy. Iwanow, kajdanki.

Obaj brodacze bez protestów pozwolili się skuć i posłusznie wyszli na korytarz. Zaraz też ktoś zaczął ich rewidować. Zabrano również ich worki, więc było jasne, że do przedziału już nie wrócą. Tymczasem kontrola trwała.

– Ty kto? – warknął gepeista Iwanow, przenosząc wzrok na Polaka.

– Lekarz – bąknął Skórzewski.

Umiał naśladować akcent różnych obszarów Rosji. Moskiewski był w tej sytuacji chyba najlepszy. Iwanow stracił zainteresowanie i zaczął wypytywać czerwononosego staruszka.

– Zostaw! – polecił oficer, zaglądając mu przez ramię. – Bierz następny przedział.

Nieznośny blask latarni przesunął się dalej. Do aresztantów stojących pod strażą na korytarzu dołączył kolejny brodaty dziadyga. Po chwili przyprowadzono jeszcze jednego. Patrol zawracał. Skórzewski nerwowo przełknął ślinę, ale siepacze minęli przedział, nie zwalniając nawet kroku.

– Ciągną bradiagi chłysty do Orła jak muchy do miodu – usłyszał jeszcze, nim zatrzasnęły się drzwi wagonu.

Zdumiała go nienawiść i pogarda, jakie pobrzmiewały w tym jednym prostym zdaniu. Pociąg stał, smagany zawodzącym wiatrem. Lodowate podmuchy przedostawały się przez nieszczelne okno i ziębiły cały przedział. Na zewnątrz widać było tylko tumany śniegu. Nic się nie działo, ale gdy minął może kwadrans, gdzieś w ciemnościach huknęło nagle kilka strzałów karabinowych. Po chwili dwukrotnie szczeknął nagan. Czyżby oficer dobijał dających jeszcze oznaki życia? Doktor był wstrząśnięty. Śmierć przeszła tak blisko, że czuł jeszcze jej lodowaty oddech na karku. Egzekucja? Tak bez sądu? Aresztować w wagonie, wyprowadzić i trach?! Wreszcie pociąg ruszył i powoli nabrał szybkości. Współtowarzysze podróży spali już zakutani w swoje łachmany.

– Nic nie rozumiem – bąknął do siebie doktor.

– A co tu rozumieć – odezwał się nieoczekiwanie czerwononosy staruszek. – Chłysty ciągną do Orła z całej Rosji. Ich nowy mesjasz Wasilij wyznaczył im tam spotkanie. OGPU tropi ich i likwiduje jak dzikie zwierzęta – szeptał cicho, oglądając się niespokojnie na pozostałych.

– Chłyści? To ta sekta, do której należał Rasputin?

– Polejcie mi, przyjacielu, tej ziołowej wódeczki, którą odganiacie chłód, a wszystko wam opowiem. – W dłoni dziadygi błysnął powgniatany aluminiowy kubek.

Skórzewski nalał hojnie. Dziadek pociągnął łyk. Uszy i nos z miejsca jeszcze bardziej poczerwieniały, oczy zalśniły, jakby odzyskały na chwilę dawny blask.

– Przede wszystkim po cholerę tu wracałeś, człowieku? – zapytał, oblizując wąskie wargi.

– Wracałem gdzie?

– Do Rosji. Uciekliście za granicę, wasze szczęście. A tu... Sami widzicie, jak tu jest. Ale nie bójcie się, nie wydam was.

Doktor zagryzł wargi. Był przekonany, że wtopił się idealnie, a tu proszę. Policji wydał się podejrzany, przypadkowy człowiek w pociągu też z miejsca go rozszyfrował.

– Czym się zdradziłem?

– Od razu wiedziałem, żeście tu obcy. Stary jestem, ale węch mam dobry. Olejek goździkowy znikł z aptek jak sen złoty przed laty. A takiej wódeczki nie ma w sklepach od czasów przewrotu bolszewickiego. – Pociągnął kolejny łyk. – Wasze szczęście, że się spieszyli. Ale nie liczcie, że się następnym razem upiecze. To nie są takie ćwoki jak carscy stójkowi. A wy nie wyglądacie dobrze. Oj nie. Od razu spostrzegli, że coś z wami nie tak, ale szczęście mieliście, spieszyli się, i to bardzo. Siedzicie za sztywno, z uniesioną głową. Gdy weszli, wszyscy się skulili, wy nie. To jak otwarta deklaracja: jestem Polakiem. Powiedzieliście: lekarz, akcent z Moskwy, przestraszyli się, że ktoś ważny. Ale jakby zażądali dokumentów, to wasz trup leżałby teraz tam w zamieci albo wracalibyście do Moskwy *czarnym woronem* na dalsze dochodzenie... Głowę w ramiona, człowieku, i wzrok spuść pod nogi.

– Co jeszcze jest nie tak?

– Walonki nowiutkie, czyściutkie, widać, że niedawno kupione. Utytłajcie je brudem jak najszybciej. Płaszcz ujdzie, choć mało znoszony, ale czapa... Od razu widać, że to nie jest rosyjski krój. Mało kto dziś w takich chodzi. Jak wam nie żal, zamienimy się. Mnie wszystko jedno. Chyba że się brzydzicie.

– Czego? Wszy?

– Nie mam wszy – obraził się staruszek. – O to idzie, że z kotów szyta. Jak kto do myśli takiej nienawykły, to go odrzuca.

– Z czego?!

– Z kotów. W dużych miastach rakarze wyłapują bezdomne zwierzęta. Psy idą na skórzane kurtki dla gepeistów, koty na czapki, mufki i etole. Nawet i po kilkadziesiąt dziennie. Latem prawie ich nie łapią, niczym troskliwi leśnicy pozwalają się mnożyć, czekają do późnej jesieni, aż zwierzaki futro zmienią na zimowe, a wtedy... wtedy wielkie polowanie po strychach i piwnicach. Spółdzielnie kuśnierzy tak bywają potem zawalone surowcem, że do Nowego Roku zapasu nie przerobią.

– Niebywałe!

– Tu naprawdę wiele się zmieniło – westchnął ciężko dziadyga. – Bardzo, bardzo wiele...

Doktor dolał mu gorzałki.

– Chłyści... wiem tylko, że nazwa pochodzi od słowa „rózga". Że biczują się w czasie swoich nabożeństw – zmienił temat Skórzewski.

– Wierzą, że myślenie o grzechu niszczy duszę. Że lepiej sobie pofolgować. Zgrzeszyć, zaszaleć, chlać na umór, spółkować, byle już o tym nie marzyć. Można zaspokoić popędy, nasycić i uśpić złe pragnienia, ale potem oczywiście należy odpokutować. Podobno istnieją ludzie, nieliczni, którzy doznają oczyszczenia z wszelkich żądz, przechodząc rytuał śmierci pełnej tajemnic. Tacy wybrańcy wracają do życia jako wolni na zawsze od grzechu, świątobliwi starcy.

– Rozumiem – kiwnął głową Skórzewski.

Z głębin pamięci wychynęło wspomnienie wykładu profesora Saganowa. Podczas dyskusji ktoś użył sformułowania „śmierć pełna tajemnic". Oczyszczenie duszy poprzez przejście na tamtą stronę. Powracanie ze świata zmarłych. Bzdury? Kto wie... Jeśli kraj oszalał do tego stopnia, że na przemysłową skalę robi się tu czapki z bezdomnych kotów...

– Teraz zwołują się po całej Rusi – mówił dalej staruszek. – Trwa to od tygodni. Ciągną do Orła jak muchy do miodu – powtórzył słowa gepeisty, jakby fraza ta bardzo mu się spodobała. – Nikt nie wie po co, ani nawet oni chyba tego nie wiedzą. Myślałem: Może ktoś puścił między sekciarzy plotkę, żeby ułatwić czerwonym katom robotę, wszak łatwiej wyłapać wszystkich, gdy zbiorą się w jednym miejscu. Słyszeliście o ukraińskich bandurzystach?

– Nie.

– Władze zwołały ich na wielki kongres koło Kijowa. Jak kto nie miał na bilet, to mu zafundowano. Na miejscu chutor, stoły rozstawione, wspaniała wyżerka, wino z krymskich piwnic, siadajcie, towarzysze pieśniarze, jedzcie i pijcie. Rząd bolszewicki szanuje waszą pracę, bierze was w opiekę. Władza ludowa was gości. A po dwóch dniach przyszli czekiści i wystrzelali ich do nogi. Żeby nie śpiewali o dawnych bohaterach. To samo na Ałtaju. Zjazd szamanów urządzono. Przybyła starszyzna kilku plemion, czerwoni obiecali im papiery felczerskie, że niby będzie wolno legalnie ludzi leczyć. Zebrali się i wtedy trach, czterystu ponoć w jedną noc do dołów poszło. Myślałem, że może i chłystom taką niespodziankę uszykowano. Ale widać nie, bo czerwoni dostają kota i wyłapują wszystkich, których zdołają jeszcze po drodze... I zabijają. Leżą potem trupy na poboczach, aż wiosną wilki im zaśpiewają ostatnią już kołysankę na rozwleczenie kości po stepie. A łapią ich łatwo, bo sekciarze i raskolnicy odmawiają przyjmowania sowieckich dokumentów. Czerwona gwiazda jest jak pentagram, symbol szatana. Uważają, że nosić przy sobie coś takiego to jak przyjąć zapowiedziane w Apokalipsie znamię bestii.

– A paszporty zagraniczne?

– Bez zezwolenia na opuszczenie dużych miast są nieważne. Więcej, znamionują kłopoty. A wy do tego pchacie się w sam wir. Wciągnie was i przepadniecie jak kamień w wodzie.

*

Poranek był mroźny. Doktor zeskoczył ciężko na oblodzony peron. Dobre skórzane buty ukrył w schodzonych walonkach staruszka. Pozamieniali nocą ubiór. Złachana kapota okrywała ramiona, grzejąc na szczęście dość przyzwoicie, a przy tym nie zwracała uwagi. Zniszczona tekturowa walizka, wzmocniona na rogach parcianymi wstawkami, też nie powinna przyciągnąć niczyjego wzroku. Tylko laska, choć odrapał ją z lakieru, była nadal ciut zbyt elegancka. Ale jej nie mógł się pozbyć. Po przygodach w Moskwie nie wyobrażał sobie, że mógłby chodzić bez broni.

Kamuflaż okazał się skuteczny. Dobrze odżywiony byczek z OGPU pilnujący peronu leniwie przesunął po Polaku spojrzeniem, ale na szczęście go zignorował.

– Dobra nasza – mruknął lekarz, wychodząc z hali dworca.

Nie poznawał miasta, tak jak wcześniej nie mógł odnaleźć się w Moskwie. Szedł wąskimi, zaśmieconymi uliczkami, których trotuary pokrywał na przemian lód i zdeptany śnieg. Doktor co chwila ślizgał się lub potykał o zamarznięte grudy. Tu i ówdzie sypnięto symboliczną garść piasku lub popiołu. W Orle nie widać było żebraków, za to wszędzie snuli się wcale liczni starcy wyglądający wypisz, wymaluj jak dwaj chłyści aresztowani w pociągu. Postukiwali o chodniki sękatymi kijami, na plecach mieli parciane worki i stare wojskowe tornistry z jakimś dobytkiem. Długie, skołtunione brody dodawały im tajemniczości. Skórzewskiemu przypominali starowierców, których spotykał przed laty na Syberii.

Kierował się w stronę apteki, jedynego punktu zaczepienia, jaki posiadał w tym mieście. Miał nadzieję, że prowizor Stawicz żyje i uda się go odnaleźć. Nie wiadomo, czy nadal jest farmaceutą. Jeśli nie... Trzeba będzie iść na pocztę i zapytać o chłopaka. Jeśli to się nie uda, musi wracać do Moskwy. A pociąg dopiero jutro rano. I do tego trzeba znowu podjąć ryzyko zakupu biletu.

Dotarł na północne przedmieścia. Dobrze zapamiętał. Na niewielkim drewnianym domku wyraźnie widać było stary szyld. Tylko płaskorzeźbę dwugłowego orła, umieszczoną dawniej pośrodku tablicy, potraktowano ciesielską siekierką, a ślad godła niestarannie wyheblowano. Polak stanął pod płotem po drugiej stronie ulicy. Nie widział stąd sprzedawcy. Jakaś staruszka o lasce wyszła, ściskając w ręce słoiczek tabletek. Doktor wszedł do środka. Nie było innych klientów, prowizor, słysząc, że ktoś wchodzi, oderwał wzrok od receptariusza. Rozpoznał gościa natychmiast i na ten widok zasłonił usta dłonią.

– To ty?! – wykrztusił.

– Ja – potwierdził Skórzewski.

Milczeli chwilę, mierząc się niepewnymi spojrzeniami. Widać było, że farmaceuta kompletnie nie wie, co myśleć o tym spotkaniu. Wreszcie zdobył się na odrobinę zaufania. Uśmiechnął się. I nagle tama milczenia pękła.

– Wszelki duch! Myślałem, że uciekłeś z białymi, wróciłeś do Polski... – Zachmurzył się. – Ja nie zdążyłem. Po prostu... A może nie chciałem porzucać dorobku całego życia. Bo ucieczka wymaga odwagi. Dom, sprzęty, rzeczy, księgozbiór, sąsiedzi, przyjaciele, ulubiona kawiarnia, to wszystko wiąże człowieka z miejscem, w którym żyje.

– Rozumiem – powiedział cicho doktor.

On przecież też miał okazję uciekać z białymi, ale wrócił prosto w objęcia śmierci do czerwonego Piotrogrodu, bo żal mu było porzucić wygodne i ładnie urządzone mieszkanko. Bo głupio liczył, że krwawe szaleństwo doprowadzi do rychłej zagłady Sowdepii. Wywinął się cudem. A teraz wrócił prosto w paszczę lwa. Ale przynajmniej gra tym razem warta była świeczki.

– Głupi byłem – słowa prowizora płynęły jak rzeka. – Dom zabrali, sprzęty za bezcen wyprzedałem, żeby mieć pieniądze na chleb dla żony i dzieci. Gdy zbrakło węgla i stołków, ulubionymi książkami w piecu paliliśmy. Sąsiadów wysiedlono, przyjaciół zastrzelono, ulubiona kawiarnia to teraz szynk z najpodlejszą wódą. Tylko ja zostałem, niczym pomnik tego, co było, bez prawa do paszportu, jak uwiązany. Przez swoją głupotę jeszcze córce życie zmarnowałem.

– Rozumiem – powtórzył Skórzewski.

– Ale opowiadaj, gdzie się podziewałeś przez te lata?

– Naprawdę uciekłem. – Doktor wzruszył ramionami. – Byłem w Polsce, potem w Syrii, teraz wróciłem tutaj. Nie. Nie wróciłem, tylko, powiedzmy, wybrałem się na wycieczkę.

– *Gospody pomiłuj!* Nie stójmy tak na widoku! – zreflektował się gospodarz.

Podskoczył do drzwi, umieścił na nich wywieszkę „zamknięte" i przekręcił klucz w zamku. Potem wskazał przybyszowi przejście na zaplecze. W pomieszczeniu było chłodno, szyby niewielkiego okienka zarosły lodem, ale po wejściu z zewnątrz klitka wydawała się ciepła i przytulna.

– Po co przyjechałeś? – zapytał farmaceuta, ale chyba nie oczekiwał odpowiedzi. – Tu przecież jest piekło, prawdziwe piekło. Żyję... Żyję, bo nie mieli fachowców. Większość właścicieli aptek rozstrzelali jeszcze w dwudziestym pierwszym roku. Mnie oszczędzili, bo opatrywałem rannych, nie patrząc, kto biały, kto czerwony. Tylko dlatego mi się upiekło. Choć jakbym wiedział, tobym ich tępym nożem na pobojowisku dorzynał. Stary człowiek, a głupi.

Skórzewski milczał wstrząśnięty. Jego przyjaciel najwyraźniej przeżył za dużo. Z wesołego, skłonnego do żartów prowincjonalnego intelektualisty zmienił się w kłębek nerwów. Chaotyczne słowotoki, które z siebie wyrzucał, wskazywały, że jest z nim naprawdę źle.

– Zrobię herbaty. Marna jest, gruzińska, pół na pół mieszają ją z jakimś sianem, ale lepszej i tak nie sposób zdobyć. To piekło... Zamarznięte piekło. Nie mam samowara, przepadł z mieszkaniem, zresztą po co grzać tyle wody na raz.

Postawił niewielki miedziany czajniczek na stojącej w kącie blaszanej kozie. Wsunął w żar zwitek drobnych wierzbowych gałązek. Oszczędzał polana na noc.

– Przyjechałem, bo uzyskałem informację, że mój krewniak żyje w tym mieście – powiedział lekarz.

– Krewniak... Ach, oczywiście, Sandro, nasz listonosz. Nieraz gadaliśmy, zastanawialiśmy się, co z tobą, bo przez znajomków sprawdziliśmy, że w Piotrogrodzie cię nie ma... Żyje. Może nawet nie jest akurat aresztowany. Bo czasem go zamykają. Biały podoficer, element niepewny, no ale ktoś musi przecież listy i paczki roznosić. Teraz to żadna fucha, trzeba się nadźwigać, aż kręgosłup trzeszczy. Przesyłki tanie, to ludzie sobie kartofle, zboże i mąkę wysyłają, czasem nawet na drugi koniec Rosji. Do tego doszło, kartofle, rozumiesz, w paczce, pocztą... – mówił, jakby sam nie mógł się temu nadziwić.

– Gdzie mogę go znaleźć? Na poczcie? – doktor Paweł przerwał tyradę przyjaciela.

– Ty siedź na tyłku u mnie, jeśli ci życie miłe! Nie pokazuj się na ulicy. Marfa... Pamiętasz moją córkę? Skończy pracę, to go dyskretnie sprowadzi.

*

Siedzieli przy stole. Na tę okazję prowizor wyciągnął większy imbryk. Zaparzyli cienkiej herbaty, chłopak przyniósł trochę źle oczyszczonego brązowego cukru zawiniętego w szary papier. Były nawet „ciastka" upieczone przez dziewczynę – placki kartoflane polane odrobiną melasy. Doktor zauważył, że jego krewniak i córka prowizora mają się ku sobie. Dziewczyna miała jakieś siedemnaście lat, Aleksander dobiegał trzydziestki. Zmężniał, ale zarazem jakby się postarzał. Ciężka praca odcisnęła na nim mocne piętno. Najwyższa pora, żeby się ożenił.

– Wróciłeś po mnie tylko dlatego, że przypadkiem dowiedziałeś się, że żyję? – Krewniak nie mógł w to uwierzyć.

– Rodzina musi sobie pomagać i trzymać się razem – uciął doktor. – Zresztą ty też zrobiłbyś to dla mnie.

– Tak... A przynajmniej bym spróbował.

– Jutro zaczniemy planować ucieczkę – głos lekarza stwardniał. – Waszą też. – Spojrzał na przyjaciela i jego córkę.

– To nie będzie łatwe. – Stary aptekarz poskrobał się po głowie. – Będzie to tym trudniejsze, że tu, w Orle, szykuje się nieziemska wręcz awantura i gepeiści przez kolejne tygodnie będą ganiać po mieście i okolicy jak rozjuszone szerszenie.

– Słyszałem. Chłyści zbierają się tu na jakiś swój konwentykl – mruknął doktor.

– Podobno do miasta przybył przywódca sekty – powiedział Aleksander. – Zapraszają wszystkich mieszkańców jutro na placu za stacją towarową na nocne nabożeństwo. OGPU zgłupiało.

– Nie mogą ich po prostu wyłapać? – zdziwił się Skórzewski.

– Nijak. Mają może trzydziestu funkcjonariuszy, a sekciarzy zebrało się dobrych kilka tysięcy. I nie są to potulne owieczki, które pozwolą się poprowadzić do tiurmy! Gdy przechodziłem koło rejonowej siedziby OGPU, szykowali się jak do ciężkiego oblężenia. Okiennice na piętrze zabite deskami, tylko strzelnice wypiłowane. Na parterze worki z piaskiem... Robią w gacie ze strachu.

– Nie podoba mi się to – mruknął Stawicz. – Przecież to jawny bunt. Czerwoni nie puszczają takich rzeczy płazem. Z pewnością wezwali już posiłki, może wojsko. Jeśli dojdzie do pacyfikacji miasta... Raz już to przeżyłem! – Wzdrygnął się.

– Trzeba znieść zapasy do piwniczki? – zapytała Marfa.

– Chyba tak – westchnął ciężko.

– Nie wiem jak wy, ale ja wybieram się jutro zobaczyć to zgromadzenie i chcę posłuchać ich przesłania – powiedział Aleksander. – Nieczęsto ostatnio dane mi było słuchać ludzi, którzy mówią, co myślą.

– Nie chcesz się przypadkiem zapisać do tego wesołego bractwa? – Wuj łypnął na niego okiem. – Bo wiesz, te orgie to głównie plotka. O Rasputinie gadali masę rzeczy, a potwierdziło się z tego niewiele.

Aleksander roześmiał się pierwszy.

– W zasadzie wiem o doktrynie chłystów tyle co wszyscy – odezwał się prowizor. – Ale jak zrodziła się tak dziwaczna sekta?

– Nie mam pojęcia. – Skórzewski rozłożył ręce. – Miałem w życiu trochę do czynienia ze starowiercami, ale przyznam, że niewiele ich łączy.

– Mogę opowiedzieć o ich początkach – odezwał się Sandro. – Nieraz mi różni ludzie opowiadali...

– Zatem słuchamy. – Farmaceuta nabił fajkę mieszaniną jakichś paździerzy.

Sądząc po woni dymu, mieszanka zawierała śladowe domieszki tytoniu.

– Wiele lat temu na świętej Rusi żyła sobie para staruszków. Mieszkali we wsi Makłakow. Oboje dobiegali stu lat. Nie mieli potomstwa. I nieoczekiwanie, jak na pośmiewisko dla całej wsi, babcia zaszła w ciążę i porodziła syna, którego nazwano Iwan Susłow. Nikt we wsi nawet się nie domyślał, że tak pod postacią prostego mużyka przybył ponownie na ziemię sam Chrystus. Susłow, gdy dorósł, wyjawił swoje posłannictwo. Zebrał sobie dwunastu apostołów i wraz z nimi wędrował brzegiem Wołgi, głosząc swoją naukę o zbawieniu poprzez grzech. Dowiedział się o tym car Aleksy Michajłowicz. Jego siepacze przywlekli Susłowa do Moskwy, gdzie na rozkaz cara został ukrzyżowany na murach Kremla. Trzeciego dnia Susłow zmartwychwstał i objawił się swoim uczniom. Car jednak był zawzięty. Susłowa porwano i obdarto żywcem ze skóry, po czym porzucono na kupie gnoju, gdzie skonał. Jednak trzeciego dnia skazaniec znowu zmartwychwstał i ponownie objawił się uczniom. Car nakazał więc schwytać go po raz trzeci i tym razem spalić żywcem. Do egzekucji jednak nie doszło, bo caryca urodziła syna i ogłoszono powszechną amnestię, która objęła nawet tak niebezpiecznego heretyka – wyjaśnił Aleksander.

– Z punktu widzenia normalnego człowieka to kompletne brednie – mruknął doktor. – Z punktu widzenia człowieka wierzącego to herezja i bluźnierstwo. Ale współczujemy im, bo są jak zaszczuta zwierzyna. Za swoją wiarę, może głupią i szaloną, ale szczerą, są tropieni i mordowani przez czerwonych.

– Ja też żyję tu jak zwierzę, wtłoczone do zbyt ciasnej klatki i czekające na ubój. Więc ich rozumiem... – westchnął Aleksander.

– To mi przypomina historię sekty skopców – powiedział prowizor. – Dziś już ich nie ma. Chyba. Bolszewicy wszystkich wytłukli. Skopcy wierzyli, że tak długo, jak długo wśród nich znajdą się białe gołębie, nie nastąpi apokalipsa.

– Białe gołębie? – podchwyciła Marfa.

– Tak nazywali się członkowie sekty gotowi poddać się dobrowolnej kastracji. Część przyjmowała tak zwaną małą pieczęć, ucinano im jądra. Większość wielką pieczęć, odcinano im wszystko – wyjaśnił jej ojciec.

Dziewczyna zaczerwieniła się.

– Pamiętam taką sprawę sądową, to był chyba rok dziewięćdziesiąty... – wszedł mu w słowo lekarz. – Pewien kupiec wędrował przez Syberię i w drodze spotkał sympatycznego towarzysza. Szli razem, nieznajomy bardzo ciekawie opowiadał o wierze i o Chrystusie. Zanocowali w zajeździe, w jednym pokoju. Jak to bywa, do kolacji wypili dużo wódki. Wreszcie kupiec zmorzony alkoholem zasnął...

– Oczywiście gdy obudził się rano, spostrzegł brak walizki i pieniędzy? – domyślił się chłopak.

– Gorzej. Gdy obudził się rankiem, okazało się, że w nocy został przyjęty do sekty – wyjaśnił Skórzewski z kamienną twarzą. – Jak więc widzisz, z tymi sekciarzami trzeba bardzo uważać. Wiara budzi silne emocje. A w ślad za nimi mogą iść działania zupełnie szalone.

– Była jeszcze gorsza herezja, za czasów Piotra Pierwszego – mruknął aptekarz. – Zwali ich samoźreńcami. Z rozkazu cara wybito cały klasztor do nogi. Żyli w osadzie gdzieś na Syberii. Wierzyli, że Boga trzeba przebłagać za grzechy innych ludzi czynami, a nie modlitwą. Dlatego co jakiś czas któryś z braci dokonywał samospalenia... Jeśli dodamy do tego różne odłamy starowierców praktykujące rozmaite formy religii oraz różne nowe sekty mnożące się z błogosławieństwem bolszewików, prawosławie może się nam wydać beczką pełną kotów.

– Żywa cerkiew – przypomniał sobie Skórzewski. – Wspominały o tym również nasze gazety. Bez ikonostasów, sprzęty liturgiczne ze zwykłego metalu, odrzucenie całego przepychu i maksymalne uproszczenie liturgii.

– Zdrajcy i sługusi czerwonych. – Prowizor splunął. – Ale i tego mało. W Piotrogrodzie i Moskwie za przyzwoleniem władz już nawet oficjalny, legalny kult szatana się rozwinął... Spać już pora – mruknął, patrząc na zegar.

Teraz i Paweł poczuł nieludzkie zmęczenie.

*

W nocy mróz trochę jakby zelżał. Sandro przyszedł zaraz po śniadaniu. Długo tupał w sieni, otrząsając śnieg z walonków.

– Dziś niedziela – mruknął doktor, patrząc w okno.

– Przerażająco cicha niedziela bez bicia kościelnych i cerkiewnych dzwonów – dodała Marfa. – Większość skonfiskowano jeszcze podczas wojny domowej i przetopiono na zapalniki do pocisków. Kilka starych zostało, ale zakaz... Prawie wszystkie cerkwie zamknięte. Ludzie żyją bez Boga już piąty rok.

Skórzewski rozłożył mapę na wolnej części stołu.

– Najlepiej byłoby uciekać pociągiem do Moskwy i stamtąd ku granicy. Problem w tym, że Aleksander nie ma żadnych dokumentów, tylko tymczasowe poświadczenie tożsamości wystawione przez OGPU, ważne jedynie na obszarze miasta. Wy dwoje macie paszporty, ale brak zezwoleń na podróż.

– Nie zajedziemy z tym daleko, pierwsza kontrola i wpadka murowana – rozłożył ręce prowizor. – Zresztą nie zapominaj, że ty też jesteś tu kompletnie nielegalnie! To cud, że udało ci się dotrzeć do Orła!

– Jechać na południe, nad Morze Czarne? – podsunął chłopak. – Ukradniemy byle łódkę i tyle nas widzieli, umiem przecież żeglować, znam się na nawigacji. Nie wiem tylko, jak ze strażą przybrzeżną.

– Pomysł sam w sobie dobry i mogłoby się udać... – westchnął jego wuj. – Jednak mamy ten sam problem. Trzeba tam dojechać. To z pięćset wiorst. Latem można by spróbować iść lasami. Ale zimą? Potrzebne fałszywe dokumenty i *podorożna*.

– Tylko skąd je wziąć? – westchnął Stawicz. – W Moskwie z pewnością funkcjonuje czarny rynek, tam byłaby szansa złapać namiary na fałszerzy, ale tutaj?

– Tutaj trzeba zdobyć dokumenty prawdziwe – rzekł zuchwale doktor. – Wykraść blankiety albo skorumpować któregoś z lokalnych urzędników... Mam trzysta rubli złotem. Co o tym myślisz? – Spojrzał na córkę przyjaciela.

– Skorumpować byłoby bardzo trudno – pokręciła głową dziewczyna. – Urzędnicy są na każdym kroku starannie kontrolowani zarówno przez OGPU z Orła, jak i przez rewizorów zewnętrznych. Boją się własnego cienia. W dodatku inny urząd wypisuje dokumenty, a inny je zatwierdza i stempluje. A *podorożne* w ogóle wystawia jeszcze trzeci. No i trzeba mieć naprawdę duże pieniądze.

– Co więc moglibyśmy zrobić?

– Swobodnie po kraju poruszają się tylko członkowie partii i funkcjonariusze OGPU. Ale nas z takim pochodzeniem nie przyjmą ani do bolszewików, ani nawet na ich siepaczy – zażartował gorzko Stawicz.

*

Nad miastem zapadał zmrok, gdy doktor Skórzewski i jego młody krewniak przeszli przez torowisko i omijając płot stacji towarowej, stanęli w zagajniku opodal miejsca spotkania. Z niewielkiego pagórka mieli dobry widok. Nie ich jednych zainteresowała nocna uroczystość. Mieszkańcy miasta ciągnęli przez śniegi pojedynczo lub niewielkimi grupkami.

Śpiew usłyszeli już z daleka. Potem ujrzeli blask licznych ognisk. Na rozległym placu składowym opodal dworca zebrało się kilkanaście tysięcy sekciarzy. Doktor od razu zrozumiał, dlaczego milicja i OGPU do tej pory nie odważyły się podjąć zdecydowanych działań. Bradiagów było w mieście po prostu zbyt wielu. Wszyscy bez wyjątku nosili brody, a znaczący odsetek stanowili mężczyźni w sile wieku. Zgromadzeni mimo siarczystego mrozu pozdejmowali kurtki i kapoty, pozostając w samych koszulach. Zaczynał się obrzęd. Śpiew ucichł.

– W życiu czegoś podobnego nie widziałem – szepnął lekarz.

Pośrodku tłumu ustawiono beczkę gorzałki. Wstąpił na nią wysoki, długowłosy, brodaty mężczyzna.

– To Wasilij, ten, który głosi, że jest Chrystusem – szepnął Aleksander.

Skórzewski skrzywił się, ale nic nie odpowiedział.

– Bracia! – w ciszy zimowego wieczora rozległ się nieoczekiwanie donośny głos samozwańczego proroka. – Przyjaciele i uczniowie. Apostołowie moi. Czas dobiega końca. Tam, w Moskwie – machnął dłonią na północ – zapada mrok. Jak ja zstąpiłem pomiędzy was, tak tam zstąpił Antychryst. Jak ja przyjąłem cielesną powłokę mużyka Wasilija, tak on zamieszkał w ciele człowieka, którego zwą Lenin. A przybył tu, bo zgnuśnieliśmy i zatraciliśmy się w żądzach i płynących z nich występkach. Niech surowa pokuta będzie naszą zapłatą za grzechy Rusi i jej ludu. Całej Rusi i całego ludu.

Zrobił pauzę dla wzmocnienia efektu i podjął przemowę.

– Antychryst przyjść ma u końca czasów, ja jednak powiadam wam: jeszcze nie czas. Przybył zbyt wcześnie. Musimy odesłać go do piekła. To zadanie, dla którego zebrałem was tutaj. Zadanie, dla którego na mój zew ciągnęliście na to pole z całej Rosji i spoza jej granic. To zadanie, które wypełnimy tej nocy. Albowiem żyć na świętej Rusi nie może Antychryst, ciało ludzkie przybrać musiał. To ciało unicestwione zostanie naszą modlitwą i naszą ofiarą.

Będą się bić rózgami, pomyślał lekarz, widząc, jak ostatni sekciarze w pośpiechu ściągają kapoty.

Ale to, co nastąpiło, wprawiło go w kompletne zdumienie. Zgromadzeni schylili się. Zalśniło krwistą czerwienią rozpalone żelazo.

– O Boże – jęknął Aleksander.

W ogniskach rozgrzano do czerwoności łańcuchy, druty, pręty i stalowe linki od sygnalizacji kolejowej. Znowu rozległa się pieśń, a po chwili zagłuszyły ją straszliwe wrzaski bólu.

– Nie bójcie się śmierci. – Prorok uderzył się po plecach dwoma łańcuchami. – Ofiara nasza jest święta i cel nasz jest święty! Nie ustawajcie w czynieniu pokuty! Zbliża się ostatnia godzina Antychrysta.

Ktoś upadł w śnieg, może nieprzytomny, może martwy. Do obserwatorów dobiegały jęki ekstazy, okrzyki bólu... Sekciarze chłostali się jakby w amoku, niektórzy wymieniali stygnące już łańcuchy na świeżo rozgrzane.

– Kompletna pogarda dla życia, dla ciała, które jest darem Boga – mamrotał Aleksander. – Oszaleli...

– Chodźmy stąd – zadecydował doktor. – Im już nie pomożemy.

– Tak, chodźmy, nic tu po nas. – Sandro wyglądał, jakby miał zemdleć.

Szli ledwo widoczną ścieżką wzdłuż płotu otaczającego dworzec towarowy. Na szczęście wzeszedł księżyc, bo bez niego bez przerwy by się potykali. Za parkanem rozległ się zgrzyt prowadnic drzwi wagonowych. Wędrowcy posłyszeli szmer głosów i krótkie szczeknięcia rozkazów. Doktor zaciekawiony zajrzał przez dziurę po sęku.

Na bocznicy stał pociąg towarowy. Co najmniej kilkudziesięciu mężczyzn w drelichowych mundurach wyciągało z wagonów jakieś przedmioty, a potem, klnąc i sapiąc, niosło na własnych barkach w stronę kilkunastu ciężarówek.

– Rany boskie! – szepnął Aleksander patrzący przez sąsiedni otwór. – To przecież...

– Karabiny maszynowe! Podjadą samochodami i otworzą ogień! Już kończą wyładunek. Trzeba... Musimy ostrzec chłystów i gapiów, tam za chwilę będzie rzeźnia!

– Biegiem!

Puścili się na złamanie karku. Skórzewski niemal od razu zaczął zostawać w tyle.

– Zaczekaj tu! – rozkazał Aleksander. – Ja pobiegnę ich ostrzec.

Rzucił się pędem. Doktor truchtał za nim twardo, ale oczywiście nie zdołał go dogonić. Przystanął w cieniu drzew. Sapał jak parowóz, kłuło go w boku, serce trzepotało w piersi. W blasku księżyca widział, że chłopak jak kozica sadzi w kierunku płonących ognisk. Już wbiegł w rzucany przez żar krąg blasku... I nagle lekarz zrozumiał, że jest za późno. W mroku rozległ się warkot silników. Po lewej, od strony szosy, zabłysły światła reflektorów samochodowych. Spod podniesionych plandek sterczały lufy kulomiotów. Ktoś wystrzelił rakietę i w jednej chwili wszystkie karabiny okryły się parą. Doktor spostrzegł jeszcze, jak krewniak pada w śnieg, a potem wszystko utonęło w jednostajnym huku wystrzałów. Ból w piersi odebrał mu dech, Skórzewski powoli osunął się na kolana, w śnieg.

*

– Imię, otczestwo, nazwisko. – Śledczy rąbnął na odlew.

Cios zrzucił lekarza z krzesła.

– Przecież to wszystko jest w dokumentach – zdumiał się Skórzewski, patrząc, jak krople krwi kapią leniwie na deski.

Kolejny cios był znacznie mocniejszy. Sztuczna szczęka doktora potoczyła się po podłodze. Niewielki pokoik przesłuchań zatańczył mu przed oczyma.

– Odpowiadać na pytania! – szczeknął gepeista.

Nie zna łacińskiego alfabetu, zrozumiał doktor.

– Paweł Skórzewski – powiedział na głos. – W Polsce nie używamy otczestw.

– Gdzie urodzony?

– Na katordze usolskiej. Ojciec był zesłany do warzenia soli, piętnaście lat katorgi i osiedlenie. – Powoli podniósł się z podłogi.

– *Lachy miatieżniki!* – Oprawca z wrednym uśmiechem rozdeptał szczękę podkutym sabotem.

– Wrogowie caratu – odgryzł się lekarz. – Wrogowie waszych wrogów. Zresztą masa naszych służy bolszewii. Na przykład – tu skrzywił się – towarzysz Dzierżyński, towarzysz Marchlewski, towarzyszka Krupska...

I znowu oberwał. Przypomniał sobie spotkanie z Dzierżyńskim. „Krwawy Feliks" kazał go wtedy wypuścić. Gdyby powołać się na tę znajomość? Nie, to nic nie da... Usiadł na krześle. Znowu oberwał.

– Ty kanalio, nie myśl sobie, że to jakaś zasługa. Sami cara wykończyliśmy, a teraz was wykończymy, my nie mamy przyjaciół ani sojuszników. – Osiłek uniósł pięść. Bicie bezbronnego starca sprawiało mu widoczną przyjemność.

– Tak po prawdzie to cara Aleksandra w powietrze wysadził Polak, Ignacy Hryniewicki – lekarz nie zdołał utrzymać języka za zębami i znowu cios pięści zrzucił go z krzesła.

To wszystko bez sensu, pomyślał, patrząc, jak kolejne krople krwi z rozbitego nosa znowu rozpryskują się na dechach. W ich działaniach nie ma żadnej logiki. A może jest? Zabić wszystkich. Wrogów, potencjalnych wrogów, sojuszników, przyjaciół. Zgarnąć całą pulę. Nie dzielić się z nikim łupami. Tak, to ma sens. Tylko co mam z tym fantem zrobić? Jak się ratować z tej rzeźni? Nijak. Przepadłem jak śnieżynka w piekle. Jeszcze myślę, jeszcze oddycham, ale de facto już mnie nie ma. Za dziesięć minut, za piętnaście wyprowadzą mnie z tej chaty i zastrzelą. Z drugiej strony właściwie co mi szkodzi? Niech strzelają na zdrowie. Nie mam już na tym świecie absolutnie nic do roboty. Gdyby chociaż były fundusze na badania pleśni. Wtedy istotnie byłoby czego żałować. A tak? Przeżyłem swoje. Ba, przeżyłem i zobaczyłem tyle, że i dziesięć życiorysów by zapełnił. Aleksander zginął, to i mnie nic już tu nie trzyma. Pora na tamtą stronę.

Kolejny cios przewrócił go razem z krzesłem. Co się stało? A tak, zdaje się, zamyślony przegapił jakieś pytanie...

– Zabrać to polskie ścierwo, rano zabierzemy się za niego na poważnie – warknął oprawca.

Strażnicy musieli czekać pod drzwiami, bo weszli od razu. Podnieśli doktora z podłogi. Gęba tego niższego wydała się Skórzewskiemu jakby znajoma. Gdzieś go już spotkał. Kiedy? Gdzie? Strażnik nieznacznie zmrużył jedno oko i przyłożył palec do warg. A zatem faktycznie spotkali się już kiedyś. Ale gdzie?

Posterunek OGPU urządzono chyba w starej szkole. Korytarz biegnący na przestrzał, duże pomieszczenia po prawej i lewej, schodki na piętro, pewnie kiedyś były tam mieszkania nauczycieli. Uczestnicy akcji pacyfikacyjnej wypełniali budynek niemal na sztywno. Przez uchylone drzwi widział ich paskudne gęby. Niektórzy spali na słomie. Część czyściła broń. Ci, którzy nie mieli nic do roboty, rżnęli w karty. Zobaczył parę butelek po wódce. Widać nawet oni musieli jakoś zagłuszyć sumienie. Dym papierosowy snuł się niczym poranne mgły nad norweskim fiordem.

Mróz uderzył doktora w twarz, poczuł, jakby wychluśnięto nań wiadro lodowatej wody. Oprzytomniał i rozejrzał się. Przestrzeń wokół budynków otaczał wysoki parkan z desek. Ciasny dziedziniec zastawiony był ciężarówkami. Płonęło tu kilka ognisk, przy których grzali się oprawcy. Poprowadzono go pod ścianę sąsiedniego budynku. Przylegał do niej rząd murowanych komórek. Zapewne przed rewolucją nauczyciele trzymali w nich węgiel, może hodowali króliki. Teraz drzwi wzmocniono stalowym płaskownikiem i zaopatrzono w potężne skoble. Doktora wepchnięto do tej na wprost. Drzwi zatrzasnęły się.

Skórzewski rozejrzał się z rezygnacją. Ciemno było, choć oko wykol, ale coś tam zdołał dostrzec. Klitka była niewielka, może dwa na dwa metry, ot tyle, żeby się położyć na wiązce pokruszonej zeszłorocznej słomy. Wewnątrz pomieszczenia panował przenikliwy ziąb, ale jedna ze ścian, ta przylegająca do sąsiedniego budynku, była ciepła, widocznie mur od drugiej strony podgrzewał żeliwny piecyk. Skórzewski obejrzał ściany, potem starannie obmacał drzwi. Przyjrzał się też sufitowi. Postukał obcasem w podłogę.

– Kuso – westchnął.

Usiadł ciężko na słomie i oparł się o ścianę. Grzał plecy.

Jeśli nie zagaszą ognia, przeżyję tę noc, pomyślał, wtulając się w mur.

Krew z rozbitego nosa i warg powoli zaczęła krzepnąć. Doktor, półleżąc, długo przeglądał w pamięci kartotekę swoich pacjentów. Nic sensownego mu nie zaświtało. Zresztą tyle tysięcy ludzi przeszło przez jego ręce. Któryś z portowych bandziorków, katorżników i bindużników najwidoczniej przyłączył się do czerwonych i został agentem OGPU.

Może w imię starej, eee... przyjaźni da mi chociaż kawałek chleba... – myśli płynęły coraz mniej składnie. Chyba że coś spaprałem, jak go leczyłem, i przyjdzie wsadzić mi za to nożyk pod żebro. W sumie to też niegłupie rozwiązanie, uniknę dzięki temu śledztwa, tortur...

Wreszcie zasnął. Obudził go blask latarki. Przed nim kucał „znajomy".

– Pamiętacie mnie, doktorze? – zapytał.

– Nie pamiętam – westchnął lekarz. – Twarz wydaje mi się znajoma, ale nie umiem jej nijak dopasować. Nie wiem, gdzie i kiedy się spotkaliśmy.

– Lato piętnastego roku. Szpital polowy w Chełmie... Nogę mi chcieli amputować, ale pan się upierał, że ją uratujemy.

– Nie pamiętam... – Rozłożył bezradnie ręce. – Tyle było podobnych przypadków...

– Nic nie szkodzi. – Agent uśmiechnął się krzywo. – Ważne, że ja zapamiętałem. Posłuchali was i proszę, wygoiło się. Nie bardzo mogę wam pomóc, ale coś tam da się zdziałać. Zwieźli na tę akcję ponad pięciuset ludzi z trzech różnych obwodów. Bajzel na kółkach. Część już pojechała, reszta jedzie rano, niektórzy dopiero wracają, bo pilnowali grzebania trupów. My też niedługo ruszamy dalej. Wypuszczę was, potem zamknę celę. Klucz „się zgubi". Zobaczą, że was nie ma, pewnie pomyślą, że ktoś zabrał do więzienia obwodowego. Zanim sprawdzą i zaczną szukać, minie kilka dni. A może w ogóle nie zaczną szukać? Tu macie swoje dokumenty i przepustki. – Wetknął mu plik blankietów. – Z nimi nikt was nie zatrzyma... I weźcie nóż. Jakby dognali, wiecie, gdzie bić albo i siebie ciąć. – Szeroka klinga błysnęła. – I wasza laska.

– Dziękuję.

– Nie ma za co. Uciekajcie. Brama tylko przymknięta.

Skórzewski nie dał sobie tego dwa razy powtarzać. Wyskoczył z komórki. Chłód styczniowej nocy znów uderzył go jak młot. Przez chwilę zawahał się, nieomal zapragnął wrócić do celi. Dziedziniec nadal zastawiony był ciężarówkami. Co mówił staruszek z pociągu? Wtulić głowę w ramiona, spuścić wzrok? Nie. Teraz właśnie musi iść sztywno, patrzeć hardo. Gdyby kogoś spotkał, powinien wyglądać jak człowiek, który ma pełne prawo tu przebywać. Z budynków dobiegały głosy pijackiej hulanki.

Ukraść samochód – myśl przemknęła mu przez głowę i zgasła.

Przez burtę jednego z pojazdów przewieszony był skórzany czekistowski płaszcz. Doktor przywłaszczył go sobie. Płaszcz zesztywniał na mrozie, ale dało się go założyć. Każda dodatkowa warstwa ubrania będzie tej nocy na wagę złota. W kieszeni znalazł stare skórzane rękawice.

Jeszcze lepiej, pomyślał, patrząc na naramienniki. Teraz jestem oficerem OGPU. Niech się tylko któryś odważy mnie zatrzymać...

Zacisnął dłoń na lasce. Niepotrzebnie. Potykając się w ciemności o bryły zmrożonej ziemi, przemknął jak duch przez uchyloną, niepilnowaną bramę. Mimo nocy widział pokryte śniegiem rozległe pola, dachy domów jakiejś wioski i ciemną kreskę lasu. Oddalił się od muru, potem pobiegł drogą w stronę zagajnika.

Byle tylko nie puścili psów – myśli tłukły mu się rozpaczliwie, gdy wpadł pomiędzy sosny. Muszę mieć dwie, może trzy godziny przewagi... Wtedy jest szansa. Chociaż z jednym psem może jeszcze sobie poradzę. Jeśli dogonią, mam nóż i szpadę w lasce. Drogo sprzedam życie...

I naraz uśmiechnął się gorzko. Gdzie tam, przecież ci, którzy ruszą w pościg, będą mieli karabiny i nagany. Nawet najlepsza klinga nie obroni go przed kulą. Spojrzał z nadzieją w niebo, szukając gwiazd. Niestety, nie było ich widać, chmury zasłoniły wszystko. Może chociaż śnieg spadnie, zasypie ślady... Przeszedł jakieś dwa kilometry i zszedł ze szlaku pomiędzy drzewa.

– Diabli nadali – mamrotał, brnąc przez zaspy. – Krewniaka nie uratowałem i jeszcze sam zginę.

Starał się trzymać jednego kierunku marszruty – na wprost. Byle dalej od posterunku i tymczasowego aresztu. Wzeszedł księżyc, przeświecał słabo przez chmury. Zaczął prószyć śnieg. Gdzieś daleko zawył wilk, po chwili zawtórował mu drugi, bliżej. Doktor zacisnął dłoń na rękojeści noża. Ale zwierzęta szukały widocznie innego łupu. Zdobyczny płaszcz dobrze chronił przed wiatrem i mrozem, ale uda i łydki, choć był w ciągłym ruchu, skostniały z zimna. Palców u stóp już nie czuł. Przemarzły walonki, przemarzły buty, przemarzły grube wełniane skarpety.

Odwykłem, pomyślał. A do tego jestem o wiele za stary na takie przygody. Siedemdziesiąt lat na karku, do cholery jasnej! W tym wieku siedzi się przed ciepłym kominkiem, bawi wnuki i przy szklaneczce czegoś dobrego snuje dziaduniowe wspominki! Trzeba się było ożenić!

Spojrzał na zegarek, na szczęście mu go nie zabrali. Na szerokim skórzanym góralskim pasku miał nawet malutki kompasik. Pokryty solami radu cyferblat połyskiwał. I naraz uciekinier poczuł przypływ nadziei. Przeszło trzy godziny temu wyrwał się na wolność. Zadymka utrudni pościg... zasypie ślady. Ba, już je zasypała. Żaden pies nie zdoła iść tym tropem. Pierwszy problem rozwiązany. Teraz musi tylko znaleźć schronienie, w którym przeczeka noc. Rano spróbuje zorientować się, gdzie jest. Wieźli go autem jakieś pół godziny. Chyba na północ. Wracać do Orła? Kiepska sprawa... Ale to, niestety, jedyna możliwość. A teraz – byle dożyć rana!

I naraz doktor wyszedł na brzeg rzeki. Szeroka, gładka jak stół lodowa tafla ciągnęła się z północy na południe. Po drugiej stronie spostrzegł przecinkę i wychodzący w lód pomost. Przypomniał sobie, jak w młodości szalał na łyżwach po Angarze, daleko na wschodzie, za Uralem... Stanął na lodzie, postukał obcasem. Dźwięk był dobry, tafla się nie załamie. Przebył koryto. Pomost był stary, wielokrotnie go naprawiano. Obok nakryta czapą śniegu leżała zapomniana pryzma głazów. Może planowano budować tu przyczółek mostowy, ale zapomniano z jakiegoś powodu o tych planach? Lekarz, posługując się nożem, wyłupał z konstrukcji dwa kawałki grubego drutu i dwa kawałki drewnianych łat. Ociosał drewno nożem. Na szczęście klinga była masywna i ostra jak brzytwa. Kawałkiem kamienia sklepał trochę metal. Zakuł, zawijając o końce desek. Podpolerował o złom piaskowca. Dłonie mimo rękawic kompletnie zgrabiały.

Trzeba było palić fajkę albo papierosy, rozmyślał. Miałbym w kieszeni zapalniczkę. Albo zapałki. Rozpaliłbym ognisko, poczuł choć trochę ciepła...

Długo rozcierał palce i trzymał pod pachami, nim się choć trochę zagrzały. Wiedział, że to niewiele pomoże. A potem odruchowo sięgnął do kieszeni płaszcza. Znalazł kawałek kiełbasy zawinięty w gazetę, woreczek z tytoniem, były też zapałki i coś obłego. W pierwszej chwili doktor sądził, że to jajko albo granat, ale ku swojemu zaskoczeniu wydobył żarówkę.

– Zasrani bolszewicy! Wszystko kradną – mruknął z mieszaniną pogardy, odrazy i zarazem chorobliwej fascynacji takim upadkiem ludzkiej godności.

Ułożył małe ognisko. Dopiero piątą zapałkę udało się zapalić. Po chwili grzał zgrabiałe palce. Rozpiął ubranie, by trochę ciepła przenikło głębiej. Ogień kusił, by posiedzieć w cieple, zdrzemnąć się choć na chwilę. Przemógł się. Zasypał płomyk kamieniami. Wyplótł z pasa dwa rzemienie i przymocował zaimprowizowane łyżwy do butów. Żal było porzucać ognisko. Ale wiedział, że musi. Jeśli ucieczka ma się udać, liczy się każda minuta. Stanął na lodzie i od razu się skrzywił. Drut był zbyt obły, nie czepiał się dobrze lodu. Do biegu naprzód jakoś się nadadzą. I do niczego poza tym. Na szczęście wiatr zmienił kierunek. Bił teraz z północy. Przemrozi go na wylot, ale za to do rana można zrobić i ze czterdzieści kilometrów. Jeśli to Oka, z jej biegiem trafi w końcu do Orła. Jeśli nie... Byle przedrzeć się tylko te pięćset kilometrów na południe. Nad Morzem Czarnym ukradnie łódkę. Da przecież radę. A teraz oddali się kawałek z biegiem rzeki, może tam znajdzie opuszczoną przystań albo porzuconą chatę, w której będzie można przespać dzień.

W górach żarłoczny nie pożarł mnie zwierz,
Kule strażników chybiły w zamieci,
Mróz mnie nie zabił ni ogień, ni głód,
Cudem zdołałem ujść śmierci.

Nucił pod nosem katorżniczą piosenkę, mknąc po gładkiej tafli.

Wiatr dął mu prosto w plecy, lekarz nie musiał nawet odbijać się mocno, wystarczyły lekkie korekty, a mknął jak na wyścigach. Świtało, gdy za zakrętem rzeki zobaczył zabudowania Kasianowki. Poczuł ulgę.

– To Oka – mruknął. – Jasne, wieźli mnie na północ, a czego się spodziewałem, nie ma tu przecież innej dużej rzeki. Demencja mnie ogarnia, czy może raczej od tego zimna mózg nie pracuje?

Przyspieszył. Minął zabudowania wsi i za kolejnym zakrętem zobaczył miasto. Wiatr miał znowu w plecy, mknął jak stalowa kula tocząca się po szkle. Wreszcie podjechał do brzegu, odczepił łyżwy i opłotkami powlókł się do apteki. Zapukał cicho w szybę wystawy. Stary prowizor zapalał właśnie lampę naftową. Na jego widok wytrzeszczył oczy. Otworzył drzwi.

– Żyjesz?! – zdumiał się. – Myślałem, że wszystkich was tam, koło stacji... Chwała Bogu! A Sandro?

– Aleksandra zabili – szepnął Skórzewski. – Poległ bez sensu, ale jak bohater... Mnie złapali, zdołałem jednak uciec. Wyobraź sobie, trafiłem na starego pacjenta, pomógł mi.

– Chwała medycynie!

Lekarz zatoczył się i byłby upadł, ale farmaceuta go podtrzymał.

– A ja gadam i gadam, a ty pewnie głodny... I przemarznięty.

– Tak. Głodny – potwierdził Skórzewski. – Bardzo głodny – dodał cicho. – I zamarzłem prawie na śmierć.

Prowizor zawołał córkę. Trąc zapłakane oczy, naszykowała ręcznik i czyste, suche ubranie. W łaźni na szczęście było jeszcze ciepło. Zaraz dołożyli drew do pieca. Lekarz powoli zzuł przemoczone buty. Palce były sine, nie miał w nich czucia. Powoli rozgrzewał je w wodzie, najpierw zimnej, potem letniej, następnie dolał ciepłej. Zabolały. Solidnie odmrożone... Palce u rąk miał zaczerwienione i też czuł w nich ból, ale były chyba w lepszym stanie. Wreszcie mógł cały zanurzyć się w naprawdę gorącej wodzie. Odmakał. Ciepło przenikało w głąb ciała, rozgrzewało kości. Teraz bolały go też przedramiona, uda i łydki.

Co dalej? – zastanawiał się. Uciekać... Tak. Trzeba uciekać. Na południe. Tu nie mogę zostać. Nie wolno narażać życzliwych ludzi. Ale... diabli nadali tę zimę! Może zostanę choć do wiosny, będę się ukrywał w tej bani...

Zakaszlał i szarpnął się. Zachłysnął się wodą? Ach tak, zasnął w kąpieli. Wytarł się ręcznikiem. Założył grubą flanelową koszulę i sweter. Śniadanie zjadł z aptekarzem na zapleczu. Składały się na nie jajecznica z dwu jajek na symbolicznym kawałku boczku, pół bochenka ciemnego komiśniaka i kieliszek „koniaku” z rodzynek namoczonych w buraczanym samogonie.

Skórzewski wychylił tylko jeden kieliszek i byłby runął z krzesła, ale dziewczyna go podtrzymała.

– Spać! – poleciła stanowczo, wskazując swoje łóżko.

Potulnie pozwolił się położyć. Nakryli go grubą puchową kołdrą. To było ostatnie, co zapamiętał. Sen nakrył go z głową jak wzburzona morska fala.

*

Ból... Ciepło. Ból. Delikatny zapach lawendy. Szorstki dotyk czystej, nakrochmalonej płóciennej poszewki. Doktor Skórzewski powoli rozchylił powieki. Za oknem ciemno. Zatem wieczór. Przespał cały dzień... Marfa coś cerowała. Prowizor siedzący opodal studiował blankiety w świetle lampy naftowej.

– Człowieku, to, co ci dali, to prawdziwy skarb! – powiedział, widząc, że gość już nie śpi. – Przepustki OGPU, w dodatku z pieczątkami centrali w Moskwie! Masz taki papierek i jedziesz, gdzie chcesz. Jak cię kto zapyta o dokumenty albo pozwolenie, każesz mu spier... – ugryzł się w język. – Przepraszam, chamieje człowiek – bąknął.

– A gdybym zechciał wsiąść w pociąg na Krym?

– Żaden problem, choć odradzam Sewastopol. To już strefa nadgraniczna. Aczkolwiek rozumiem, że właśnie granica interesuje cię najbardziej.

– Tak.

– Mam prośbę. Wiem, że to kompletne szaleństwo, ale moja córka...

– Oczywiście jedziecie ze mną – uciął. – Oboje.

– Zostawić wszystko...

– Raz już popełniłeś błąd, nie chcąc tego zostawiać.

– Po polsku ledwo dukam. Tyle co podłapałem w dzieciństwie od dziadka.

– Nauczysz się.

– Tak. Masz rację. Droga daleka... Ale są przepustki. To się może udać. To się uda na pewno – zapalił się do pomysłu.

– Muszę iść się pożegnać – szepnął doktor. – Wezmę grudkę ziemi z grobu Aleksandra i złożę w Polsce. Czy wiecie, gdzie...

– Dobijali ich przez pół nocy, słyszeliśmy strzały... Rankiem pokopali tu rowy taką wielką maszyną – wyjaśniła Marfa martwym głosem. – Tak normalnie się nie dało, bo ziemia zmarznięta. A potem zagonili więźniów z aresztu miejskiego, żeby poskładali zabitych w doły i zasypali.

*

Doktor, powłócząc nogami, dowlókł się na plac za stacją. Na szczęście nikt go już nie pilnował. Trzeci dzień od masakry. Na skraju pola leżał bukiet suszonych kwiatów. Kto go tu położył?

Skórzewski ruszył przed siebie jak w transie. Dziewczyna mówiła prawdę, spod topniejącego śniegu wyłaniały się długie garby zbiorowych mogił. Na skraju pola w jednym z nasypów ziała dziura. Lekarz zajrzał do niej. Czyżby ktoś próbował dokopać się do wnętrza grobu? Wkop był wąski, miał ponad metr głębokości. Zobaczył ciała ułożone ciasno jak śledzie w beczce, zastygłe w paroksyzmach bólu. Po drugiej stronie wyrwy widniały ślady odciśnięte głęboko w wilgotnej glebie. Wyglądały... Wyglądały, zupełnie jakby ktoś wygrzebał się o własnych siłach z mogiły! Ranny, może ciężko... Instynkt lekarza poderwał Skórzewskiego do działania.

Odnaleźć, opatrzyć... Doktor puścił się biegiem. Uciekinier nie odszedł daleko, lekarz znalazł go w pobliskim zagajniku. Siedział na pniu drzewa i patrzył apatycznie na topniejący śnieg. Kurtkę ożywieńca znaczyły rozległe plamy krwi. Paweł położył mu rękę na ramieniu. Siedzący odwrócił się. To był Aleksander. Przez chwilę patrzyli na siebie w milczeniu.

– Jak to zrobiłeś? – szepnął zdumiony wuj.

– Nie wiem. – Krewniak rozłożył bezradnie ręce. – Pamiętam huk, gdy uderzyła salwa. Upadłem i zrobiło się ciemno, jakby ktoś zgasił światło. A następne, co poczułem, to zapach ziemi, gniotła mnie i dusiła, leżałem wśród trupów, ale zacząłem odgarniać glebę i jakimś cudem wygrzebałem się z mogiły. Niewiele pamiętam... Byłem jak w malignie sennej.

– Rany... Przecież nie mogłeś tego przeżyć!

– Nie wiem, czy w ogóle mnie trafili. Może zemdlałem sekundę wcześniej? Jeśli w ogóle byłem postrzelony, bo ran nie ma. – Rozchylił kurtkę na piersi. – Na ubraniu są różne rozdarcia i uszkodzenia. Dwa albo trzy wyglądają jakby na przestrzeliny. Jest przyschnięta krew, ale czy to moja, czy innych zabitych? Ten ich prorok powiedział: nieliczni dostąpią śmierci pełnej tajemnic... A przecież nie byłem nawet członkiem tej głupiej sekty. Więc chyba po prostu kula mnie ominęła.

– Dwa dni przespane w zbiorowym grobie w lutym...

– To chyba logiczniejsze wyjaśnienie niż zmartwychpowstanie po rozstrzelaniu.

Wiatr zachichotał, gawron na gałęzi zakrakał. Doktor przełknął ślinę. To, co mówił Aleksander, brzmiało nawet logicznie, ale poczuł, że to nienazwane znów puściło do niego oko. Znów padł igraszką potężnych sił, tych samych, które towarzyszyły mu krok w krok przez całe życie. Wykopać się o własnych siłach z głębokości metra? Gołymi rękami przebić zamarzniętą na kość glebę? Dotknął ramienia chłopaka. Było materialne. Dwa razy go opłakał, a ten ciągle żyje!

– Wynosimy się stąd – zdecydował doktor. – Mam przepustki OGPU. Możemy jechać, gdzie chcemy. Nikt w tym kraju nas nie zatrzyma. Zabieramy Stawiczów, pakujemy się do pociągu i tyle nas widzieli.

– Ale dokąd pójdziemy? Denikin pobity, Wrangel pobity, Kołczak pobity, Ungern pobity, nawet bat'ko Bułak-Bałachowicz też pobity... Rosji już nie ma... Może na dalekim wschodzie ktoś jeszcze stawia opór. Zatem trzeba do Polski – odpowiedział sam sobie. – W zasadzie czemu nie? Tam jest armia, prawda? I flota pewnie też...

– Z pewnością przyda im się doświadczony nawigator. Dla listonosza też pewnie znajdzie się praca. Marfa i jej ojciec są już spakowani.

– Zatem prowadź, wuju.

Klucząc opłotkami, weszli na przedmieście. W czasie ich nieobecności coś się zmieniło. Wszędzie na domach wisiały czarne flagi. W pierwszej chwili doktor pomyślał, że ludzie zareagowali z opóźnieniem na wieść o rzezi chłystów, ale zaraz odrzucił to jako kompletną bzdurę. Jakiś cieć dekorował właśnie czarną szmatą kamienicę stojącą opodal apteki.

– Co się stało? – Lekarz wskazał żałobny wystrój ulicy.

– To nie wiecie? Godzinę temu wiadomość przyszła. Lenin zdechł jak pies! – wypalił dozorca uradowany.

Naraz spostrzegł, co gada, i przerażony złapał się za usta. Ale oni szli już dalej.

– Antychrysta zmyła krew – szepnął Aleksander. – Ci wariaci jednak mieli rację. Dokonali tego!

Skórzewski wzdrygnął się.

Co opanowało tych ludzi? – myśli gorączkowo tłukły mu się w głowie. Jaka jest przyczyna amoku, w który popadają? Choroba, czy może raczej opętanie? Czy Lenin i sekciarze byli w mocy złych duchów? Może niektórzy z chłystów chcieli dobrze. Może wierzyli, że to jedyna droga, i poświęcili życie, by zniszczyć Antychrysta. Ale czy nasza religia dopuszcza takie ofiary? Nie, to raczej dwa demony pogryzły się między sobą o łup, o skrwawiony, pokryty grobami kraj.

Z północy dął lodowaty wiatr. Żałobny kir łopotał jak skrzydła kruków.

Czerwona gorączka. A gdyby podawać bolszewikom wyciąg z pleśni *penicillium*? Nie, koncepcja teologiczna wydaje się pewniejsza. Jeśli zwyciężył silniejszy demon, prawdziwe zło dopiero się zaczyna. Niebawem dojdzie tu do tragedii, przy których zbledną szaleńcze rzezie wojny domowej i ta niedzielna masakra. Nic tu po nas! A on? Spojrzał spod oka na Aleksandra. Nie. On nie został zastrzelony. Kule musiały go ominąć. To nie cud. To przypadek, powiedział sobie twardo. Nie ma cudów, które zrodziłyby się w takim okultystycznym szambie jak ta sekta. Piekło... Kroczymy przez piekło. Szaleństwem było przedrzeć się tutaj. A jednak się udało. Czy zdołam wyrwać diabłom ofiary, czy też sam zostanę tu na zawsze? Czy da się uciec z piekła? Da się. Przecież uciekamy...

Prowizor spostrzegł ich przez okno i wyszedł z córką na ganek. Na widok chłopaka Marfa otworzyła szeroko oczy ze zdumienia, ale nic nie powiedziała. Aleksander pocałował ją w policzek, potem z ukłonem ujął walizkę dziewczyny. Ruszyli w drogę.

Tajemnica Góry Bólu

Warszawa, wiosna 1927

Doktor Skórzewski szedł przez słynny Kercelak, ciężko opierając się na lasce. Starał się omijać kałuże cuchnącego błota, zawsze zalegającego pomiędzy budami i budkami bazaru. Wzrok starca obojętnie ślizgał się po stosach różnorodnych towarów. Sprzedawano tu buty, emaliowane miski, szelakowe płyty gramofonowe, wiklinowe kosze, trzepaczki... W zasadzie nic z tego nie potrzebował. Przystanął na chwilę przy stoisku bukinistów. Kupił sobie „Cesarskie klejnoty" Breszko-Breszkowskiego. Książeczka akurat wygodnie zmieściła się w kieszeni. Bazar pachniał kiszonymi ogórkami, rozgrzanym olejem, pastą do butów, mokrą skórą. Chwilami wybijała nad tym woń gotowanej kapusty, zgniłych kartoflanych obierków, dziegciu i stęchlizny. Po błękitnym warszawskim niebie wiosenny wiatr gnał białe chmurki. Doktor spojrzał w dół i dostrzegł, jak odbijają się w kałużach. Uśmiechnął się pod nosem.

– Szacunek, panie doktorze – dobiegł go nieoczekiwanie zachrypnięty szept.

Obejrzał się. Nad stosem starzyzny siedział drobny cwaniaczek. Miał opuchniętą z przepicia twarz, czoło porane zmarszczkami pełnymi brudu, a jego nos świecił na czerwono, jakby go świeżo obłupiono ze skóry.

– Pan Nowak – lekarz rozpoznał jednego z niedawnych pacjentów. – Jak tam, przyjacielu, twoja egzema?

– Zeszła prawie bez śladu. – Kombinator pokazał dłonie, które z pewnością dawno nie widziały mydła. – Blizny tylko zostały. Ale oprócz maści od pana doktora przykładałem jeszcze świeży zacier kartoflany. Stary ludowy sposób, mojej babki jeszcze.

– Zdumiewające. – Skórzewski uśmiechnął się uprzejmie.

– Może pan doktór czegoś potrzebuje? – Były pacjent zachęcającym gestem wskazał barachło leżące na gazecie.

– A na cóż mi takie rzeczy? – odparł doktor przyjaźnie. – No i powinienem od razu ostrzec. Skoro grzebiesz pan w śmietnikach, to nie dziwota, że egzemy się pana łapią.

– Co też pan, panie doktorze – obruszył się pacjent. – Byle czego bym nie proponował przecież! Ze śmietnika to na tamtym stosiku leżą. To dobry towar, u nas w kamienicy jeden stary Turek mieszkał, odwalił kitę w zeszłym tygodniu. Nawet nie musiałem grzebać w pojemnikach, żeby fanty zdobyć. Właściciel domu czynszu nie widział od paru miesięcy, to kazał jego rzeczy zebrać i sprzedać w diabły, a ja na procencie jestem.

Skórzewski przykucnął. Tekturowa lakierowana walizka leżała wprost na gazetach, w niej znajdował się fez, poprzecierane spodnie, kapcie, koszule. Obok walizki spoczywały torba, portfel, tygielek do parzenia kawy, tandetny, ale groźnie wyglądający kindżał. Doktora zainteresowała skórzana okładka, coś jakby etui na dokumenty. Otworzył je odruchowo. Wewnątrz wetknięto zdjęcie, odbitkę na grubym kartonie. Poprawił okulary i uniósł je do oczu. Na wyblakłej fotografii ujrzał górską dolinę, a na jej dnie rozwłóczone wśród brył lodu resztki desek i belek. Gdy on sam był tam przed laty, dolina wyglądała zgoła inaczej, ale i tak rozpoznał ją natychmiast.

Znam kogoś, kto się zdziwi, pomyślał.

– Za ten drobiazg złotóweczkę – szepnął kombinator. – Albo wie pan co, doktorze? Ze swojaka nie ma co drzeć. Stare to i zniszczone. Skoro się panu podoba, niech pan weźmie za darmochę.

– Dziękuję.

Nagły powiew wiatru załopotał fartuchami na sąsiednim stoisku. Doktor wstał, opierając się na lasce. Rozejrzał się wokoło i nagle przypomniał sobie zupełnie inny bazar, daleko, nie tak dawno, ale jednak w innej epoce...

Erywań, kwiecień 1914

Doktor Skórzewski patrzył z okna hotelu na wąskie uliczki, którymi przetaczały się tłumy mieszkańców. Tuż obok budynku rozłożył się wielki wschodni bazar. Ludzie dźwigali worki i paczki, ktoś prowadził objuczonego osiołka. Z dwukołowej arby zdejmowano dywany. Widoczną dalej szerszą arterią przemknął kozacki patrol. Na ulicach roiło się od Ormian, Azerów, Gruzinów,

Kurdów, Turków... Głosy wielojęzycznego tłumu pieściły uszy jak szum morskich fal.

– Kaukaz to konglomerat dziesiątek ludów i kilku religii – powiedział doktor, odstawiając na spodeczek filiżankę z herbatą. – Jak beczka pełna rozwścieczonych kocurów. W tym momencie to wszystko spaja w jedno Rosja. Ale gdyby tak władza cara batiuszki trochę osłabła...

– To będzie rzeźnia – uzupełnił Aleksander, ujmując szczypczyki do cukru.

– Chyba że pojawi się inna idea spajająca te ludy. Na przykład nienawiść do Rosji – odparował lekarz.

– Myślisz, wuju, że to możliwe?

– Osłabnięcie ręki cara?

– Jednocząca nienawiść – odparł Sandro, mieszając herbatę.

– Owszem – westchnął doktor. – W dziejach świata było już niejedno imperium. I zawsze zagłada następowała tak samo. Ludy podbite podnosiły bunt, wykorzystując zawirowania na szczytach władzy. Następca tronu cierpi na hemofilię. Nie wiemy, czy będzie w stanie podjąć obowiązki głowy państwa. Niewykluczone też, że umrze w młodym wieku. Gdy nie stanie cara Mikołaja, może dojść w łonie dynastii do konfliktu o sukcesję. A tu, na Kaukazie, wybuchały już nieraz krwawe powstania.

– Mówimy o odległej przyszłości. Poza tym caryca może jeszcze urodzić zdrowego następcę tronu – odparował Aleksander.

– Wedle niektórych badaczy ryzyko przeniesienia tej choroby na dziecko wynosi około pięćdziesięciu procent. Wydaje mi się, że nasze księżniczki powinny wszystkie wstąpić do zakonu. Bo inaczej... – Doktor umilkł i uniósł do ust filiżankę.

– W rodzie panującym są także myślący ludzie. Wielki książę Aleksander Michajłowicz... – zaczął Sandro.

– Nawet mi nie przypominaj o tym wariacie! Nie wymieniaj przy mnie tego imienia! Bo utłukę!

– Przepraszam. – Student wtulił głowę w ramiona.

– Nasz przewodnik i twój przyjaciel coś się spóźniają... – zmienił temat doktor. Podszedł do okna.

Nad miastem w oddali bielał masyw Araratu. Góra wznosiła się nad horyzontem, zarazem bliska i niedostępna. Po prawej widniał wyższy szczyt, liczący ponad pięć tysięcy metrów, po lewej, znacznie dalej, znad chmur wyłaniał się niższy. Dopiero po bliższym przyjrzeniu się widać było, że wokoło rozciąga się wieniec mniejszych i większych wzniesień.

– Oto i nasza karawana. – Sandro wskazał kawalkadę osiołków, która właśnie w tej chwili zatrzymała się po drugiej stronie ulicy. Prowadzili ją trzej ormiańscy przewodnicy i chłopak w wieku Aleksandra, także elew wojskowej uczelni z Petersburga.

Czas w drogę.

*

Godzinę wcześniej przekroczyli turecką granicę. Słupy ozdobione czarnymi dwugłowymi orłami zostały z tyłu. Osiołki maszerowały równo po kamienistym trakcie. Skórzewski nigdy nie przepadał za jazdą konną, ale podróż na ośle spodobała mu się. Po pierwsze zwierzę szło spokojnie, po drugie do ziemi było znacznie bliżej.

– Mój dziadek, gdy był młodym chłopakiem, wspiął się ze swoim dziadkiem na Ararat i odnaleźli miejsce, gdzie spoczywa arka praojca Noego – opowiadał najstarszy z przewodników, Arakel. – I ja też ruszyłem za młodu z moim dziadem na wyprawę, bo chciał mi przed śmiercią pokazać to miejsce. Niestety, zima przyszła tamtego roku bardzo wcześnie i śnieżyca zmusiła nas do odwrotu, a następnego roku staruszek już nie dożył. Ale zostawił instrukcje. Znam prawie całą trasę i jestem przekonany, że zdołam trafić. Dlatego też wziąłem ze sobą wnuka. – Wskazał na młodszego z mężczyzn. – On też już tu wiele lat za przewodnika robi, chociaż arki nie znalazł. Wspólnie trafimy – zakończył optymistycznie.

Przewodnik, który nigdy nie był na miejscu. Skórzewski uśmiechnął się w duchu. No cóż, lepszy taki niż żaden...

Obejrzał się. Jadący za nim przyjaciel Aleksandra, student o imieniu Michaił, milczał pogrążony w rozmyślaniach.

Z bliska masyw sprawiał jeszcze bardziej przygnębiające wrażenie. Stoki pocięte były labiryntem żlebów i wąwozów, a tu i ówdzie bielały płaty nigdy nietającego śniegu.

– Przed wielu laty nagły spływ błotny zniszczył mały klasztor zbudowany w dolinie u stóp góry – wyjaśnił młodszy przewodnik. Jeśli doktor dobrze zapamiętał, miał na imię Szota. – Tam rozłożymy obóz.

Rzeka skamieniałego błota wyglądała jak zastygły jęzor lawy. Późniejsze deszcze wypłukały w nim wąski, głęboki kanion. Przewodnicy bez wahania wjechali pomiędzy dwie ziemne ściany. Po chwili po lewej pojawił się mur z dobrze zespojonych głazów i portal dawnej bramy, wiodący w głąb ziemi. Zapalili świece, zsiedli z osiołków i wprowadzili je do rozległej sieni.

– Czy strop wytrzyma? – Skórzewski oświetlił sklepienie. Tu i ówdzie przecinały je niepokojące pęknięcia.

– Trzyma się od ponad stu pięćdziesięciu lat, więc czemu miałby nie wytrzymać akurat dziś? – zaśmiał się stary Ormianin. – Czasem korzystamy z gościny nieobecnych już mnichów.

W jedną ze ścian wpuszczono metalowe pierścienie. Dwaj przewodnicy i towarzyszący im chłopak rozkulbaczyli zwierzęta, pozdejmowali juki ze sprzętem obozowym, a pod drugą ścianą na podwyższeniu rozłożyli posłania dla uczestników wyprawy.

– Co jest tam dalej? – Aleksander z zaciekawieniem oświetlił portal wiodący do innych pomieszczeń zasypanej budowli.

– Cele i kaplica. Zaraz musimy je sprawdzić – wyjaśnił Arakel. – Dzikie zwierzęta raczej się tu nie zapuszczają. Ale dzicy ludzie... Kto wie?

– Może my sprawdzimy? – zaproponował Michaił.

Odezwał się po raz pierwszy od chwili, gdy opuścili Erywań. Doktora trochę drażniło to milczenie.

– To nasz obowiązek, ale w zasadzie czemu nie – mruknął stary. – Broń trzymajcie w pogotowiu i uważajcie na siebie. Nie wiadomo, co tam może siedzieć.

Ruszyli wąskimi, ciemnymi korytarzami. Choć powietrze było niezbyt świeże, świece paliły się jasnym płomieniem. Najwyraźniej brak tlenu im nie groził. Mury tu i ówdzie były popękane, lecz mimo wszystko wytrzymały jakoś nacisk gleby.

– Dziwne – mruknął Aleksander. – Widziałem w życiu niejeden loch. Czasem korzenie uszkodzą strop, ale...

– Tunele ex definitione mają być pod ziemią, a tego budynku nikt przecież nie projektował do takich celów – wyjaśnił wuj.

Minęli część mieszkalną, zajrzeli ciekawie do kilku cel. Nie wypatrzyli nic interesującego. W maleńkich pomieszczeniach pozostały jedynie przegniłe prycze, rozpadające się stoliki i klęczniki. Wszystko, co cenne, zabrano po katastrofie. Wreszcie stanęli u wejścia do rozległej kaplicy, w której mrok zdawał się jeszcze gęstszy. Michaił uniósł latarnię, oświetlając ściany. Jedna z nich pod naciskiem gleby spękała i widać było, że trzyma się jedynie na słowo honoru. Z kilku niewielkich okien spływały kaskady stężałego błota. Ołtarz zdemontowano i wyniesiono, pozostał po nim tylko ślad na tynku. Posadzkę znaczyły liczne dziury wyrąbane kilofem.

– Czyżby grasowali tu jacyś poszukiwacze skarbów? – zdziwił się Michaił na ten widok.

– Raczej rabusie grobów. Zapewne niejeden mnich spoczywa pod podłogą kaplicy – odparł doktor.

Oświetlił najbliższą dziurę. Była pusta. Hieny nie natrafiły na szkielet. Na hałdzie obok poniewierała się jednak czaszka. Zielonkawe i rdzawe ślady na czerepie sugerowały, że do snu wiecznego zmarłemu założono czapkę haftowaną metalowymi nitkami.

– Po co im to było? – Aleksander przez chustkę do nosa podniósł czaszkę i złożył ją z szacunkiem do mogiły. – Co mógł mieć w grobie ubogi zakonnik?

Doktor wzruszył ramionami. Podziwiał wnętrze. Wilgoć przeżarła freski, ale gdy oświetlili ścianę, to i owo dało się jeszcze rozpoznać. Jeden z nich przedstawiał arkę unoszoną wodami potopu, a na sąsiedniej ścianie praojciec Noe sadził gałązkę drzewa oliwnego.

– Teorie o istnieniu arki Noego i jej utknięciu na zboczach Araratu w Petersburgu mogły wydawać się mrzonką, biblijną przypowieścią, dodatkowo zniekształconą przez kolejne redakcje całych pokoleń kopistów – odezwał się Michaił. – Ale tutaj wszystko, co kazało nam przedtem wątpić, zaczyna ustępować.

– Jesteśmy daleko od domu, w miejscu budzącym mimowolny szacunek i swego rodzaju grozę – powiedział doktor. – Gdy jutro wyjdziemy z podziemi na światło dzienne, wątpliwości powrócą.

– A pan co sądzi?

– O potopie? – upewnił się lekarz.

– Tak.

– Badania archeologiczne prowadzone w dolinie Eufratu i Tygrysu wskazują jednoznacznie na ślady gigantycznej powodzi, która objęła tamte tereny. Trzeba jednak pamiętać, że potop nie występuje tylko w Biblii. Mitologia bardzo wielu ludów przechowała podobne opowieści – wykręcił się od odpowiedzi.

– Czterdzieści dni opadów deszczu, pokrycie całego lądu... No, powiedzmy, całego zamieszkałego lądu. Skąd takie ilości wody w atmosferze? – zapytał Aleksander. – I gdzie się potem podziała?

– Pewien protestancki teolog, z którym rozmawiałem przed wielu laty w Anglii, twierdził, że nasza planeta pierwotnie otoczona była dodatkową warstwą wody. Bąbel cieczy dryfujący w kosmosie, w środku ściśnięta nieco atmosfera, pod nią grunt i wody powierzchniowe. Potop nastąpił, gdy ten górny ocean runął w dół – uśmiechnął się doktor. – A całą tę błyskotliwą koncepcję wydedukował z jednego zdania Księgi Rodzaju o tym, że Bóg rozdzielił wody górne i dolne.

– Hmm... To co trzymało wcześniej w górze ocean? – zaciekawił się Sandro.

– Wola Boża albo napięcie powierzchniowe cieczy. Albo nacisk sprężonego powietrza od spodu. Nie wiem, nie jestem fizykiem. A gdybym nim był, tobym się z tego śmiał... Wracamy?

W sieni było ciepło i przytulnie. Na patelni skwierczała jajecznica. Michaił wyjął ze swojej torby tubus skrywający rulonik kalki.

– Chciałbym wam pokazać coś, co trafiło w moje ręce przypadkiem, podczas inwentaryzacji kolekcji osobliwości cara Piotra Pierwszego – powiedział. – Jest to przerys mapy Araratu z roku około tysiąc siedemsetnego. Z zaznaczonym miejscem spoczynku arki.

Rozwinął rulon na kamiennej płycie i przygniótł jego rogi kamyczkami. Spojrzał pytająco na starego Ormianina. Arakel wyjął złożoną na cztery kartę pożółkłego, grubego, kosmatego papieru. Położył obok mapy studenta.

– To wykreślił przed laty mój dziadek – wyjaśnił.

Oba plany przedstawiały plątaninę pasm górskich, kotlin, wąwozów i żlebów na północnym stoku góry. Na obu widniały zaznaczone krzyżyki. Mimo niedostatków obu mapek wystarczył jeden rzut oka, by stwierdzić, że znaki umieszczono w tym samym miejscu.

– Kilka dni forsownej wspinaczki i może ją zobaczymy – powiedział Arakel. – A teraz zjedzmy kolację i wy-

śpijmy się dobrze. To ostatni postój pod dachem, później będzie trudniej.

*

Wyruszyli zaraz po śniadaniu. Pozostawili osiołki pod opieką najmłodszego przewodnika. Wyżej zwierzęta były nieprzydatne. Przecięli niewielki zagajnik, potem długo szli doliną, wreszcie stanęli u stóp zbocza. Przewodnik poprowadził ich wzdłuż strumienia. Teren nieustannie się wznosił, ciek wodny meandrował co rusz. Musieli go pokonywać, krocząc po głazach. Koło południa wspinaczka okazała się nadspodziewanie trudna. Dolina zwęziła się, droga była bardzo stroma. Rzeka tworzyła małe wodospady, spod nóg usuwały się drobne kamienie.

Skórzewskiego, zmęczonego wędrówką, irytowało też coś innego. Aleksander i jego milczący przyjaciel najwyraźniej coś ukrywali. Obaj młodzieńcy na każdym postoju wyciągali silne wojskowe lornetki i lustrowali okolicę, zupełnie jakby szukali czegoś lub kogoś. I chyba nie o arkę Noego chodziło, bo do niej przecież było jeszcze daleko.

Obaj przewodnicy, starszy i młodszy, też nie wzbudzali jego zaufania. Była w ich ruchach pewna sztywność. Lekarz zaczął się zastanawiać, czy przypadkiem nie są byłymi żołnierzami.

A może to tylko paranoja? – pomyślał. Aleksander i Michaił to w końcu młodzi, ciekawi świata marynarze, którzy nieczęsto dotąd bywali w górach, to i gapią się na wszystko.

Wreszcie przed wieczorem dotarli do wysoko położonej kotliny, na której dnie rozlewał się niewielki staw.

– Czy jesteśmy na dobrej drodze? – zapytał lekarz pro forma.

– Tu obozowałem z dziadkiem – potwierdził stary przewodnik. – To ta dolina, jestem pewien.

Akurat, skrzywił się w duchu Skórzewski. Podobnych kotlinek widzieliśmy tylko dzisiaj co najmniej tuzin.

– A po czym pan poznaje? – zaciekawił się Aleksander.

– Po kotwicy. – Przewodnik wskazał dłonią głaz leżący na plateau opodal.

Podeszli zaciekawieni. Kamień przypominał trochę grube koło wyciosane z bazaltu. Miał dość regularny, okrągły kształt. Na całym obwodzie jego grubość była zbliżona, pośrodku ziała dziura.

– Faktycznie przypomina trochę chińską kamienną kotwicę, ale to ma trzy arszyny średnicy, prawie arszyn grubości – mruknął lekarz. – Trzy metry sześcienne bazaltu jak obszył. Ten kamyczek waży wiele ton.

– To co? – zirytował się Ormianin.

– Za ciężkie...

– Może mieli kołowrót do podnoszenia – zasugerował Aleksander. – I na przykład wielokrążek. Archimedes znał takie urządzenia. Podobno je wymyślił, ale niewykluczone, że po prostu skopiował wcześniejszy wynalazek.

– Drogi i zacny – uśmiechnął się lekarz – podniesienie tego kamyczka to nie problem. W Libanie jest architraw świątyni złożony z bloków o wadze stu kilkudziesięciu ton. Tylko na czym tę kotwicę zawiesić? Lina się urwie.

– Łańcuch z brązu lub żelaza – młody człowiek nie dawał się łatwo zbić z tropu.

– To już prędzej. A teraz policz, ile ważyłby łańcuch wystarczającej grubości długi na, powiedzmy, piętnaście do dwudziestu metrów.

– W studniach są takie, które ważą nawet po dziesięć pudów. Zazwyczaj stosuje się wówczas przeciwwagi – zaczął Michaił i urwał zamyślony.

– Nie wiem, co to jest – westchnął Skórzewski, wsuwając dłoń w otwór. – Ale kotwica...? Nie jestem przekonany.

– A może pierścień do cumowania? – podsunął stary. – Może wcześniej to stało pionowo, przewlekali przez otwór linę... Na przykład w okresie, gdy wody już opadały, część góry była wynurzona, a reszta świata pod wodą. I dopiero potem ludzie zaczęli mówić na to „kotwica".

– Kto wie? – Doktor nie miał ochoty się kłócić.

Rozłożyli obóz. Przy wieczornym ognisku, po kilku kubkach dobrego wina obaj Ormianie stali się rozmowniejsi.

– Jest w tej górze coś złego – opowiadał Arakel. – Turcy nazywają ją Agri Dagi, Góra Bólu. Podobno przed wiekami, zanim w te strony dotarło chrześcijaństwo, miejscowe ludy wierzyły, że szczyty te są siedzibą groźnych i okrutnych bogów. Podobno oni tu pozostali. Słabi, okaleczeni, ale nadal żądni krwi. Dlatego trudno wspiąć się na te zbocza, a wielu śmiałków przypłaciło to życiem.

– I zawsze wchodzi się od drugiej strony – dodał Szota. – Tam trasy łagodniejsze. Niejeden bogaty poszukiwacz przygód zdobywa ten szczyt. Bywają lata, że z Europy nawet trzy ekspedycje przyjadą. Prowadziłem już ludzi na szczyt. Różnych ludzi. Trafili się tureccy wojskowi, którzy prowadzili tam pomiary geodezyjne. Trafili się bogaci Anglicy, amatorzy wspinaczki, których zaniosło aż na ten koniec świata.

– Ja prowadziłem i duże ekspedycje, i małe grupki – odezwał się jego starszy towarzysz. – Prawie zawsze dochodziło do jakiegoś wypadku. Jedni połamali ręce i nogi, inni doznali ataku duszności, raz zaskoczyło nas trzęsienie ziemi, kamienna lawina porwała wtedy w przepaść mojego kuzyna. Były też przypadki śmierci wspinaczy, i tego już nie umiem wyjaśnić. Raz wysłano mnie na poszukiwania dwóch zaginionych Francuzów. Znalazłem ich, ale martwych. Obaj siedzieli oparci o głazy koło wygasłego ogniska, a ich twarze... – Wzdrygnął się na samo wspomnienie. – Wyglądali, jakby przestraszyli się na śmierć. To nie jest dobre miejsce. Oj nie... A przecież to wszystko miało miejsce tam, na południowych zboczach. Tu, na północne, prawie nikt się nie zapuszcza.

– Ale mimo wszystko nie porzuca pan profesji przewodnika? – zapytał Sandro.

Ormianin nabił fajkę, zapalił, zaciągnął się głęboko i dopiero wtedy odpowiedział.

– To święta góra. Lubię czuć jej kamienie pod stopami. Lubię wspinać się i ogarniać wzrokiem ogromny szmat ziemi, która kiedyś należała do mojego ludu.

– Nasi ojcowie z utęsknieniem wyglądali Rosjan – mruknął Szota. – Gdy kozacy wtargnęli do Bułgarii, rozbili armię turecką i wzięli twierdzę w Plewnie, czekaliśmy, aż zdobędą Konstantynopol i ostatecznie złamią kark bisurmanów. Lepiej już pod carskim knutem niż w kajdanach sułtana. – Splunął.

– Zależy komu – zadumał się Skórzewski.

Z głębin pamięci wypłynęły mu sceny z dzieciństwa i ojciec, major wojsk powstańczych, jako przykuty do taczek zesłaniec na katordze usolskiej... Ale czy pod władzą Imperium Osmańskiego byłoby lżej?

– Żyjemy tu jak Żydzi w Rosji. Turcy prędzej czy później nas wymordują – odezwał się Arakel. – Dwadzieścia lat temu już pokazali, na co ich stać. Przez całe imperium przetoczyła się fala mordów i pogromów... – Zapatrzył się w ogień. – Szacuje się, że zginęło nawet trzysta tysięcy naszych braci. Spalono wiele kościołów i klasztorów. Może nadchodzi taki czas, że i pozostałe będą równie martwe i opuszczone jak ten zasypany.

– Dwóch milionów ludzi nie wymordują – uspokoił go Aleksander.

– Kto wie... Był już taki czas, że okupując Bułgarię, wywieźli jako jasyr milion ludzi. Dziś Bułgarzy są wolni, a my...

– Będą chcieli, to wymordują – głos Szoty stwardniał. – Miasto Zejtun zamieszkiwali prawie wyłącznie Ormianie. Nasi bronili się jak lwy, tylko że średniowieczne mury i jednostrzałowe karabiny nie pomogą, gdy idzie na ciebie cała armia. Niewielu obrońców przeżyło.

– Zejtun, Samsun, Istambuł... Mordowali nas, wyrzucali z domów, palili nam sklepy i warsztaty, gwałcili i porywali córki, ścigali, tropili jak dziką zwierzynę, dawniej jeszcze wcielali synów do oddziałów janczarów. W Europie nawet o tym nie słyszeliście – dorzucił Arakel. – Teraz jest trochę spokojniej, ale to cisza przed burzą.

– Rosja przyjdzie wam z pomocą – odezwał się Michaił. – Carowie zawsze mieli chrapkę, żeby odbić Konstantynopol.

Nie odpowiedzieli, ale po ich minach było widać, że nie wierzą w taką możliwość.

*

W nocy doktora obudził daleki hurkot osuwających się głazów. Usiadł zaniepokojony na posłaniu. Uchylił klapę namiotu. Powietrze na zewnątrz było tak zimne, że go zatchnęło. Aleksander zapalił zapałkę.

– Co się dzieje? – zapytał.

– Chyba schodzą lawiny – mruknął doktor. – Zapewne nastąpił wstrząs sejsmiczny, zbyt słaby, aby nas obudzić, ale wystarczający, żeby poruszyć luźne kamienie w żlebach.

– Czy nam zagrożą?

– A skąd mnie to wiedzieć, drogi Sandro? – odparł doktor z westchnieniem. – Mam tylko nadzieję, że nasi przewodnicy wiedzą, co robią, i obozujemy w bezpiecznym miejscu. Ale mimo wszystko... – urwał.

Tym razem wyraźnie poczuli ruch góry pod stopami. Kamienne lawiny znów zahuczały gdzieś daleko w żlebach. Ale wokoło obozowiska panował spokój.

– Czy to możliwe, że wulkan się budzi? – zaniepokoił się chłopak.

– Nie sądzę. Po prostu trochę się rusza i tyle... Z drugiej strony nawet w dawno wygasłych wulkanach buzują potężne siły. Oczywiście czasem spokojna góra też może się przebudzić. Tak było z Wezuwiuszem, który uchodził za wygasły. Potem doszło do silnego trzęsienia ziemi, ale sądząc po zachowanych dokumentach papirusowych, mieszkańcy nawet nie podejrzewali, że to on jest przyczyną ich kłopotów. Odbudowali swoje miasto ze zniszczeń. A potem nagły wybuch i erupcja lawy zmiotły trzy ośrodki.

Hurgot kamieni powoli ucichł. Wrócili do namiotu, ale doktorowi odechciało się spać.

Ekspedycja naukowa, pożal się Boże, myślał z goryczą, owijając się grubym pledem. Tu trzeba było wysłać ze czterdzieści takich ekip. Do przeszukania jest masyw o powierzchni wielu setek kilometrów kwadratowych, a my mamy mapę sprzed dwustu lat oraz przewodnika, który kiedyś szedł z dziadkiem, ale nie doszedł! Chyba że cel tej wyprawy jest inny...

*

Wstali, kiedy niebo zaróżowiły pierwsze promienie świtu. Ormianie rozpalili ognisko, by zagrzać wodę na herbatę. Michaił wygrzebał się z trudem ze swojego namiotu. Był dziwnie blady.

– Co ci jest? – zaniepokoił się Aleksander.

– Coś źle się czuję – odparł. – W głowie mi się kręci i żołądek boli jak diabli. W nocy miałem straszną sraczkę.

Skórzewski zbadał go pobieżnie. Długą chwilę obmacywał brzuch.

– Wygląda na zatrucie pokarmowe – ocenił. – Ale trudno powiedzieć, jaka była jego przyczyna.

Chłopak leżał blady. Na czole perlił mu się pot.

– Czy jadłeś coś innego niż my wszyscy? – zapytał lekarz.

Chory pokręcił głową.

– Mój wnuk też coś zachorzał – odezwał się Arakel, który podszedł do doktora. – I widzi mi się, że na to samo, co i wy.

– Dlaczego tylko oni? – zastanawiał się Aleksander. – Skoro nam nic nie jest... Może trafił się jakiś jeden nieświeży kawałek mięsa?

– Nie wydaje mi się – odparł doktor. – Pili surową wodę ze strumienia, ale wszyscy ją piliśmy... – zastanawiał się. – Powiedz mi, gdzie chodziłeś za potrzebą – zwrócił się do Michaiła.

– Tam, za głazy – odparł student z zażenowaniem.

Doktor udał się w tamtym kierunku i przez chwilę wpatrywał się w plamy rozbryźniętego kału. Jednak nie wypatrzył w nich żadnych niedotrawionych resztek mogących budzić podejrzenia. Następnie zbadał drugiego pacjenta – objawy wydawały się identyczne.

– Może wcześniej, jeszcze w mieście, coś zjedli albo wypili? – zastanawiał się. – Ale obaj? Przy zatruciach jadem kiełbasianym czasem opada powieka i często źrenice są rozszerzone. Na salmonellozę też mi to nie wygląda.

– Co więc robimy, panie doktorze? – zapytał Szota z wysiłkiem. Na jego czole perlił się pot.

– Trzeba poczekać, aż trochę wydobrzejecie. W tym stanie nie pójdziecie dalej, ale też nie da się was przetransportować na dół.

Stary pokiwał głową.

– Czy trzeba ich sprowadzić do szpitala w Erywaniu?

– Wydaje mi się, że nie ma takiej konieczności. Na razie powinni unikać wysiłku i brać leki. Mam nadzieję, że w ciągu dwóch, może trzech dni wrócą do zdrowia.

Damy im węgiel, można również spróbować trochę bardzo gorzkiej herbaty.

– To góra płata nam figle – mruknął Arakel. – Szedłem kiedyś w młodości z turecką ekspedycją wojskową. Też wszyscy dostali straszliwej sraczki, a mnie nic nie było. Niestety, pomyśleli, że to ja czegoś dosypałem do kawy, i chcieli mnie rozstrzelać. Wedle starych legend tylko Ormianie są strażnikami arki, tylko oni mogą ją odnaleźć i dotknąć. Każdy inny zginie albo nie podoła trudom wspinaczki. Mówią, że ta góra wyczuwa i nienawidzi obcych – westchnął. – Tylko dlaczego w takim razie trafiło mojego wnuka?

– Mówią też, że od czasów, gdy Turcy wygnali nas z tego terenu, arka jest chroniona – dodał Szota.

– Chroniona? – podchwycił Skórzewski.

– Podobno istnieje zakon czarnych mnichów zabójców, którzy mają dbać o to, żeby do arki nigdy nie dotarli Turcy ani Rosjanie – wyjaśnił starszy przewodnik. – Dziadek o tym wspominał, ale nawet on w to nie wierzył. A w każdym razie nie do końca. Mówi się też, że to nie żywi mnisi, tylko duchy.

– Co robimy? – Aleksander spojrzał na wuja.

– Odwrót w tej chwili byłby błędem – zadecydował Skórzewski. – Proponuję się rozdzielić. Czy mogę odrysować wasze mapy? – zwrócił się do przewodników. – Arakel powinien zostać i zaopiekować się wnukiem oraz Michaiłem. Ja i bratanek pójdziemy dalej, bo to nasza wyprawa i nasze ryzyko. Jeśli góra rzeczywiście broni się przed przybyszami, nie chcemy i was narażać. Gdyby Michaiłowi lub Szocie się pogorszyło lub gdybyście z innego powodu chcieli, żebyśmy wracali, oddacie trzy serie po trzy strzały karabinowe.

– Doskonale pan to wymyślił – pochwalił Arakel.

Michaił z trudem ukrył rozczarowanie, ale już po chwili musiał biec na stronę. Doktor i Aleksander przepakowali część ekwipunku.

– Uważajcie na Turków – powiedział Michaił, gdy odjeżdżali.

Ruszyli w górę. Nad kotliną z kotwicą wznosiło się strome zbocze, ale gdzieś daleko w górze widać było siodło niewielkiej przełęczy. Podeszli wąskim żlebem, potem trawersowali grzbiet aż do grani i po niej powędrowali dalej pod górę. Około jedenastej zrobili postój. Doktor przez lornetkę zlustrował widoczne w dole obozowisko.

Michaił leżał koło ogniska i coś czytał, a stary Ormianin szykował jedzenie. Tymczasem Aleksander nieoczekiwanie wpatrzył się w jakiś odległy punkt i zagryzł wargi. Jego wuj dostrzegł to i popatrzył w tę samą stronę. Daleko na zachodzie na niewielkim szczycie kilku tureckich żołnierzy rozstawiało trójnóg teodolitu.

– Musimy pogadać – odezwał się Paweł. – Szczerze!

– Czy to naprawdę konieczne? – zaniepokoił się chłopak, opuszczając lornetkę.

– Chyba najwyższy czas – warknął Skórzewski. – My sobie szukamy arki, a jednocześnie na tych samych stokach pojawia się turecka ekspedycja wojskowa... Sądząc z tego, co powiedział na pożegnanie twój przyjaciel, obaj świetnie wiedzieliście o obecności wroga. Czy to przypadek, czy znowu wplątałeś mnie w jakieś szpiegowskie afery?

Chłopak uciekł spojrzeniem w bok.

– Wielki książę Aleksander Michajłowicz z niepokojem obserwuje pewne ożywienie zagranicznych kręgów skupiających wojskowych i naukowców – powiedział wreszcie. – Podejrzewa, że wobec zbliżającej się kolejnej wojny światowej rządy pruski, austro-węgierski, turecki oraz włoski inwestują znaczne sumy w rozwijanie technik i technologii mogących w przypadku konfliktu nieoczekiwanie przechylić szalę zwycięstwa na rzecz strony militarnie słabszej.

– Wyspa Niedźwiedzia... – syknął Paweł. – Mówiłem, żebyś mnie więcej nie wplątywał w szaleńcze eskapady tego wariata! Jeśli chce być szpiegiem, niech się sam w to bawi!

– Wuju, ale to dla dobra twoich badań. Przecież po ekspedycji na wyspę wielki książę wsparł twoje eksperymenty nad *penicillium* kwotą pięciu tysięcy rubli!

– Ośmiu tysięcy. Co nie znaczy, że zgodziłbym się na kolejną taką wyprawę.

– Ponieważ wiedziałem, że byś się nie zgodził, tym razem przemilczałem, kto jest zleceniodawcą.

– Czy wiesz, co się stanie, jeżeli się wyda, że mamy tu misję szpiegowską? Turcy nas po prostu powieszą na pierwszej gałęzi! Jeśli chcesz się bawić w szpiega, wolna wola – warknął. – Ja jestem na to za stary.

– Szpiegów ma wróg, imperium rosyjskie ma wywiadowców – odparł Aleksander dumnie.

– Różnica polega zaś na tym, że szpiegów wiesza się na sznurze konopnym, a wywiadowców na jedwabnym? – odgryzł się jego wuj. – A teraz gadaj jak na świętej spowiedzi: czego tu szukamy?

– Arki Noego.

– Nie opowiadaj bajek.

– No dobrze. Arki Noego szukają Turcy. My mamy im tylko patrzeć na ręce.

Skórzewski milczał bardzo długo.

– Jak rozumiem, carskie imperium wysyła kontrekspedycję przeciw tureckiej ekspedycji. Trzech ludzi. Powiedziałbym, że to szaleńcza rozrzutność, jeśli chodzi o środki – ironizował. – A następnym razem, jak przyjdziesz do mnie z propozycjami interesującej wyprawy naukowej, zastrzelę cię i zakopię w ogródku – wycedził.

– Niech się wujaszek tak nie gorączkuje. Połazimy trochę za nimi i tyle. To naprawdę nie jest trudne zadanie. Pomyśl tylko...

– Nie będę nic myślał, tylko zaraz zdzielę cię czekanem w łeb!

– Wujaszka prawo. Tylko z tym zakopywaniem w ogródku problem będzie.

Paweł przypomniał sobie brukowany dziedziniec kamienicy, w której mieszkał, i mimo woli uśmiechnął się pod wąsem.

*

Doktor wywindował się na półkę skalną i długą chwilę leżał na zimnym kamieniu, ciężko dysząc. Złom skalny, na którym przed chwilą postawił nogę, zatrzeszczał i obluzowany w swoim gnieździe zsunął się po zboczu. Zapadał wieczór, ochłodziło się. Aleksander dotarł kilka minut później. Też wyglądał na zmęczonego, ale z miejsca wyciągnął lornetkę. Znów szukał swoich Turków.

– Daruj sobie – burknął lekarz. – Nawet jak ich przyuważysz gdzieś na zboczu, to z tej odległości możemy co najwyżej domniemywać, co robią.

– Ale wiedząc, gdzie się kręcą, mogę wymyślić, jak zajść ich od góry i założyć punkt obserwacyjny.

– Idzie burza – przerwał mu Skórzewski, patrząc na wał ciemnych chmur sunący od strony granicy.

– Rozstawimy namiot?

Lekarz pokręcił głową.

– Trzeba znaleźć jakiś załom albo jaskinię. I to szybko!

Wypatrzyli miejsce, w którym skalna płyta odspojona od masywu runęła na głazy, tworząc jakby kamienny stół.

– To już coś – stwierdził doktor. – Tylko zabudujmy te szpary kamieniami. Szybko!

– Dlaczego nie namiot? – marudził chłopak, dźwigając kamienie.

– Zobaczysz...

Wiatr dął coraz mocniej. Chłopak wkrótce zrozumiał, że namiot nie oparłby się takiej wichurze. Nazgarniał szybko suchego mchu i patyków, żeby było czym rozpalić ogień. Zanurkowali do wnętrza kryjówki, a wejście zasłonili plecakami. Wiatr wzmagał się, wył jak potępieniec. Po kamieniach zabębniły krople deszczu. Ochłodziło się, widzieli w powietrzu mgiełkę własnych oddechów. Doktor zapalił karbidówkę. Przez szczeliny wciekało trochę wody.

– Ktoś tu już obozował przed nami. – Aleksander oświetlił latarką wnętrze „jaskini".

Pod jednym z głazów wypatrzyli resztki paleniska, a na ścianie widniał jakiś gruziński napis wykonany kawałkiem węgla. Tylko datę zdołali odcyfrować: 1879. Dalej niewprawną ręką naszkicowano arkę unoszącą się na falach.

– Ludzie szukają arki Noego od niepamiętnych czasów – mruknął doktor. – Tylko że mało kto chwalił się, że znalazł. Nikt nie zrobił zdjęcia. Drewna, które rzekomo z niej pochodzi, też nie ma dużo.

Deszcz bił coraz mocniej. Woda na szczęście zbierała się w najniższej części pomieszczenia i szczeliną między skałami wypływała gdzieś na zewnątrz. Ułożyli chrust w tym samym miejscu, co niegdyś ich nieznany poprzednik. Małe ognisko dało niewiele ciepła. Wreszcie zgasili je i zawinięci w śpiwory zasnęli.

Obudzili się około drugiej w nocy. Z daleka dolatywał stukot kroków. W kryjówce było ciemno, choć oko wykol.

– Bierz spluwę – polecił krótko Skórzewski.

Odbezpieczyli rewolwery. Kroki zbliżały się. Wciągnęli plecaki w głąb rozpadliny, żeby nie było ich widać. Przyczajeni przy wejściu ostrożnie obserwowali teren, szukając intruza. Było kilka dni po pełni. Księżyc, trochę tylko przymglony, oblewał okolicę nierzeczywistym blaskiem. Kroki zbliżały się. W ciemnościach dwie sylwetki niemal zlewały się z otoczeniem. Wydawały się bardzo wysokie, ale to mogło być złudzenie. Obaj podróżnicy nie byli nawet pewni, w co odziani są zagadkowi nocni wędrowcy. Czy były to płaszcze sięgające do kostek, czy może co innego? Twarze ginęły pod czymś, co wyglądało na szerokie kaptury.

Sandro uniósł lufę rewolweru, ale nie strzelał. Kroki oddaliły się, aż wreszcie ucichły.

– Co to za jedni? – szepnął chłopak.

– Nie wiem – odparł Skórzewski. – Może wędrowcy tacy jak my. A może to wcale nie ludzie, tylko jakieś inne istoty? W ich chodzie zauważyłem coś dziwnego.

– Nie strzelałem... Nie mógłbym strzelać, nie mając pewności do kogo.

– Nie tłumacz się. Postąpiłeś słusznie.

Przez resztę nocy czuwali na zmianę.

*

Rankiem nadeszło ochłodzenie. Gdy wychodzili ze schronienia, trzęśli się z zimna. Z ust przy oddechu wydobywała się gęsta para. W dziennym świetle Sandro obejrzał obie mapki, odczytał położenie i ocenił, że znajdują się nie dalej niż dziesięć kilometrów w linii prostej od domniemanego miejsca spoczynku arki. Przeszli zaledwie kilkadziesiąt kroków, gdy doktor schylił się i podniósł coś z ziemi.

– Oto i nasze nocne strachy – mruknął, pokazując krewniakowi zgniecioną paczkę po tureckich papierosach. – Są blisko, cholernie blisko. Musimy uważać.

– Jesteśmy tu legalnie, więc nawet gdybyśmy na nich wpadli, nic nam nie mogą zarzucić. Każdemu wolno chodzić po górach.

– Tia... Powtarzaj to głośno, gdy będą nas rozstrzeliwali.

Zrobili długi trawers po paskudnym, osypującym się zboczu. Potem podeszli wąskim żlebem, przecięli dolinę, kolejne strome podejście wywiodło ich na wysoką grań.

– Całe przedsięwzięcie jest beznadziejne – powtarzał doktor, ostrożnie stawiając nogi. – Ten masyw jest ogromny. Dziesiątki dolin, żlebów, lodowce... Dla osiągnięcia celu należałoby przylecieć aeroplanem, a jeszcze lepiej zeppelinem!

– Latać w górze, popatrywać przez lornetkę, co jakiś czas spuszczać jakiegoś śmiałka w koszu na linie, niech sprawdzi dokładniej podejrzane miejsca – zapalił się student. – To jest myśl!

– Z drugiej strony nie wiemy, czy arka, jeśli oczywiście istnieje, nie jest przykryta wielometrową warstwą lodu. Lodowce górskie są przecież w ciągłym ruchu. W cieplejsze lata ich języki topnieją i cofają się, odsłaniając żleby i doliny. A czasem oddają na przykład ciała uwięzione przez lata lub stulecia – westchnął doktor.

Wczesnym popołudniem faktycznie dotarli do lodowca, którego jęzor spływał w dolinę. Ruszyli po lodzie, ostrożnie stawiając kroki w obawie przed szczelinami. Byli w połowie drogi, gdy ich uwagę przykuła ciemna plama. Podeszli bliżej.

Zwłoki były solidnie wmarznięte w lód. Kawałek dalej widać było jeszcze czapkę. Doktor wypatrzył na plecach nieboszczyka przestrzelinę i sopel krwi.

– Ktoś strzelił mu w plecy – powiedział. – Zaszedł i wypalił z bliska, popatrz, tkanina jest osmalona.

– To chyba kurdyjski pasterz.

– Tak wygląda. Leży tu od wielu miesięcy, może od lat. Wykrakałem o tych ciałach uwalnianych przez lodowiec.

Doktor rozciął skórę przymarzniętej torby.

– Czego szukasz? – skrzywił się Aleksander.

– Dokumentów, czegoś, co powie nam, kim był i jak się nazywał. Być może na jego powrót od lat czeka rodzina. Powiadomimy ich, jaki los go spotkał. O ile coś znajdę.

W torbie było trochę zamarzniętej, poczerniałej cebuli oraz strzęp papieru pokrytego rozmazanymi rysunkami.

– Mapa – mruknął Sandro. – Czyli i on szukał arki.

Przyłożył papier do swoich planów, niektóre linie wydawały się podobnie ułożone, inne nie.

– No nie wiem – mruknął Skórzewski. – Bez powodu tu nie wlazł. Ale na miłośnika wspinaczek górskich mi nie wygląda, raczej rzeczywiście na pasterza.

– Może zabili go ci, którzy strzegą arki?

– Albo bandyci, którzy połaszczyli się na jego kilka owieczek. Albo żołnierze, których zaszedł, gdy robili coś tajnego.

Doktor skrobał nożem lód, próbując dotrzeć do kieszeni nieboszczyka, ale nie zdołał. Zrezygnowany odłożył narzędzie.

– No cóż, trzeba odpuścić – powiedział. – Może za kilka lat, jak odtaje... Na razie pomóż mi nazbierać kamieni. Skoro nie da się pochować zmarłego, przykryjemy go.

Skądś z daleka dobiegł głuchy huk eksplozji. Chwilę później wiatr przyniósł rumor walącej się w dolinę lawiny kamieni. Paweł i Aleksander zamarli i nasłuchiwali dłuższy czas, ale już nic więcej się nie zdarzyło.

– Hmm... – zamyślił się na chwilę doktor. – Sądząc po odgłosie, to była długa seria kilku lub kilkunastu silnych ładunków. Tak jakby ktoś chciał odstrzelić całą ścianę skalną albo wyrąbać w zboczu góry półkę pod drogę.

– Znasz się na tym, wuju? – Chłopak wytrzeszczył oczy.

– Pracowałem kiedyś w kamieniołomach i przy budowie linii kolejowej. Nieraz słyszałem podobne detonacje. No nic, pogrzebmy tego biedaka, potem zjemy podwieczorek i ruszamy w tamtą stronę. Sprawdzimy, co się dzieje.

Nie minęło wiele czasu, może jakieś pół godziny, gdy z daleka posłyszeli echo kolejnej serii wybuchów.

– Przypuszczam, że przebijają sobie drogę. – Skórzewski lekceważąco machnął ręką. – Pewnie chcą gdzieś po tej stronie pasma przygotować niewielką stanicę do obserwowania tego, co dzieje się po rosyjskiej stronie. Jeśli ktoś ma prowadzić stałą obserwację, trzeba mu regularnie dowozić żywność, a poza tym co jakiś czas wymieniać obsadę.

Dopiero przed wieczorem stanęli na przełęczy. Przed nimi rozciągała się wąska, głęboka dolina. Na szarej ścianie skalnej wyraźnie odznaczała się rozległa jasna plama – ślad świeżej detonacji. Dno zasłane było odstrzelonymi głazami. Długo przepatrywali okolicę, ale nigdzie nie dostrzegli tureckich żołnierzy. Widocznie zaraz po zakończeniu pracy odeszli do jakiegoś dalej położonego obozowiska.

– Co oni tu mogli robić? – mruknął Aleksander. – Na drogę to zupełnie nie wygląda, a przecież gdyby chcieli pozyskać kamień, na przykład do celów budowlanych, i tak go stąd nie wywiozą.

– Wydaje mi się, że chcieli zasypać coś, co leżało na dnie – powiedział ostrożnie doktor, patrząc na rozległe rumowisko.

– Arkę?

– Albo jakieś jej pozostałości. Ewentualnie inny artefakt. Ale niby co? Zważ, że użyli ogromnych ilości materiałów wybuchowych, aby odstrzelić dwa zbocza górskie. To tysiące ton kamienia! Chcieli mieć pewność, że nikt tego nie znajdzie. Za kilka lat przyroda zatrze ślady. Nikt nie pozna, czy to naturalne usypisko głazów, czy ślad celowych prac.

– Tak po prostu wysadzili i odeszli? – szepnął Aleksander.

– Na to wygląda.

– Skoro już tu jesteśmy, może spróbujmy zejść w dolinę?

– Nie wiem, na ile eksplozje naruszyły górotwór – odparł lekarz. – Obawiam się, że mogą zejść kolejne lawiny. Ale szkoda by było nie spróbować.

Zejście na dół zajęło im przeszło dwie godziny. Usypisko było nie do pokonania. Bloki skalne z daleka wydawały się niewielkie. Z bliska okazało się, iż te najmniejsze mają ponad metr średnicy. Aleksander zaglądał w szpary pomiędzy nimi, ale żadna nie była na tyle szeroka, by mógł się wcisnąć.

– Daruj sobie – westchnął lekarz. – Nawet jeśli arka jest tam pod spodem, to po pierwsze całkowicie zmiażdżona, po drugie, aby się dokopać do jej resztek, trzeba by oddziału saperów i wiele dni pracy.

– Myślałem, że znajdę chociaż kawałek drewna. Jakikolwiek dowód, że ona tu jest.

Kilkanaście metrów dalej zobaczyli dwa niemal prostokątne bloki kamienia, na które padł płaski kawał skały, tworząc jakby prymitywny portal. Ostrożnie podeszli bliżej. Doktor przyglądał się blokom, sprawdzając, czy stoją w miarę stabilnie, Aleksander zaś wyciągnął z bagażu karbidówkę.

– Wuju, niezależnie od tego, co zdecydujesz, ja wchodzę – oznajmił stanowczo. – Tam pod skałami leży cel naszej wędrówki. Jeśli zginę, trudno. Wiem, że gdybym nie spróbował, żałowałbym do końca życia.

Skórzewski przez chwilę spoglądał na niego, milcząc, a potem położył mu rękę na ramieniu.

– Idź – powiedział.

Aleksander zapalił lampkę, odwrócił się jeszcze raz, uniósł rękę w geście pożegnania i zagłębił się w mrok. Doktor w tym czasie usiadł na skale, wyjął sprzęt pomiarowy i tablice, dzięki którym mógł dokładnie obliczyć długość oraz szerokość geograficzną, na której się znajdowali, i nanieść dane na mapy. Może nadejdzie taki czas, że car Mikołaj czy książę Aleksander zechcą przysłać tu poważniejszą ekspedycję badawczą. Nagle, gdy był w połowie obliczeń, zapadł mrok, a lekarz poczuł, że niespodziewanie ogarnia go dziwny sen.

Panowała noc, zupełnie jak wtedy, gdy spali na półce skalnej. Nie było widać księżyca, ale jakieś nierzeczywiste światło padało na skały, kładąc się na nich jaśniejszymi plamami. W powietrzu coś szumiało, ale nie był to wiatr. Skórzewski po chwili rozpoznał ten dźwięk.

Dlaczego słyszę tu szum morza? – zastanawiał się półprzytomnie.

– To nie morze, ale górny ocean, który przelał się na ziemię – usłyszał nagle za plecami.

Odwrócił się powoli. Przy kamiennej kotwicy, podobnej do tej z doliny, stały dwie wysokie postacie. Ich twarze ukryte były w cieniu kapturów, a ramiona pokrywały długie, ciemne płaszcze. Sylwetki chwiały się lekko, jakby w sprzężeniu z dobiegającym coraz wyraźniej szumem fal.

– Kim jesteście? – zapytał Skórzewski. – Gdzie się znalazłem?

– Wiesz już, domyśliłeś się przecież – rzekł jeden z mężczyzn głuchym głosem. – Jesteśmy strażnikami pilnującymi arki. Na chwałę Bożą i w imię praojca Noego strzeżemy pamiątek i wspomnień, strzeżemy tradycji i wiary – powiedział uroczyście, jakby cytując fragment jakiejś przysięgi.

– Choć przybyłeś tu z ludźmi, którzy nie byli godni dostąpić widoku tajemnicy świętej góry, jako jedyny z nich zobaczysz to, co im nigdy nie będzie dane – odezwał się drugi.

Powietrze przeszył huk gromu. Doktor zobaczył pierwsze krople deszczu, które szybko przeistaczały się w prawdziwe potoki. Nie mógł zrozumieć, dlaczego w tym deszczu coś mu nie pasuje. Dopiero po chwili zorientował się, że widzi krople, ale nie czuje ich uderzeń. Stojąc w strugach ulewy, włosy i odzienie miał zupełnie suche.

– Dlaczego...? – zaczął, ale spostrzegł w tym momencie, że obaj mężczyźni zniknęli.

Woda lała się z mrocznego nieboskłonu nieprzerwanymi strugami. W świetle błyskawic widział, że na ziemi tworzą się nienaturalnie szybko wielkie kałuże, a te z kolei zmieniają się w rwące rzeki. Rozejrzał się w poszukiwaniu schronienia, ale niczego nie znalazł. Grzęznąc w wodzie już po kolana, dobrnął do kamiennej kotwicy, po czym wdrapał się na nią, po raz kolejny zdumiony faktem, że i buty ma całkowicie suche. Usiadł na kamieniu, kuląc się odruchowo w obawie przed potokami z góry. Nagle po prawej stronie zamajaczył jakiś wielki kształt, a gdy kolejna błyskawica rozświetliła niebo, zobaczył kadłub olbrzymiego statku przepływającego obok.

To niemożliwe, pomyślał nagle. Przecież tu jest za płytko.

Nagle poczuł, że kamień, na którym siedzi, dryfuje na wzburzonym morzu. Skórzewski chwycił się go kurczowo i płynął zalewany przez kolejne fale do momentu, gdy jedna z nich zmyła go do wody...

...i w tym momencie ocknął się na kamieniu przed portalem, czując w ustach smak koniaku, który wlewał mu do ust Aleksander.

– Co się stało? – dopytywał się młodzieniec. – Nie było mnie przecież tylko przez chwilę! Tam jednak nie da się przejść. Przecisnąłem się szczelinami może pięć metrów i koniec... – nagle urwał w pół zdania i tylko gapił się zdumiony.

– No co? – zirytował się lekarz.

– Dlaczego, wuju, jesteś cały mokry?!

*

Gdy dwa dni później zeszli do kotliny kryjącej domniemaną kotwicę, górę skrył już mrok. Na dźwięk kroków obaj Ormianie poderwali się od ognia i złapali za karabiny. Widząc doktora i jego krewniaka, opuścili z ulgą broń.

– Czy znaleźliście arkę? – zapytał Arakel.

– I tak, i nie – westchnął doktor. – Turcy byli pierwsi.

Aleksander opowiedział, co widzieli, ale Skórzewski się nie odezwał. Są sprawy, o których lepiej nie mówić. Obaj Ormianie długo milczeli, zapatrzeni w ogień.

– Kiedyś przyjdzie taki czas, że ją odkopiemy – powiedział Szota. – Jeśli nie my, to nasze wnuki.

– Szkoda, wielka szkoda, że nie udało się znaleźć ani kawałka – westchnął Michaił. – Tylko po co Turcy ją zniszczyli? Przecież Noe, zwany w Koranie Nuh, to także dla nich patriarcha i przodek.

– Idzie jakaś wielka burza dziejowa – odezwał się Arakel. – Znów staną naprzeciw siebie Turcy, Kurdowie i my, Ormianie. Arka mogłaby ożywić w nas ducha, przypomnieć o dawnej potędze. Przypomnieć, że to nasz naród miał jej strzec na świętej górze, która dziś leży za granicą. Zjednoczyć wszystkich naszych braci rozsianych po świecie. Nasi wrogowie nie chcą tego.

*

Warszawa, wiosna 1927

Doktor drgnął i otworzył oczy. Zobaczył nad sobą dwie mordy tak odrażające, że omal ponownie nie zemdlał.

– Już mu lepiej – powiedział pierwszy oprych, ziejąc z paszczy wonią przetrawionej cebuli i kaszanki smażonej na starej oliwie.

– Szkoda by było pana, doktorze, gdyby się pan przekręcił – odezwał się drugi, prezentując poczerniałe pieńki zębów. – Kto by nasze baby i dzieciaki leczył? No, co to za zbiegowisko? – Groźnym spojrzeniem rozgonił gapiów.

Skórzewski usiadł i potrząsnął głową. Nowak usłużnie pomógł wstać doktorowi, a następnie wręczył mu laskę. Jakaś zażywna handlara wcisnęła mu w dłoń szklankę lodowato zimnej wody sodowej.

– Ale mnie pan przestraszył, doktorze. Myślałem, że to zawał – skamlał były pacjent. – Spojrzał pan na zdjęcie i chlap w błoto! Jesionka cała brudna, ale zaraz znajdę jakiś chałat, nakryje pan nim plecy, a jesionkę do pralni na rogu damy i na jutro jak nowa będzie.

Doktor pomacał kieszenie. O dziwo, portfel był na swoim miejscu, zegarek też.

– Wszystko dopilnowane. Tata Tasiemka flaki by z ferajny wypruł, gdyby panu coś zginęło. – Nowak pstryknął się palcem w ząb.

Aha, czyli jednak opłaca się leczyć biedotę z Woli, pomyślał Skórzewski prawie wesoło.

– Tak mi się w głowie zakręciło – wyjaśnił. – Ale już czuję się dużo lepiej.

Spojrzał w błoto, w miejsce, gdzie przed chwilą leżał.

– Tę deskę to ja panu pod głowę podłożyłem, żeby wygodniej było. – Kombinator podniósł z kałuży poczerniały kawałek drewna. – Była w walizce po tym Turku, akurat się przydała. Dziwna jakaś: niby sosna, ale kolor nie ten i słoje takie...

Doktor bez słowa wyjął mu kawałek drewna z ręki. Zbliżył do oczu.

– To cedr – powiedział. – Kawałek bardzo starego cedru.

Rehabilitacja Kolumba

Było już dobrze po czwartej, gdy wielbłąd wreszcie dowlókł się na miejsce. Osada nie była specjalnie duża, rozłożyła się pomiędzy Dunajcem a podnóżem góry. Wokół niewielkiego rynku stały ciasno stłoczone domy. Od strony drogi widać było otaczający miasteczko mur obronny. Nasadzone wokół niego rzędy krzewów dzikiej róży stanowiły zapewne zasieki, dodatkowo utrudniające ewentualny atak. Kasztel wznoszący się nad osadą na tle wieczornego nieba wydawał się prawie czarny. Mury podparte malowniczo skarpami oblicowano twardym andezytem. Niewielkie okna wyposażono w stalowe okiennice z wyciętymi zawczasu strzelnicami. Na dachu umieszczono zwierciadła heliografu i wieżę telegrafu optycznego.

Wojna nie zawitała w te strony od osiemdziesięciu lat, pomyślał Marek z melancholią. A jednak cały czas trwają w pogotowiu.

Drogę przegrodził mu kierdel owiec. Brzęczały blaszane dzwonki, poszczekiwały kudłate pasterskie pieski. Baca idący z boku stada uniósł kij w pozdrowieniu. Student uprzejmie uchylił czapki. Stado było duże, liczyło może ze dwieście sztuk.

Marek rozglądał się po okolicy z prawdziwą przyjemnością. Na poletkach wykłaszało się zboże. Nad rzeką widział równą kratkę krzewów wyznaczających granice ogrodów i ogródków. Na stokach wzgórz zieleniły się łąki. Góry pokrywały gęste lasy, w niczym nieprzypominające rachitycznych zagajników z jego rodzinnych stron. Gleba była raczej marna, skalista, ale rośliny i z tym sobie radziły. Bujna wegetacja cieszyła oczy. Spojrzał na skalne szczyty górujące nad osadą.

Ludzie zawsze liczą na skarby ukryte w głębi skał, pomyślał. W dziewięciu przypadkach na dziesięć mylą się, a nawet jeśli się nie mylą, to trafiają na złoża marnej jakości. Na co liczę? To, czego dowiedziałem się z książek, nie napawa optymizmem.

Zacisnął dłoń na sekretniku wiszącym pod koszulą.

Owce przeszły dalej. Pozostał po nich lekki, przyjemny zapach obory. Wędrowiec uderzył wielbłąda piętami. Zwierzę popatrzyło na niego z wyrzutem, ale ruszyło naprzód. Na placu po lewej kilkudziesięciu młodych sabatów trenowało atak na bagnety pod okiem starego, wąsatego weterana. Węgierskie komendy były kompletnie niezrozumiałe, ale przyjemnie było popatrzeć. Chłopcy ćwiczyli z prawdziwym zapałem. Wreszcie zatrzymał się przed bramą. Wielbłąd uderzony umiejętnie szpicrutą przykląkł. Zaraz też brama uchyliła się ze zgrzytem. Strażnik odziany w barwy majątku spojrzał pytająco.

– Marek Kawka, naturalista. – Przybysz uprzejmie uchylił czapki. – Z uniwersytetu w Krakowie. Otrzymałem zlecenie od hrabiego Andrzeja.

– A, to wy macie badać rudy i ślady robót górniczych – zorientował się wartownik. – Zapraszamy. Hrabia Andrzej jest wprawdzie chwilowo nieobecny, ale prosił, żeby wszystko przygotować. Istvan! – zawołał w głąb korytarza. – Zajmij się wielbłądem gościa.

Wąskimi schodami wspięli się na ostatnie piętro. Student zostawił swoje torby w przydzielonym mu pokoiku.

– Proszę się rozgościć i czuć jak u siebie. Biblioteka jest na końcu korytarza za zakrętem – wyjaśnił strażnik. – Zaraz ktoś przyjdzie otworzyć. O ósmej jest kolacja w refektarzu, proszę nasłuchiwać trzech dzwonków.

– Dziękuję.

Pospiesznie odświeżył się po podróży, a następnie pomaszerował do pracy. Bibliotekarz – siwy, zasuszony staruszek ciężko wspierający się na rzeźbionej lasce – czekał już pod drzwiami. Zamek również był stary, klucz nie chciał się w nim przekręcić, jednak w końcu zapadki zadziałały. Weszli do środka. Okazało się, że biblioteka kasztelu nie była zbyt duża, Marek spodziewał się większego pomieszczenia i bardziej okazałego księgozbioru. Po lewej stronie od wejścia ciągnął się rząd ostrołukowych okien, po prawej ustawiono stare dębowe regały wypełnione ciasno woluminami. Była też drabinka pozwalająca sięgnąć do górnych półek. Kamienne płyty posadzki lśniły solidnie wyślizgane przez tysiące stóp.

– Mapy i dokumenty tyczące się dawnych prac górniczych w dolinie Grajcarka i jego dopływów zostały już przygotowane. – Starzec wskazał stół zawalony tekturowymi teczkami i opasłymi woluminami. – Proszę z nich swobodnie korzystać.

Obok naszykowano też ryzę papieru i przybory do pisania. Stół stał pod samym oknem, łagodne światło padało na orzechowy blat.

– Czy możemy czymś jeszcze służyć? – zapytał bibliotekarz.

Marek pospiesznie sprawdził, czy wśród przygotowanych materiałów znajdują się wszystkie potrzebne książki. Pokiwał głową i napisał coś na czystej kartce.

– Do pracy potrzebuję także tych trzech pozycji. – Podał spis staruszkowi. – Powinny tutaj być. W wolnej chwili chętnie również rzuciłbym okiem na kronikę osady.

Przełożył znane mu już opracowania na sąsiedni stolik i rozłożył notatki. Długie godziny studiował pożółkłe papiery. Od czasu do czasu ujmował w dłoń lupę, by rozszyfrować ledwo czytelne nazwy gór i potoków. Bibliotekarz wychodził parę razy, potem zapadł w fotel i sam pogrążył się w jakiejś lekturze. Zmierzchało się już, kiedy student zaczął składać papiery. Zamknął notatnik z przerysowanymi mapkami oraz planami wyrobisk, odłożył pióro i zakręcił kałamarz. Teraz dopiero, gdy praca była skończona, sięgnął po kronikę osady. Gruby foliał liczył co najmniej tysiąc kart. Marek musnął opuszkami palców solidne miedziane okucia na rogach okładki. Księga miała swoje lata, wołowa skóra poczerniała, zawiasiki z wierzchu zaśniedziały. Otworzył tomiszcze blisko początku. Wpisy nie były szczególnie częste, atrament wyblakł. Przekładał kolejne karty, aż znalazł informację z lipca 1491 roku, zapisaną po łacinie.

Lekkie trzęsienie ziemi, które nawiedziło nasze strony tygodnia poprzedniego, szkód znaczących nie poczyniło, aczkolwiek mury zamku w Niedzicy w dwu miejscach nadpękły, a zamku Czorsztyńskiego w jednym, koło bramy samej. U nas jeno na przestrachu się skończyło.

Przepisał ją sobie skrzętnie do niewielkiego kajetu. Dokładnej daty dziennej nie zapisano, ale domyślał się, że znowu chodzi o dwudziesty drugi lipca lub któryś z dni kolejnych.

– To nie przypadek – szepnął do siebie. – Nawet tu odczuwalne były skutki tego wydarzenia. Miał pan rację, profesorze Mercero. To da się udowodnić.

Zamknął kronikę i z szacunkiem odłożył ją na regał.

– Cóż pan znalazł ciekawego? – dziadek bibliotekarz ocknął się w swoim fotelu.

– Mały okruch zapomnianej, ale potrzebnej mi wiedzy – wymigał się od odpowiedzi Marek, ale pytanie i tak było chyba czysto grzecznościowe.

– Kończymy na dzisiaj? – Staruszek wyglądał na sennego.

– Kończymy definitywnie, proszę odesłać papiery i plany do archiwum, sprawdziłem już wszystko, co trzeba – wyjaśnił student. – Jutro mogę ruszać w góry.

*

Kolację podano w refektarzu na pierwszym piętrze. Przy zastawionych stołach zebrała się zapewne większość mieszkańców kasztelu: kilkunastu zbrojnych, węgierscy chłopcy, których widział ćwiczących koło bramy, jacyś zarządcy i urzędnicy. Były też kobiety, ale te zajęły miejsce przy oddzielnym stole. Marek usiadł sobie skromnie w kącie, a jako że nie znał tu nikogo, nie liczył na rozmowę. Ani wartownik, który powitał go w bramie, ani staruszek bibliotekarz nie pojawili się.

Student wziął z talerza dwie pajdy chleba, a z półmiska kawałek kiełbasy. Nie był właściwie głodny, choć zmęczenie dawało mu się we znaki. Gdzieś w głębi pomieszczenia ktoś przygrywał na skrzypcach. Marek nie potrafił rozpoznać melodii. Ludzie rozmawiali, mieszały się słowa polskie, słowackie, węgierskie, szum głosów docierał do niego łagodnie jak szmer wodospadu.

– Koło jest podstawą każdej najdoskonalszej konstrukcji – dowodził mężczyzna o wyglądzie wioskowego nauczyciela.

– Darujcie, Macieju, to musi być owal – zirytował się jego rozmówca. – Policzcie, proszę, osie południową do Mombasy i wschodnią. Przecież przy tych założeniach Chiny by się nie zmieściły!

– O ile w istocie są tak daleko, jak twierdzi Marco Polo!

Marek ocknął się, gdy o deski przed nim stuknął zapotniały kufel piwa. Potrząsnął głową i podniósł wzrok, napotykając uśmiech nastoletniej służącej.

– Może kawy panu zaparzyć? – Dziewczyna przypominała mu trochę Annę Mercero, ale była kilka lat młodsza. – Zdobyczna, nasi ludzie ze Słowacji w zeszłym roku przywieźli. Mamy spore zapasy.

– Będę wdzięczny... – Skłonił się nieco.

Dziewczyna znikła. Pociągnął kilka łyków z kufla. Piwo było bardzo dobre, ciemne, z leciutką goryczką, dobrze doprawione chmielem. Kiełbasa delikatnie pachniała czosnkiem. Rozejrzał się raz jeszcze po sali.

– Trzeci rok notujemy rekordowe ilości opadów – dowodził starszy mężczyzna w szarym surducie. – Podobne dane spływają z całego Podhala i z Rusi. Ostatni raz podobna sytuacja miała miejsce przed ponad stu laty.

– Wtedy lepszy okres trwał dwie dekady, po czym przyszła straszliwa susza – przypomniał grubas w zielonym kaftanie. – Woda to woda. Do jednej miski nalejesz, w innej ubyć musi. Za dużo ze studni zaczerpniesz i na polach rozlejesz, a u sąsiada zbraknąć może. Wiecie, co dzieje się na północy, pustynia napiera – filozofował.

– Jego Wysokość król Eugeniusz nakazał studnie kopać oraz krzewy i drzewa sadzić, żeby stworzyć na północy wielki zielony mur chroniący nas przed atakami pustyni – zaoponował ten pierwszy. – Wiadomo nie od dziś, że las, zwłaszcza krzewami poszyty, wiele wody zatrzymać może. To, co w lesie zostanie, nie ucieknie łatwo.

– Ale też i wiele wody las potrzebuje. A w suche lato jeden pożar tysiące łanów zniszczyć może. I na nic praca.

Skrzypek przestał grać. Jego miejsce zajęły trzy dziewczyny. Jedna grała na fagocie, dwie pozostałe – na fletach. Popłynęła kolejna melodia. Mieszkańcy twierdzy pożywiali się w spokoju, nikomu się nie spieszyło. Blask świec wydobywał z półmroku twarze ludzi sytych i zadowolonych z życia.

Dobrze im tutaj, pomyślał trochę markotnie Marek. Rzeka pod bokiem, deszcze regularnie padają, można pola uprawiać, owce wypasać, więc i mięso jest, i wełna... Jak u Pana Boga za piecem. Lepiej niż w Krakowie! Chłopi, czy też raczej górale, też nie chodzą głodni. A u nas...

Może trzeba braci namówić na przenosiny, zanim nas piach ze szczętem zasypie? Plunąć na te nasze marne łany i zacząć od początku. Na przykład tutaj.

Dziewczyna wróciła, niosąc mu kamionkowy kubek. Zapach kawy był mocny, aromatyczny. Marek uprzejmie jej podziękował. Ukrył zaskoczenie, kiedy służąca odsunęła krzesło i usiadła naprzeciwko. Chyba nie miała już tego wieczora wiele do roboty.

– Na długo do nas, panie? – zapytała.

– Kilka dni, chyba że trafię na jakieś ciekawe złoża, wtedy badania mogą potrwać dłużej – wyjaśnił.

– Hrabia Andrzej już łońskiego roku przegonił ludzi po górach, coby szukali dawnych wyrobisk – wyjaśniła. – Oglądał kamienie, które poprzynosili. Ale w tych stronach nikt się na skałach tak dobrze nie zna, to i nic ciekawego nie znaleźli. A nawet jak znaleźli, to sami tego nie rozpoznali. Choć powiadają, że w dawnych czasach złoto i srebro w tych stronach wydobywano.

– W tych okolicach mogą się trafiać cenne kruszce – przyznał. – Zobaczymy. Jeżeli nie złoto i srebro, to może inne ciekawe metale. Miedź, cyna, nawet ołów. W moich stronach za to żelazo występuje, a czasem i ruda miedzi – rzekł po chwili.

– Waszmość z Tatr pochodzisz?

– Z Gór Świętokrzyskich, to daleko na północy. Prawie już na skraju wielkiej pustyni. Tam, gdzie miasto Kielce i klasztor na Świętym Krzyżu.

– A, to słyszałam. Od nas chodzili na pielgrzymkę do Częstochowy. Też niełatwa to droga przez suche stepy.

– Miał być wyznaczony człowiek dla mnie do pomocy, nie wiesz, panienko, przypadkiem... – zmienił temat.

– Jontek owce dziś w Gorcach strzygł, ale zawiadomiono już bacówkę heliografem, że pan skończył plany wyrobisk przeglądać. Jeśli nic nie stanie mu na przeszkodzie, przybędzie rano. Zna te góry jak własną kieszeń. Silny, choć dopiero piętnaście lat skończył, i odwagi też mu nie brakuje. W zeszłym roku wilka widłami zadźgał!

No, zobaczymy, co z niego będzie za pomocnik, pomyślał Marek. Trzeba przyznać, że wszystko przednio zorganizowane. Dziś biblioteka, jutro dzięki heliografom, jak mu tam? a, Jontek będzie. Wszystko gotowe na czas.

– Kiedy możemy się spodziewać powrotu hrabiego? – zapytał.

– Tego dokładnie nikt nie wie. Koło Niedzicy znowu zaobserwowano „Kukułkę" – ściszyła głos. – Wszyscy w stanie gotowości. Pan Andrzej zabrał najlepszych strzelców i zasadzają się po górach, czekając meldunków. Może strącić ją zdołają, może jakiego konfidenta uda się wyśledzić... Za kilka dni wrócą z tarczą albo na tarczy. Ale widzę, że waćpan senny, a ja tu gadam. Pewnie pora waszmości do łoża. Tu się nie ma co cucić kawą, tylko podróż odespać, jeśli przyjmie pan radę od sługi.

– Chyba tak.

Pożegnał się i wdrapał po schodach. Mimo wszystko zabrał na górę kubek. Szkoda tracić cenny napar. Kawa rano będzie wprawdzie zimna, ale zachowa swoją moc. W pokoju z zadowoleniem skonstatował, że pod jego nieobecność łoże zostało pościelone. Umył twarz w misce, zdjął ubranie i po chwili spał jak zabity. Sen przeniósł go znowu do Krakowa... Katedra Dziedzictwa Krajów Iberyjskich. Profesor Mercero i jego piękna córka...

*

Drzwi archiwum były tak niskie, że Marek musiał mocno pochylić głowę. Profesor Mercero zatrzasnął zasuwę, a potem uniósł lampę do góry. Stali jakby na dnie kanionu. Po lewej i po prawej daleko w mrok ciągnęły się wysokie na dwanaście stóp regały zastawione oprawionymi w skórę woluminami. Marka zdziwiło, że regały wymurowano z cegły, a książki stały na półkach z kamiennych płyt. Słabe światło świeczki igrało tu i ówdzie na złoconych literkach tłoczonych w skórze, na srebrzonych okuciach.

Student milczał, patrząc wokoło oniemiały. Co innego słyszeć o tych zbiorach, a co innego samemu znaleźć się wśród przeszło trzystu tysięcy tomów.

– Dwie krainy, Espania i Lusitania, Hiszpania i Portugalia, zebrane w jednym miejscu – powiedział z dumą uczony. – Mamy tu wszystko. Kroniki naszych władców, księgi miejskie, zbiory praw i regestry sądowe, odpisy listów kupieckich i archiwa inkwizycji, spisy ludności, księgi parafialne. Cały świat, który już nie istnieje. Dorobek narodów, których już prawie nie ma. Po tych ludziach pozostały tylko kości bielejące w zgliszczach, a tu ich losy czytać możemy. Wszystko, co zdołano uratować i wywieźć, wszystko, co wykupiono potem z rąk pogan, trafiło w jedno miejsce, do tej biblioteki.

– To niezwykłe – szepnął Marek.

– A teraz mów szczerze, jak na świętej spowiedzi. Spodobała ci się moja córka?

– Ależ, panie profesorze... – bąknął speszony.

– Chcesz powiedzieć, że ci się nie podoba? – Uczony uśmiechnął się jakby trochę kpiąco. – Nie musisz nic mówić, widzę po twojej minie. Ślepy by zauważył, jak posyłacie sobie ukradkowe uśmiechy. Niestety, widzę kilka problemów. Masz tylko herb i głowę na karku, ale do tego dziurawe spodnie i zelowane buty. Nie posiadasz żadnego majątku. Tym samym los skazał cię na jedną jedyną drogę. Zauważyłem, że od pół roku plączesz mi się jak kot pod nogami i nieproszony oddajesz wszelkie możliwe usługi. Łebski z ciebie chłopak, zrozumiałeś, że musisz zdobyć moją przychylność i aprobatę. Ale to, że cię lubię, gałganie, to jeszcze trochę za mało. Jak w bajkach, ręka księżniczki i połowa królestwa mają swoją cenę.

Zabrzmiało to jak konkretna propozycja handlowa.

– W jaki sposób mógłbym zasłużyć...? – wychrypiał przez ściśnięte gardło.

– Jako że jestem poetą i znawcą sztuk pięknych, obracam się w materii spraw ulotnych. Ty zaś uczysz się, by zostać naturalistą, specjalistą od rzeczy konkretnych: skał, roślin, zwierząt... Od lat posiadam pewną idée fixe, która nie daje mi spać po nocach. Niestety, sam nie umiem tego problemu rozwiązać. Wydaje mi się, że wyjaśnienie zagadki może kryć się w tych woluminach, choć na pewno nie zostało podane wprost. Czuję, że tajemnica wymaga poskładania odpowiedzi z setek małych okruchów. To zadanie dla inteligentnego, dociekliwego człowieka. Jeśli rozwikłasz tajemnicę, nie będę czynił wam przeszkód.

– Jakie będzie moje zadanie?

– Rycerzowi zazwyczaj kazano w takich przypadkach przynieść głowę smoka – zachichotał profesor. – Ale na cóż mi ona? Rektor mnie nie lubi, ale jego głowy też nie ścinaj. Jak już powiedziałem, otrzymasz misję wymagającą nie biegłości w robieniu mieczem, ale zdrowego pomyślunku i nawet szczypty fantazji, aby podjąć poszukiwania tam, gdzie mnie zawiodła wyobraźnia.

– Zamieniam się w słuch – rzekł Marek niecierpliwie.

– Jak ci wiadomo, my, Hiszpanie, we wszystkich krajach postrzegani jesteśmy jak rodzaj trędowatych. Jak za nieszczęsnymi Żydami ciągnie się zbrodnia Judasza, tak my po wsze czasy kojarzyć się będziemy z Kolumbem. Jest jedna jedyna metoda, by to odwrócić. Dokonasz jego rehabilitacji. Zdobędziesz niepodważalny dowód jego niewinności.

*

Marek obudził się zlany zimnym potem. Świtało. Przez chwilę leżał, patrząc przez okno na porośnięte lasem stoki gór, ale przemógł lenistwo. Wstał, umył się w misce z wodą, odział, a następnie uchylił okno. Chłodny wiatr owiał jego twarz. Z dołu dobiegały okrzyki, a po chwili huknęła potrójna salwa karabinowa. Węgrzy znowu trenowali.

Na niewielkim biureczku z orzechowego drewna rozłożył zwiniętą wcześniej w rulon mapę Europy. Tu i ówdzie karta pokryta była czerwonymi kropkami. Zaznaczył Krościenko i dopisał datę.

– Pięć dni mocnych wstrząsów – mruknął, patrząc na dziesiątki punktów rozsypanych od Portugalii po łuk Karpat. – Budowle waliły się jeszcze przez miesiąc, choć nie odnotowywano kolejnych trzęsień. Zapewne po prostu uszkodzone budynki rozpadały się. Naruszone stropy, pęknięte ściany. Ale nie ma relacji o wstrząsach wtórnych. Tak czy inaczej, było to zdarzenie nagłe, silne...

Rozległo się pukanie do drzwi.

– Proszę. – Student zwinął mapę.

W progu stał chłopak odziany w samodziałowe spodnie, płócienną koszulę i wyleniałą baranicę. Na nogach miał nieco schodzone wysokie buty. Liczył sobie jakieś piętnaście lat. Nie był wysoki, widać też było, że od dziecka nawykł do ciężkiej pracy. Ręce miał spracowane, na przedramionach odznaczały się wyraźnie węzły mięśni. Twarz spaliło mu wiosenne słońce i górskie wiatry.

– Antoni – przedstawił się. – Ale wołają mnie Jontek.

– Marek.

– Pan hrabia rozkazał, żebym panu towarzyszył w poszukiwaniach. Znam tu każdy kamień – pochwalił się. – Nie raz z pieskiem i owcami przemierzałem te doliny. Jeśli pan...

– Mów mi, proszę, po imieniu. Kiedy możemy wyruszyć?

– Choćby i zaraz po śniadaniu albo po południu. Jak wygodniej.

– To znakomicie. Moim zdaniem, szkoda tracić dnia. Im szybciej wyruszymy, tym lepiej. Będziemy potrzebowali kilofa, młotka i łomu, może też krótkiego szpadla – wyliczał Marek. – Ponadto liny, latarki i zapas świec, bo zapuścimy się do starych sztolni i jaskiń. Do tego jakiś sprzęt obozowy, namiot, koce, kociołek do zagrzania wody i coś do jedzenia, bo pewnie po dwa, trzy dni nie będziemy wracali na noc w doliny. Mamy przejść przez Bryjarkę i Jarmutę, a potem dalej, do Białej Wody. Rozejrzymy się też za innymi miejscami, gdzie na powierzchnię wybijają ciężkie, ciemne skały magmowe.

– Rozumiem. Weźmiemy jucznego konia, czy może lepiej pieszo?

– Ty znasz te góry, sam zadecyduj.

– Pieszo. Będzie trochę dźwigania, ale na stromych ścieżkach i w korytach potoków koniom trudno nogi stawiać. Czego konkretnie będziemy szukali? – zaciekawił się góral. – Bo że starych sztolni, to wiem. Byłem zeszłego roku w niektórych. Wskażę. Ale chodzi zapewne o to, co się w nich kryje? Hrabia w zeszłym roku wspominał o kruszcach.

– Szukamy rud metali. Hrabiego najbardziej interesują oczywiście złoża złota, ale obawiam się, że na to nie ma szans – naturalista nie widział powodu, by ukrywać cel wyprawy.

– Ale tu nie ma chyba złota – zdziwił się Jontek. – A w każdym razie nie słyszałem nigdy, żeby ktoś je znalazł. Bo nie chodzi przecież o skarby dawnych zbójników?

– Skoncentrujemy się na poszukiwaniu skał, które rodzą kruszce. Gdy je znajdziemy, przeprowadzę dokładniejsze badania. Kto wie? Nawet jeśli nie ma w nich metali szlachetnych, może trafimy na te mniej szlachetne. Żelazo i miedź też się przecież przydadzą.

*

Szli drogą biegnącą wzdłuż rzeki. Wczesnym przedpołudniem minęli Szczawnicę, przed sobą mieli bezludny teren znaczony tylko pasterskimi szałasami i ruinami dawnych osad. Marek, by nabrać krzepy przed wyprawą, przez miesiąc wchodził dwa razy dziennie na ocalałą wieżę kościoła Mariackiego. Teraz przekonał się, że nie była to zbyteczna fatyga. Jego przewodnik, choć objuczony rozmaitym sprzętem, maszerował równo. Student dźwigał znacznie lżejszy plecak, jednak ledwo mógł za nim nadążyć. Jontek zabrał na wyprawę swojego psa. Wielki owczarek to znikał, to pojawiał się znowu, ganiając po krzakach zajęty własnymi sprawami. Kilka razy pojawił się na drodze, wystawiając zwierzynę, ale nie było czasu polować. Góral miał kuszę, młody naturalista wziął strzelbę. Wprawdzie wilków nie widziano w okolicy od wiosny, lecz z rozkazu hrabiego każdy zapuszczający się w góry musiał być uzbrojony. Nawet pastuszkowie pasący gęsi nad Grajcarkiem mieli lance i noże, przypominające rozmiarem raczej wojskowe tasaki.

Dobrze chociaż, że szablę zostawiłem w Krakowie, stwierdził student, poprawiając rzemień flinty, boleśnie wrzynający się w bark.

Rozglądał się wokoło z przyjemnością. Lasy, soczysta zieleń, łąki pełne krów i owiec. Co jakiś czas widywali z daleka pasterzy. Jontek machał do znajomków.

Tak kiedyś wyglądał cały nasz kraj, pomyślał Marek z melancholią. Niedawno, niespełna czterysta lat temu, tam, gdzie mieszkam, też były podobne lasy, także padały regularnie obfite deszcze, płynęły rzeki... Wisłą można było spławiać towary aż do Gdańska!

Było wczesne popołudnie, gdy minąwszy masyw Jarmuty, dotarli do niepozornej dolinki. Potok szemrał po skałach. Jak ustalili, na pierwszy ogień miała iść Wodna Bania, potem postanowili przejść do wąwozu Homole, zanocować i rano poszukać wyrobisk w tamtej okolicy.

Wylot sztolni niełatwo było odnaleźć. Jontek był tu w zeszłym roku, ale nawet jemu odnalezienie ukrytego w chaszczach wejścia zajęło sporo czasu. Pozostawili bagaże pod opieką psiska, osadzili w latarkach grube woskowe świece, a następnie zagłębili się w mrok.

Sztolnia lekko opadała. Wąski korytarz prowadził do dużej, choć dość wąskiej jaskini. Sufit ginął gdzieś w ciemności. Na spągu przez ostatnie lata zebrała się gruba warstwa namuliska. Kilka belek porzuconych pod ścianą wskazywało, że kiedyś i tu prowadzono prace. Widać było, że przerwano je zupełnie nagle, w jednym z korytarzyków poniewierały się resztki taczek, nadal pełne urobku. Marek, korzystając z okazji, zabrał kilka bryłek do analizy. Rudo błysnęło ostrze kompletnie przerdzewiałego kilofa. Jontek przeszedł jeszcze kilkanaście kroków. Poprawił baranicę, uniósł latarkę i oświetlił ściany. W słabym blasku świeczki ujrzeli jasny pas mocno skrystalizowanej skały.

– Żyła kwarcu – mruknął góral pod nosem. – Trochę ją, jak widzę, próbowali wybierać. – Dotknął opuszkami palców miejsca, gdzie powierzchnię znaczyły ślady uderzeń.

Marek rozwinął odrys planu.

– Jest tu zaznaczona. Odkuj kilka kawałków, obejrzymy je dokładniej przy świetle dziennym.

Przewodnik ujął młotek i łomik. Stukot wrócił odbity echem. Skórzana torba przeznaczona na próbki przyjemnie się zaokrągliła. Unieśli latarki na kijach. Jakieś cztery metry nad dnem wypatrzyli kolejną żyłę, nieco szerszą, ale, niestety, poza zasięgiem. Zrozumieli, że trzeba będzie wrócić tu z drabiną. Z jaskini wąskie przejście prowadzi-

ło do kolejnej, mniejszej groty, w której również znajdowały się dwie żyły kwarcu szerokie może na pół stopy.

– Fortuny z tego nie wydobędą – sarkał chłopak, waląc w skałę. – Nawet jakby to był czysty kruszec, warstwa jest cieniutka. Niby nie nasze zmartwienie, ale i przykro jakoś znowu wracać do dziedzica z pustymi rękami.

Jego towarzysz oglądał odłupany kawałek w blasku świecy. Pod lupą błysnęło kilka drobnych ziarenek. Mikrosamorodki.

– Trochę złota tu jest – mruknął Marek i zanotował obserwacje w notesie. – Szkoda, że ilość mikroskopijna, a zarazem brak śladów innych minerałów. Ocenimy spokojnie na powierzchni, ale obawiam się, że masz rację. Wrócimy z pustymi albo prawie pustymi rękami. Wszędzie tu wzdłuż koryta Grajcarka wybijają skały głębinowe. Metale rodzą się w głębi ziemi, ale tylko niekiedy wychodzą na powierzchnię.

– Wedle legendy gdzieś tu trza by szukać zaginionej kopalni Piotra Wyżgi. – Miejscowy omiatał światłem różne zakątki groty. – Ale tak mi się widzi, że pokuli te sztolnie, niewiele znaleźli, porzucili, teraz po latach nagle sobie przypomnieli. Ja bym na miejscu hrabiego wszedł w spółkę z sąsiadami, wrócił do badań góry Wdżar – bąknął. – Złota tam wprawdzie niewiele znajdowano, ale może gdyby wgryźć się głębiej... Bo skoro te sztolnie zostawili, to może i nic nie znaleźli?

– Badania w tej części Pienin przerwała druga wojna słowacka – przypomniał Marek. – Czambuł, który się tu wdarł w tysiąc osiemset trzecim, spalił wszystkie wsie ze Szczawnicą włącznie.

– A to wtedy było? – zdziwił się chłopak. – Myślałem, że wyrobiska starsze.

– Historię swoich stron rodzinnych warto znać – zganił go łagodnie student.

– Moje rodzinne to tam, koło Krościenka. – Patriotyzm górala najwyraźniej nie przekraczał granic jego doliny.

Ich poprzednicy wykuli niewielki szybik prowadzący w dół. Obaj poszukiwacze deliberowali nad nim przez chwilę. Wreszcie spuścili latarkę na lince. Świeczka wydobyła z mroku nierówne skalne ściany i nieruchomą powierzchnię wody. Szyb był zalany. Spenetrowali jeszcze kilka bocznych korytarzy. W jednym górnicy przed laty dokuli się do kolejnej szczeliny. Nie było tu nic ciekawego.

Marek usiadł pod ścianą groty i naszkicował przekrój góry oraz przypuszczalny przebieg żył.

– Marnie to wszystko wygląda – ocenił. – Jutro trzeba jeszcze sprawdzić sztolnię w wąwozie, może tam bardziej nam się poszczęści... Wracamy na powierzchnię.

Czekał ich jeszcze długi marsz do planowanego miejsca noclegu. Na szczęście droga prowadząca w głąb doliny była nieźle utrzymana. W wąwozie Homole było już mroczno, słońce powoli chyliło się ku zachodowi. Rozchlapując wodę, przeszli korytem Kamionki do żlebu i niebawem stanęli na polanie w Dubantowskiej Dolince. Chłopak zakrzątnął się przy kolacji. Rozpalił małe ognisko, na czterech kamieniach położył ruszt, do garnka wrzucił porcję krup.

Student powyjmował z toreb woreczki z próbkami skały. Kilka kamieni skruszył młotkiem na niewielkim kowadle. Z pyłu pęsetą wyłowił trzy małe złote ziarenka.

– Miesiąc roboty i może na pierścionek dla dziewczyny bym zebrał – góral, patrząc znad kociołka, trzeźwo ocenił urobek. – Myślałem sobie, pochodzę, popatrzę, co i gdzie. Jak złoto znajdziemy, zbiorę sobie worek kamieni i w domu połupię. Ale tak widzę, że już więcej zarobię, najmując się do roboty przy owcach.

– Masz rację. Tu więcej włożyć trzeba, niż się zyska – zadumał się Marek. – Nie ma na co liczyć. Chciałbym znaleźć obiecujące złoża minerałów miedzionośnych. Może metal ten mniej rozbudza wyobraźnię, ale szanse, że przyniesie fortunę, są znacznie większe. Ale jak się nudzisz zimą, to kwarców odkuj i zabierz do domu. Połupiesz sobie w wolnych chwilach. Może dziewczyna doceni, że sam to złoto wydobyłeś?

– E, aż tak to mi się nigdy w życiu nie nudziło. Na dorobku człowiek, to zawsze coś do roboty się znajdzie. A gdyby śląską metodą piachy płukać? W Grajcarku? W Kamionce? W Dunajcu może? – dopytywał się Jontek.

– Kto wie... ale sądzę, że szanse są nikłe. Tam, na zachodzie, rzeki rozmywają stare góry uczynione z twardych skał. Tu góry z wapieni, gdzieniegdzie tylko tkwią w nich czopy skał głębinowych. A jeśli drobinki złota w skale są tak drobne, to i z piachu niełatwo będzie je odzyskać... A masz jakąś dziewczynę na oku? – zaciekawił się student.

– Poznałeś ją, usługiwała przy kolacji. Agnieszka, ale wołają ją po naszemu Jagna. To sierota przygarnięta przez hrabiego. Rodzice zmarli na dżumę w czasie epidemii pięć lat temu.

– Zarażone szczury... – przypomniał sobie Marek.

– Szatański pomysł mieli, zawszone kolumby. Tylko tu w okolicy ze dwustu ludzi do piachu poszło, a przecież i na Rusi zaraza szalała. Za parę lat pewnie hrabia da mi ją za żonę, tylko muszę bardziej się w jego łaski wkupić albo fortunkę jakąś zebrać i na swoje iść. I jedno, i drugie zadanie trudne piekielnie. Myślałem nawet do wojska się na trzy lata zaciągnąć, iść na węgierską granicę. I żołd dobry, i może gdyby ofensywa ruszyła, łupy jakieś się trafią, szkopuł w tym, że i zginąć łatwo. Byli już tacy z naszych stron, co poszli i nie wrócili. A ci, którzy wrócili, kupili kawałek ziemi albo trochę owiec, ale też fortun nie zdobyli. I żaden jakoś nie pali się iść raz jeszcze, chociaż drugi kontrakt to już ranga kaprala i żołd dwa razy wyższy, a trzeci kontrakt to i oficyjerem zostać można. A jakby tak order wpadł, to i szlachectwo doń przypisane.

Marek wydobył z kieszeni srebrny sekretnik. Otworzył i podał Jontkowi.

– A ta mnie się podoba – westchnął. – Ma na imię Anna.

– Uch, piękność prawdziwa. – Młody aż cmoknął z uznaniem. – A warkocz czarny i buzia jak brzoskwinia.

– Jest Hiszpanką z pochodzenia. To córka profesora Mercero. Kłopot w tym, że aby dostać ją za żonę, i ja muszę wypełnić jedno kolumbańsko trudne zadanie... – zasępił się.

– Potrzebujecie pomocy?

– Ech, nie... Tu ogromnej wiedzy trzeba. Najpierw informacje z ksiąg pozyskać, potem wnioski wyciągnąć.

– Ja nie uczony, tyle co szkołę parafialną skończyłem. Nie mówię więc o pomocy w wypełnieniu zadania. U nas, w Pieninach, się takie rzeczy inaczej załatwia. Gdy ojciec okoniem staje, pannę porywamy i cały wic w tym, żeby dotrzeć do kościoła, zanim dzielnego juhasa pościg dopadnie. Kościołów kilka w okolicy, więc często się udaje, bo pościg ku innemu zmierza, a kochankowie do innego dążą.

– Proste wiejskie zwyczaje – uśmiechnął się student. – U nas, niestety, nie tak łatwo.

Ognisko dogasało, Jontek spał nakryty kocem. Marek w słabym blasku żaru raz jeszcze popatrzył na portrecik ukochanej.

– Droczy się czy powiedział poważnie? – zamyślił się. – Są bogaci, nieprzytomnie bogaci, trzy kamienice w Krakowie, katedra, pensja królewska. Wszystko odziedziczy córka jedynaczka. A ja... Gospodarstwo kilka mórg ziemi ledwie, dobrze, że studnie dużo wody dają, ale dwaj starsi bracia jeszcze do tego. No i ta piętnasta część dochodów z karczmy na Salwatorze, co to przed laty dziadek wygrał w kości. Żeby nasz dziedzic nie fundował mi nauki, nawet bym Anny nie spotkał, bo gdzie by mi było na uniwersytet.

Popatrzył na szczyty oblane bladym, nierzeczywistym blaskiem księżyca. Zagryzł wargi.

Przymknął oczy, odtwarzając sobie w pamięci całą idiotyczną rozmowę w bibliotece. Rehabilitacja człowieka, którego nazwisko jak Europa długa i szeroka jest najgorszym możliwym przekleństwem. Czy to w ogóle możliwe? Czy profesor tylko zakpił sobie z ubogiego studenta, obarczając go niewykonalną misją? Nie, to na pewno uczciwa propozycja. Trzeba wymyślić, jak to ugryźć! Udało się już znaleźć pewne poszlaki wskazujące na zupełnie inny przebieg zdarzeń niż zapisany w księgach historii, ale wciąż brak żelaznych, niepodważalnych dowodów! Dowody te można zaś odnaleźć tylko tam, w samym miejscu zdarzenia. Konieczny jest daleki rejs na zachód, lecz skąd wziąć okręt i kapitana, który zgodzi się wypłynąć w podróż, z jakiej nikt jeszcze nie wrócił?

*

Nad łąką snuły się języki porannej mgły, kiedy obaj wędrowcy jedli śniadanie. Góral kroił grube pajdy chleba i smarował je wielbłądzim sadłem, Marek, jedząc, oglądał pobliską skałę, której warstwy jaśniejsze i ciemniejsze układały się zaskakująco równo.

– Nazywamy tę skałę Kamiennymi Księgami. Powiadają, że w nich zapisana jest cała historia ludzkości, ale niebezpiecznie w nią zaglądać – powiedział Jontek, łamiąc laski suchej kiełbasy.

– Do kolumba, chętnie bym podczytał kilka rozdziałów takiej księgi – westchnął student.

– Oj, lepiej nie. Legendy mówią, że ci, co zajrzeli, marnie skończyli. Jeden oślepł, drugi stracił głos i nie mógł opowiedzieć, co na tych kartach znalazł.

W tym momencie pies Jontka, dotąd buszujący w pobliskich krzakach, podbiegł do pana i trącił go nosem. Naturalista spojrzał pytająco na górala.

– Ktoś się kręci w pobliżu – wyjaśnił chłopak, sięgając po kuszę. – Mój pies uczony, żeby nie szczekać, tylko przybiec i ostrzec.

– Pasterze?

– Nie. On zna większość miejscowych. Ktoś obcy raczej. Może ze Słowacji ktoś na naszą stronę przeszedł, ale ostrożność nie zawadzi. Weź flintę.

Naciągnął kuszę, zabrał też ciupagę.

– Prowadź, Azor, prowadź – wydał komendę.

Pies zaprowadził ich w dolinę potoku, wszedł między świerki i tam wystawił zwierzynę. Podkradli się za niewielki wzgórek, skąd można było obserwować dalszy bieg potoku, samemu pozostając niezauważonym. Jontek nagle wciągnął głośno powietrze, a następnie trącił Marka w ramię. Tuż za zakrętem w korycie Kamionki pomiędzy drzewami cumował niewielki sterowiec. Balon przywiązano linami do kilku drzew, gondola wisiała tuż nad ziemią, a na brzegu rzeczki stał generator. Załoga statku nie próżnowała. Jeden mężczyzna kręcił korbą, wprawiając w ruch tarcze maszyny elektrostatycznej, drugi majstrował coś przy silniku. Po chwili dostrzegli trzeciego członka załogi, siedzącego opodal na skale i przez lornetkę lustrującego dolinę.

– O, ja cię kręcę! – syknął Marek. – To Turcy! Prawdziwa „Kukułka", trzyosobowy oddział zwiadowczy!

– Do jasnego kolumba! – mruknął góral jakby trochę przestraszony. – Zasrane kolumbsyny...

– Nie rzucaj tak mięchem. – Towarzysz dał mu sójkę w bok. – Wygląda na to, że przeskoczyli nocą góry i wylądowali w tej dolinie, żeby uzupełnić zapas wodoru. Albo pobuszowali gdzieś na Podhalu i zrobili przerwę, żeby nocą przelecieć nad Słowacją. Chociaż nie! Paliliśmy przecież ognisko na łące, wypatrzyliby je z góry i poderżnęliby nam nocą gardła. Musieli tu zapaść jakoś tuż przed świtem.

– Mogło tak być. Chociaż... Albo mi się wydaje, albo mają jakiś problem z maszyną – mruknął Jontek.

Sprawdzający śmigło przerwał robotę i krzyknął coś do wartownika. Ten pomachał uspokajająco ręką. Widać było, że wszyscy trzej zachowują ostrożność, ale nie spodziewają się raczej ataku. Trzy karabiny stały jednak w zasięgu ręki, a obsługujący wytwornicę wodoru miał u boku olstra z pistoletem.

– Ich trzech na nas dwóch – mruknął Jontek, kładąc dłoń na łbie psa. – Jeśli weźmiemy ich z zaskoczenia... Zabiłeś kiedyś człowieka?

– Jakoś nigdy – westchnął student.

– Mnie się też nie zdarzyło – mruknął góral. – Wilka ubiłem, dwa razy nawet, świnie szlachtowałem, owce, kozy... To chyba nie będzie dużo trudniejsze. Plan mam taki: ja z kuszy strzelę do tego w turbanie, a ty z flinty do tego w czerwonej czapce. Potem biegniemy na złamanie karku, łapiemy te ich karabiny i walimy w strażnika. Jeno żebyś trafił, bo to żołnierze i zwiadowcy. Jak chybimy, to żywi nie wyjdziemy!

– Dobry plan – westchnął Marek. – Ale z wartownikiem problem największy, bo może ujść.

– I tak, i nie. Broni przy nim nie widać, ale może mieć pistolet. Uciec stąd na piechotę nie da rady, Węgry są za daleko. Postara się więc odzyskać sterowiec, a nas pozabijać. Tropić go możemy. – Położył dłoń na łbie psa. – Ale to jak iść za rannym wilkiem... Ano zobaczymy potem. Na razie do roboty.

– Moja strzelba jest dwulufowa. Spróbuję kropnąć tego w fezie, a drugą kulą wartownika.

– Dobra!

Góral umieścił bełt w łożu kuszy. Student podłożył świeże kapiszony pod kurki flinty.

– Gotów.

– Ja też.

– Wyceluj i na trzy...

Bełt wbił się w plecy zwiadowcy. W tym samym momencie huknął strzał. Drugi Turek trafiony w kark padł jak długi. Jontek puścił się biegiem, a student wstał i wygarnął jeszcze do strażnika siedzącego na skale. Chybił. Rzucił strzelbę i pobiegł w ślad za towarzyszem.

Trafiony z kuszy jeszcze żył. Dopełzł do karabinów, już zaciskał dłoń na kolbie... Nie zdążył. Pies, warcząc, ucapił go za łokieć. Góral zamachnął się zza głowy. Tylko chrupnęło, gdy ciupaga strzaskała kark. Obaj poszukiwacze złapali broń, ale strażnik znikł.

– Kolumb by go trafił – syknął góral. – A może jednak ubiłeś gada?

– Niestety nie.

Marek przebiegł przez koryto potoku. Trącił nogą zastrzelonego Turka. Wróg wyglądał na martwego, ale na wszelki wypadek student przyładował mu w skroń kolbą. Chrupnęła pękająca kość. Nie mógł się powstrzymać, uderzył jeszcze raz.

– Szukajmy trzeciego – ponaglił go góral.

– Ostrożnie, może mieć broń.

– Azor! Kolumb! Bierz kolumba!

Pies nie kazał sobie tego dwa razy powtarzać. Pognał w stronę zakrętu wąwozu. Ruszyli za nim z bronią gotową do strzału.

– Na ściany nie wlezie raczej, bo za stromo – szepnął Jontek. – Jeśli spróbuje, ustrzelimy go jak wronę! Ale... Jest!

Marek pierwszy szarpnął za spust. Chybił. Turecki zwiadowca ukrył się za załomem skalnym. Pies szczekał i warczał gdzieś w krzakach. Stanęli niezdecydowani.

– Przejdę na drugą stronę strumienia i ruszę przez tamte usypiska, może zobaczę go z góry i weźmiemy kolumba w dwa ognie – zaproponował góral. – Chyba nie ma broni. Trzy karabiny stały i ich było trzech.

– Na pewno ma przynajmniej pistolet! Poszedłbyś na wartę z pustymi rękoma?

– Masz rację.

Nieoczekiwanie huknęło kilka strzałów. Obaj natychmiast przypadli do ziemi. W tej chwili rozległ się tętent i zza załomu wyjechało trzech jeźdźców uzbrojonych w karabiny. Na widok poszukiwaczy osadzili konie.

– Turcy w wąwozie! – krzyknął dowódca. – Uciekajcie, chłopcy, my ich...

– Dwaj już zabici – odkrzyknął Marek. – Trzeci uciekł!

– To niedaleko uciekł! – wrzasnął dowódca radośnie.

Zaraz też dotarła reszta grupy. Po barwie Marek rozpoznał pachołków kasztelu w Krościenku. Oni rozpoznali Jontka. Zaraz też kolejni przywlekli na lince trupa wartownika. Wreszcie na karym ogierze nadjechał sam hrabia Andrzej.

– A niech mnie – mruknął, zeskakując z konia. – Jak widzę, nasi studenci nie tylko skały kruszyć potrafią, ale i tureckie czerepy rozbijają. A ten to ciupagą zarąbany.

– Jontka zasługa – wyjaśnił Marek. – Bez niego nic bym nie zdziałał.

– No, chłopaki, niech was uściskam! Dwóch tureckich zwiadowców uziemiliście. Jontek, za taki wyczyn nagrodę dostaniesz!

Nadjechali jeszcze trzej jeźdźcy. Ci dla odmiany nosili mundury obsady zamku w Niedzicy. Każdy miał przewieszoną przez plecy długachną flintę – dalekosiężny karabin do rażenia statków powietrznych. Dwaj mieli na piersi ordery, Marek rozpoznał krzyż za odsiecz Bratysławy. Trzeci, najmłodszy, udekorowany był tylko tarczą za wyprawę na Węgry.

– Ścigamy ich od świtu – wyjaśnił hrabia, trącając butem jednego z nieboszczyków. – Przyszły wiadomości heliografem, że widziano ich wczoraj w okolicach Starego Sącza i Limanowej. O brzasku spostrzegła ich strażnica na Sokolnicy. Mieli jakiś problem, bo sterowiec szedł nisko i przechylony. Stąd też przyszło nam do głowy, że zechcą gdzieś tu przycupnąć, żeby naprawić uszkodzenia. Pasterze owiec koło ruin Szlachtowej wskazali nam, że znikł gdzieś w okolicach południowych stoków Jarmuty. Podejrzewaliśmy, że potrzebują wody dla wytworzenia wodoru. Moi ludzie przetrząsają całą okolicę, ale to wam się poszczęściło. Zagoniliśmy konie, myśleliśmy już, że nie dościgniemy, a tu proszę, jaka niespodzianka. To już trzeci oddział przyuważony w tym roku, ale pierwszy, który udało się pochwycić i zneutralizować.

– W Krakowie w gazetach piszą o tym, jak to Turcy z Węgier przylatują nocą porywać młode i piękne dziewczęta do budapesztańskich i wiedeńskich haremów – wtrącił Marek.

– To raczej dziennikarskie konfabulacje. – Hrabia Andrzej uśmiechnął się kpiąco. – Dziewczyna ucieka z domu ze swoim chłopakiem, wstyd okropny, no to rodzice zaraz robią z tego porwanie. Choć nie przeczę, kilka razy i tak się zdarzyło. Ale prawdziwe cele bisurmanów, no cóż... Zazwyczaj takie same. Nawiązywać kontakty ze swoimi szpiegami, przemycać im materiały wybuchowe, podpalać zboże na polu, strzelać do krów i owiec. Od kiedy król Eugeniusz wysłał na Słowację nasze sterowce bojowe, poganie niechętnie się tam zapuszczają, a do nas prawie żaden nie doleci. Jednak jeszcze parę lat temu bywało, że w ciągu lata i pięćdziesiąt razy przestrzeń powietrzną naruszali. Zresztą zaraz wam pokażę, po co się tu wybrali.

Podszedł do gondoli, otworzył luk bagażowy i wyciągnął spory worek z gęstego płótna. Rozsupłał rzemień i pokazał obu geologom zawartość. W pierwszej chwili sądzili, że to palone i pokruszone ziarna słonecznika, ale zaraz spostrzegli pomyłkę.

– Sporysz? – zdziwił się Marek.

– Od wiosny zeszłego roku regularnie to czynią, kolumby zasrane! Nadlatują nocą i widząc pola porośnięte młodym zbożem, rozrzucają na wiatr to paskudztwo. Pył sporyszowy opada na młode kłosy, zagnieżdża się. Ziarno potem niezdatne do jedzenia nawet dla zwierząt, a jak kto próbuje, dostaje wrzodów i często omamy go męczą. A i ogień świętego Antoniego medycy od takiego zatrucia wywodzą. Taki sposób na nas umyślili, gadziny – parsknął dziedzic. – Dobrze wiedzą łotry, co robią, wszak karmimy połowę kraju... Szkoda, że nie udało się żadnego wziąć żywcem, na pal byśmy kolumba nawlekli.

Ale rozumiem. – Uspokajająco skinął dłonią. – Niełatwo walczyć, gdy staje dwóch naprzeciw trzech, zwłaszcza gdy przyjdzie się zmierzyć z janczarami, od dziecka szkolonymi do dywersji w głębi wrogich krajów, mordowania, podrzynania gardeł...

– Wzięliśmy ich z zaskoczenia.

– I tylko dlatego żyjecie. Bo jakby zobaczyli was pierwsi... – Przesunął kantem dłoni po gardle. – Zabrać trupy, pokażemy je w Szczawnicy i obwiesimy przez parę dni na rynku w Krościenku – rozkazał. – Niech ludzie zobaczą, że pan nad nimi czuwa. Tylko uczciwie mówcie, kto tych dwóch kolumbów dopadł – rozkazał swoim ludziom.

Spojrzał na sterowiec. Uśmiechnął się pod wąsem.

– Wedle prawa wrogi statek powietrzny staje się własnością tego, kto go pochwycił – zwrócił się do studenta. – Gdyby była potrzebna pomoc, wśród moich ludzi znajduje się fachowiec, który posiadł sztukę pilotażu. Czy pozwolicie, że zabierze na razie „Kukułkę" do kasztelu?

Marek kiwnął głową. Hrabia szybko wydał odpowiednie dyspozycje, po czym znowu zwrócił się do naturalisty:

– Niezmiernie przykro mi było, że nie mogłem powitać drogiego gościa. Wierzę jednak, że otrzymaliście wszelką potrzebną pomoc, zostawiłem instrukcje w kasztelu. Czy wolno mi zapytać, jak postępują poszukiwania rud?

– Chcemy jeszcze zbadać sztolnie w okolicach Białej Wody. Zapewne jutro rano wracamy do Krościenka. Zrobię analizę pozyskanych próbek i zdam pełen raport.

Ale na razie wyniki nie napawają optymizmem – wyjaśnił Marek, bezradnie rozkładając ręce.

– Rozumiem. Czyńcie swoje. Zostawię tu kilku ludzi, niech pilnują sterowca, póki hangar nie będzie gotów. Gdy tylko wyjedziemy z wąwozu, nadamy wiadomość.

– W takim razie wracamy do obozowiska – ukłonił się Marek. – Tych trzech opryszków przerwało nam śniadanie.

*

Sztolnię odnaleźli dopiero koło południa. Wejście położone było nisko nad rzeczką, w dodatku zasłaniały je chaszcze. Przedarłszy się przez zarośla, stanęli u wylotu korytarza, gdzie zapalili latarki, a następnie zagłębili się w ciemność.

– Wychodzi mi na to, że gdzie tylko wychodziły z ziemi twarde skały, tam przodkowie nasi próbowali sztolnie kuć – rozważał góral. – Jeśli oni nic nie znaleźli, to i my nie znajdziemy. Wszak ich było wielu, a nas dwóch tylko.

– Trzeba być dobrej myśli – mruknął student. – Zresztą i tak zarobiłeś godziwie.

– Trzy sute dniówki za chodzenie po górach. Nie jest źle. Więcej niż przy strzyżeniu owiec. I jeszcze nagroda za ubicie zwiadowców! Może parę dukatów nawet wpadnie.

– Sterowiec – przypomniał mu student. – Połowa jest twoja.

Jontek zamarł.

– Zapomniałem! A że zapytam, to ile to jest warte? – W półmroku sztolni jego oczy zabłysły.

– Dokładnie nie wiem – westchnął jego towarzysz. – Ale sądzę, że bardzo dużo. W Krakowie jest ich tylko kilka. Jeden należy do wojewody, drugi oczywiście do króla, a bogaci kupcy ze starych rodów mają jeszcze w sumie pięć albo sześć. Używają ich, gdy muszą pilnie lecieć gdzieś w interesach. Myślę, że znajdziemy chętnego, który da co najmniej kilkaset dukatów, a kto wie, może i więcej.

Sztolnia zakręcała i opadała w dół.

– Szli za żyłą – mruknął Marek, rozglądając się po ścianach. – Zobacz te nisze, wyłupywali coś ze ścian.

– Gniazda jakiejś rudy?

– Na to wygląda.

Doszli do przodka. Prace przerwano tu najwyraźniej między jednym a drugim uderzeniem kilofa. Na ziemi leżał porzucony, kompletnie przerdzewiały łom.

– Co to za złoże? – zapytał góral. – Bo chyba tego szukali, to wydobywali... Skoro tu przerwali robotę, a potem była wojna, to znaczy, że patrzymy na skałę, po którą tu przyszli.

– Zlepieniec jakiś dziwny. – Student odkuł kawałek. – Daj więcej światła.

Szary, plamisty kamień znaczyły ciemniejsze bryłki i grudki.

– Żelazo? – zagadnął góral niepewnie. – Ponoć przed przetopieniem czarne bryłki tworzy.

– Ruda polimetaliczna. W tym może być i srebro, i miedź. Muszę chyba zabrać do Krakowa i zrobić dokładne analizy chemiczne, bo tu mam tylko podstawowy sprzęt. Ale szczególnie bogata ta żyła nie jest – westchnął. – Opada dość stromo, trzeba będzie kuć upadową, a to zawsze ciężka sprawa.

Wycofali się na powierzchnię.

– Obozujemy? – zaproponował góral. – Chyba za późno już, żeby wracać.

– Chyba tak. A rano do Krościenka.

Rozpalili niewielkie ognisko. Pies uwalił się w trawie. Wyglądał na zadowolonego z życia co najmniej tak jak jego pan. Jontek wyciągnął z plecaka atlas zabrany z gondoli zdobycznego sterowca.

– Pamiętam mapy, które w szkole nam pokazywali, ale tak patrzę i widzę, jakie te są dokładne – syknął, kartkując książkę. – Tylko opisy robaczkami po ichniemu. Jak te kolumby ją wykreślili?!

– Obserwują ziemię ze sterowców – wysunął teorię Marek. – Latają takimi „Kukułkami" na dużych wysokościach i rysują. A do tego mają swoich szpiegów. Szkoda, że nie mam mapy wcześniejszej, żeby ci pokazać, jak wiele się zmieniło przez te trzysta pięćdziesiąt lat od wyprawy Kolumba. Ale sam widzisz, te wielkie żółte plamy to pustynie. Centralna Europa wysycha. W Szwecji susze nie są tak dotkliwe, w Rzeszy Niemieckiej, na Litwie, na Rusi i tu, w Rzeczpospolitej, ogromne połacie ziemi stały się stepem lub zgoła pustynią.

– Tu morze było. – Góral dotknął palcem bagien.

– Tak. Nazywało się Bałtyk. Jeszcze w czasach mojego pradziadka ze Szwecji do Polski żeglowało się płaskodennymi łódkami po słonych moczarach. Ryb już w nich nie było... Dziś karawany ze Szwecji idą suchą stopą przez pustynię, w której trudno domyślić się dawnego morskiego dna. Tylko gdzieniegdzie istnieją jeszcze trzęsawiska. Wisła zaś płynęła tędy. – Wskazał dawne koryto. – Jeszcze przed dwustu laty żegluga po niej była na wielu odcinkach możliwa. Teraz ślady tylko zostały, oazy na pustyni tam, gdzie ziemia potrafi jeszcze oddać trochę wody.

– Przeklęty Kolumb! Że też natura stworzyła takiego łotra!

– Może tak, może nie. Może to nie jego wina.

– No a niby czyja? – zdumiał się góral.

– Kolumb był przekonany, że ziemia jest kulą, więc wymyślił też, że płynąc na zachód, można dotrzeć do Chin i Japonii. Parokrotnie próbowano wybić mu to z głowy, jednak bezskutecznie. Zapiekł się w uporze. Cztery lata przed jego wyprawą powrócił portugalski żeglarz Bartolomeu Diaz, szukający możliwości dotarcia do Indii drogą morską wokół Afryki. On to właśnie jako pierwszy Europejczyk dopłynął do południowego krańca ziemi i odkrył barierę. Kolumba to nie przekonało. Uznał, że Ziemia może i nie jest kulą, ale za to z całą pewnością jest walcem. W tysiąc czterysta dziewięćdziesiątym drugim roku zdołał namówić władcę Hiszpanii Ferdynanda na sfinansowanie wyprawy. Otrzymał dwa okręty, wydzierżawił sobie jeszcze trzeci, większy, i wyruszył na zachód.

– A potem zmienił się świat – uzupełnił ponuro Jontek. – Popłynęli i przepadli... Ale poziom morza zaczął opadać. W szkole pokazali nam na stalorycie tamę, którą usypali Hiszpanie koło Gibraltaru, żeby ratować Morze Śródziemne.

– Dziesiątki tysięcy ludzi przez ponad dwadzieścia lat sypało głazy, glinę i piach, aby zasypać cieśninę. Syzyfowa praca, ale udało im się tego dokonać. Poziom morza opadł tylko o kilka metrów. Niestety, dwa lata po usypaniu grobli muzułmanie zaatakowali właśnie przez nią – westchnął student. – Duńczycy próbowali podobnie powstrzymać ucieczkę Bałtyku, ale możnowładcy mający dostarczyć ludzi i żywność nie mogli dojść do porozumienia. W każdym razie powszechnie domniemuje się, że Kolumb dotarł do bariery w odległości kilkudziesięciu dni żeglugi na zachód od Europy – wrócił do tematu. – Wspiął się na skały, spojrzał w otchłanie kosmosu. Zrozumiał, że gonił za mrzonką. Wstydził się wracać po tej kompromitacji, więc w przypływie szaleństwa wysadził lub staranował barierę, powodując wylanie się części wszechoceanu w próżnię międzygwiezdną. Z czasem ta teoria stała się powszechnie obowiązującą wersją.

– A nazwisko Kolumb to najgorsza inwektywa, jaką można wrogowi rzucić. Zresztą w masie przekleństw się przewija – uzupełnił góral. – A do czego zmierzasz?

– Anna Mercero. – Student wyłowił sekretnik. – Jej ojciec zgodzi się na ślub pod warunkiem, że dokonam rehabilitacji Kolumba. Że udowodnię jego niewinność.

– Innymi słowy, kazał ci się odczepić od dziewczyny?

– Właśnie nie, wydaje mi się, że prosił szczerze. Że to zadanie jest wykonalne.

– I takie zadanie profesor niby wymyślił? Czy on się przypadkiem z kapustą na głowy nie zamienił?!

– Zastanawiam się nad tym. Początkowo myślałem tak jak każdy z nas. Ale gdy zacząłem badać relacje o wyglądzie bariery, naszły mnie wątpliwości. Teraz jestem niemal pewien, że to jednak nie jego sprawka.

– Przecież morze uciekać zaczęło po tym, jak wyruszył.

– Zauważono, że ucieka, wkrótce po jego wyruszeniu – sprostował Marek. – Bariera wszędzie, gdzie do niej dotarto, ma co najmniej kilkaset stóp szerokości. Zazwyczaj jest znacznie grubsza. To lity bazalt, tylko czasem twardy, drobnoziarnisty granit. Gdyby Kolumb taranował ją okrętem, zginąłby na miejscu i wygubił załogę, a skał by nawet nie zarysował. Zakładając nawet, że miałby ładownie pełne prochu, też nie zdołałby wykonać wyrwy tak gigantycznej.

– Chyba że trafił na fragment uszkodzony już wcześniej przez jakieś zjawiska naturalne... – zadumał się Jontek. – Skała wszak z czasem kruszeje. Nawet andezyty na Jarmucie popękały.

– Też raczej mało prawdopodobne. Przecież popłynął tam z załogą. To nie byli głupcy. Sam przecież nie kuł otworów pod miny. Dlaczego mieliby mu pomagać w czynie tak szalonym i bezbożnym? I jak niby założyliby miny tak głęboko pod wodą? Poziom mórz opadł znacznie, jakieś sto osiemdziesiąt stóp.

– Niech to kolumb strzeli. Aberracja!

– Na szczęście pomiary dokonywane w Norwegii wskazują, że od wielu lat wody prawie nie ubywa. Sądzę, że wyłom w barierze nie jest szczególnie głęboki. I że gorzej już nie będzie.

– I jak niby chcesz dokonać tej rehabilitacji? Przecież zjedzą cię na surowo, zanim argumenty przedstawisz.

– Zdobyłem setki informacji. Jeśli złoży się je do kupy, rysuje się obraz tego, co się prawdopodobnie wydarzyło. Rok przed tym, zanim wyruszył, w lipcu tysiąc czterysta dziewięćdziesiątego pierwszego, doszło do jakiejś straszliwej katastrofy na zachodniej krawędzi planety. Nie wiem, co tam się stało. Może wulkan wybuchł, może meteoryt uderzył w barierę. Trzęsienia ziemi objęły ogromny obszar – powiedział Marek. – Niemal całą Europę. Nie były poważne. Mało ofiar. Wzmianki w kronikach są zazwyczaj jednozdaniowe. Przy czym bardziej niszczycielskie były na zachodzie, do nas przyszła już tylko słaba fala. Popatrz na moje dane.

Wydobył z juków mapę.

– Zawsze ta sama data.

– Tak. Do tej pory nikt nie połączył tych faktów. Nie był to na tyle poważny kataklizm, żeby zauważono, jak gigantyczny obszar objął! Nawet tu wstrząs był wyraźnie odczuwalny. Ale słaby. Epicentrum było bardzo daleko.

– To znaczy, że...

– To nie było typowe trzęsienie ziemi. Myślę raczej, że coś uderzyło w krawędź planety. Wyłupało dziurę. Kolumb popłynął na zachód, wessało go i spadł. Może zdołał zacumować o barierę, ale wrócić nie miał już jak.

– Jeśli woda nadal wycieka, to nie ma jak sprawdzić, bo kto podpłynie bliżej, tego wessie. Chyba że faktycznie przestała uciekać, wtedy jest szansa, że uda się to sprawdzić i wrócić żywym. Tylko kto zaryzykuje?

– Myślę, że już nie ma ryzyka. Mój przyjaciel próbował to obliczyć. Jeśli Ziemia jest okrągłą misą z wyraźnie zaznaczonym obrzeżem, to wylanie się takich ilości wody powinno trochę wpłynąć na jej stabilność.

– To znaczy? – nie zrozumiał góral.

– Wyobraź sobie, że masz patelnię, która stoi na cienkim pieńku i leżą na niej różne różności. Zabierasz kilka kąsków umieszczonych blisko jednej krawędzi i...

– Gibnie się w drugą stronę!

– A przynajmniej przechyli. A jak się przechyli, przestanie się lać, bo szczerba w całości znajdzie się nad lustrem wody.

– A ziemia na czym jest podparta? – zaciekawił się Jontek.

– Tego nie wiemy. Może na niczym? Może tylko płynie sobie w kosmosie jak patelnia puszczona na wodę. W każdym razie po tym, jak część Atlantyku się wylała, trochę nami gibnęło. Chiny, czy co tam jest na wschodzie, dociążyły.

– Krucafuks!

– No i właśnie mój przyjaciel miał idée fixe. Mierzył wszystkie wysokie budynki i wieże, badał, o ile są odchylone od pionu i w jaką stronę.

– I co? Wszystkie wysokie budowle wzniesione przed domniemaną katastrofą odchylają się od pionu na wschód? Dużo?

– Wcale.

– To skąd ta pewność, że się przechyliło? – zaciekawił się góral.

– Bo coś wpłynęło na sieć wodną. Grunt się podniósł. Troszeczkę, bardzo powoli... ale to zmieniło bieg rzek. Także w Polsce. Wisła i Odra poszukały sobie nowych koryt. Zanim wyschły definitywnie, przez kilka dekad płynęły na Ruś i połączywszy swe wody z Dnieprem, spływały do Morza Czarnego. Środek kraju zamienił się powoli w step, a miejscami w pustynię. Rzecz jasna, ucieczka wody i przechył spowodowały również inne niekorzystne zmiany. Wynurzyły się znaczne połaci nowych lądów, mielizny uniemożliwiły żeglugę. Zmieniły się prądy powietrzne... A potem jakoś się chyba ustabilizowało. Wyrównało. W każdym razie woda już nie ucieka albo prawie nie ucieka. Myślę, że można zaryzykować rejs na zachód. Bez tego nie ma co liczyć na mocniejsze dowody.

Pies uniósł łeb i szczeknął jakby zaniepokojony. Oderwali wzrok od ogniska i ku swemu zdumieniu spostrzegli wiszący nisko między drzewami balon sterowca.

– Co, u diabła!? – zdumiał się Marek.

– To nasz – sapnął Jontek. – Skąd on tutaj?!

– Hej, chłopaki – rozległo się z gondoli. – Nie mówcie, że chce się wam spać pod gołym niebem, a rano drałować piechotą taki kawał. Wasza maszynka już sprawna, lecę do Krościenka, to pomyślałem, że zabiorę was po drodze. Bierzcie graty i wsiadajcie. Jak się pośpieszymy, na kolację do kasztelu zdążycie. A jak przybędziemy spóźnieni, to przecież nam podgrzeją!

Jontek przywalił ognisko kamieniami. Marek pospiesznie spakował sprzęt obozowy i torby z próbkami. Weszli do gondoli. Klamoty rzucili na tył.

– Azor, wskakuj!

Zwierzę posłusznie weszło na pokład, ale węszyło niespokojnie.

– Jestem Witold – przedstawił się pilot siedzący za sterami maszyny.

Wymienili swoje imiona.

Mężczyzna miał na sobie barwę dóbr w Niedzicy. Dostojna, posiwiała głowa i okulary z kobaltowego szkła nadawały mu nobliwy wygląd. Student ocenił jego wiek na jakieś sześćdziesiąt lat. Zatrzasnęli drzwiczki. Jontek przeżegnał się i nieco blady patrzył przez okienko.

– No to w drogę. – Pilot pociągnął do siebie wajchę. Śmigła zaklekotały i sterowiec z gracją ruszył korytem potoku. Przechylił się lekko, wykonując skręt. Mężczyzna prowadził wrogi pojazd niezwykle pewnie, lekko tylko muskając dłońmi gałki dźwigni.

– Wspaniała maszyna – mówił z zapałem. – Sunie równiutko jak dobrze ujeżdżony konik. Silniki na naftę, takich jeszcze nie widziałem. Coś nowego kolumby wymyślili. Małe, lekkie, ale mocne zaskakująco. Choć szczerze powiedziawszy, liczę, że trafimy na ostry wiatr przeciwny lub boczny, sprawdziłbym chętnie ich prawdziwe możliwości.

– Doskonale sterujecie, panie – pochwalił naturalista.

– Cóż, był taki czas, że życie moje od tego zależało, żeby maszyny takie opanować – wyjaśnił. – Gdybym nie ukradł sterowca Turkom, nie rozmawialibyśmy dziś. Młody byłem, gdy z księciem Iliescu próbowaliśmy odbić Bukareszt. Wariacka wyprawa, ale sułtan akurat kitę odwalił, na Rusi wśród Kozaków nielichy ferment się zrobił, bo wielu sądziło, że teraz albo nigdy. No i niestety, nie powiodła się wyprawa. Trafiłem do niewoli. Sprzedali mnie jako niewolnika do Mombasy. – Podciągnął rękawy kurtki, odsłaniając szerokie blizny znaczące nadgarstki.

– Mombasa? – przerwał Marek podniecony. – Legendarne miasto w Afryce, do którego dotarli tylko nieliczni biali... Zatem widział pan barierę? Na własne oczy?

– Wielokrotnie. Miejscowi Arabowie usiłują ją drążyć w poszukiwaniu cennych metali. Faktycznie w kilku miejscach bazalt przecinają żyły różnych minerałów, ale cienkie i nawet większość miejscowych uważa je za niegodne uwagi. Żeby pozyskać miedź, trzeba wykuć ogromną ilość skały, rozbić na drobno, oglądać każdy okruch z osobna, powybierać lazuryt... Z jednego łasztu kamienia można otrzymać może piątą część dukata. Moi właściciele byli chciwymi i pazernymi ludźmi. Wierzyli, że kiedyś trafią na żyłę srebra. Kilka miesięcy kułem te skały zarówno od strony pustyni, jak i spuszczany na linie od zewnątrz.

– Poza barierę?! – zdumiał się Jontek.

– Owszem. Nie wyobrażacie sobie nawet, jaki to strach, wisi człowiek nad bezdenną otchłanią, pod stopami widzi gwiazdy. I tylko kawał sznura trący o kamień trzyma go na świecie. – Wzdrygnął się na samo wspomnienie. – Ale gdy się pierwszy lęk przełamie i oderwie wzrok od kamienia, widać rzeczy fascynujące. Na przykład długie warkocze ognia, które Słońce wyrzuca.

– W szkole uczyli, że we wszechświecie brak powietrza do oddychania – zaczął młody góral.

– W istocie. Tam, przy barierze, jest go jeszcze tyle, żeby móc napełnić płuca, ale gdy mnie spuścili na sto pięćdziesiąt stóp, mało się nie udusiłem. Mroczki takie latały przed oczyma, a i ręki unieść nie miałem siły. Potem dwa dni chory byłem.

– Jak szeroka była w tym miejscu bariera? – zapytał Marek.

– Może sześćset stóp, może trochę więcej – odpowiedział mężczyzna bez wahania.

– I udało się panu uciec? – zaciekawił się góral.

– W pół roku wyuczyłem się stopniowo arabskiego. Wreszcie uznałem, że jestem gotów. Przekonałem moich ciemiężycieli, że mnie złamali i wyplenili myśli o buncie. Zabiłem ich, gdy spali, pozbyłem się ciał, zrzucając poza krawędź, zabrałem konia i pomknąłem wzdłuż bariery, potem zakręciłem na północ i przez pustynię dotarłem do Dżibuti. Tam zdołałem ukraść sterowiec, tyle że dwa razy większy niż ten i maszyną parową napędzany. Leciałem nocami, dnie przeczekiwałem w dolinach. Wiatr mi sprzyjał. W dwa tygodnie zaledwie przebyłem Afrykę, cało i zdrowo docierając do Italii.

– Czy widział pan miejsce podobne do tego opisanego przez Bartolomeu Diaza, gdzie bariera z lądowej staje się morska?

– Owszem.

– Czy bariera morska różni się tam czymś od lądowej?

– Nie dostrzegłem żadnych różnic. No to chwila prawdy, mamy wreszcie przeciwny wiatr.

Czuli to, aerostat zwolnił wyraźnie. Pan Witold pchnął dźwignię, silniki zwiększyły obroty. Szli pod wiatr niemal tak samo szybko jak wcześniej.

– To ci dopiero rączy konik – pochwalił pilot. – Czysta poezja. Umieją bisurmany techniką się bawić, oj, umieją. Można tym dolecieć choćby do Chin. Tylko paliwa nie starczy.

– Po jedwab – zapalił się Jontek. – Gdyby kilka bel przywieźć i sprzedać...

– Przesadziłem trochę – roześmiał się Witold. – Aż do Chin nie da rady. Można by wprawdzie, lecąc nad Syberią, ominąć muzułmanów, ale nigdzie po drodze nie zdołalibyśmy zdobyć nafty... Bariera – westchnął, wracając do poprzednich myśli. – Wiele bym dał, żeby móc raz jeszcze stanąć na krawędzi świata i spojrzeć w otchłań kosmosu. Gwiazdy pod stopami, Droga Mleczna, którą widać nie jako jaśniejszą smugę, ale jako pas utkany z barwnych gwiazd. Ogony komet przelatujących pod naszym światem... To widok, którego nie da się zapomnieć.

– Ech, a ja najdalej to byłem w Krakowie, raz w życiu, wiele lat temu – rozżalił się Jontek. – A tu o takich cudach pan opowiada. Też bym chciał w kosmos z krawędzi popatrzeć, choć może lepiej bez kajdan na rękach.

Marek rozejrzał się po wnętrzu „Kukułki". I nagle zachciało mu się śmiać. Jakby wszystkie elementy skomplikowanej układanki nagle znalazły się na swoim miejscu. Nikt nie pływa na zachód. Żeglarze boją się zmycia w kosmos. Ale przecież można bezpiecznie polecieć nad Atlantykiem. Jeszcze wczoraj był niemal bez grosza, dziś jest współwłaścicielem maszyny, która zaniesie go na krawędź świata. Co więcej, obok siedzi człowiek, któremu marzy się raz jeszcze rzucić spojrzenie z bariery. A tam, na zachodzie, będzie można zobaczyć prawdziwe cuda astronomiczne, na przykład słońce chowające się pod dyskiem planety!

– I jesteśmy w domu. – Pilot z gracją posadził maszynę na placu przed kasztelem.

Zdążyli. W tej samej chwili, gdy przechodzili przez drzwi, rozległy się dzwonki wzywające na kolację.

*

– Panowie! – Hrabia Andrzej ukłonił się, wchodząc do zaimprowizowanego laboratorium. – Czy usłyszę dobre wieści?

– Niezupełnie – odparł Marek. – Przeprowadziliśmy w ciągu trzech dni pobieżne badania pasma górskiego od Krościenka po ruiny wsi Biała Woda. Znaleźliśmy siedem sztolni zaznaczonych na starych mapach oraz osiemnaście niezaznaczonych śladów robót górniczych z różnych okresów. Ślady okruszcowanego kwarcu występują na ośmiu stanowiskach. Rudy polimetaliczne zawierające miedź i srebro znaleźliśmy w trzech miejscach. Niestety, w najbardziej obiecujących złożach w pobliżu Białej Wody wedle moich obliczeń można pozyskać maksymalnie funt metalu z tysiąca stóp sześciennych skały, a i to najpierw trzeba wypreparować konerkcje ze skały macierzystej. Gdyby zaś chcieć rozdzielić miedź i srebro, praca taka, choć możliwa, będzie wymagać kolejnych nakładów. Proszę spojrzeć.

Rozłożył na blacie kawałki różnych kamieni, a oddzielnie papierek z drobinkami wypreparowanego kruszcu. Na sąsiednim widniały kolby z odczynnikami.

– Wartości procentowe trudne do oszacowania, to musi ocenić lepszy fachowiec niż ja, a próba rozdzielenia tych metali będzie jeszcze trudniejsza. Niemniej jednak blachę na dach kościoła dałoby się z tego od biedy zrobić.

Podał hrabiemu sklepaną na płasko grudkę metalu.

– Wydobycie będzie opłacalne?

– Przez kilka tygodni, może kilka miesięcy zapewne tak. To raczej nie jest duże złoże. I oscylować będziemy na krawędzi opłacalności. Jeśli potrzebna jest blacha do jakichś prac, można, zamiast kupować od sąsiadów, rudę wydobyć i obrobić samodzielnie. Ale na handel będzie tego za mało.

– A gdyby zejść głębiej? Sztolnią upadową w ślad za kwarcami? – zainteresował się dziedzic.

– Można spróbować, ale to oznacza konieczność pracy w twardych gnejsach i bazaltach, a jej wynik jest, niestety, bardzo trudny do przewidzenia. Zważywszy na skromne ilości kruszcu w warstwach dostępnych dla badań, szczerze wątpię, żeby udało się trafić głębiej na coś lepszego. Ale wykluczyć tego nie mogę. Góra Jarmuta jest wygasłym wulkanem, zatem próby jej eksploatacji powinny przynieść najlepsze efekty. Ale i tu wyniki analiz mocno rozczarowują.

– Hmm... No tak... – Hrabia Andrzej przeszedł się z rękoma założonymi za plecy. – No tak... Fatalnie. Cóż, mówi się trudno. A jakichś innych ciekawych minerałów nie spostrzegliście?

– Niestety, góry te niewiele są warte. Kamień twardy pozyskiwać by można na utwardzenie dróg bitych. Poza tym tylko lasy i hale do wypasu owiec, a gdzie gleba lepsza, pszenicę siać można – wyjaśnił Jontek.

Marek skinął głową, potwierdzając jego słowa.

– No cóż, jak to mówią, z buraka krwi nie wyciśnie, widać nie jest mi pisane założyć w dobrach kopalni. Pozostaje jeszcze jedna kwestia. – Zleceniodawca zmęczonym gestem zdjął okulary. – Sterowiec, który panowie zdobyli. Wedle prawa jest oczywiście waszą własnością, prosiłbym jednak, abyście pozostawili mi go na trzy dni do dyspozycji. Pan Witold, przybyły do nas z dóbr w Niedzicy, chce się konstrukcji dokładniej przyjrzeć. Od czterech lat nie udało się zdobyć żadnego, ciekawi go ten właśnie, bo Turcy poczynili jakieś znaczące ulepszenia.

Do tego prześlę pismo dla wojewody, zdobyliście w walce statek powietrzny wroga, w dodatku przeciwnik był liczniejszy. – Puścił do nich oko. – Oczywiście, gdyby była to prawdziwa przewaga, uhonorowaliby panów poważniej, ale myślę, że Brązowy Nietoperz za tę akcję przysługuje, a może i Srebrnego dadzą.

– Niewielka w tym nasza zasługa, panie hrabio – bąknął Marek. – Traf szczęśliwy, że to my ich, a nie oni nas... Sterowiec obaj zdobyliśmy. Wolałbym go nie sprzedawać, ale Jontka jakoś z jego części postaram się spłacić.

– To będę skaramencko bogaty. A jak jeszcze Nietoperza przypnę... U nas to we wsi kilku tylko odznaczonych – rozmarzył się góral.

– Żadna dziewczyna ci się nie oprze – zapewnił go hrabia. – Moja wychowanka zapewne też nie... Pożegnam panów.

Drzwi zamknęły się cicho.

– Trochę jest rozczarowany – westchnął chłopak.

– Ano niestety. Też chciałbym móc przekazać lepsze wieści. Ale chciałem z tobą pomówić. Bo mam do ciebie prośbę.

– Proś, o co zechcesz, ostatnią koszulę oddam!

– Czy pożyczysz mi swoją połowę sterowca na, powiedzmy, dwa miesiące? Mamy z panem Witoldem pewien pomysł.

Jontek spojrzał na niego badawczo.

– Czy ty przypadkiem chcesz... polecieć na zachód? Sprawdzić, co tam się stało? A potem dokonać tej, jak to mówisz, rehabilitacji Kolumba?

– Tak.

– Hmmm... Ten sterowiec, to znaczy moja połowa, to najcenniejsza rzecz, jaką mam. I nadzieja na lepszą przyszłość. Ziemi bym kupił, owiec... Ja ryzykuję moje przyszłe szczęście. A ty jesteś studentem, skończysz naukę, będziesz magistrem, w kilka lat staniesz się człowiekiem bogatym i szanowanym. Ja wiem, ile ryzykuję, ale co ty ryzykujesz?

– Życie.

Góral uśmiechnął się.

– Oto moja ręka i moja zgoda. Leć na zachód. Tylko żebyś wrócił! Choć z drugiej strony... To bardzo cenna maszyna, a znamy się w sumie kilka dni. Czuję, że tak w ciemno zaufać nieznajomemu to głupota. No, co tu dużo gadać, po prostu muszę swego mienia dopilnować! – błaznował.

– Miejsca w kabinie są trzy, jeśli tylko sobie życzysz, lecisz z nami.

Góral nie odpowiedział, ale uśmiechnął się szeroko.

Książki Andrzeja Pilipiuka wydane nakładem Fabryki Słów

Kroniki Jakuba Wędrowycza (także w wersji do słuchania)
Czarownik Iwanow
Weźmisz czarno kure...
Zagadka Kuby Rozpruwacza
Wieszać każdy może
Homo bimbrownikus
Trucizna

Kuzynki
Księżniczka
Dziedziczki

2586 kroków
Czerwona gorączka
Rzeźnik drzew
Aparatus
Szewc z Lichtenrade
Carska manierka

Norweski dziennik – tom 1. Ucieczka
Norweski dziennik – tom 2. Obce ścieżki
Norweski dziennik – tom 3. Północne wiatry

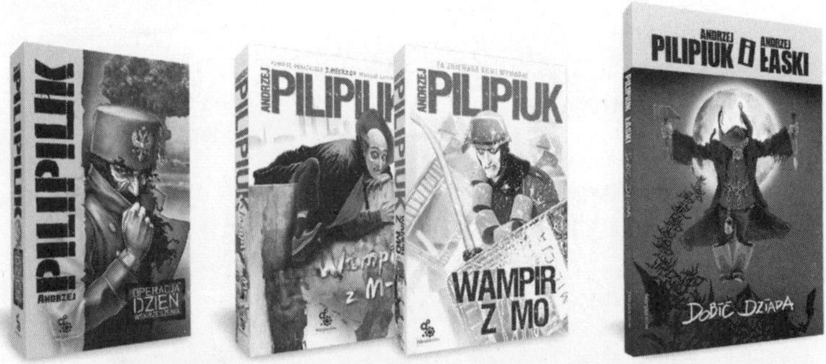

Operacja Dzień Wskrzeszenia
Wampir z M-3
Wampir z MO
Dobić dziada – komiks

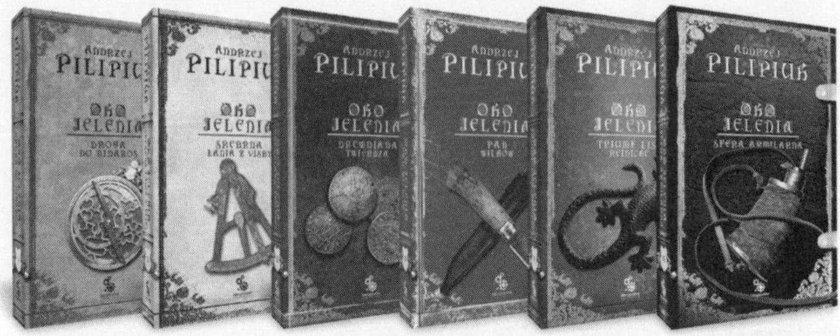

Oko Jelenia. Droga do Nidaros
Oko Jelenia. Srebrna Łania z Visby
Oko Jelenia. Drewniana Twierdza
Oko Jelenia. Pan Wilków
Oko Jelenia. Triumf lisa Reinicke
Oko Jelenia. Sfera Armilarna

Spis rzeczy

WYDANIE I

ISBN 978-83-7574-905-2

PROJEKT I ADIUSTACJA AUTORSKA WYDANIA Eryk Górski, Robert Łakuta

GRAFIKA ORAZ PROJEKT OKŁADKI Paweł Zaręba

ILUSTRACJE Piotr Dismas Zdanowicz

REDAKCJA Rafał Dębski

KOREKTA Magdalena Byrska, Agnieszka Pawlikowska

SKŁAD ORAZ OPRACOWANIE OKŁADKI „Grafficon" Konrad Kućmiński

SPRZEDAŻ INTERNETOWA

fabryka.pl

ZAMÓWIENIA HURTOWE

Firma Księgarska Olesiejuk sp. z o.o. S.K.A.
05-850 Ożarów Mazowiecki, ul. Poznańska 91
tel./faks: 22 721 30 00
www.olesiejuk.pl, e-mail: hurt@olesiejuk.pl

WYDAWCA

Fabryka Słów sp. z o.o.
20-834 Lublin, ul. Irysowa 25a
tel.: 81 524 08 88, faks: 81 524 08 91
www.fabrykaslow.com.pl
e-mail: biuro@fabrykaslow.com.pl

DRUK I OPRAWA CPI MORAVIA BOOKS www.cpi-moravia.com